그림자 황비

 3

하율 장편소설

초판 1쇄 찍은 날 | 2019년 8월 23일
초판 1쇄 펴낸 날 | 2019년 8월 30일

지은이 | 하율
펴낸이 | 권태완 우천제

편집책임 | 박은정
편집 | 박가연 천희진 유안진 손혜진

펴낸곳 | (주)케이더블유북스
등록번호 | 제25100-2015-43호
등록일자 | 2015. 5. 4
WFN | 제3-051호

주소 | 서울특별시 구로구 디지털로31길 38-9 에이스테크노타워 1차 401호
전화 | 02-867-4626 팩스 | 02-866-4627
E-mail | cl_production@kwbooks.co.kr

ⓒ하율, 2019

ISBN 979-11-293-3834-1 04810
　　　979-11-293-3831-0 (set)

III

그림자 황비

하율 장편소설

The Shadow Empress

윙크북

Contents

제19장

균열 (2)

시크릿 살롱으로 향하는 마차 안. 엘레나의 표정은 딱딱하게 굳어 있었다. 베로니카가 돌아올 시기를 가늠할 수 없는 까닭에 대공가의 생활이 살얼음판을 걷는 듯 아슬아슬해서다.

"시기라도 알 수 있다면 대비를 할 수 있을 텐데."

"베로니카가 신경 쓰이세요?"

앞에 마주 앉은 메이는 그간의 사정을 엘레나에게 전해 들었다.

"아무래도 그렇지. 할 일은 많은데, 언제 돌아올지 예상이 안 되니까."

"알아낼 방법이 없을까요?"

"지금 그걸 궁리 중이야."

최악의 경우 내일 당장 베로니카가 복귀할 수도 있단 가정도 배제할 수 없었다. 그간 엘레나는 앤을 최대한 이용했다. 앤은 대공가 내부 사정에 밝아 이상한 낌새를 제법 잘 파악했다. 그러나 결국 앤은 리아브릭이 심어놓은 간자다. 언제 어느 때 그녀의 눈을 가리고 귀를 막을지 몰랐다.

"아무래도 시간을 벌어야겠어."

"묘책이라도 있으신 건가요?"

"있어. 베로니카가 건재하더라도 나를 대역으로 쓸 수밖에 없게 만드는 기발한 방법이."

엘레나는 대공가의 허를 찌를 만한 재기 발랄한 생각을 떠올렸다. 이 방법이라면 베로니카의 복귀를 확실히 늦출 수 있을 것이다.

"나 혼자서라면 무리겠지만, 그분의 도움을 받으면 가능할 거 같아."

"그분이요?"

엘레나는 희미한 미소를 지으며 시안을 떠올렸다. 그가 나서준다면 충분히 베로니카의 복귀를 늦출 수 있다.

'전하께서 동의한다는 전제지만.'

계획을 세운 건 엘레나지만 실행에 옮길 수 있는지 아닌지는 전적으로 시안에게 달렸다. 여러 차례 엘레나에게 좋은 감정을 드러낸 시안이기에 더더욱 미지수였다.

'그래도 말은 꺼내볼 수밖에.'

빌렘 백작가로 서신을 넣어야겠단 생각을 하는 사이 마차가 시크릿 살롱에 도착했다. 가면을 쓴 엘레나가 마차에서 내려 살롱으로 들어갔다. 비밀 통로를 통해 엘레나가 메인 응접실에 도착하자 소파에 앉아 책을 읽고 있던 칼리프가 반갑게 인사했다.

"어서 와."

"에밀리오 님은 안 보이시네요."

"학교 설립 관련 일로 자리 비우셨어."

자칼린과 협업을 결정한 뒤, 학교 설립과 관련된 부지와 건물 매입은 재무를 담당한 에밀리오의 몫이었다. 살롱의 안살림까지 도맡고 있다 보니 몸이 두 개라도 모자랄 정도였다.

"그렇구나. 그보다 선배, 제가 지금 서신을 적어줄 테니 빌렘 백작가에 기별 좀 해주실래요?"

"응. 써서 줘."

엘레나는 오늘 또는 이틀 뒤에 급히 봤으면 한단 얘길 적어 서신을 건넸다. 칼리프는 따로 사람을 불러 그걸 전하라 일렀다.

그러는 사이, 의심을 피하기 위해 시간을 두고 살롱에 입장한 메이와 휴렐바드가 응접실에 도착했다.

"선배, 메이도 왔으니 저 변장할게요. 늦지 않게 식사 준비해 주세요."

"신경 쓰라고 일러두긴 했는데, 정말 괜찮겠냐? 위험한 인간이잖아."

칼리프는 걱정스러움을 지우지 못했다. 학술원 재학 시절에 렌이 저지른 행각을 알기에 거사를 앞두고 접촉하는 게 우려스러웠다.

"위험하긴 해도 사리 분별 못 하는 인간은 아니니까요. 별일 없을 거예요."

"네가 그렇다면 그런 거겠지. 그럼 모처럼 루시아로 변장하겠네? 오랜만이다. 단발에 안경이 잘 어울리던 아련한 추억 속의 여인이여."

칼리프는 몽롱한 눈길로 학술원 생활을 하며 자신을 바꿔놓은 루시아를 떠올렸다. 신입생 주제에 당돌하고 똘똘하기까지 한 아이였는데 지금은……

"후."

노골적으로 엘레나를 빤히 보던 칼리프가 땅이 꺼져라 한숨을 내쉬며 고개를 저었다.

"내가 알던 후배는 사라졌구나."

"저기요, 그 여인이 저거든요? 무슨 남 얘기하듯이 말해요."

칼리프는 손가락을 좌우로 흔들었다.

"내 추억을 깨지 마."

"뭐라는 거예요. 그리고 선배는 제 본모습을 더 좋아하잖아요."

"내가? 언제? 너 그거 대단히 큰 착각이다?"

강한 부정에 엘레나가 팔짱을 끼곤 코웃음을 쳤다.

"전 아직도 생생한데요? 절 보고는 부끄러워서 눈도 못 마주치고 그랬잖아요."

"야, 내가 언제 그랬어?"

"안 그러셨다고요? 저한테 와서 그러셨잖아요. 저처럼 치명적인 여자를 처음 봤다고. 숨도 못 쉴 만큼 아름다운 여자는 처음이라고……."

칼리프가 민망함에 어쩔 줄 몰라 하며 엘레나의 입을 막으려 들었다.

"쉿, 그만. 넌 웃자고 한 얘기에 죽자고 달려들어? 가서 변장이나 해."

"본전도 못 찾으시면서 꼭 시비를 건다니까."

엘레나가 메이를 대동해서 메인 응접실 옆에 따로 마련된 방으로 나가려던 때였다. 칼리프가 퉁명스럽게 말을 툭 던졌다.

"변장하고 나면 잠깐 건너편 응접실에 들렀다 가."

"누가 왔는데요?"

"너 보고 싶어 하는 사람."

"……."

그간 쌓인 감정이 많았는지 칼리프는 얄미운 표정을 지었다. 추궁에도 불구하고 끝내 입을 열지 않자 결국 포기하고 응접실을 나섰다. 옆방에 들러 메이의 도움을 받아 루시아로 변장한 엘레나가 거울을 응시했다. 그간 베로니카와 L로만 활동해서 그런지 학술원 시절 애용하던 단발머리 가발과 안경이 어색하게 느껴졌다. 변장을 마친 엘레나는 시간을 확인했다. 서둘러 준비한 까닭인지 렌과 약속한 시간까지 아직 여유가 남아 있었다.

엘레나는 가면을 쓰고 칼리프가 일러준 건너편 응접실에 들렀다. 노크를 하고 기다리자 문 너머의 누군가가 문을 열어주었다.

비스듬히 열린 문틈으로 오리 가면을 쓴 사내가 모습을 드러냈다. 점잖은 분위기에 단정한 주황 머리, 그리고 가면 너머 빛을 받아 반사되는 외알 안경까지, 엘레나의 기억 속 그 남자와 똑 닮아 있었다.

'라파엘 선배?'

예상외의 만남에 엘레나가 얼떨떨할 때였다.

"루시아?"

라파엘도 한눈에 엘레나를 알아봤다. 생각지도 못한 재회에 엘레나의 얼굴이 환해졌다.

"네. 저예요, 선배."

엘레나의 긍정에 가면 속 라파엘의 입꼬리가 슬쩍 올라갔다.

"이런 식으로 볼 줄 꿈에도 몰랐는데. 그래서 그런지 더 반갑네요."

"저도요. 그런 의미로 저 들어가도 돼요? 서서 얘기하면 다리 아픈데."

"그만 실례했네요. 들어오세요."

응접실 안, 소파에 마주 앉은 두 사람은 누가 먼저라 할 것 없이 거추장스러운 가면을 벗었다. 민낯 그대로를 마주하자 웃음이 터져 나왔다.

"누가 그러더라고요. 그냥 얼굴만 봐도 반가운 사람이 있다고. 저한테는 선배가 그런 사람인가 봐요."

"저도 그런가 봅니다. 마냥 웃음이 나는 걸 보니."

지난 삶부터 지금까지 순탄치 않은 삶을 살고 있는 엘레나에게 있어

라파엘은 진정제 같은 사람이었다. 요람에 있는 것 같은 편안함을 준달까.

"칼리프 선배한테 얘기 들었어요. 볕 잘 드는 곳에서 우중충한 지하 작업실로 옮겼다면서요?"

"저도 모르게 지하실이 익숙해졌나 봐요. 태양을 안 보니 살 것 같은 게, 작품에도 진척이 좀 생기더라고요."

"하여간, 독특하셔."

엘레나는 가슴 한쪽이 따뜻해지는 걸 느꼈다. 부담 없이 서로의 안부를 물으며 소소한 대화를 나눌 수 있는 지금이 너무 좋았다. 늘 긴장하며 살아가는 그녀에겐 단비와 같았다.

'그러고 보니 선배한테는 아직도 내가 누군지 말하지 못했네.'

불현듯 미안한 마음이 들었다. 학술원에 입학한 엘레나가 제일 처음 만난 사람이 라파엘이다. 그가 누구보다 믿을 만한 사람인 걸 알면서도 기회가 닿지 않아 지금껏 비밀로 하고 말았다.

"저 선배한테 고백할 게 있어요."

"……고백이요?"

순간 라파엘의 심장이 덜컹 내려앉았다. 그럴 리 없다는 걸 알면서도 저 말에 설레는 자신을 보니 아직도 엘레나를 향한 감정이 짙게 남아 있는 모양이었다.

"제 이름은 루시아가 아니에요. 개인적인 사정이 있어서 학술원에서는 신분을 빌려 쓸 수밖에 없었어요. 속여서 미안해요."

"그랬군요."

"저는 L이에요."

항상 느끼지만 엘레나는 이 순간이 가장 기대되면서도 걱정되었다. 그간 속여온 상대가 어찌 받아들일지 조마조마했다.

"······알고 있었습니다."

"네? 알고 있었다고요?"

덤덤한 라파엘의 반응에 되레 당황한 건 엘레나였다.

"살롱 개장 날, L을 본 세실리아가 제게 와서 그러더군요. 딴 건 몰라도 자기가 감이 좋은데······ 어쩌면 L이 루시아 양인 것 같다고."

"······."

"그 얘길 듣고 저도 보러 온 적이 있어요. 역시나더군요. 한눈에 알아봤답니다."

라파엘은 온화한 미소를 지었다. 그간 자신에게 거짓말을 한 엘레나에 대한 서운함이나 원망보다는 이제라도 말을 해준 것에 대한 고마움이 더 컸다.

"알고 계실 거라고는 짐작도 못 했어요."

"잊으셨어요? 작품 벨라도나 속 모델이 누군지. 딴 사람은 몰라도 제 눈을 속일 수 없어요."

엘레나가 아 하며 수긍했다. 초상을 완성하기까지 라파엘이 엘레나를 보고 있던 시간을 환산하면 결코 적지 않다. 누구보다 엘레나의 외모나 분위기에 대해 깊이 이해하고 파악한 사람이 라파엘이다.

'잠깐만, 그러면 혹시?'

그녀가 베로니카인 것도 알지 않을까 하는 생각이 머리에 스쳐 지나갔다. 변장했다곤 하지만 예리한 라파엘의 눈을 속일 자신은 없었다.

"선배, 혹시······ 베로니카 공녀를 본 적 있으세요?"

"······."

"선배?"

엘레나의 연이은 질문에 라파엘은 입을 꾹 다물었다. 고집스럽게 다문 입술과 난감한 표정만으로도 질문에 대한 답은 충분했다.

"다 알고 계셨던 거예요? 언제부터?"

"예술제 날, 오신 걸 보고 한눈에 알아봤습니다."

라파엘은 씁쓸한 미소를 지었다. 돌아보면, 그날은 그에게 상처로 남아 있었다. 신분의 벽 앞에서 감정을 삼킨 날이니까. 이 당혹스러운 상황에 엘레나는 헛웃음만 나왔다.

"저 참 바보 같네요. 선배가 모르는 척해주는 것도 모르고."

"티를 내지 않은 건 루시아 양이 저 때문에 곤란해질까 봐 그랬어요."

"알아요. 선배는 자상하고 배려심이 많은 사람이니까. 그건 그렇고 다 알고 계시다니 되레 후련하네요. 이럴 줄 알았으면 진작 다 밝힐 걸 그랬어."

엘레나가 작게 투덜거렸다. 그간 쭉 라파엘을 속였다는 죄책감이 있던 터라 좀 더 일찍 털어놓을 걸 그랬다는 아쉬움이 들었다. 딴 사람은 몰라도 라파엘은 하늘이 두 쪽이 나더라도 그녀에게 해가 될 만한 비밀을 발설할 사람이 아니기 때문이다. 따스한 미소를 짓던 라파엘이 소파에서 일어나 옷매무새를 매만졌다.

"뭐 하세요?"

"모른 척할 때야 상관없지만, 이젠 격식을 갖춰야죠."

"저 놀리려고 하는 거죠? 하지 마세요!"

엘레나가 목소리를 키우자 라파엘의 입가에 맺힌 미소가 진해졌다.

"들켰어요?"

"못 보던 새에 왜 이렇게 짓궂어지신 거예요."

"그러게요. 내심 서운한 게 있었나?"

대화가 오가는 내내 엘레나와 라파엘의 입가에서 미소가 떠나질 않았다. 그러다 다음 약속이 있다는 걸 깨달은 엘레나가 회중시계를 꺼내 시간을 확인했다. 아쉽게도 일어나야 할 시간이었다.

"이를 어쩌죠? 할 얘기는 많은데, 시간이 없네요."

"또 보면 되죠, 공녀님."

아쉬워하는 엘레나를 보며 오히려 라파엘이 자상한 미소와 말투로 다음을 기약했다. 늘 이런 식이다. 그는 자신의 기분보다 엘레나를 먼저 생각하고 챙겼다.

"다 좋은데 뒤에 공녀라는 말은 빼주세요. 저 공녀 아니거든요."

"장난으로 붙인 호칭인데, 불편했나 보네요."

"아뇨, 진짜 공녀가 아니라서 한 말이에요."

라파엘이 고개를 갸웃거렸다. 아직 엘레나가 대역인 걸 모르다 보니 공녀가 아니라는 그녀의 말이 의아하게 들렸다.

'너는 선배한테 감출 필요 없잖아?'

시간이 좀 더 있으면 좋았겠지만 그럴 수 없으니 엘레나는 아쉬움이 들었다.

"자세한 얘기는 다음에 해드릴게요."

"기다리는 거야 익숙하지만 궁금하긴 하네요. 공녀가 아니라…… 귀띔이라도 주실래요?"

"혼란스러울 텐데, 괜찮겠어요?"

라파엘이 끄덕거리자 망설이던 엘레나가 결심한 듯 입술을 뗐다.

"글자 그대로예요. 저는 베로니카 공녀가 아니에요."

엘레나는 진한 아쉬움을 뒤로하고 응접실을 나섰다. 혼란스러워하는

라파엘을 보며 괜히 얘기를 꺼냈나 싶기도 했지만 후회하지 않으려 애썼다. 몰랐다면 모를까 기왕 진실을 고백했다면 전부 밝히는 게 옳다고 여겼다. 다음을 기약하며 걸음을 뗀 엘레나가 약속 장소인 응접실 문 앞에 섰다. 손님 접대실로 특별 제작된 응접실은 식당과 조리실이 나란히 붙어 있는 형태였다.

'긴장하지 말고 침착하게 굴자. 렌이 뭘 알고 있든 동요하면 안 돼.'

재차 다짐한 엘레나가 문을 밀며 안으로 들어갔다. 긴 식탁에 놓여 있는 먹음직스러운 음식과 촛대가 시야에 제일 먼저 들어왔다. 그리고 긴 식탁 끝에 삐딱하게 턱을 괴고 앉아 있는 한 남자.

"오랜만이에요, 선배."

엘레나가 가볍게 인사를 건넸다. 시크릿 살롱의 개장날, 대공가를 찾아온 렌과 만났다. 당시에는 베로니카의 신분이기도 했거니와 평소와 미묘하게 달라진 태도에 상대하기 껄끄러웠다. 그러다 보니 루시아로 활동 중인 지금이 그때보다 렌을 대하기 한결 편했다. 그녀도 모르는 사이 미운 정이 들었다고나 할까.

"아주 건방져. 초대할 때는 언제고 사람을 기다리게 만들어?"

"여전하시네요. 보자마자 시비부터 거시고."

"시비 아니고 인산데? 그리고 오랜만은 아니라서."

렌은 의미심장한 말을 흘리며 씩 웃었다. 심야의 가면무도회에서 본 엘레나의 모습이 떠올라서다.

'내가 보고 있었단 걸, 쟤는 모르겠지.'

알 리가 없다. 말하지 않았으니까. 그녀를 대신해서 수작질을 한 아벨라에게 경고를 날린 것도 엘레나가 몰라준다고 해서 렌은 서운해하지 않았다. 이상하게 비칠지 모르겠지만, 몰라서 더 좋았다.

"왜 자꾸 웃어요? 실없는 사람처럼."

"네가 처음으로 날 초대했잖아. 아주 뜻깊은 자리예요, 이 자리가."

"별 뜻은 없는데, 너무 앞서가셨네요."

엘레나가 매몰차게 받아치며 식탁에 앉았다. 가로로 긴 식탁의 맨 끝에 착석하자 서로를 보는 게 참 멀게 느껴졌다.

"벗지? 언제까지 쓰고 있을 거야?"

그러고 보니 렌은 가면을 벗고 있었다. 이미 예상했던 일이다. 무법으로 사는 렌이 살롱의 규칙을 지킬 거라고는 처음부터 생각하지 않았다.

"안 그래도 벗으려고 했어요."

엘레나가 손을 머리 뒤로 보내 질끈 동여맨 끈을 풀었다. 정말 오랜만에 루시아의 모습으로 사람을 대하는 거다 보니 낯설고 어색했다.

"됐죠?"

"아니, 되게 걸리적거려."

렌이 눈을 가늘게 뜨고는 엘레나를 빤히 쳐다봤다. 얼굴을 가리고 있는 안경, 단발머리 가발, 그리고 진한 변장까지. 모두 거슬렸다. 엘레나는 그런 렌의 뼈 있는 말을 괜한 시비로 받아들였다.

"저 식사하지 말고 그냥 나갈까요?"

"왜 이렇게 예민해? 시비 거는 거 아니니까 앉아."

렌이 실실 웃으며 진정하라는 손짓까지 했다. 엘레나도 처음부터 나갈 생각이 없던 만큼 의자에 다시 엉덩이를 붙이고 앉았다.

"안부는 그만 묻고 식사나 하죠. 기껏 차린 음식이 식으면 곤란하잖아요?"

"오, 간만에 맘에 드는 말을 하네. 안 그래도 맛있게 먹으려고 아침부터 굶었거든."

렌은 씩 웃더니 포크와 나이프를 집었다. 애피타이저를 시작으로 메인인 거위 요리까지 맛을 보더니 고개를 끄덕였다.

"먹을 만해. 입에 맞아."

"나름 신경 썼어요."

"그 말 듣기 좋네."

렌은 알 듯 말 듯한 표정으로 히죽 웃었다. 나이프질을 멈춘 엘레나가 그런 렌을 빤히 쳐다봤다. 그 눈길을 즐기듯이 마주하던 렌이 피식 웃었다.

"뭔 얘길 하려고 이렇게 무게를 잡아? 기대되게."

"질문이 좀 아슬아슬하거든요."

"에이, 그걸 판단하는 건 나지. 그리고 아슬아슬한 질문은 너보다 내 쪽이 더 많은데?"

렌의 의미심장한 발언에 엘레나의 눈길이 더없이 차분해졌다. 대화의 뉘앙스만으로도 렌이 뭔가를 알고 있다는 게 느껴졌다.

'지금부터가 중요해. 정신 똑바로 차려.'

엘레나는 마음을 다잡았다. 대화의 주도권을 잃어서는 곤란했다. 지금까지 렌이 보인 수상쩍은 행적과 시안으로부터 전해 들은 얘기를 토대로 어디까지 알고 있는지를 알아내야 했다.

"전하와 만났단 얘기 들었어요."

"그게 질문이야?"

"질문으로 가는 과정이죠."

렌이 픽 웃었다.

"만났지. 그걸 너한테 얘기한 거 보니 전하께서 입이 좀 가벼운 모양이야."

"이럴 때는 가벼운 게 아니라, 가까운 사이라고 표현하죠."

"가까운 사이?"

렌의 눈썹이 꿈틀거렸다. 딴 사람도 아니고 엘레나의 입을 통해서 시안과의 관계에 대한 정의가 내려지자 굉장히 거슬렸다.

"뭘 그렇게 단순하게 규정해. 둘이 언제부터 그렇게 가까웠다고."

"먼 사이는 아니잖아요?"

"그럼 중간이지. 가깝지도 멀지도 않은."

"말장난은 그쯤 하죠."

엘레나는 차갑게 말을 잘랐다. 더 이상 의미 없는 농담으로 시간을 허비하고 싶지 않았다.

"당신은 제 적인가요?"

엘레나는 빙빙 돌리지 않고 노골적이다 싶을 만큼 직접적으로 의중을 떠봤다. 한때, 제국의 날고 긴다는 명사들을 제치고 사교계를 평정한 엘레나다. 때론 단순한 화법이 어느 때보다 효과적임을 알고 있었다.

'나에 대해 어디까지 알고 있는지 알아내는 게 중요해.'

그러자면 렌을 자극해 원하는 감정적인 대답을 끌어내야 했다.

"어이, 뭘 그리 대놓고 물어. 적이라고 하면 어쩌려고?"

"적이면…… 선택을 해야겠죠."

"선택? 네가 아니면 내가?"

"둘 다요. 분명한 건, 지금 이 자리가 마지막 식사 자리가 될 거라는 거예요."

렌이 겁을 집어먹은 척 팔뚝을 부여잡고는 떠는 시늉을 했다.

"어휴, 살 떨려. 너 나 협박하냐?"

"재미있는 농담이네요. 선배가 협박했으면 했지, 협박당할 사람인가요?"

"야, 넌 맞는 얘기를 면전에서 하냐? 무안하게."

렌이 픽 웃으며 능청을 떨었다. 그러나 엘레나는 장난스럽게 넘어갈 생각이 없었다.

"말 돌리지 말고 제 질문에 대답하세요."

"네 눈에는 내가, 적 같냐?"

되레 질문을 받은 엘레나는 일 초의 망설임도 없이 대답했다.

"네."

"와, 상처받았어."

렌이 앞머리를 뒤로 넘기면서 낮게 웃었다. 상처받았단 느낌보다는 마치 이 대화를 즐기고 있는 것처럼 신이 나 보였다.

"웃겨요? 전 진지한데."

"나도 진지해."

"그럼 대답해 보세요. 적인지, 아닌지."

엘레나는 부러질지언정 휘지 않는 화법으로 렌을 다그쳤다. 대답 여하로 어디까지 렌이 알고 있는지를 파악해 볼 요량이었다.

"적은 아니지."

"그러면요?"

"어둠 속 수호천사?"

순간 이성의 끈을 놓을 뻔한 엘레나가 입술을 질끈 물었다. 초인적인 인내심을 발휘하지 않았다면 새빨갛고 도톰한 입술 사이로 무슨 단어가 튀어나갈지 그녀조차도 가늠하지 못했다.

"뻔뻔하시네요. 그런 말을 입에 담고."

"진짠데? 어둠 속 수호천사. 이보다 더 적절한 비유가 없어요."

렌은 뭐가 그리 좋은지 혼자 박수까지 치면서 히죽히죽 웃었다. 잠시 간 그 모습을 무표정하게 지켜보던 엘레나가 담담히 입을 열었다.

"믿을 만해야 믿죠."

"쯧, 이봐, 이봐. 사람이 그러면 못 써. 서로 믿고 신뢰하고 그래야지."

"그러는 선배는 절 믿어요?"

엘레나는 거미줄처럼 사전에 치밀하게 짜놓은 대로 대화를 유도했다.

"나? 안 믿지."

"그러면서 저보고 믿으라고요?"

"응."

렌은 팔짱을 낀 채 당연하다는 듯이 되받아쳤다. 그 밑도 끝도 없는 행각에 엘레나는 어이가 없었다.

"다시 원점이네요."

엘레나가 조용히 의자에서 일어났다. 대화의 주도권을 잡기 위해서라도 도돌이표를 끊을 필요가 있었다.

"어디 가. 아직 식사 중인데?"

"의미 없는 대화에 시간 낭비하고 싶지 않아서요."

엘레나는 몸을 빼더니 가면을 다시 쓰는 시늉까지 했다. 그러자 렌도 등을 기대고 다리를 꼬고 앉았다.

"우리가 앞으로 나눌 대화가 너한테 얼마나 도움이 될지 알고 가려고 하냐? 너 그러다 후회한다?"

"너무 앞서가시네요. 저한테 도움이 될지 안 될지는 제가 판단해요."

엘레나가 끝까지 동여 묶고는 돌아서려고 할 때였다.

"내가 졌어!"

렌이 항복 선언을 하듯 양팔을 들어 올리곤 히죽히죽 웃었다.

"뭘 졌다는 거죠?"

"전부 다. 참 이상하단 말이야. 내가 지는 걸 끔찍이 싫어하는데 너한테 지는 건 싫지가 않아."

엘레나는 바로 의자에 앉지 않고 렌을 지그시 응시했다.

"안 앉을 거야?"

"제가 앉을지 말지는 얘길 들어 보고 판단하죠."

렌이 들고 있던 양팔을 조용히 내리더니 엘레나를 보며 의미심장한 미소를 지었다.

"적의 적은 아군이다."

"……!"

"이거보다 확실한 게 있나?"

너무도 태연스럽게 얘기하는 렌과 달리 엘레나는 저 말을 가벼이 넘길 수 없었다. 돌려 말하고 있었지만 지금 렌이 지칭한 적의 적이란 존재가 쉬이 유추 가능했기 때문이다.

'대공가.'

딴사람은 몰라도 엘레나는 알고 있다. 렌이 대공가를 향해 품고 있는 증오심이 얼마나 깊은지를. 지난 삶에서 베로니카 행세를 하던 엘레나를 집요하게 괴롭히고 협박한 데는 대공가를 향한 악감정이 절대적이었다. 즉, 두 사람이 공공의 적을 둔 게 맞다면 렌은 엘레나의 정체에 대해 진즉부터 알고 있었던 말이 된다.

"반응을 보아하니 확실한 증명이 된 거 같지?"

렌이 더욱 짙은 미소를 띠며 얄밉게 이죽거렸다.

"어디까지 아는 거죠?"

"꼭 이런 식이지. 확인을 받으려고 들어."

"확실한 걸 좋아하는 편이라서요."

직접적으로 언급하지 않았을 뿐 렌은 쥐고 있던 패를 다 공개한 셈이었다. 그럼에도 불구하고 확인하려는 건, 좀 더 확실히 짚고 넘어가고 싶은 엘레나의 바람이었다.

"까짓것 얘기 못 할 것도 없지."

"……."

"어디부터 얘기할까? 진짜 루시아는 북부 지방에 살고 있다는 거? 아니면, 지금 이 살롱의 주인이 너라는 거? 그것도 아니면 그 가발을 벗는 순간 폭포처럼 쏟아지는 금발이 매력적이라는 거?"

"그거면 됐어요."

엘레나의 목소리는 예상보다 덤덤했다. 더는 변장이 무의미하다는 걸 깨닫고는 안경을 벗었다. 가발 속 금발까지 알고 있다는 건 베로니카의 신분도 알고 있단 의미였다. 적의 적이 아군이라고도 했으니 대역이란 사실도.

"거 봐, 걸리적거리는 걸 치우니 훨씬 보기 좋네."

"……."

렌이 매우 만족스럽다는 듯 미소를 지었다. 엘레나는 가면을 벗었음에도 불구하고 걸리적거린다고 했던 렌의 말뜻을 알아챌 수 있었다.

'이해가 안 가. 다 알고 있다면 왜 모르는 척하는 거지? 원래 안 그랬잖아.'

지난 삶의 렌은 집요하다 못해 소름 끼치도록 엘레나를 괴롭혔다. 한데, 현생에서는 그런 모습을 전혀 보이지 않았다. 좀 전만 돌아보더라도 뭔가 양보하고 물러서는 인상까지 줬다. 어쩌면.

'뒤틀린 건 전하만이 아닐지도 몰라.'

엘레나는 그렇게 생각할 수밖에 없었다. 그러지 않고서야 지금의 상황이 상식적으로 설명되지 않기 때문이었다.

"왜 말이 없냐? 난 다 공개했는데."

"당신을 어떻게 대해야 할지 고민하고 있어요."

"너무 어렵게 생각하지 마. 쉽게 가자고, 쉽게. 지금까지 그랬던 것처럼."

렌은 지금의 이런 상황과 대화가 너무도 즐거운지 연신 미소가 입가에서 사라지질 않았다. 그러나 엘레나는 지난 삶 속 렌의 그림자가 계속 겹쳐 대하기가 몹시 어려웠다.

"그러죠, 선배."

"그래, 후배."

렌의 목소리는 더없이 다정했다. 그러고 보니 시비를 거는 말투와 달리 적의를 드러내지 않은 지는 꽤 된 것 같단 생각이 들었다.

"아무래도 우리 두 사람의 관계를 다시 규정해야겠네요."

"오. 우리 이제 같은 편 되는 거야?"

마음에 들지 않지만 엘레나는 부정하지 않았다. 렌이 정말 진심으로 엘레나를 도와 대공가를 무너뜨리는 데 일조한다면 천군만마를 얻는 것과 다름없다.

그러나 반대로 렌이기에 마음이 놓이지 않았다. 렌은 양날의 검이다. 렌의 저력은 대공가를 무너뜨리는 데 큰 도움이 될 게 분명하지만, 엘레나의 통제를 벗어나는 만큼 어디로 튈지 모른다는 위험 요소도 분명 존재했다.

'곁에 두는 게 나아.'

여기서 적으로 돌아서거나, 모르는 척 각자의 길을 가는 게 더 불안했다. 그럴 거면 벅차더라도 안고 가는 편이 더 나았다.

"합시다. 같은 편."

"빙고."

렌이 손가락을 팅기며 웃었다. 진심으로 기뻐하는 것처럼 보이는 건 그녀의 착각일까.

"표정 관리 좀 해. 난 기뻐서 춤이라도 추고 싶은데, 네가 울상이면 되겠니?"

"감정을 못 감추는 편이라서요."

"같은 편이라고 네 일에 간섭하거나 그러진 않을 거야. 너는 너대로, 나는 나대로 가는 거지. 지금까지처럼."

"……."

"왜 대답이 없어? 내가 간섭하길 바라는 거야? 그럼 뭐, 후배가 바라는 대로 해줘야지."

"필요 없어요."

엘레나의 퉁명스러운 말에 렌은 그저 말없이 웃기만 했다.

"그건 그렇고 기념비적인 날인데, 샴페인 어때?"

"사양하죠."

"뭘 그리 매몰차게 거절해? 맘 상하게."

맘 상했다는 말과 달리 렌은 실실 웃으며 멈췄던 식사를 재개했다. 그새 차게 식은 요리들이었지만 방금 막 해온 것인 양 맛있게 먹으며 말을 툭 던졌다.

"길어야 석 달, 짧으면 두 달이야. 그 안에 대공가에서 나와."

"그게 무슨 의미예요?"

건성으로 먹는 둥 마는 둥 하고 있던 엘레나가 고개를 들었다. 지금까지 장난스러웠던 모습은 온데간데없이 사라지고 렌의 표정과 말투는 어느 때보다 진지했다.

"그 안에 베로니카가 돌아올 거야."

"……!"

엘레나의 눈이 커졌다. 이미 여러 가지 정황으로 베로니카가 돌아올

지도 모른다는 짐작은 하고 있었지만 그 시기를 렌을 통해 듣게 될 줄
은 몰랐다.

"그 시기를 놓치면 무사하지 못할 거야."

"예상했던 것보다 훨씬 빠르네요."

"뭐야. 너 베로니카가 깨어난 걸 알고 있었어?"

엘레나는 끄덕임으로 대답을 대신했다. 렌이 혀를 찼다.

"그런데도 대공가에 남아 있다? 무모한 건지, 배포가 큰 건지."

"언제 돌아올지 몰랐으니까요."

"서둘러서 나와. 네가 데리고 다니는 기사가 세긴 해도 혼자서는 무리
야. 머릿수에 장사 없어. 걔도 너 못 지켜."

엘레나가 물끄러미 렌을 쳐다봤다. 착각인가. 어느 때보다 진지하게 얘
기하는 렌의 목소리와 표정에서 자신을 향한 근심과 걱정이 느껴지는 건.

"고마워요."

엘레나는 제 입으로 말하면서도 신기했다. 살면서 개자식 렌에게 고
맙단 말을 할 날이 올 줄이야. 렌 역시 지금껏 한 번도 지어본 적이 없
는 환한 미소를 지었다.

"마저 먹자고."

그 시각. 리아브릭의 집무실에서는 무거운 대화가 오가고 있었다.

"복면인들을 처리해."

그녀의 양옆에 앉아 있던 아틸과 루미너스가 우려를 보였다.

"월포트 경이 당했습니다. 용병들로는 한계가……."

"제2기사단을 움직여."

"……!"

단호한 리아브릭의 말에 두 사람의 눈에 힘이 들어갔다. 제2기사단은 대공가의 핵심 전력 중 하나다. 제1기사단에는 근소하게 미치지 못하지만 그 무력은 대공가의 검이라 불리기에 부족함이 없었다.

"명분은 어찌할지요?"

"수도 내 치안 유지. 근래에 수도 내에서 일어났던 흉악 범죄행위를 모아서 뒤집어씌워."

제2기사단은 뼛속까지 긍지 높은 기사들로 이루어져 있었다. 주군의 명에 절대적으로 복종한다지만 그들은 될 수 있다면 명예로운 일에 검을 들길 바랐다. 그런 맥락에서 볼 때, 집단으로 범죄행위를 벌이는 의문의 복면인 처단은 제2기사단을 움직이게 만들 최고의 명분이었다.

"조치하겠습니다."

"하나 더."

"말씀하십시오."

리아브릭이 싸늘하게 말했다.

"가면무도회에서 피네치아를 거래하겠다고 찾아온 남녀를 찾아."

"저 역시 그들이 수상합니다."

아틸 역시 동조하며 고개를 끄덕였다. 리아브릭의 생각과 크게 다르지 않았기 때문이다. 피네치아 재배지가 발각되었다는 건 어디선가 꼬리를 잡혔다는 얘기다. 시기적으로 볼 때 재배지가 소실되기 며칠 전, 수상쩍은 남녀가 가면무도회를 찾은 날이 유력했다.

"그날 가면무도회에 참가한 사람들의 초대장을 파악해. 참석자를 추리다 보면 흔적이 나올 거야."

"알겠습니다."

"찾지 못하면 돌아올 생각을 버려."

리아브릭은 실패의 여지를 주지 않았다. 그만큼 그녀는 절박했다.

'낭떠러지에 몰렸어. 더 이상의 실패는 허락지 않을 거야.'

프란체 대공은 인내심이 그리 강한 편이 아니었다. 리아브릭 정도는 되니까 만회할 기회를 준 것이지 다른 수하였다면 더 유능한 자로 그 자리를 대신했을 것이다.

"꼭 밝혀내겠습니다."

명령을 받는 아틸도 비장했다. 리아브릭의 실각은 그의 끝을 의미했다. 갖은 수단과 역량을 총동원해 이번 일의 배후를 밝혀내는 길만이 그가 대공가에 필요한 인재임을 증명하는 길이었다.

"루미너스."

"네, 자작님."

"아편의 공급이 끊긴 이상 가면무도회를 더 유지할 이유가 없어. 없애 버려."

심야의 가면무도회는 지금껏 대공가가 주최했다. 귀족들의 은밀한 욕망을 자극해 끌어들인 뒤, 아편을 취급하고 판매하는 장으로 만들었다. 그러나 아편 사업이 재기 불능에 처한 지금의 상황에서 가면무도회를 계속 주최하는 건 무의미했다.

"네, 자작님."

루미너스도 어느 때보다 무겁게 명령을 받았다.

"별일 없으셨습니까?"

렌을 보낸 뒤, 메인 응접실로 돌아온 엘레나를 보며 휴렐바드가 걱정스럽게 물었다.

"네, 보다시피요."

"다행입니다."

엘레나의 평온한 대답에 그제야 휴렐바드가 안심이 되었는지 고개를 끄덕이며 물러났다. 응접실 중앙에 놓인 소파에 눕다시피 몸을 기댄 엘레나는 어안이 벙벙했다.

"렌과 내가 손을 잡다니."

딴 사람도 아니고 렌이다. 세상이 두 쪽이 나고, 다시 태어나더라도 절대 친해질 수 없는 부류의 인간이라고 생각했다. 그런데 놀랍게도 그런 렌과 조금 전까지 마주 앉아 식사를 했다. 정상적으로. 그것도 충격적인데 공공의 적을 두고 같은 편이라 규정했다.

같은 편. 세상에서 가장 어색한 말이 아닐 수 없었다.

'방심은 금물이야. 어디로 튈지 모르는 남자잖아.'

엘레나는 여전히 렌을 신뢰하지 않았다. 서로의 목적을 위해 손을 잡았지만 솔직한 심정으로는 옳은 일인지 확신하지 못했다. 그만큼 그에 대한 안 좋은 인식이 강렬하게 뿌리박혀 있기 때문이다. 그래도 엘레나는 더 이상 렌을 적으로 여기지 않아도 된다는 것에 굉장히 안도했다.

"……의외로 든든하기도 하고. 아, 지금 무슨 생각을 한 거지? 너무 터무니없잖아."

엘레나는 무의식적으로 불쑥 든 생각에 실소를 흘렸다. 본인은 외면하고 무시하려고 했지만 심리적인 측면에서 렌의 존재가 크게 와닿았다. 적일 때는 진저리가 났지만, 막상 같은 편이라고 하니 묘하게 의지가 됐다. 물론 사람이 쉽게 변하는 게 아닌 만큼 방심은 금물이지만.

마침 살롱 내 업무를 처리하기 위해 자리를 비웠던 칼리프가 돌아왔다. 가면을 벗기가 무섭게 그는 엘레나의 안위를 먼저 걱정했다.

"렌이 허튼수작을 부리진 않았어?"

"예. 별 탈 없이 넘겼어요."

"그럼 다행이고. 네가 원하니 자리를 만들긴 했지만 대체 왜 만난 거야?"

"안 그래도 그 얘길 하려고 해요."

엘레나는 방금 전까지 렌과 식사를 나누며 했던 얘기들을 털어놓았다. 차후 대공가의 몰락 과정에서 협업할 수도 있는 만큼 렌과 한배를 탔음을 명확히 알려줘야 했다.

"그렇게 된 거예요."

"……."

"선배?"

잠시 할 말을 잃었던 칼리프가 근심 어린 얼굴로 입을 열었다.

"괜찮겠냐? 렌은 길들여지지 않는 부류 같던데."

묵묵히 경청하고 있던 휴렐바드도 거들었다.

"저 역시 같은 의견입니다. 예의가 없고 난폭한 잡니다. 가까이 두기엔 너무 위험합니다."

웬만해서는 개인적인 의견을 말하지 않는 휴렐바드가 말을 보탤 만큼 불안해했다. 엘레나도 같은 마음이지만 내색하지 않고 좋은 말로 안심시켰다.

"너무 걱정하지 마세요. 저 역시 렌의 위험성은 인지하고 경계하고 있으니까요."

"네가 그렇다면 그런 거겠지. 에이, 난 널 믿고 말련다."

신경이 쓰이지 않는다면 거짓말이지만 칼리프는 엘레나의 선택을 존중했다. 지금껏 한 번도 실패한 적이 없는 그녀가 아닌가. 맹목에 가까운 믿음이 있었다. 휴렐바드는 말을 아끼는 걸로 수긍의 뜻을 보였다. 어디까지나 엘레나의 선택이고 여차하면 자신이 목숨을 걸고 그녀를 지킬 생각이었다. 렌과 관련된 대화가 일단락되자 칼리프가 품에 넣어뒀던 서신을 내밀었다.

"빌렘 백작가에서 온 답신이야."

"벌써 답변이 왔다고요?"

"나도 놀랐어."

엘레나는 빌렘 백작가의 인장이 찍힌 봉투를 뜯어 내용물을 확인하고는 다시 고이 접어 넣었다.

"뭐라고 쓰여 있어?"

"늦더라도 오늘 중으로 살롱을 방문할 테니 기다리라네요."

"전하께서?"

"네. 사안이 급하다고 말씀드렸더니 바로 오시려나 봐요."

시안의 적극적인 대처에 엘레나는 고마우면서도 미안했다.

'몰래 빠져나오기 쉽지 않으실 텐데……'

황실이 건재하다면 운신이 자유롭겠지만 현재는 그렇지 못했다. 황궁 곳곳에 시안을 감시하는 눈들이 숨어 있었기 때문이다. 그런 위험부담을 안고서도 황궁을 나오겠다는 진심이 엘레나의 가슴을 짠하게 울렸다.

"선배, 저 먼저 내려가 있을게요. 머리가 복잡해서 생각 좀 정리해야겠어요."

"알겠어. 삼 층엔 아예 누구도 못 올라가게 할게."

엘레나가 고개를 끄덕이며 우두커니 서 있는 휴렐바드를 쳐다봤다.

"경은 저와 함께 가도록 하죠."

"네."

"메이는 여기 남아서 칼리프 선배를 도와주렴."

"네, 아가씨."

엘레나는 비밀 통로를 이용해 삼 층 맨 끝에 위치한 응접실로 이동했다. 이 응접실은 유일하게 엘레나가 시안을 만날 때만 개방되는 곳이었다. 정중앙에 놓인 소파에 착석한 엘레나는 생각을 정리할 시간을 가졌다.

귀족 회의. 베로니카의 복귀. 렌과의 협력.

생각할 거리가 한둘이 아니었다. 그것들을 거미줄처럼 촘촘히 엮여 있는 처음의 계획안에 넣는 건 결코 쉬운 일이 아니었다. 사소한 어긋남이 거미줄 전체를 헝클어뜨릴 수 있기 때문이다.

사고가 이어지는 동안 시간은 쏜살같이 지나갔다. 아치형 창문 밖은 깜깜해진 지 오래고 고요한 달빛만이 요요히 빛을 발하고 있었다.

똑똑. 문을 두드리는 노크 소리에 엘레나가 사고에서 깨어났다. 휴렐바드가 나서서 문을 열어주자 용 문양의 가면을 쓴 시안이 응접실로 들어왔다. 엘레나는 소파에서 일어나 예의를 갖췄다.

"그간 잘 지냈느냐? 아픈 곳은 없고?"

시안은 보자마자 엘레나의 안부를 먼저 챙겼다.

"네, 전하께서 염려해 주신 덕분에요. 앉으세요."

엘레나는 소파의 앞자리를 권하며 휴렐바드에게 눈빛을 보냈다. 휴렐바드는 외부에서 사람이 들어오지 못하도록 잠금장치를 걸고는 비밀 통로를 이용해 자리를 피해줬다. 그제야 시안이 가면을 벗었다. 엘레나 역시 가면을 벗고는 본모습을 드러냈다.

"급한 일이라고 들었다. 무슨 변고라도 생긴 것이냐?"

"상의드릴 일이 있어서 뵙자고 했어요."

시안의 짙푸른 녹안이 더없이 진중해졌다. 가볍게 앞으로 숙여진 자세만으로도 그가 엘레나의 얘기에 얼마나 집중하고 있는지가 느껴졌다.

"베로니카가 깨어난 것 같아요."

"……!"

시안의 표정이 딱딱하게 굳었다. 엘레나가 베로니카의 대역임을 알기에 저 말이 뜻하는 바를 정확히 파악했다.

"대공가를 나와야 하는 것이 아닌가? 저들은 결코 그대를 살려두지 않을 것이다."

"저도 알아요."

"그렇담 지체할 필요가 없겠군. 한시라도 빨리 대공가를 나와라. 내일, 아니, 오늘 당장에라도."

시안은 제 일보다 더 초조해했다. 행여 대공가를 나올 시기를 놓쳐 엘레나가 해를 당하지 않을까 조마조마했다.

"아직 나올 수 없어요. 할 일이 있어요."

"할 일? 이제 와 그게 무슨 소용이지? 지금은 그런 걸 따질 때가 아니다. 나오지 않는다면 억지로라도 나오게 하겠다."

시안은 강경한 태도를 보였다. 엘레나의 목숨이 걸린 일인 만큼 양보할 의사가 없는 듯했다.

"전하께서도 아실 거예요. 대공가를 무너뜨리기 위해 제 전부를 쏟고 있다는 걸요."

"그렇기에 만류하는 것이다. 그대는 이미 나조차 해내지 못한 일을 해냈어."

그간 엘레나는 누구도 하지 못했던 일을 해냈다. 저 연약한 여인의 몸으로 이백 년이 넘도록 성세를 누리던 대공가를 뿌리째 흔든 것만으로도 존경받아야 옳았다.

"그러니 더더욱 남아야 해요. 뿌리째 뽑지 못한다면 대공가는 금세 살아나고 말 거예요."

대공가에 적잖은 타격을 입혔지만 결정적인 한 방이 부족했다. 재정적인 손해가 누적된 지금 대공가의 근간을 흔들어 다시는 재기하지 못하도록 만들어야 한다. 그러자면 시간이 필요했다.

"더 남겠다고? 그 위험한 곳에?"

"네, 그러자고 전하를 뵙길 청했어요. 부탁을 드리려고요."

시안은 굳은 얼굴로 엘레나를 바라봤다. 마음 같아서는 수단과 방법을 가리지 않고 뜯어말리고 싶었지만 인내했다. 스스로가 얼마나 이기적으로 구는지 잘 알기에 엘레나 역시 마음이 편치만은 않았다.

'어쩔 수 없어. 시간을 벌려면 이 방법뿐이야.'

여하에 따라 시안의 입장을 고려하지 않은 이기심으로 비칠 가능성도 농후했다. 그러나 곧 결심을 굳힌 엘레나가 어렵사리 입술을 뗐다.

"황태자비 선출식을 열어주세요."

"……!"

시안의 표정이 딱딱하게 경직됐다.

"무례하고 무모한 부탁인 거 알아요. 그럼에도 꼭 부탁드릴게요."

"……."

"제게는 시간이 필요해요. 또 이로 인해 대공가를 분열시킬 명분을 만들 수 있습니다."

엘레나는 한 치의 흔들림도 없는 눈길로 황태자비 선출식을 열어야만 하는 필요성을 강조했다.

"베로니카는 삼 년이 넘도록 사교계에 나오지 못했어요. 그 말은 황태자비 선출식에 참가할 만한 준비가 아직 되지 않았단 의미이기도 하죠."

시안은 묵묵히 그녀의 말을 경청했다.

"베로니카를 제외하면 4대 가문 라인하르트가의 아벨라가 유력한 황태자비 후보가 되겠죠. 만만한 상대가 아니다 보니 경합을 벌이려면 절 내세울 수밖에 없어요."

즉, 황태자비 선출식이 진행되는 동안 대공가는 엘레나를 끌어안고 갈 수밖에 없다. 그간 황태자비에 필요한 자질을 갖춰온 엘레나를 내보내는 게 더 경쟁력이 있었기 때문이다. 물론 대공가에서 무리를 해서까지 베로니카를 내세울 수도 있다.

하지만 그런 식으로 공정한 선출식을 거치지 않고 베로니카를 황태자비로 선임시키려고 했다가는 4대 가문의 반발에 부딪힐 공산이 컸다. 제 아무리 대공가라 하더라도 4대 가문과 부딪치고 척을 지는 건 원치 않을 것이다. 다시 말해 황태자비 선출식을 구실로 엘레나는 대공가에 머물 시간을 벌게 된다. 그리고 황태자비 선출식에 필요한 평판을 쌓아야 한다는 핑계로 자유롭게 사교계 활동도 할 수 있다. 그리되면…….

"대공가를 분열시킬 생각이에요."

"분열?"

"공녀라는 제 지위를 이용해 귀족들을 돌아서게 만들 거예요."

그간 엘레나는 고분고분한 태도를 취했다. 때때로 돌발적인 행동을 취하기도 했지만, 주로 허영심 많고 어리석은 행동을 하며 리아브릭의 눈 밖에 나지 않도록 몸을 사렸다. 아직은 좀 더 몸을 낮춰야 한다고 여긴 까닭이다. 그러나 베로니카의 복귀가 임박한 지금 더는 지체할 이유가 사라졌다. 베로니카의 지위를 이용해 대공가를 분열시키는 것이야말로 엘레나가 쥐고 있는 최고의 패였다.

"그대는······."

시안은 말을 흐리며 엘레나를 눈에 담았다. 자신의 마음도 몰라주고 황태자비 선임에 큰 의미를 두지 않는 그녀에게 내심 섭섭한 마음이 들었다. 아니, 잔인하다고까지 느껴졌다. 그럼에도 불구하고 그녀를 미워할 수 없었다. 아니, 자신의 무능력함에 화가 났다.

"······나를 곤란하게 만드는 재주가 있군."

"죄송해요. 곤란한 부탁을 드려서."

엘레나는 차마 고개를 들지 못했다. 설득하면서도 맘속으로 머뭇거리고 망설이길 반복했다. 아무리 대공가를 몰락시킬 계략이라 하더라도 시안과 엮이는 일만큼은 피하고 싶었기 때문이다.

"황태자비는 나의 반려다. 또 제국의 국모가 될 여자다."

"알고 있어요."

한때, 엘레나가 그 자리에 있었다. 비록 황태자비를 거쳐 황후에 오른 건 세실리아였지만 즉위 후 얼마 되지 않아 독살을 당했기 때문에 황비인 엘레나가 황후나 다름없었다.

"솔직히 말해 그대의 부탁을 거절하고 싶다."

"······."

엘레나는 말을 아꼈다. 부탁한 건 엘레나이지만, 그걸 받아들이는 건 시안이다. 거절하더라도 존중해야 했다.

"내가 왜 지금껏 황태자비를 공석으로 두었는지 아나?"

"외척을 두지 않고자 함이 아닌지요."

"예전에는 그랬으나 지금은 아니다."

"아니라고요?"

엘레나가 고개를 들어 시안과 시선을 맞췄다. 바다처럼 고요하던 그의 눈동자에 거칠게 파도가 몰아치고 있었다.

"그 자리는 주인이 있다."

순간 엘레나의 심장이 쿵 하고 떨어졌다.

"그녀를 위해 황태자비 위에 조금의 흠도 남기고 싶지 않아."

그 자리의 주인이 누군지 시안은 정확히 지칭하지 않았다. 그럼에도 자신을 바라보는 애틋한 눈길과 말속에 담긴 뉘앙스로 짐작할 수 있었다. 저토록 애절하거늘 어찌 모르겠는가. 애써 모르는 척하는 엘레나의 마음도 편치 않았다. 한결같이 제게 다가오는 그를 억지로 외면하는 것도 힘에 부쳤다. 감정의 동요는 불가항력이라 엘레나가 이성적으로 대처하려고 한들 마음먹은 대로 되지 않았다.

"그게 그대의 부탁을 망설이고 있는 이유다."

"전하."

"머리로는 이해하나, 가슴이 받아들이질 못해."

"……"

시안은 지그시 눈을 감았다. 무표정한 얼굴에는 깊은 번뇌와 고뇌가 서려 있었다. 엘레나는 그런 시안을 눈에 담으며 기다렸다. 시안이 눈을 뜨고 다시 입을 연 건 그로부터 한참의 시간이 지난 후였다.

"황태자비 선출식을 열겠다."

"전하……."

엘레나가 말을 흐렸다. 어려운 부탁임에도 불구하고 큰 용단을 내려준 시안이 고마웠다.

"그러나 이번 선출식으로 황태자비를 선임하는 일은 없을 것이다."

"저 역시 황태자비에 베로니카나 아벨라가 선임되는 걸 원치 않아요."

황태자비 선출식은 어디까지나 시간을 벌고 대공가를 따르는 귀족들을 분열시키기 위한 계략의 일부였다. 만약 선출식을 거쳐 베로니카나 아벨라가 황태자비로 선임될 수밖에 없다면 애초에 이 계략은 실행에 옮겨서는 안 된다. 시안이 너무 많은 것을 잃기 때문이다.

그런 엘레나의 진심이 전달된 것인지 시안의 표정이 살짝 누그러졌다.

"그대가 그리 말해주니 되었다."

"저야말로 쉽지 않은 결단을 내려주신 전하께 몸 둘 바를 모르겠어요."

엘레나는 몸을 일으키더니 정중하게 예의를 갖춰 인사를 올렸다.

'전하가 아니었다면 여기까지 와서 그냥 물러날 수밖에 없었을 거야.'

베로니카의 조기 복귀는 생각지도 못한 큰 변수였다. 만약 시안이 없었다면 눈물을 머금고 대공가에서 몸을 뺄 수밖에 없었을 것이다. 그리 되면 엘레나가 외부에서 아무리 공작을 펼쳐 압박을 가한다고 해도 내부가 굳건한 대공가를 무너뜨리기 역부족이었을 게다. 고민은 길었지만 결단을 내린 시안은 머뭇거리지 않았다. 오히려 적극적인 모습을 보이며 엘레나에게 도움이 되고자 했다.

"결정이 났으니 시일을 결정하지. 그대가 원하는 날짜를 말하도록."

"지금으로부터 넉 달 뒤로 잡아주세요."

"넉 달 뒤라. 그대도 알겠지만 황태자비 선출식은 총 세 번의 경합을 거쳐 황태자비를 선출한다. 넉 달 뒤가 마지막 경합일이 되는 것이다. 알고 있나?"

"네, 알고 있어요."

엘레나는 고개를 끄덕였다. 원 역사에서는 학술원을 졸업한 시안이 기습적으로 황태자비로 세실리아를 책봉했다. 그 여파로 엘레나는 일 년간 사교계에서 평판을 쌓는 시간을 가질 수밖에 없었다. 그 후, 시안과 세실리아 사이에서 후사가 없자 프란체 대공과 리아브릭은 이때다 싶었는지 황실의 번영과 안정을 도모하기 위해서라는 명분으로 황비를 들여야 한다고 주장했다. 그 결과 엘레나가 치열한 선출식을 거쳐 제1황비가 되었다.

"그리 공표하도록 하겠다."

"감사합니다, 전하."

"내가 그대의 부탁을 들어줬으니, 그대도 나와 약조를 했으면 한다."

"말씀하시지요."

엘레나가 공손히 대꾸하자 시안이 말했다.

"다치지 말라."

"……."

시안의 걱정 어린 눈길에 엘레나가 뭉클했다.

"위험하다 느껴지면 다 내팽개치고 빠져나와. 대공가의 몰락, 그대가 못 한다면 내가 하면 돼. 그러니 다 짊어질 생각은 하지 마라. 약조할 수 있는가?"

"전하."

뻔히 무리한 부탁인 걸 알면서도 들어준 시안은 마지막까지 엘레나만을 염려하고 걱정했다. 그 진실 어린 마음이 엘레나를 짠하게 만들었다.

"그리하겠습니다."

"그거면 됐다."

그 약조면 충분하다는 듯 시안도 더는 말을 하지 않았다. 그에게 있어 가장 염려되고 우려스러운 건 오로지 엘레나의 안위였다. 그런 걱정 어린 마음을 잘 알기에 엘레나도 함부로 움직일 뜻이 없었다. 죽으면 아무 소용이 없다. 복수도 살아 있어야 가능했다. 엘레나는 저들에게 비참히 죽임을 당하며 그 간단한 이치를 깨달았다.

'베로니카.'

불현듯 죽어가던 자신을 보며 비웃던 베로니카의 모습이 떠올랐다. 이안의 손을 잡고 흔들며 작별을 고하던 그 악마 같은 모습이.

'더 이상 네 뜻대로 되지 않을 거야.'

상황은 변했다. 베로니카가 돌아올 시기를 결정하는 것도 이제는 엘레나에게 달렸다.

'이제부터 네 이름과 지위로 무슨 짓을 저지를지 기대해.'

대공가로 돌아온 베로니카가 어떤 표정을 지을지 상상하는 것만으로도 엘레나의 입가에 진한 미소가 그려졌다.

제20장
뿌리

"뭐? 황태자비 선출식을 연다고?"

집무실에서 앉아 서류를 보고 있던 리아브릭은 귀를 의심했다. 얼마 전까지만 하더라도 대공가를 따르는 귀족들이 입을 모아 황태자비를 빨리 들여야 황실이 안정된다며 목소리를 높였다. 그러나 베로니카가 깨어나 상황이 변하자 리아브릭은 황태자비 선출식을 기약 없이 미뤘다. 베로니카가 건재한 마당에 군이 서둘러서 엘레나를 선출식에 내보낼 이유가 없기 때문이다.

그런데 이게 웬걸. 황실에서 온 공문에 적힌 바로는 다음 달부터 매달 황태자비 선출을 위한 경합을 열고, 세 번째이자 마지막 경합을 끝낸 넉 달 뒤 황태자비를 발표한다고 적혀 있었다.

"몸져누운 황제가 꾸민 일 같지는 않고, 황태자가 독단적으로 진행한 일 같습니다."

"저희로서도 딱히 나쁠 건 없습니다. 공녀 전하께서는 오래전부터 마담 드 플랑로즈의 교육을 받지 않으셨습니까? 아벨라 영애보다 경쟁에 우위에 있습니다."

아틸과 루미너스는 각자의 의견을 내며 앞으로의 전망을 이야기했다. 특히 루미너스는 굉장히 긍정적으로 내다봤다. 리아브릭은 그런 조언을 한 귀로 듣고 흘렸다. 저들은 가장 중요한 한 가지를 간과했는데 엘레나가 베로니카의 대역이라는 사실이었다.

'하필 공녀가 돌아오려는 이 시점에 황태자비 선출식을 열다니.'

베로니카의 건강이 일상생활에 지장이 없을 만큼 호전되면서 은밀히 복귀를 준비하고 있었다. 로렌츠와 안가를 지키던 기사단을 동원해 엘레나와 휴렐바드, 메이를 처리할 계획도 세웠다. 그런데 황태자비 선출식 공표로 그 모든 게 어긋나게 생겼다.

"대공 전하께서 어디 계시지?"

"서재에 계십니다."

리아브릭은 망설임 없이 자리에서 일어나 서재로 향했다. 서재의 문 앞에 다다르자 프란체 대공을 수행하는 십여 명의 기사와 시녀들이 일제히 머리를 숙이며 예의를 갖췄다.

"급한 일이다. 대공 전하께 아뢰어라."

직속 시녀가 노크하더니 서재 안으로 들어갔다. 잠시 후, 서재를 나와 몸을 낮췄다.

"들어오시랍니다."

리아브릭은 빠른 걸음으로 서재에 발을 들였다. 고풍스러운 책상에 앉아 책을 읽고 있는 프란체 대공에게 다가가 묵례했다.

"급한 일이라고?"

"네, 황실에서 황태자비 선출식을 열겠다고 공표했습니다."

리아브릭은 황실에서 받은 공문을 얘기했다. 사태의 심각성에 프란체 대공도 읽던 책을 덮어놓고 대화에 집중했다.

"황태자비 선출식에 베로니카 대신 그 아이를 내보내자?"

"아뢰옵기 황공하오나 공녀께서 너무 긴 시간 주무시고 말았습니다. 라인하르트가도 아벨라 영애를 내세울 테니 차라리 황태자비 선출식까진 그녀를 내세움이 나을 거 같습니다."

"그럼 그렇게 해."

프란체 대공은 일말의 머뭇거림 없이 바로 수락했다. 육체적인 성장에 비해 장시간 의식이 없던 만큼 베로니카의 정신적인 성장은 미숙했다. 황태자비 선출은 경합을 원칙으로 한 만큼 엘레나를 내세우는 게 그가 보기에도 일리 있어 보였다.

"지금쯤 리아브릭이 황태자비 선출식 얘길 들었을 텐데……."

엘레나는 정원이 내려다보이는 테라스에 앉아 티타임을 가졌다. 말이 티타임이지 저택을 오가는 사람들을 살펴보기 위함이었다. 황태자비 선출식을 개최하기로 공표하기로 한 날이 오늘이었고, 예정대로 황실 소속의 근위대가 다녀갔다.

"좀 더 기다려 보자."

판은 이미 짜였다. 이제 저들을 함정 안에 몰아넣을 일만 남았다. 그러자면 마지막까지 조바심을 내서는 안 된다.

똑똑. 앤이 노크를 하며 들어왔다.

"아가씨, 리아브릭 자작께서 집무실에서 뵈었으면 한다고 하십니다."

"그래?"

엘레나가 찻잔을 내려놓고 자리에서 일어나 리아브릭의 집무실을 찾아갔다.

"리브, 무슨 일인가요?"

엘레나는 자신을 왜 불렀는지 모른다는 표정으로 리아브릭을 마주했다.

"우선 앉죠."

리아브릭이 권하자 엘레나가 끄덕이며 소파에 앉았다.

"오늘 보자고 한 건 중요한 얘기가 있어서예요."

"중요한 얘기요?"

엘레나가 어깨를 살짝 움츠리며 귀를 쫑긋 세웠다. 다 알면서 모르는 척, 참 가증스러울 만큼 능청맞은 연기였다.

"오늘 황실에서 공문이 왔어요. 조만간 황태자비 선출식이 있을 예정이에요."

"어머, 정말인가요!"

엘레나는 들뜬 기색을 감추지 않았다. 공국을 떠나오던 날부터, 황태자비 자리를 노골적으로 탐하던 연기를 했던 엘레나기에 자연스러운 반응이었다.

'계획대로야.'

모든 게 엘레나의 예상대로 착착 진행되었다. 리아브릭이 저 얘길 그녀에게 꺼냈다는 건, 베로니카가 황태자비 선출식에 참가할 가능성은 없다고 봐도 무방했다.

'다 전하 덕분이야.'

내심 시안에게 고마운 마음이 들었다. 시안이 아니었다면 살기 위해 몸을 먼저 내빼야 했을 것이다.

"뭐부터 하면 돼요? 알려주세요, 리브."

"첫 경합은 두 달 뒤예요. 총 세 번의 경합과 심사를 거쳐 황태자비를 선발하게 될 거예요."

"저도 마담께 대략적인 얘기는 들어서 알아요. 첫 번째는 황태자비로서 갖춰야 할 소양과 지식 그리고 평판을 평가하는 거죠?"

"맞아요."

"그런데 소양과 지식이야 그렇다 쳐도, 평판을 어떻게 평가하나요?"

엘레나가 아무것도 모르는 척 물었다. 상식적으로 생각해 봐도 소양과 지식은 문답을 통해 확인이 가능하지만 평판은 그 잣대가 모호하기 때문이다.

"소양과 지식은 황실에서 초청한 사교계의 명망 높은 귀부인들이 평가할 거예요. 평판 역시 마찬가지예요. 이를테면 마담 드 플랑로즈 같은 분이죠."

"만일 마담이 참관인이 되면 저한테도 유리하게 작용할 수 있겠네요?"

"아뇨, 마담은 이미 대외적으로 공녀의 선생님으로 알려졌어요. 제외될 거예요."

엘레나가 아쉽다는 듯 입맛을 다셨다.

"지금부터 공녀가 가장 신경 써야 할 부분은 평판이에요. 절대 흠잡힐 일을 해서도 안 되고, 사람들의 입방아에 오르내릴 행적을 남겨서도 안 돼요."

"새겨들을게요."

엘레나는 성실한 학생처럼 리아브릭의 말을 가슴에 새기는 척 굴었다. 그러나 속내는 전혀 달랐다.

'내가 왜 그래야 하지? 베로니카도 아닌데.'

엘레나가 갖은 고생을 해서 사교계에 평판을 쌓으면 그 공은 온전히 대공가에 복귀할 베로니카가 가져가게 된다. 누구 좋으라고 그 짓을 한단 말인가? 엘레나는 그럴 생각이 추호도 없었다.

지난 삶에서 베로니카는 당연하다는 듯이 엘레나의 모든 걸 앗아갔다. 이안까지도. 그러나 이제는 아니다. 베로니카가 돌아왔을 때 사교계가 손가락질하고 수군거리게 만들 것이다. 베로니카가 그녀의 전부를 앗아갔듯이, 엘레나 역시 그녀가 돌아왔을 때 베로니카란 이름으로 살아간다는 게 얼마나 끔찍한 것인지를 깨닫게 해줄 것이다.

"두 번째 경합은 티타임이에요. 티타임이라고 해서 영애들끼리 갖는 흔한 티타임이라고 생각하면 오산이에요. 어디까지나 황실에 어울리는 예절과 예법을 익혔는지 확인하고자 함이니까."

지난 삶, 황비 선출식에 참여했던 엘레나는 두 번째 경합인 티타임이 갖는 의미와 이유에 대해 누구보다 잘 알고 있었다. 황후뿐만 아니라 황실 어른들이 선출식에 참가한 영애들의 몸가짐을 눈여겨보며 황태자비에 걸맞은 몸가짐을 익혔는지 확인하는 자리였다.

"자만하지 않고 마담께 미진한 부분을 지적해 달라고 부탁할게요."

리아브릭이 고개를 끄덕이며 말을 이었다.

"마지막 경합이자, 최종 선출은 두 번째 경합이 있고 난 후부터 한 달 뒤예요. 말이 경합이지 앞선 평가를 바탕으로 황태자비를 간택하는 거죠."

"그, 그럼 제가 아무리 잘해도 황실의 선택을 못 받을 수도 있는 건가요?"

"그럴 일은 없을 거예요."

"네? 하지만 좀 전에 분명히……."

엘레나는 의문을 표했지만 리아브릭의 방금 저 말이 뭘 의미하는지 누구보다 잘 알고 있었다. 최종 경합까지 올라온 영애들은 하나같이 가문, 예법, 소양, 평판 등 빠지는 게 없다. 결국 최종 경합에서 가장 크게 좌지우지되는 건 가문의 힘이다. 당연하게도 대공가의 권위와 위세를 앞세운 입김이 작용할 것이다.

리아브릭은 그러한 사실을 숨긴 채 오히려 엘레나를 다그쳤다.

"공녀는 1차와 2차 경합만 생각하세요. 1차 경합이 어찌 될지 모르는데, 3차를 걱정하는 건 너무 성급하지 않나요?"

"죄송해요, 리브. 제가 마음이 급했어요. 꼭 황태자비가 돼서 리브와 아버지를 실망시키지 않을게요. 대공가에 보탬이 된다는 걸 증명하고 싶어요."

"그 마음가짐이에요. 기대할게요."

리아브릭은 마음에도 없는 말로 엘레나를 독려했다. 어차피 이렇게 된 거 황태자비 선출식에서 엘레나가 잘해주길 기대하는 수밖에 없었다.

'황태자비에 선출되더라도 네가 황태자 전하의 옆에 서는 일은 없을 거야.'

어쩔 수 없이 엘레나를 황태자비 선출식에 내보내긴 하지만 그뿐이었다. 선출식이 끝나고 입궁하기 전에 엘레나를 처리할 것이다.

"저 가볼게요. 경합 준비에 사교계 평판까지 쌓으려면 몸이 두 개라도 모자랄 것 같아요."

"아, 잠시만요. 받으세요."

"이게 뭐예요?"

엘레나가 눈을 깜빡이며 리아브릭이 건네는 편지 봉투를 받았다. 발신인이 적혀 있지 않은 까닭에 내용을 전혀 짐작할 수 없었다.

"보면 알 거예요."

엘레나는 봉투를 열어 편지를 꺼냈다. 맨 위 첫 줄을 보는 순간 엘레나가 손으로 입을 가렸다. 손가락 사이로 새어 나오는 목소리가 떨렸다.

"리, 리브. 이거 정말 저희 아빠가 보낸 거예요?"

보고서도 믿지 못하겠다는 듯 되묻는 엘레나를 보며 리아브릭이 고개를 끄덕였다.

"네, 읽어보세요."

"아빠……."

엘레나는 찬찬히 편지를 읽어 내려갔다. 편지에 쓰인 필체와 말투는 프레드릭 준남작의 것이라고 해도 믿을 만큼 똑같았다.

'그땐 이 편지를 아버지가 보낸 줄 알고 깜빡 속았었지.'

돌아보면 참 어리석었다. 지난 삶의 이맘때는 부모님께서 살아 계시지도 않았을 텐데. 이 편지를 부둥켜안고 펑펑 울며 리아브릭의 가증스러운 장난에 놀아났다. 그러나 이번엔 다르다.

'속아줄게요, 리브. 그래야 당신이 나를 믿고 안심할 테니까.'

엘레나는 편지를 끝까지 읽고 나자 감정이 복받쳤는지 울먹거렸다.

"많이 걱정했어요. 잘 지내고 계시는지, 건강한지. 고마워요, 리브."

"꼭 황태자비가 되세요. 아니, 되셔야 할 거예요."

리아브릭의 눈빛이 매몰차다 못해 시리도록 차가워졌다.

"그게 공녀의 가치를 증명하고 모두가 잘 사는 길이에요."

"리, 리브."

"아니면 저희가 부모님을 굳이 돌볼 필요가 없잖아요?"

리아브릭은 부모님을 언급하며 엘레나를 협박했다. 돌려 말하긴 했지만 황태자비에 선임되지 않으면 부모님에 대한 지원을 끊겠다고 으름장을 놓은 것이다. 석상처럼 굳어 입도 뻥긋거리지 못하는 엘레나를 보며 리아브릭이 쐐기를 박았다.

"본인의 가치를 증명하세요, 공녀."

안가. 베로니카가 요양 중인 그곳을 리아브릭이 직접 찾았다. 노블레스 거리 사업부터 황태자비 선출식, 귀족 회의 등 산더미처럼 쌓인 사안들을 뒤로 밀어두고 직접 발걸음 한 건 베로니카에게 대공가의 복귀가 미뤄졌음을 직접 알려주기 위함이었다. 안가의 울타리로 접어든 마차 안에서 로렌츠가 걱정스럽게 입을 열었다.

"공녀 전하의 성미로 짐작건대 가만히 받아들이시겠습니까."

"대공 전하께서 허락하신 일이에요."

최근 벌어지는 일을 보며 리아브릭은 참 답답했다. 뭔가 외통수에 몰린 듯 한 가지 선택만을 강요받는 상황에 자꾸 빠졌다. 아무리 머리를 굴려도 다른 타개책을 찾을 수가 없었다.

마차가 멈춰 서자 로렌츠가 먼저 내려 리아브릭을 에스코트했다. 저택으로 들어선 두 사람은 홀을 지나쳐 이 층 베로니카 침실에 다다랐다.

"고하도록."

시녀가 가볍게 묵례하고는 노크를 하더니 베로니카에게 리아브릭이 왔음을 알렸다.

"들어오시랍니다."

리아브릭이 시녀를 지나쳐 침실에 발을 들였다. 창틀 옆에 쭈그려 앉은 베로니카는 새장 속에서 지저귀는 파랑새 한 쌍을 빤히 보고 있었다.

"잘 지내셨는지요, 공녀 전하?"

"잘 지냈을 것 같아요?"

베로니카는 눈길 한 번 주지 않고 퉁명스럽게 대꾸하더니 새장의 자물쇠를 풀었다. 그러더니 새하얀 손을 새장 속에 집어넣었다. 그녀의 손길을 피하고자 한 쌍의 파랑새가 새장 안을 배회했다. 그러나 워낙 협소한 공간이다 보니 수컷 파랑새가 잡히고 말았다. 베로니카는 한 손으로 움켜쥔 수컷 파랑새의 머리를 검지로 쓰다듬었다.

"저는 새가 참 좋아요. 날개가 있어서 어디로든 훨훨 날아갈 수 있고, 세상을 내려다볼 수 있잖아요."

베로니카가 무표정한 얼굴로 손을 뻗었다. 손에 쥐고 있던 힘을 풀자 수컷 파랑새가 새장이 없는 하늘로 높이 날아올랐다.

"하루라도 빨리 돌아가고 싶어요. 여기서 더 있다간 숨 막혀 죽을지도 몰라요."

리아브릭은 참 난감했다. 파랑새를 자유롭게 놓아준 행위가 빨리 안가를 벗어나고 싶은 그녀의 마음을 대변한 것이라 봤기 때문이다.

"그렇지 않아도 공녀 전하 복귀에 관한 얘길 나누고자 왔어요."

"얘기하세요. 언제 돌아가면 되죠?"

베로니카가 또 새장에 손을 넣더니 암컷 파랑새를 손에 쥐었다. 수컷 파랑새와 마찬가지로 머리를 손끝으로 쓰다듬으며 예뻐했다. 그 모습을 말없이 지켜보던 리아브릭이 조심스럽게 입을 열었다.

"……공녀 전하의 복귀 시기를 늦춰야 할 것 같아요."

우득. 베로니카의 손에 힘이 들어갔다. 손아귀에 잡혀 발버둥 치던 암컷 파랑새가 버티지 못하고 고개를 떨궜다. 즉사한 것이다.

"내가 지금 잘못 들었나요? 다시 얘기해 볼래요, 리브?"

베로니카가 고개를 돌리며 암컷 파랑새의 사체를 창밖에 던져 버렸다. 창밖을 배회하던 수컷 파랑새의 울부짖음이 들렸지만 베로니카는 거들떠보지도 않았다. 미물의 죽음 따윈 애초에 관심 밖이라는 듯 그녀는 여느 때보다 싸늘한 눈길로 리아브릭의 다음 말을 기다리고 있었다.

"이유가 뭔가요? 제 복귀를 미뤄야 하는 이유가."

베로니카의 날카로운 눈빛에 리아브릭이 조심스럽게 입을 열었다. 최대한 그녀의 심기를 거스르지 않고자 함이었다.

"……생각보다 지금 대공가의 사정이 좋지 않습니다."

"그래서요? 그건 리브가 아버지를 잘 보필하지 못한 탓 아닌가요?"

베로니카는 면전에서 리아브릭을 질책했다. 삼 년이 넘도록 의식이 없었던 만큼 신체 나이보다 정신연령은 훨씬 낮음에도 불구하고 꺼릴 게 없었다. 태어났을 때부터 당연히 그렇게 해왔으니까. 대공가의 실권을 쥐고 흔드는 리아브릭이지만 결국 대공가의 가신에 불과했다.

"공녀 전하의 말씀이 옳아요. 제가 부족해서 벌어진 일이죠."

"그럼 더 잘하시면 되겠네요. 전 예정대로 돌아갈 거예요. 제가 있어야 할 자리로."

베로니카는 물러섬이 없다는 듯 강한 의사를 표현했다. 태어난 순간부터 하고 싶은 대로 하면서 살아온 그녀에게 이 안가는 너무 비좁고 답답했다.

"대공 전하의 뜻이에요."

"아버지가 미루라고 했다고요?"

못 믿겠다는 듯 되묻는 베로니카를 보며 리아브릭이 작게 끄덕였다. 베로니카가 눈매를 찌푸렸다. 아무리 그녀라 할지라도 아버지의 명을 쉬이 어길 순 없었다.

"좋아요. 하지만 이번뿐이에요. 내가 기다리는 만큼 제대로 정리하는 게 좋을 거예요."

"황태자비 자리를 준비해 놓겠습니다."

일순 베로니카의 눈에 이채가 띠는 걸 리아브릭은 놓치지 않았다. 어려서부터 베로니카는 공공연하게 얘기했다. 그녀의 격에 맞는 남자는 이 제국에 한 사람, 황태자밖에 없다고. 그건 시안을 열렬히 사모해서가 아니다. 고귀한 그녀에게 어울릴 만한 유일한 혈통과 핏줄을 지닌 남자가 바로 시안이기 때문이었다. 그러나 베로니카의 반응은 어쩐지 시큰둥했다.

"그 자리는 원래부터 제 거였어요. 당연한 걸 선물이라고 내놓다니."

"······."

"하, 그만하죠."

그제야 리아브릭이 속으로 안도했다. 계속 반발했으면 난감했을 텐데, 다행히 베로니카가 쉽게 수긍한 까닭이다. 용무를 마친 리아브릭이 인사를 하고 돌아서려던 때였다.

"리브."

"예, 공녀 전하."

"아버지의 뜻이라고 했지만, 당신의 머리에서 나온 생각인 거 다 알아요."

"······."

베로니카의 말에 리아브릭의 동공이 흔들렸다. 그러나 노련하게 수습하고는 부정했다.

"제가 어찌 감히 그러겠어요? 오해세요."

"오해?"

베로니카가 반문하더니 머리카락을 쓸어 넘기며 말을 이었다.

"그래요, 오해라고 생각할게요."

"······."

"대신, 확실히 하시는 게 좋을 거예요. 제가 돌아갔을 때 흠이 남는 건 용서하지 않을 거거든요."

베로니카의 싸늘한 경고에 리아브릭은 알았다는 듯 고개를 끄덕이며 돌아섰다.

리아브릭이 떠나고 난 뒤, 베로니카는 텅 빈 새장을 한 번 보고는 창문 밖 하늘을 올려다봤다. 짝을 잃은 수컷 파랑새가 배회하며 구슬프게 우는 모습이 보였다.

"슬퍼도 조금만 참으렴. 조만간 새 짝을 찾아줄게, 알았지?"

베로니카가 홀로 남은 파랑새를 보며 읊조렸다. 그러나 말과 달리, 그녀의 눈동자에는 티끌만 한 안타까움도 느껴지지 않았다.

황태자비 선출식이 공표되면서 엘레나의 일정도 빡빡해졌다. 리아브릭은 마담 드 플랑로즈에게 부탁해 엘레나의 수업 횟수를 늘렸다. 엘레나도 거절하지 않았다. 충실히 황태자비 선출식을 준비한다는 인상을 심어줄 필요가 있었다.

그건 마담 드 플랑로즈도 마찬가지였다. 그녀 역시 엘레나에게 더는 가르칠 게 없다는 걸 알면서도 수업에 나왔다. 이유는 뻔했다. 그녀가 보기에 엘레나는 차기 황태자비로 유력했다. 그러다 보니 수업을 마다할 이유가 없었다. 수업을 빙자해 시간만 보내도 미래의 황태자비이자 황후가 될 여인을 가르쳤다는 명예를 거머쥐게 될 테니까.

그런 이해관계가 맞아떨어진 덕에 엘레나는 마담 드 플랑로즈의 수업 시간 중 일부를 자유 시간으로 보장받을 수 있었다.

"이건 뭐지?"

마담 드 플랑로즈를 옆방에 보내놓고 느긋하게 티타임을 갖고 있던 엘레나가 제 앞에 놓인 쿠키를 보며 고개를 갸웃거렸다. 생전 처음 보는 초승달 모양의 쿠키는 외관상 보기에 어딘지 밋밋했다. 향도 여타의 쿠키들에 비하면 부족해 썩 먹음직스럽단 인상을 주지는 않았다. 그러자 쿠키를 구워온 디저트 전문 요리사 쿠일이 설명을 덧붙였다.

"포춘 쿠키라는 것으로, 북부 지방에서 행운을 불러준다고 알려져 있습니다. 그 맛이 담백하며 쿠키 안에 행운을 불러주는 문구가 적힌 쪽지가 들어 있답니다."

"행운을 불러주는 쪽지라니 관심이 생기네요."

요리사 쿠일이 직접 쿠키를 가져온 건 처음이다 보니 엘레나로서도 없던 경계심이 생겼다.

'갑자기 왜 이런 걸 가져온 거지? 수상해.'

엘레나가 포춘 쿠키를 집었다. 초승달처럼 휜 쿠키의 양 끝을 잡고는 아래쪽으로 잡아당겼다. 두 동강이 나며 부러진 포춘 쿠키 사이로 돌돌 말려 있는 쪽지가 보였다. 엘레나는 쪽지에 흥미를 보이며 관심을 뒀다. 수상한 쿠키다 보니 선뜻 먹기에 망설여진 까닭이다. 엘레나가 빈손으로 쪽지를 꺼내 펼쳤다.

안녕, 나의 후배. 아니, 이제는 동지인가?

'렌?'

엘레나는 몇 마디 되지 않는 글자만으로도 이 쪽지를 쓴 장본인이 누군지 금세 짐작해 냈다. 정체를 숨기지 않고 티를 팍팍 냈기에 어렵지 않았다.

"참 좋은 문구네요. 이런 문구는 어떻게 아셨어요?"

"제가 아는 분께 도움을 받았습니다. 아가씨께 더없는 행운을 불러올 거라 확신하시더군요."

'이자, 렌과 연관이 있어.'

여러 정황으로 미루어 볼 때 요리사 쿠일은 렌이 심어놓은 정보원일 확률이 높았다. 그러지 않고서야 이런 식으로 포춘 쿠키를 만들어 메시지를 전달할 이유가 없으니까. 의심이 누그러진 엘레나는 관심을 두지 않던 쿠키를 집어 입안에 넣었다.

"쿠키 맛이 강하지 않아서 좋네요. 고소해서 질리지도 않고 계속 먹고 싶어지는 맛이에요."

"입에 맞으시다니 다행입니다."

"앞으로도 종종 쿠키를 만들면 가져다주세요."

"여부가 있겠습니까, 아가씨."

요리사 쿠일은 깍듯하게 예의를 갖추더니 방을 나갔다. 그러자 시중을 들던 앤이 포춘 쿠키를 힐끔힐끔 보며 관심을 보였다.

"앤, 혼자 조용히 차를 마시고 싶구나. 잠시 나가 있으렴."

"네, 아가씨."

혼자 남게 된 엘레나는 바구니에 담긴 포춘 쿠키를 집어 두 동강을 낸 뒤 쪽지를 꺼냈다.

황태자비 선출식이 우리 고리타분한 전하의 생각은 아닐 거고. 네 계략이지?

"눈치는."

딴 사람은 몰라도 엘레나는 안다. 렌의 두뇌가 비상하다는 것을. 다만 그걸 삐딱하게 사용해 티가 나지 않았을 뿐이지, 그가 비상한 두뇌를 제대로 활용한다면 정말 무서운 남자가 될 것이다.

엘레나는 혹시 몰라 다른 포춘 쿠키도 깨보았다. 그 안에도 렌의 쪽지가 적혀 있었다.

끼니마다 스테이크라니. 그러다 드레스가 꽉 낄 텐데?

"이런 쓸데없는 말은 왜…… 하, 내 성격을 긁으려고 쓴 건가?"

너무나 어처구니가 없고 의도를 알 수 없는 얘기에 엘레나의 볼이 실룩거렸다. 이럴 때는 같은 편이고 뭐고 아예 무시하고 싶었다.

"다 이런 내용인 건 아니겠지?"

엘레나가 손을 뻗어 남은 두 개 중 하나를 집었다. 거창하긴 했지만 막상 개봉하고 확인한 쪽지 내용 중 별거 아닌 것들이 많았던 까닭에 크게 기대감이 생기지 않았다. 그러나 이번 쪽지는 예외였다.

귀족 회의의 안건 궁금하지? 기뻐해. 나도 초대받았거든.

"렌이 귀족 회의에 참가한다고?"

이건 엘레나에게 반가운 소식이었다. 안 그래도 귀족 회의에서 무슨 내용이 오가는지 알아내기 위해 방법을 궁리하고 있던 터였다. 엘레나의 입가에 모처럼 미소가 지어졌다.

렌이 같은 편이 된 것이 이제야 조금 실감이 났다. 그리고 적으로 뒀을 때는 한 번도 느껴보지 못했던 든든함이 느껴졌다. 밉상이었던 그가 조금은 가깝고 듬직하게 느껴진달까. 엘레나가 손을 뻗어 마지막 포춘 쿠키를 두 동강 냈다.

같은 편이라고 날로 먹을 생각은 말고. 궁금하면 소원 하나.

"그럼 그렇지. 사람이 쉽게 변하겠어?"

엘레나는 혀를 차며 고개를 저었다. 차라리 이 쪽지를 쓰지 않았다면 렌을 이전보다 좋게 보았을 텐데. 이래저래 조건을 다는 렌을 보자니 한 줄기의 좋은 감정마저 다시 눈처럼 녹아버리고 말았다. 제 살 깎아먹는 방법도 여러 가지다.

'하지만 예전만큼 싫진 않아.'

참 신기한 일이다. 적극적으로 엘레나를 도와서인지는 모르겠으나 렌에 대한 경계심이 많이 누그러졌다. 그래서인지 렌의 시비나, 장난에 민감하게 반응하지 않게 됐다.

엘레나는 포춘 쿠키에서 꺼낸 쪽지를 다 모았다. 의심을 받을 여지가 있는 증거물들은 아예 없애 버리는 게 좋다. 찻잔에 쪽지를 넣은 엘레나가 성냥을 꺼내 불을 붙였다. 쪽지를 재물 삼아 피어오른 불길이 형체를 알아볼 수 없을 만큼 까만 재로 변했다.

사교계의 평판은 귀족들에게 있어 체면이나 자존심만큼 중요하게 여겨진다. 태생적으로 귀족 자체가 타인의 눈에 비치는 모습과 평가에 민감하게 반응하는 부류이기 때문이다. 한때 사교계의 여왕이라 불렸던 엘레나는 어떻게 하면 확실하게 평판을 쌓을 수 있는지 알고 있었다.

매처럼 찍어 누르거나, 학처럼 고고해지거나.

지난 삶의 엘레나는 사교계를 압도적인 위세로 찍어 눌렀다. 마음에 들지 않는 영애가 있으면 리아브릭에게 배운 심계로 궁지에 몰아넣은 뒤 복종하게 만들었다. 자존심 강한 귀부인들마저 엘레나의 눈 밖에 나는 순간 도태된다는 걸 알기에 알랑방귀를 뀌며 잘 보이려고 애썼다.

반대로 고고함은 누구도 함부로 할 수 없는 품위를 뜻한다. 만약 L이 사교계에 데뷔한다면 그와 비슷한 평판을 얻을 수 있다. 사교계의 영애들과 섞이지 않음에도 불구하고 고고하게 빛나는 별. 누구도 함부로 대할 수 없으며, 음해당해도 누구도 믿지 않는 무결점의 평판을 지니는 것이다.

'어느 쪽이든 간에 베로니카가 그 평판을 얻는 일은 없겠지만.'

엘레나는 속마음을 숨긴 채, 손에 들린 와인을 들이켰다. 넬 백작의 생일축하 파티. 리아브릭이 황태자비 선출식에 필요한 평판을 쌓고자 엘레나를 보낸 첫 연회 자리였다.

'리브의 기대에 부응해야겠지?'

홀에 입장한 엘레나의 미소가 진해졌다.

"어서 오시오, 공녀."

넬 백작과 백작 부인이 환한 미소로 엘레나를 반갑게 맞이했다. 딴 사람도 아니고 대공가의 후계자이자, 황태자비로 거론되는 엘레나가 직접 축하해 주러 왔다는 거 자체가 의미 있었다.

"축하드려요, 백작님."

"하하, 고맙소. 공녀께서 친히 축하해 주시니 더없이 기쁩니다."

엘레나는 옅은 미소를 지으며 형식적인 인사를 몇 마디 주고받고는 돌아섰다. 다른 객과 인사를 나눌 수 있도록 시간을 오래 빼앗지 않는 게 예의였다. 인사를 마친 엘레나가 제일 처음 한 일은 연회장의 분위기를 살피는 것이었다.

'사교계에서 영향력 좀 있다는 귀부인들은 다 온 모양이네?'

참석자들을 보니 리아브릭이 신경을 써서 보낸 파티다웠다. 마담 드 플랑로즈에게는 미치지 못하지만, 그녀에게 버금갈 만큼 사교계에서 명망 있는 귀부인이 여러 명 눈에 띄었다. 황태자비 선출식 1차 경합의 참관자로 초청을 받아도 이상할 게 없는 레이디들이다.

'리브의 바람대로 눈도장을 좀 찍어볼까?'

엘레나가 움직이려 하자 그보다 한발 앞서 그녀를 주시하고 있던 귀족들이 말을 걸어 왔다. 그간 사교계에 두문불출하던 엘레나가 모처럼 모습을 보인 만큼 인맥을 쌓고자 함이다.

엘레나는 그들을 교묘한 화술로 상대했다. 몇 마디에 불과했지만 상대의 기분이 상하지 않게 대꾸하면서도 대화를 길게 끌 여지를 주지 않았다. 방해물들을 치운 엘레나는 기억 속 귀부인들의 정보를 떠올렸다. 나이와 명망, 평판, 위상 순으로 파티에 참가한 귀부인들의 서열이 순식간에 매겨졌다.

결단을 내린 엘레나가 제일 먼저 인사한 건 레베카 부인이었다. 귀부인 중 최고 연장자인 만큼 사교계에서 오래도록 영향력을 행사한 이였다. 엘레나가 다소곳이 인사를 하자 레베카 부인이 부채로 입가를 가리며 웃었다. 쟁쟁한 사교계의 귀부인들을 제치고 대공가의 공녀가 가장 먼저 인사를 한 것이니 모르긴 몰라도 기분이 좋았을 게다.

"그간 마음으로만 흠모하고 있었는데 오늘에서야 부인을 뵙게 되어 너무 기뻐요."

엘레나는 사교계의 명망 있는 귀부인들을 어떻게 다뤄야 할지도 잘 알고 있었다.

'칭찬하되 과하지 않게.'

노련한 귀부인들은 자신을 향한 칭찬과 찬사가 진실인지, 거짓인지를 귀신같이 구분해 낼 줄 알았다.

'떠들기보단 경청하고.'

말이 많으면 실수가 늘게 마련이다. 조심한다고 해도 대화를 하다 보면 거슬리는 말을 할 수밖에 없고, 그리되면 오해의 소지를 남길 가능성이 클 수밖에 없다. 갓 사교계에 데뷔한 영애들이 시일이 지날수록 평판이 떨어지는 이유가 그것이다. 뭣도 모르고 조심스러웠던 데뷔 때와 달리 사교계에 적응하면 자신의 목소리를 내기 시작한다.

입이 화근이라고 개중에는 좋지 않은 말도 있을 수 있고, 그로 인해 오해가 쌓이다 보면 평판이 깎이게 마련이다. 그걸 누구보다 잘 알기에 엘레나는 제 얘기를 하기보다는 가르침을 청하고 그것을 배우려는 열의를 내비쳤다. 하물며 공녀라는 지위를 감안할 때 이런 겸손한 엘레나의 자세는 큰 점수를 받기에 충분했다. 그리고 마지막 제일 중요한 한 가지가 남았다.

'귀부인들이 날 보고 자신의 젊은 시절을 추억하도록 해야 해.'

명망 높은 귀부인들은 대부분 서른을 훌쩍 넘긴다. 제국의 평균 혼인 연령이 스무 살 이전임을 감안하면 자식을 둔 경우도 태반이다. 그러다 보니 귀부인들은 막 데뷔를 한 영애들의 생기 넘치는 젊음을 알게 모르게 부러워한다. 그녀들 역시 한밤의 별처럼 그리 찬란하게 빛나던 시절이 있었기 때문이다.

엘레나는 쑥스러움을 많이 타고 수줍음을 느끼는 영애를 흉내 내며 귀부인들의 향수를 자극했다. 너무 예쁘고, 생기 넘치고, 사교계를 알아가는 사슴 같은 눈동자마저 귀엽게 느껴질 테니까. 자신으로 하여금 그녀들의 젊은 시절을 되돌아보게 만드는 것은 귀부인들의 눈도장을 가장 확실하게 찍는 방법이었다. 엘레나의 시선이 한쪽에서 귀족들과 대화를 나누고 있는 리아브릭에게 향했다.

'어때요, 리브? 이 정도면 만족해요?'

허공에서 시선이 마주치자 리아브릭이 작게 고개를 끄덕였다. 잘하고 있다는 의미였다. 엘레나 역시 그녀에게 보란 듯이 미소를 지었다. 마치 그녀를 안심시키듯이.

'날 믿어요, 리브. 그래야…….'

고개를 돌린 리아브릭이 중년 귀족과 대화를 나누고 있는 게 보였다. 대공가의 실세나 다름없는 그녀였기에 주변에 항상 귀족들이 넘쳤다.

'내게 등을 보일 거 아니에요?'

엘레나는 그날만을 손꼽아 기다리고 있었다. 등을 보인 그녀를 천 길 낭떠러지 밑으로 밀어버릴 그날을 말이다.

리아브릭은 멀찌감치 서서 귀부인들을 상대하는 엘레나를 물끄러미 눈에 담았다. 까다롭기로 정평이 난 귀부인들이 오래 알고 지낸 사이처럼 친근하게 엘레나와 대화를 나누고 있었다. 사교계 활동 경력이 거의 전무하다는 걸 감안하면 놀라운 적응력이 아닐 수 없었다.

'너무 완벽해.'

엘레나의 시선 처리, 손짓, 노련한 화법 등 뭐 하나 흠잡을 것 없이 완벽했다. 굳이 그녀가 이 자리를 올 필요가 있었나 싶을 정도였다.

'왜지? 안심이 되어야 하는데 왜 오히려 위화감이 드는 거지?'

늘 이런 식이었다. 트집을 잡으려고 해도 교묘하게 비켜 나갔다. 리아브릭의 기대를 적절히 충족시키면서도, 실망시키는 일은 없었다. 아슬아슬한 줄타기를 하는 것 같다고나 할까. 그것만 보면 엘레나는 제 가치를 충분히 해내는 인형이다. 애초에 리아브릭의 기준에 들지 못했다면 황태자비 선출식에 베로니카를 대신해 그녀를 내보낼 생각조차 하지 않았을 것이다.

그런데 왜 이제 와서 이상하단 생각이 든 걸까? 진짜 베로니카 공녀보다, 더 공녀답게 사교계에 녹아드는 저 모습을 보고 있자니 자꾸만 이질감이 머리에서 가시질 않았다.

리아브릭은 공국에서 엘레나를 처음 만났던 시절을 떠올렸다. 엘레나가 공국을 떠날 수밖에 없도록 궁지에 몰아넣는 데 성공했다. 그러나 완전한 성공이라고 볼 수는 없었다.

'엘레나의 부모를 놓쳤지.'

그건 시작에 불과했다.

'직속 기사 선임만 해도 그래.'

감시자의 역할로 로렌츠를 붙여두려고 했던 리아브릭의 계획은 생각지도 못한 휴렐바드의 선임으로 실패하고 말았다. 사소한 것처럼 보이지만 결국 리아브릭이 원하는 결과를 도출하는 데 실패했다. 그런데도 리아브릭이 크게 신경을 쓰지 않는 건, 고분고분 따르는 엘레나가 자기 손바닥 안에 있다고 믿었기 때문이다.

하지만 손바닥 안에 있다고 생각한 순간, 착각이라는 함정에 빠진 게 아닌가 하는 의구심이 들었다. 마담 드 플랑로즈의 일만 해도 그렇다. 당시에는 대수롭지 않게 넘겼지만, 지금 돌아보면 그 깐깐한 여자가 먼저 시녀를 소개시켜 준다고 말하는 것 자체가 뭔가 이상했다.

예술품 매입도 마찬가지다. 일견 대공가에 득이 되는 것처럼 보였으나 결국 시대가 급변하면서 어마어마한 손해를 안겼다. 과한 추측일 수도 있지만 그마저도 노린 건가 하는 생각마저 들었다. 하나둘 아귀가 짜

맞춰지자 리아브릭이 품고 있던 의구심이 점점 짙어졌다.

'어쩌면, 정말 만약……'

리아브릭이 눈을 가늘게 떴다.

'그녀가 나를 속인 거라면?'

예전 같았더라면 허황된 헛소리로 치부했을 것이다. 그게 말이 되는 소리냐며.

하지만 이제는 아니다. 리아브릭은 지금껏 엘레나에 대해 내렸던 판단을 전부 머릿속에서 지웠다. 편견으로 엘레나를 다시 오판하는 우를 범할 수 있기 때문이다.

"……"

리아브릭이 귀부인들에게 둘러싸여 대화를 이어가는 엘레나를 빤히 쳐다봤다. 그 모습을 눈으로 담고, 머리로 기억하며 리아브릭은 그녀에 대한 평가를 수정해 나갔다.

'앤을 다그쳐야겠어.'

리아브릭은 처음부터 다 들어볼 생각이었다.

"너 지금 말대꾸했니?"

팔짱을 낀 앤이 물걸레질을 하는 또래의 시녀 둘을 세워놓고는 혼을 내고 있었다.

"죄, 죄송해요. 다시는 안 그럴게요."

"너희 요새 거슬려. 내가 지켜보고 있으니까 똑바로 처신해. 알았어, 몰랐어?"

"조심할게요."

앤이 노려보자 시녀들은 겁에 질려 고개도 들지 못했다. 고작 청소 도중에 물이 튀겼을 뿐인데. 같은 시녀 주제에 앤의 눈치를 살피는 처지가 서글펐다.

앤은 엘레나의 신뢰를 등에 업고 다른 시녀들을 아랫사람처럼 부렸다. 나이는 어릴지 몰라도 눈치가 빠르고 영악한지라, 엘레나가 준 귀금속을 처분한 돈으로 시녀들을 제 편으로 만들기까지 했다. 시녀장이나 집사와 같은 윗사람들이 아닌 이상 저택 내에서 앤의 오만방자함을 감당할 수 있는 이는 없었다. 그런 앤이 은밀히 리아브릭의 호출을 받고 불려갔다.

"차, 찾으셨다고요?"

조금 전까지 시녀들 앞에서 오만방자하게 굴던 앤이 맞나 싶을 정도로 저자세를 취했다. 전형적으로 강자에 약한 그녀는 꼭 고양이 앞의 쥐 꼴을 하고 있었다.

"뭘 그리 놀라지? 보고를 받을 주기가 된 것 같은데. 특별한 점 없고?"

"어, 없었어요. 마담의 수업을 듣고 연회에 나가는 게 전부예요."

"따라 나간 적은?"

"학술원 때는 제가 모시고 다녔는데, 최, 최근에는 메이를 데리고 다니시느라……."

앤은 고개를 푹 숙인 채 거짓말을 늘어놓았다. 엘레나가 외출할 때 그녀를 동행한 적이 한 번도 없었지만 그대로 보고할 수는 없었다. 감시에 소홀했다고 질책받을 수 있기 때문이다.

"그래?"

건조하게 되묻는 리아브릭의 눈초리가 가늘어졌다. 사전에 저택 내에 심어두었던 다른 시녀를 통해서 확인한 결과 엘레나가 학술원을 졸업한 뒤로 앤을 대동해 외출한 적은 한 번도 없었다.

리아브릭이 말이 없자 앤이 불편한 듯 눈동자를 데구루루 굴렸다. 침묵으로 고문하던 리아브릭의 눈에 앤의 루비 반지가 들어왔다. 한눈에 보기에도 정교한 세공으로 만든 것이 귀족 영애도 아니고 일개 시녀가 끼고 다니기에는 과해 보였다.

"손가락에 끼고 있는 루비 반지가 참 예쁘구나. 어디서 났니?"

"이, 이거요?"

리아브릭은 무표정하게 앤을 쳐다봤다. 그 시선에 주눅이 든 앤이 어깨를 흠칫 떨며 기어들어 가는 목소리로 얘기했다.

"아, 아가씨께서 주셨어요."

"공녀가?"

"네. 공녀께서 절 신뢰하세요. 그, 그래서 주셨어요. 진짜예요!"

눈치를 보던 앤이 강하게 주장했다. 혹여 오해를 살까 봐 조마조마했다.

"잘하고 있구나. 공녀께서 널 신임한다니 앞으로도 지금처럼 하거라."

"네? 그, 그럼요! 절대 자작님을 실망시키는 일은 없을 거예요. 저만 믿어주세요!"

앤이 기뻐하면서 떠들더니 인사를 하고는 집무실을 나갔다. 고요한 정적이 휩싸인 집무실에 혼자 남게 된 리아브릭의 표정이 어느 때보다 심각했다.

"앤을 매수했군."

리아브릭의 눈빛이 서릿발처럼 차가워졌다. 겉으로는 앤을 신뢰하는 것처럼 하고는 귀금속을 주어 매수했다. 그러나 실상을 들여다보면 외출할 때는 철저히 앤을 따돌렸다. 단순한 앤은 엘레나의 신뢰를 한 몸에 받고 있다고 착각하고 있으나, 리아브릭의 눈까지 속일 순 없었다.

"앤을 감시자로 붙여놓은 걸 알고 있었단 건데……."

엘레나는 보통내기가 아니었다. 막연한 의문은 점점 확신으로 굳어갔다. 지금까지 그래왔던 것처럼 허영심 많은 한심한 여자로 오판해서는 곤란하다.

"만약, 정말 만약에…… 내게 보인 어설픈 모습이 날 속이기 위한 연기였다면?"

리아브릭의 등에 소름이 쫙 끼쳤다. 대공가의 실권을 쥐고 흔들며 포식자로 군림하던 그녀가 두려움을 느낀 것은 처음이었다.

이른 새벽부터 대공가는 분주했다. 소집 명령을 받은 파벌의 귀족들이 회의에 참석하기 위해 대공가에 속속들이 도착하기 시작한 것이다. 엘레나는 창틀에 서서 쉴 새 없이 오가는 마차들을 주시했다. 원 역사에서 없었던 모임이다 보니 엘레나 역시 대공가를 따르는 귀족들을 한곳에서 보는 건 처음이었다. 특히 저들을 분열시키는 게 엘레나의 목표인 만큼 그들을 빠짐없이 살필 필요가 있었다.

"대공가의 저력이 이 정도일 줄이야."

제국의 귀족 사회를 꿰고 있는 엘레나는 마차의 문양만으로도 가문들을 분간할 수 있었다. 소집된 귀족의 숫자도 숫자지만, 가문들의 면면이 대단했다. 개중에는 엘레나가 생각지도 못한 가문도 다수 포함되어 있었다.

대표적으로 베론 후작을 들 수 있다. 국경 지역을 사수하는 그가 영지를 비우고 왔다는 것만으로도 대공가의 영향력이 엘레나가 상상하는 것 이상으로 거대하다는 게 느껴졌다.

"무리해서라도 남길 잘했어. 베로니카가 무서워서 몸을 뺐다면 대공가는 금방 재기했을 거야."

대공가의 저력은 대단했다. 엘레나가 내외부에서 아무리 타격을 줘도 언제든 다시 일어설 수 있는 뿌리를 지니고 있었다.

그러나 엘레나는 실망하지 않았다. 그런 대공가를 무너뜨리기 위해 위험을 감수하면서까지 이곳에 남지 않았던가. 엘레나는 대공가의 문턱을 넘는 한 대의 마차도 놓치지 않고 주시했다. 기억을 더듬어 영향력이 강한 귀족들을 추리고 추렸다. 동시에 저들의 신상명세를 떠올려 접근 방법을 떠올렸다.

"원래대로라면 귀족 회의에 참가하기 위한 구실을 만들어야 했을 텐데…… 이젠 그럴 필요가 없네."

엘레나의 입가에 희미한 미소가 걸렸다. 렌이 없었다면 지금쯤 엘레나는 귀족 회의에 참석할 궁리를 했을 것이다. 귀족 회의에서 다뤄질 안건을 알아내야만 그걸 기반으로 엘레나가 귀족들을 분열시킬 계책을 획책할 수 있기 때문이다.

똑똑. 대공가의 문턱을 넘는 귀족들의 마차가 뜸해질 때쯤 노크 소리가 들렸다.

"아가씨, 저 앤이에요."

"들어오렴."

엘레나의 허락이 떨어지자, 방으로 들어온 앤이 묵례를 했다.

"이 층과 삼 층 응접실에 부인과 영애들이 모여 있어요. 몇몇 분은 후원을 산책하고 있는데 곧 돌아오실 것 같아요."

"그래?"

귀족 회의라고 해서 가주들만 온다고 생각하면 큰 오산이다. 모처럼 많은 귀족이 모이는 자리인 만큼 부인이나 장성한 영식 또는 영애를 대동하는 경우가 다반사다. 귀족 회의가 끝나고 나면 이어질 만찬 자리에서 괜찮은 정략결혼의 상대를 물색하고자 함이다.

"티타임 준비는 차질 없고?"

"네."

"그럼 가자꾸나. 잠시라도 얼굴을 비쳐야 예의니."

원칙적으로 초대받은 부인이나, 영애를 맞이하는 건 대공가 안사람의 역할이다. 그러나 프란체 대공의 부인은 명을 달리했고 지금 대공가 내에 그 역할을 대신 할 수 있는 건 엘레나가 유일했다.

엘레나가 응접실을 찾자 부인이나 영애들이 일시에 소파에서 일어나 예의를 갖췄다. 사교계가 재미있는 것이 무엇이냐면, 나이보다 남편의 작위나 권세, 평판, 명망으로 서열이 갈린다는 것이다. 그런 맥락에서 보면 엘레나는 단연 이 자리에서 가장 높은 사람이었다.

"먼 길 오느라 고생들 많으셨어요. 여러분을 위해 특별히 티타임에 신경을 썼어요. 부족하지만 조금이나마 즐겨주시길 바랍니다."

엘레나는 그 와중에 만찬에서 접촉할 귀족의 부인들을 눈여겨봤다. 아내의 입김이라는 게 무시할 수 없는 만큼 저들에게 좋은 인상을 심어주는 게 중요했다. 엘레나는 몇몇 영향력 있는 귀부인을 콕 집어서 맘에도 없는 칭찬과 말을 늘어놓으며 호감을 샀다.

차후에 영지로 돌아간 귀부인들은 엘레나의 제안을 받고 고민하는 남편에게 긍정적인 조언을 해주는 고마운 존재가 되어줄 것이다. 원하는 바를 모두 이룬 엘레나는 몸을 뺄 구실을 만들었다.

"아쉽지만 저 먼저 일어날게요. 만찬 준비를 해야 해서요."

"공녀 전하께서 손수 신경을 쓰시는 건가요?"

"네, 손님들이 오셨는데 뭐 하나라도 허투루 대접할 수 없지요. 이따 뵙겠습니다."

엘레나는 가볍지만 흠잡을 데 없는 예법으로 인사를 마무리하고는 돌아서서 응접실을 나왔다. 지금부터 부인과 영애들은 엘레나에 대한 이야기를 주고받을 것이다. 짧은 티타임이었지만 권위적이지 않고 저들을 배려한다는 인상을 심어주었다. 분명 그녀를 두고 긍정적인 말들이 오갈 것이다.

침실로 돌아온 엘레나가 앤을 불렀다.

"아직도 회의 중이니?"

"네, 그런가 봐요."

앤이 대답에 엘레나가 자그맣게 고개를 끄덕였다.

"앤, 회의실 앞에 가서 기다리렴. 그러다 회의가 끝나고 나면 귀족들의 표정을 살펴 내게 얘기해 줘."

"네? 표정이요?"

영문을 알 수 없는 명령을 받은 앤이 반문했다.

"분위기라는 게 있잖니? 회의가 좋게 끝나면 다행이지만, 그렇지 않으면 너무 화려한 드레스를 입기 그렇지 않겠어?"

"아, 알겠어요!"

그제야 말뜻을 알아들었는지 앤이 서둘러 침실을 나섰다. 회의가 생각보다 길어지는지 앤은 한참을 돌아오지 않았다. 더 늦어지다간 만찬에 늦을 수도 있단 생각에 서둘러 치장을 시작할 즈음 앤이 돌아왔다.

"어떠니?"

"그, 그게 하나같이 표정들이 너무 안 좋아요. 무서워서 쳐다보기 힘들 정도였어요."

"그래? 알아오느라 수고했어. 아무래도 오늘은 차분한 드레스를 입어야겠구나."

앤의 보고를 받은 엘레나가 속으로 비웃었다.

'아무래도 무리수를 둔 모양이군.'

귀족 회의가 예정되었을 때부터 예상은 했다. 대공가에 여력이 남아 있었다면 굳이 무리해서 파벌 귀족들을 소집할 이유가 없기 때문이다.

엘레나는 어느 때보다 더 치밀하게 이번 일을 준비했다. 시안을 설득해 황태자비 선출식이라는 강수까지 둬가면서 대공가에 남은 만큼 회생 불가능한 타격을 주고 싶었다. 그래서 렌과 접촉하기 이전에 귀족들의 동태와 분위기를 살폈다. 회의 결과에 따른 귀족들의 반응 여부를 파악해 능동적으로 대처하기 위해서.

치장을 끝마칠 즈음 만찬 시간이 다 되었다. 침실을 나선 엘레나는 늦지 않게 별관에 도착했다.

"베로니카 폰 프리드리히 공녀 전하 입장하십니다."

엘레나가 홀에 모습을 드러내자 박수가 쏟아졌다. 아무래도 황태자비로 유력한 엘레나다 보니 관심이 지대할 수밖에 없었다. 홀의 정중앙을 가로질러 프란체 대공에게 걸어가던 엘레나의 시선이 박수를 치고 있는 렌과 마주쳤다.

피식.

연미복 차림의 렌이 입꼬리를 올리며 웃었다. 그런 렌을 지나친 엘레나가 프란체 대공의 옆에 서서 좌중을 보며 돌아섰다. 절도 있게 격식을 갖춰 인사를 올리자 다시 한번 박수가 쏟아졌다. 프란체 대공이 연설을 위해 한 발 앞으로 나서자 음악 소리가 잦아들었다.

"오늘의 이 만찬은 저와 여러분이 걸어갈 앞날에 축배를 들고자 마련했습니다. 마음껏 마시고, 즐겨주시길 바라겠습니다. 무한한 성공과 영광을 약속하며 건배!"

"건배!"

프란체 대공의 선창에 맞춰 잔을 높이 치켜들었던 귀족들이 후창했다. 멈췄던 음악이 다시 연주되며 본격적인 만찬의 서막을 알렸다. 엘레나는 제게 몰려드는 귀족들을 상대하는 데 집중했다. 공식적인 행사다 보니 공녀로서 손님을 맞이하는 건 빼놓을 수 없는 의무였다.

'슬슬 리브를 떨어뜨려야겠는데.'

엘레나는 기회를 봐서 귀족들이 몰려든 틈을 노려 리아브릭을 떼어 놓을 생각이었다. 언제까지 인형 놀이에 심취해 장단을 맞춰줄 생각은 추호도 없었다. 눈치를 보다가 제게 몰린 사람들에게 휩쓸린 척 몸을 빼려던 때였다.

'이상해. 언제 옆에 온 거지? 분명 저쪽에 있었는데……'

그녀를 지켜보는 리아브릭의 감시가 어딘지 모르게 평소와 다르게 느껴졌다. 이만하면 떨어뜨려 놓았겠지 싶어 주변을 살피면 리아브릭은 어느새 그녀의 근처에서 귀족들과 대화를 나누고 있었다.

처음에는 우연이라고 생각했지만, 우연이 반복이 되니 미심쩍었다. 느낌이 싸했다. 슬쩍 리아브릭을 훔쳐보는 엘레나의 눈매가 가늘어졌다. 대화 내내 리아브릭은 이쪽을 한 번도 보지 않는다. 언뜻 보면 신경을 쓰지 않는 듯 보이지만 그래서 더 수상스러웠다.

"곧 황태자비 선발식이 있다던데 공녀 전하께서도 참가하시는 거예요?"

"네, 그렇게 될 거 같아요."

엘레나가 슬머시 미소를 지었다. 그러자 영애들이 동조했다.

"역시. 황태자비에 어울릴 만한 분은 공녀 전하밖에 안 계시는걸요."

"전 선출식을 왜 여는지도 의문이에요. 꼭 길고 짧은 걸 대봐야 아는지 참."

"공정해야 하니까요. 전 선출식을 거쳐도 괜찮아요."

엘레나가 겸손한 태도로 일관하던 즈음, 홀에 퍼지던 잔잔한 연주가 경쾌한 왈츠로 변했다. 덩달아 홀의 정중앙에 달린 샹들리에 아래에서 남녀들이 하나둘 모여들었다. 점잖고 체면을 중시하는 귀족들에게 빼놓을 수 없는 유일한 즐거움인 사교춤을 추기 위해서다.

"좀 비키지?"

"꺅!"

엘레나를 에워싸고 아첨을 일삼던 영애를 밀치며 렌이 저벅저벅 걸어왔다. 무례하기 짝이 없는 행동에 영애가 그를 노려봤다.

"뭘 그렇게 쳐다봐. 더 시비 걸고 싶게."

"……!"

렌이 이죽거리자 영애의 낯빛이 창백해졌다. 사교계의 법도를 무시하는 망나니인 렌은 될 수 있으면 마주치지 않고 피하는 게 상책이기 때문이다.

'어쩌자고 또 저러는 거야?'

엘레나는 항상 이런 식으로 등장하는 그가 어이가 없으면서도 걱정도 됐다. 황태자비 선출식을 앞둔 지금 엘레나에게 무례하게 대했다가는 저번처럼 조용히 넘어가진 못할 것이다.

"오랜만에 뵙네요, 렌 오라버니."

엘레나는 저번 일로 악감정을 품고 있는 사이 안 좋은 육촌지간을 연기했다. 렌과 접촉하는 엘레나를 눈여겨보는 리아브릭을 의식한 행동이었다. 렌이 그런 엘레나의 바로 앞까지 걸어오더니 앞머리를 손가락으로 돌돌 말았다.

"야, 나 소원 있는데."

'소원?'

포춘 쿠키에 적혀 있던 말이 떠오를 때였다. 렌이 예고도 없이 엘레나의 손목을 낚아챘다.

"춤추자. 이번에는 제대로."

"……!"

엘레나가 뭐라 대답을 하기도 전에 렌이 그녀를 홀 한가운데로 끌고 나갔다. 초대 가주 탄신연회 때처럼 무례하기 짝이 없게.

'아니, 그때와 달라.'

그땐 손목이 너무 아파 억지로 끌려 나갔다는 표현이 적절했다. 그러나 이번엔 달랐다. 겉으론 세게 쥔 것처럼 보이나 전혀 아프지 않았다. 앞쪽으로 당기고 있지만 엘레나가 넘어지지 않도록 배려하고 있었다. 렌을 보는 엘레나의 시선이 묘해졌다.

'어색해.'

엘레나는 좀처럼 적응이 되지 않았다. 상대는 렌이다. 딴사람이야 그렇다 쳐도 렌에게 이런 배려를 받는 것만큼 이상하고 어색한 일이 또 있을까. 그런 렌의 변화를 읽을 수 있는 건 온전히 엘레나뿐이었다.

제21장
사냥

"저, 저런!"

"정말이지 매너라곤 눈곱만큼도 없네요!"

"곧 황태자비가 되실 분인데, 뒷감당을 어쩌려고 저러죠?"

렌의 무례함에 귀족들이 눈살을 찌푸렸다. 그간 사교계의 이단아로 치부하며 무시했지만 매번 저런 식으로 선을 넘으니 인내심도 한계에 다다랐다.

"저, 저놈이."

반사적으로 거친 말을 내뱉은 스펜서 자작의 얼굴이 붉으락푸르락했다. 귀족 모임에 오면서 분명히 렌에게 몇 번이고 당부했다. 절대 눈에 띄는 행동을 하지 말라고. 그러나 렌은 그 말을 깡그리 무시하더니 결국 사고를 치고 말았다.

"죄송합니다. 제가 자식 교육을 잘못시키는 바람에……."

스펜서 자작이 머리를 숙였다. 그 앞에는 샴페인 잔을 든 프란체 대공이 무표정하게 홀을 바라보고 있었다.

"자식 교육은 부모도 어쩔 수 없는 일이지."

"두 번 다시 이런 일이 없도록 조치하겠습니다."

프란체 대공이 무심하게 경고했다.

"분명히 말해두지만, 넘어가 주는 건 한 번뿐이야. 두 번은 없다는 걸 명심하게."

"새겨듣겠습니다."

스펜서 자작이 다시 머리를 조아렸다. 그러나 바닥을 향한 그의 눈빛은 렌 못지않게 반항적이었다. 마음에 들진 않지만 그래도 자식이다. 프란체 대공의 저런 말이 고깝게 들릴 수밖에 없었다.

이들을 제외하고도 엘레나와 렌을 주시하는 사람은 또 있었다. 리아 브릭이었다.

'렌과 무슨 사이지?'

학술원 재학 당시 두 사람이 같은 수업을 들은 걸 알고 있다. 그런 맥락에서 보면 그녀가 모르는 관계가 있을 가능성도 배제할 수 없다.

'좀 더 지켜보자.'

한 번 의심하기 시작하니, 엘레나의 모든 언행이 수상했다. 더구나 리아브릭이 확인할 수 없는 관계이기에 더더욱 의심쩍었다. 그럼에도 불구하고 리아브릭은 쉽게 결론을 내리지 않았다. 심증은 있지만, 당장 눈에 띄는 이상한 점은 찾지 못했다. 좀 더 냉정하게 상황을 관망하고 파악해 볼 심산이었다.

때마침 홀 안에 잔잔하면서도 생명의 시작을 알리는 봄의 왈츠가 울려 퍼졌다.

"자, 손."

연주가 시작되자 엘레나를 안은 렌이 스텝을 밟기 시작했다. 엘레나는 마지못해 따르는 척, 그에게 호응했다.

"꼭 이런 식으로 주목받아야 해요? 정중하게 신청해도 되잖아요."

"너랑 나 사이에?"

렌이 이죽거리며 되묻더니 다시 말을 이었다.

"사람이 일관성이 있어야지. 너랑 내가 다정하면 그게 더 이상하다고."

"인정하기 싫지만 일리는 있네요."

엘레나가 마지못해 동의하자 렌이 피식 웃었다.

"그러니 고마워하라고. 이렇게 안 했으면 의심받았을 거야. 저기서 쌍심지를 켜고 노려보는 여자한테."

굳이 렌이 지칭한 곳을 보지 않아도 엘레나는 짐작이 갔다. 아니나 다를까, 원형으로 돌며 렌이 서 있던 위치에 서자 리아브릭이 딱 보였다. 다시 스텝을 밟아 엘레나가 리아브릭을 등졌다.

"독이 바싹 올랐어."

"그럴 만하죠. 심증은 있지만 증거는 없으니까."

"너, 사람 붙었어."

엘레나의 눈이 커졌다. 그러나 아주 잠시였을 뿐, 여느 때와 다름없는 평온한 눈길로 돌아왔다.

"어쩐지. 절 대하는 태도가 평소와 좀 다르다 싶었어요."

"더 놀라야 정상 아니냐? 뭘 그렇게 침착해?"

표정 하나 변하지 않는 엘레나를 보며 렌이 입맛을 다셨다. 어째서인지 모르겠으나, 자신의 말과 행동으로 인해 엘레나의 표정이나 감정이 변하는 걸 지켜보는 것이 그에게 있어 즐거움이고 행복이었다. 그러다 보니 엘레나의 밋밋한 반응이 못내 아쉬웠다. 그러나 말과 달리 엘레나의 표정은 어두웠다.

'안일했어. 렌이 언질을 주지 않았다면 몰랐을 거야.'

엘레나는 느슨했던 고삐를 단단히 쥐었다. 아흔아홉 번을 성공하더라도 단 한 번의 실수로 나락으로 떨어질 수 있다. 리아브릭은 그걸 가능케 하는 여자였다. 긴장해야 했다.

"조심해. 안 그럼 쟤한테 잡아먹힌다?"

"고마워요."

생색을 내던 렌의 표정이 오묘해졌다. 순순히 인정하는 엘레나의 태도도 이상했지만, 처음으로 자신에게 보인 호의적인 표현이 귓전에서 맴돌며 떠나질 않았다.

"뭐라고?"

"무슨 말이요?"

"마지막 말, 그거 있잖아."

"……고맙다는 말이요?"

"그래, 그거."

엘레나가 끄덕였다. 어려운 부탁도 아니고, 도움을 준 것도 사실이니 하지 못할 이유가 없었다.

"알려줘서 고마워요. 진심이에요."

렌의 입꼬리가 실룩거렸다. 참 어색한 표정이었다. 살아오면서 이렇게 신나고 기뻤던 적이 없던지라 어떤 표정을 지어야 할지 잘 몰랐다.

때마침 홀 안을 울리던 연주가 변했다. 여름의 왈츠. 봄의 왈츠가 생명의 싱그러움을 표현한 것이라면, 여름의 왈츠는 좀 더 경쾌했다. 생명의 요동침이 고스란히 담겨 있다고나 할까.

"오늘 회의에서 무슨 얘기가 오갔어요?"

"그거? 아주 신나는 얘기였지."

"뜸 들이지 말고요."

엘레나가 다그치자 렌이 픽 웃으며 대답했다.

"우리 백부님께서 파벌에 속한 귀족들의 상납금을 높이시겠단다."

"결국 그렇게 됐군요."

엘레나의 입가에 희미한 미소가 맺혔다.

'예상했던 대로야.'

피네치아 재배지의 소실과 노블레스 거리 사업의 방해 공작으로 대공가가 입은 손해가 막대했다. 그 와중에 비자금 격인 예술품의 가치마저 폭락했다. 투자 비용과 지출은 고정적인데, 수입이 줄었으니 어떤 식으로든 메울 방법을 찾으려 혈안이 될 수밖에 없을 것이다.

"보상은요?"

"예리한 거 보소. 보상 얘기 나왔지. 근데 그게 또 공수표예요."

"공수표요?"

"노블레스 거리 사업이 성공하면 상납금 액수에 상응하는 수익금을 상정해서 돌려주겠다 이런 거지."

엘레나는 새어 나오는 실소를 꾹 눌러 참았다.

'그 보상 못 해줄 텐데?'

노블레스 거리는 망할 것이다. 자신이 그렇게 만들 거니까. 이미 오래전부터 노블레스 거리를 껍데기만 남기는 계획에 착수한지 지 오래다. 아직 수면 위로 드러나지 않았을 뿐, 노블레스 거리가 완성되는 순간 불안 요소들이 수면 위로 떠올라 침몰할 것이다.

"귀족들의 반응은요?"

"최악."

엘레나의 희미한 미소가 아주 조금 더 진해졌다. 대다수의 귀족은 영악하며 사리 분별이 뛰어나다. 황실을 저버리고, 대공가의 그늘 아래서 세를 누리는 귀족들이니 무슨 설명이 더 필요할까. 그러다 보니 상납금을 올리는 것에 불만이 생길 수밖에 없다. 하물며 대공가에서 내려놓은 보상이란 것 자체가 너무 모호하다 보니 더 그랬다.

심지어 대공가가 보유한 수도 내 부동산이나, 토지, 영지, 사업권은 매각하지 않은 채, 귀족들의 상납금만 높였다. 이 얼마나 오만한가. 대공가의 권세와 비호를 벗어나지 못할 거란 걸 알기에 배짱을 부리는 것이다. 엘레나는 그 작고 미세한 균열을 파고들어 적절히 이용할 계획이다.

"귀족들을 흔들어놓기 딱이네요. 구실도 적당하고."

"눈빛 보소. 너 뭔가 저지르려고 안달이 난 눈이야."

렌은 그런 엘레나의 눈동자를 빤히 쳐다봤다. 그러더니 픽 웃었다.

"네가 또 뭔 사고를 칠지 벌써 설레네."

"기대하셔도 될 거예요."

엘레나가 자신만만하게 받아쳤다. 그런 엘레나를 보는 렌의 시선이 묘해졌다.

"뭘 하는지 묻고 싶은데 참아야겠다. 이러다 네가 위기에 빠지면 또 그것도 즐겁거든."

"악취미네요."

"그래야 내가 구해줄 수 있잖아."

렌의 이죽거림을 마주한 엘레나의 기분이 이상해졌다. 더 이상 적이 아닌, 같은 편으로 받아들여서 그런가. 저 꼴사나운 미소가 처음으로 싫지 않단 생각이 들었다.

대화가 오가는 중에 여름의 왈츠를 지나, 가을의 왈츠마저 막바지에 다다랐다. 이제 마지막 파트인 겨울의 왈츠만이 남았는데, 혹독한 추위를 표현한 만큼 동작이 격정적이다 보니 대화를 하며 춤을 추기 쉽지 않았다. 렌 역시 그걸 아는지, 일정 거리를 두고 춤을 추던 엘레나를 더 가깝게 당겼다. 가슴이 맞닿고 숨소리가 들릴 만큼 밀착했다.

"이제 내 소원 들어주라고. 제대로."

렌은 매력적으로 웃더니 연주에 맞춰 스텝과 템포를 끌어올렸다.

"춤추는 거 아니었어요?"

"그럴 리가."

엘레나도 마찬가지로 합을 맞추며 동작을 이어나갔다. 렌이 작정을 하자 지금껏 건성으로 추던 것과 비교도 안 될 만큼 격조 있는 춤사위가 이어졌다. 사교계의 춤에 이골이 난 엘레나가 깜짝 놀랄 정도로 렌의 춤 솜씨는 일품이었다. 동작에서 이어지는 몸짓, 그로 인해 표현되는 선부터 박자까지 흠잡을 게 없었다. 그러나 정말 이해가 되지 않는 건 렌의 매너였다. 독불장군이나 다름없는 렌이 파트너인 엘레나를 배려해 호흡을 맞춘단 사실 말이다. 참 우스운 말일 수도 있지만 이 순간 렌이 달리 보였다. 마치 같은 얼굴을 한 다른 사람처럼 느껴졌다.

곧 겨울 왈츠의 절정이라고 할 수 있는 파트에 접어들었다. 파트너를 반대쪽으로 보내놓고 당겨 안는 동작이다.

"헉."

엘레나가 헛숨을 들이켰다. 남자다운 박력 있는 동작이었다. 그러면서도 힘을 조절해 엘레나에게 충격이 가지 않도록 배려하는 것도 잊지 않았다. 동작이 완성되었을 때, 제비꽃처럼 작은 엘레나가 렌의 품에 안긴 모양새가 되어버렸다.

엘레나는 생전 느껴보지 못한 묘한 기분이 들었다. 그저 춤인데, 아무런 의미도 없는 동작의 연속일 뿐인데. 렌의 체온과 숨소리, 물끄러미 내려다보는 눈빛까지 모든 게 낯설어 그녀를 어색하게 만들었다. 그 때문인지 모르겠지만 사교춤에 자신 있다고 자부하던 엘레나가 그만 연달아 동작을 틀리는 실수를 범했다.

"아쉬움이 남긴 하지만……."

곡이 끝나자 렌이 짧게 혀를 차며 입맛을 다셨다. 엘레나가 고개를 들어 올려다봤다. 여느 때와 달리 우수에 찬 눈빛을 한 렌이 엘레나를 지그시 내려다보고 있었다.

"그마저도 즐거워. 다음이 기다려질 테니."

"앗!"

렌은 그 말을 끝내기가 무섭게 품에서 엘레나를 밀어냈다. 놀라서 휘청거리긴 했지만 가까스로 엘레나가 균형을 잡으며 서서 렌을 쳐다봤다. 이게 무슨 짓이냐는 듯이.

"악당은 악당답게 퇴장해야지 않겠어? 우리 공녀 전하를 위해서."

"……!"

렌이 이죽거리더니 예의도 갖추지 않고 휙 돌아서서 홀을 가로질러 나가 버렸다. 귀족들의 불만 어린 시선과 손가락질이 쏟아지는 건 말할 필요도 없었으며, 스펜서 자작이 허둥지둥 쫓아 나가는 모습이 보였다.

"……."

그 뒷모습을 엘레나는 말없이 응시했다. 딴사람은 몰라도 엘레나는 알고 있었다. 렌이 자기 방식대로 그녀를 배려하고, 혹시 모를 의심의 여지마저 남기지 않으려 악당을 자처하고 있음을 말이다.

만찬 내내 겉돌던 렌이 물러나자 다시 본래의 분위기를 되찾았다. 아니, 되찾은 것처럼 보였다. 어색하게 웃으며 아무렇지 않게 잔을 부딪치고 있지만 귀족들의 표정은 어딘지 모르게 불편해 보였다. 원치 않는 자리에 와서 억지로 웃고 있는 기분이랄까.

'상납금을 올리는 게 불만스럽겠지.'

그렇다고 대공가의 비호를 받는 입장에서 대놓고 이의를 제기할 수도 없다 보니 아무렇지 않은 척 속으로 삭일 수밖에 없을 것이다.

'말이 파벌이지, 귀족들은 암묵적으로 이해관계로 묶여 있어. 근데 오늘 대공가가 그 규칙을 깬 거고.'

귀족들이 불만을 가질 거라는 걸 알면서도 상납금을 올릴 만큼 대공가의 형편이 좋지 않단 의미다. 이렇게 되면 엘레나가 생각했던 것보다 더 수월하게 일을 끌고 갈 수 있을 것이다.

엘레나는 자신에게 잘 보이고자 말을 걸어오는 영애와 영식들을 적당히 상대하며 홀 안을 재빨리 훑었다. 이전 삶부터 안면이 있던 귀족이다 보니 찾는 데 그리 오래 걸리지 않았다.

'여전하네, 보로니 백작.'

저 멀리 큰 키에 연미복이 잘 어울리는 남자가 보였다. 남자는 보로니 백작으로, 서부 지역에서 대규모 밀 농장을 운영하여 제국 전체 밀 생산량의 일부를 차지하는 어마어마한 거부다.

사실 몇 년 전까지만 하더라도 그는 서부 지역의 흔한 귀족에 불과했다. 그러나 대공가에 줄을 잘 선 덕에 일대의 평야를 규합해 제 땅으로 만들었다. 기름진 땅에서 생산되는 밀을 바탕으로 그는 서부 지역을 대표하는 귀족으로 우뚝 섰다. 속된 말로 대공가가 공들여 키운 귀족이라고 해도 과언이 아니었다. 그걸 알기에 보로니 백작도 자진해서 남보다 많은 상납금을 대공가에 바쳤다.

'사람 마음이 참 간사해. 고마움은 쉽게 잊히는 법이거든.'

실제 보로니 백작은 다른 귀족과 비교해 몇 배나 더 많은 상납금을 내는 것에 불만이 많았다. 지금의 성세를 누리는 데 있어 대공가의 도움을 받은 건 사실이지만 그간 그 이상의 재물을 바쳤다고 스스로 생각했다. 개구리가 올챙이 적을 생각 못 하는 격이라고나 할까.

엘레나는 지난 삶을 통해 보로니 백작의 그런 불만을 알고 있었다. 서부 귀족들을 앞세워 상납금의 부당함을 주장했다가 그만 대공가의 분노를 사 꼬리를 내린 전례가 있었기 때문이다.

'슬슬 흔들어볼까.'

목표를 정한 엘레나가 자연스럽게 대화를 나누는 시늉을 하며 보로니 백작의 근처로 다가갔다. 우연을 가장해 엘레나가 눈을 맞추자 그가 반갑게 아는 척을 했다.

"반갑습니다, 공녀 전하. 작년 초대 가주 탄신연회 때 멀리서 뵈었는데 인사를 나누는 건 처음이군요."

"저 역시 백작님을 멀리서 뵌 기억이 나네요. 그때나 지금이나 여전히 멋지시고요."

엘레나는 자연스럽게 칭찬을 섞어가며 대화를 유도했다.

"하하, 공녀 전하의 칭찬을 들으니 몸 둘 바를 모르겠습니다."

"사실인걸요? 사교계에 백작님을 모르는 사람이 없단 말이 이해가 된답니다."

보로니 백작의 만면에 미소가 만개했다. 보로니 백작을 향한 외모의 칭찬 역시 철저히 계산된 행동이다. 그는 실제로도 잘생긴 외모의 소유자였으며 자부심이 강했다.

"특히 사교춤에 일가견이 있으시다고 들었어요. 많은 영애의 선망이 되셨다고도요."

"그랬었던가요? 제 입으로 말하긴 민망하지만 춤이라면 자신 있답니다."

계속되는 엘레나의 칭찬에 기분이 좋은지 보로니 백작의 입가에서 미소가 가시질 않았다. 사실 엘레나는 그가 사교춤에 일가견이 있었는지에 대해서는 잘 알지 못했다. 아니, 알고 싶지도 않았다. 오직 리아브릭의 감시를 떼어놓는 데 집중했다. 지금도 어디선가의 리아브릭이 엘레나를 주시하고 있을 게 뻔하다. 한번 의심을 시작한 이상 웬만해서는 의심을 거두지 않는 여자니까.

엘레나가 사교춤을 언급하며 유도를 하는 것도 그 때문이다. 앞서 렌과 접촉한 것처럼 은밀한 대화를 나누기에 춤만 한 게 없다. 공개된 장소임에도 불구하고 의심을 사지 않고 자연스럽게 이야기를 주고받을 수 있기 때문이다.

"대단하세요. 최근 유행하는 왈츠도 다 출 수 있다는 말씀이세요?"

"제 입으로 말하긴 부담스럽지만 그런 셈이죠. 하하."

'다음 곡이 피리 부는 여인이지?'

귀족 회의를 완벽하게 준비하고자 애쓴 리아브릭만큼이나 엘레나 역시 오늘의 만찬을 치밀하게 준비했다. 사전에 별관을 찾아 곡 리스트를 확인한 것도 그 일환이었다.

마침 홀 안에 울려 퍼지던 곡이 끝났다. 이윽고 엘레나의 예상대로 '피리 부는 여인'이라는 곡이 연주됐다. 사교춤의 정석과 같은 곡으로 사교계 신사로 통하는 보로니 백작 역시 잘 아는 곡일 것이다.

엘레나가 옅은 미소를 띠며 물었다.

"이 곡 아세요?"

"모를 리가요. 제가 자신 있는 곡이랍니다."

아는 곡이 나오자 보로니 백작의 만면에 여유가 흘렀다.

"곡의 음색이 중후한 백작님과 잘 어울리는 것 같아요. 사교계를 대표했다는 백작님의 춤 솜씨를 볼 기회가 있었으면 좋겠네요."

"오늘은 어떻습니까?"

"오늘이요?"

엘레나가 순진한 척 그를 올려다보며 눈을 깜빡였다. 그러자 보로니 백작이 느끼한 미소를 머금더니 정중하게 손을 내밀었다.

"저와 한 곡 추시겠습니까?"

엘레나는 의미심장한 미소를 지으며 그의 손 위에 자신의 가녀린 손을 포갰다.

"그래요."

보로니 백작의 에스코트를 받으며 홀 중앙으로 향하는 엘레나의 시선에 멀리 자신을 주시하는 리아브릭이 보였다.

'명망 있는 귀족과 춤을 추는 건 사교계에서 흔한 일이지.'

사교계에서 엘레나의 위치는 특별했다. 대공가의 후계자이자, 차기 황태자비로 유력했다. 그러다 보니 귀족들의 춤 신청이 쏟아지는 건 특별할 게 없었다. 유일하게 의심을 살 만한 상대가 렌이었는데, 스스로 악당을 자처하며 의심의 꼬리를 끊고 퇴장했다.

'괜찮겠지?'

엘레나는 홀에서 퇴장하는 렌을 쫓아가는 스펜서 자작을 봤다. 학술원 검술제 때도 그랬지만 렌에게 해코지를 하지 않을까 우려스러웠다.

"그거 아십니까?"

연주에 맞춰 스텝을 밟던 엘레나가 보로니 백작을 올려다봤다.

"오늘처럼 제 나이가 원망스럽긴 처음입니다."

"원망이요?"

"수십 년째 이 사교계에 몸담고 있으면서 공녀 전하처럼 아름다운 분은 처음 보거든요."

엘레나가 억지웃음을 지었다. 손발이 오그라드는 멘트에 몸서리쳐지는 걸 감추기 위해서였다.

'더는 못 맞춰주겠어.'

참는 것도 한계가 있었다. 접근에 성공한 이상 주제 파악도 못 하는 인간의 비위를 맞추는 것도 더는 못 하겠다. 엘레나는 표정을 바꾸고 낮은 목소리로 천천히 운을 뗐다.

"오늘 회의 얘기 들었어요. 귀족들에게 징수하는 상납금을 늘린다고요?"

갑작스러운 화제 전환에 보로니 백작이 당황했다. 엘레나는 자연스럽게 이야기의 주제를 대화에 녹여냈다.

"너무한 거 같아요. 안 그래도 백작님은 다른 분들보다 더 많은 상납금을 내시잖아요."

"그렇긴 합니다만, 대공가의 도움 덕분에 제가 이만큼 자리를 잡은 격이니……."

보로니 백작의 표정과 말투가 조심스러워졌다. 조금 전의 화기애애하던 분위기는 깨진 지 오래였다.

"진심으로 그렇게 생각하세요? 분명한 보상도 약속하지 않고 일방적으로 상납금을 늘리라는 것 자체가 저는 부당하다고 보는데."

"……공녀 전하, 무슨 저의로 그런 말씀을 하시는 겁니까?"

보로니 백작이 난처한 표정을 지었다. 안 그래도 대답하기 곤란한 질문을 다른 누구도 아닌 공녀가 직접 묻고 있었다. 마치 시험을 하듯이.

그러다 보니 어찌 대답해야 할지 가늠이 되지 않았다.

"저의라니요. 전 순수한 마음으로 백작님을 돕고 싶을 뿐이에요."

"절 돕는다고요?"

엘레나가 의미심장한 미소를 지으며 보로니 백작과 시선을 맞췄다. 당황하는 그와 달리 엘레나의 표정과 목소리에는 여유가 넘쳤다.

"이제 곧 황태자비 선임식이 열릴 거예요. 저는 그 자리에 제가 잘 어울린다고 생각해요."

"저 역시 그렇다고 생각합니다."

"백작님, 저는 욕심이 매우 많은 여자랍니다. 황태자비가 된다고 해서 대공가를 포기하는 일은 절대 없을 거예요."

"그게 가능합니까?"

"왜 안 된다고 생각하세요? 저 베로니카예요. 프리드리히 대공가의 유일한 상속자죠. 못 할 거 같아요?"

"……."

도발적인 엘레나의 발언에 보로니 백작은 입을 다물었다. 황실마저 초월한 권세를 누리는 대공가가 작정하고 마음먹는다면 제국에서 못 할 일이 없다는 걸 그는 잘 알고 있었다. 그리고 엘레나는 베로니카가 지닌 권위를 앞세워 그 점을 파고들었다.

"그래서 드리는 말씀입니다, 백작님. 이제라도 줄을 잘 서야 하지 않겠어요?"

"줄 말씀입니까?"

"백작님이 잡고 계신 동아줄이 계속 튼튼할 거라 생각하면 오산이에요."

"……!"

"아버지도 연세가 드셨는지 자꾸 리아브릭에게 의지하려고 하세요.

상납금만 해도 그래요. 그게 다 리아브릭의 머리에서 나온 생각이죠."

엘레나는 조곤조곤 리아브릭을 매도했다. 상납금 징수와 관련된 불만의 화살을 그녀에게 돌리며 흔들고자 함이다.

'주사위는 던져졌어.'

항상 평정심을 유지하던 엘레나였지만 이번 일만큼은 엘레나도 긴장됐다. 적잖은 세월을 대역으로 살아왔다. 하지만 오늘처럼 베로니카의 신분을 앞세워 노골적으로 대공가에 이빨을 드러낸 경우는 처음이었다. 그러나 반대로 그만큼 대공가의 몰락에 가까워졌다는 방증이기도 했다.

엘레나의 계획대로 이번 일만 잘 마무리된다면 대공가라 하더라도 쉽사리 회생이 불가능한 타격을 줄 수 있기 때문이다. 아까까지만 하더라도 난처하단 이유로 대답을 외면하려 했던 보로니 백작의 눈빛이 진지해졌다. 엘레나의 태도에서 심상치 않음을 느꼈기 때문이다.

"공녀 전하께서 말씀하시는 그 줄, 공녀님 본인을 말씀하시는 겁니까?"

"이제야 얘기가 통하시네요."

엘레나가 미소를 머금었다.

"애초에 리아브릭이 일 처리를 잘했으면 이런 사태가 오지 않았을 거예요."

"공감합니다."

"누군가는 책임을 져야 하는데, 리아브릭은 그러지를 않네요. 그러다 보니 그 책임은 고스란히 귀족분들이 지게 되신 거고요."

보로니 백작은 끄덕임으로 대답을 대신했다. 십분 공감하지만 아직까진 제 속내를 다 드러내기에 조심스러웠다.

"보상만 해도 그래요. 노블레스 거리 사업이 성공하면 상납금에 상응하는 수익금을 줘요? 실체가 없는 공수표네요."

"제 말이 그 말입니다, 공녀 전하."

보로니 백작이 결국 참지 못하고 불만을 토로했다. 그런 반응에 엘레나의 미소가 더 진해졌다. 그녀가 원하는 방향대로 대화가 흘러가고 있기 때문이다.

"저라면 다를 거예요. 확실한 보상을 약속하겠죠."

"확실한 보상이라면?"

"네, 노블레스 거리에서 발생하는 수입을 나누는 거죠. 균등하게."

파격적인 제안에 보로니 백작의 눈에 탐욕이 스쳤다. 가진 놈이 더 하다고 딱 그런 격이다. 노블레스 거리 사업은 귀족들도 성공 가능성을 높게 보는 사업이다 보니 발을 걸치고 싶어 안달이 났다. 엘레나는 그 사업에 보로니 백작을 끼워준다고 했다.

"물론, 지금은 무리고요. 백작께서 절 도와주신다는 가정하에 가능한 일이죠."

"돕는다면 뭘 말씀하시는 겁니까?"

보로니 백작의 태도가 적극적으로 변했다. 다른 사람도 아니고 차기 황태자비이자, 대공가의 후계자의 제안이다. 짧은 시간이지만 손해 보지 않는 장사라는 판단이 선 것이다. 엘레나는 미소를 지으며 잠시 뜸을 들였다. 그가 조급함에 애간장이 녹을 즈음 다시 입술을 뗐다.

"리아브릭의 실각이요."

"다른 사람도 아니고 나는 새도 떨어뜨린다는 리아브릭 자작을 말입니까?"

"못 할 건 또 뭐죠? 백작님이 나서주시고 또 많은 귀족이 도와주시면 못 할 이유가 없잖아요?"

꿀꺽. 보로니 백작은 마른침을 삼켰다. 그의 눈에 비친 엘레나는 더없이 무서운 여자였다. 지척에 리아브릭을 두고서도 아무렇지 않게 실각을 언급하며 웃기까지 했다. 그런 엘레나의 본심도 모르고 칭찬에 우쭐했던 스스로가 너무 부끄러웠다. 그러나 창피함은 잠시일 뿐, 모골이 서늘했다.

"피는 못 속이는군요."

엘레나의 미소가 진해졌다. 프란체 대공과는 피 한 방울 섞이지 않은 남남인데 무슨. 진실도 모르면서 두 사람을 부녀지간으로 묶는 꼴이 퍽 우스웠다. 그러나 보로니 백작의 눈에 비친 두 사람은 분명 겹쳐 보였다. 사람으로 하여금 절로 고개를 숙이게 만드는 카리스마. 그것은 배운다고 되는 게 아니었다. 선천적으로 타고나야만 지닐 수 있었다.

"제가 뭘 도우면 되는 겁니까?"

"서부 귀족들의 여론을 모아주세요."

"여론을요? 어떤 식으로 말입니까?"

보로니 백작은 여전히 조심스러운 태도를 고수했다. 엘레나가 내민 손을 잡는 쪽으로 마음이 기운 건 사실이다. 그러나 무작정 내민 손을 잡기엔 성급한 감이 없지 않아 있었다. 좀 더 대화를 통해 그럴싸한 계획이 있는지를 파악하고 움직여도 늦지 않았다.

"이거 하나 짚고 가죠. 리아브릭이 왜 상납금을 올리는지 아세요?"

엘레나가 의미심장한 미소를 지었다. 보로니 백작은 홀린 듯 그녀를 바라보았다.

"노블레스 사업에 문제가 생겼거든요."

"문제라니. 심각한 겁니까?"

"그러니 리아브릭이 상납금을 올리는 거겠죠?"

엘레나는 있는 사실 그대로를 보로니 백작에게 털어놓았다. 땅을 매입하는 과정에서 정보가 새는 통에 불필요한 돈을 지불한 사실과 부주의한 실책으로 천연 대리석을 무려 시가의 다섯 배에 구매한 사실까지 모조리 다 얘기했다. 그간 대공가가 쉬쉬하고 있던 치부를 접한 보로니 백작의 얼굴이 흥분으로 붉어졌다. 누가 보더라도 리아브릭의 실수를 귀족들에게 전가한 모양새였기 때문이다.

"참 부당하지 않나요? 본인의 실수 때문에 귀족에게 상납금을 걷다니."

보로니 백작의 숨소리가 거칠어졌다. 몰랐다면 모를까 진실을 알고 나니 더더욱 피해의식이 심해질 수밖에 없었다. 흐름을 탄 엘레나가 쐐기를 박았다.

"상납금 증세야 어쩔 수 없다지만…… 대공가의 일원으로서 가문의 위신을 떨어뜨린 그녀는 죗값을 받아야 온당하지 않겠어요? 전 그렇게 생각하는데."

"공녀 전하의 말씀이 옳습니다. 한낱 자작 주제에…… 하. 기가 차는군요."

보로니 백작은 적잖이 분노하고 있었다. 처음의 미심쩍어하는 태도와 비교하면 확연하게 달라진 모습이다.

'거의 다 넘어왔어.'

방점을 찍고 싶었지만 아쉽게도 엘레나에게 주어진 시간이 부족했다. 연주 중인 '피리 부는 여인'이 막을 내리면 더 이상의 대화는 무리였다. 지금도 리아브릭이 쌍심지를 켜고 이쪽을 주시하고 있는 중이니까. 괜히 욕심을 내서 보로니 백작과 한 곡을 더 추기라도 하면 리아브릭의 의심의 골이 더 깊어질 것이다.

'서두르지 말자. 아직 시간이 있어.'

시안을 설득해서 황태자비 선출식을 개최한 이유도 이 때문이다. 귀족들을 흔들어 리아브릭을 실각시키기 위한 시간을 벌기 위해서였다.

"다음에 뵐 때는 제 제안에 대한 대답을 듣길 바라겠습니다."

"다음이라면 언제를 말씀하시는 겁니까?"

보로니 백작의 태도가 적극적으로 돌변했다. 엘레나가 가슴에 불을 지핀 까닭에 그는 뭐라도 저지를 것처럼 굴었다.

"곧 비올라 백작의 생일연회가 있답니다. 참석해 자리를 빛내주세요. 그럼, 저는 이만."

돌아서는 엘레나의 가슴이 시원하게 뻥 뚫렸다. 저들이 쥐여 준 신분과 작위를 내세워 베로니카를 옥죈다는 사실이 더없이 통쾌했다. 이제 시작이다. 엘레나는 자신이 당했던 것처럼 베로니카를 망가뜨릴 것이다. 다시는 재기하지 못하도록 철저히.

연주가 끝나자 누가 먼저라 할 것 없이 보로니 백작과 엘레나는 인사를 하고는 돌아섰다. 사교를 위한 관계. 그 이상으로는 보이지 않았다.

다시 혼자가 된 엘레나의 곁에 많은 귀족이 몰려들었다. 영식들은 장차 황태자비가 될지도 모를 엘레나와 춤을 출 영광을 누리고 싶었고, 영애들은 어떻게든 잘 보여서 줄을 서고 싶어 했다. 엘레나는 개중에서 가장 잘생긴 영식을 골라 춤 신청을 받아줬다.

'리브의 의심을 피하려면 어쩔 수 없어. 몇 곡 더 추는 수밖에.'

리아브릭은 노골적으로 엘레나를 의심하고 있고 보로니 백작과의 접촉을 눈여겨봤을 것이다. 만약 엘레나가 이후에 누구와도 춤을 추지 않는다면 더더욱 보로니 백작과 엘레나의 관계를 깊게 파고들 것이다. 리아브릭의 의심을 분산시키기 위해서라도 엘레나는 더 많은 귀족과 춤을 출 필요가 있었다.

엘레나는 가식적인 미소를 지으며 춤을 추는 내내 많은 말을 주고받왔다. 대부분 영양가가 없는 말들이었지만 그마저도 필요한 순간이 있었다. 특정 누구와 접촉한 것이 아닌, 불특정 다수와 춤을 췄다는 사실을 내비쳐 리아브릭의 의심에 혼선을 줄 필요가 있기 때문이다.

그러는 와중에도 엘레나는 다음을 생각했다. 반대편 귀족 무리에서 호쾌하게 웃고 있는 한 남자가 시야에 들어왔다.

'노튼 자작.'

올해 이십 대 후반의 젊은 영주인 그는 신흥 귀족 중 한 사람으로 제국 동부에 금광을 소유한 거부다.

'호쾌해 보이는 겉모습과 달리 음흉하고 영악한 자지.'

엘레나가 기억하는 그는 간사한 수완가다. 영지 내에서 금맥이 발견되자 제 발로 대공가를 찾아가 고개를 숙였다. 금광을 개발하면 상납금을 낼 터이니 주변 영지의 위협으로부터 보호받길 청한 것이다.

그런 발 빠른 조치 덕에 주변의 위협에서 벗어난 노튼 자작은 영지 내 금맥을 개발해 막대한 부를 손에 넣고 동부 지역에서 손꼽히는 영향력을 지닌 귀족으로 발돋움했다.

그러나 인간의 욕심은 끝이 없다고 했던가. 대공가의 그늘에서 힘을 키웠음에도 불구하고 남보다 많은 상납금을 낸다는 현실에 점점 불만이 쌓이고 있었다. 동부 지역에서 손꼽히는 귀족이 되고 나니 받는 것 없이 대공가에게 내는 막대한 상납금이 아깝단 생각이 들기 시작한 것이다.

엘레나는 귀족 무리에 섞여 들어가는 척 노튼 자작에게 접근했다. 영지의 특산물인 금과 관련한 주제로 대화의 물꼬를 트며 그의 호감을 쌓는 건 그리 어려운 일이 아니었다. 의도대로 노튼 자작과 춤을 추는 데 성공하자 엘레나가 본론을 꺼냈다.

"리아브릭의 실각이요?"

엘레나의 파격적인 제안을 받은 노튼 자작의 반응도 크게 다르지 않았다. 제게 이익이 되면 악마와도 손을 잡는 부류가 귀족들이니까.

"동부 귀족들의 여론을 모아주세요. 파벌 내 귀족들이 입을 모아서 책임을 지라고 하면, 제아무리 아버지라 해도 리아브릭을 싸고돌 순 없을 거예요."

처음엔 반신반의하던 노튼 자작도 엘레나의 설득에 넘어갔다. 셈이 빠른 만큼 장차 대공가의 상속자인 엘레나를 따르는 게 장기적으로 낫다고 판단했다.

"그럼 빌리온 자작 무도회에서 뵙겠습니다."

엘레나는 보로니 백작과 만나기로 한 날이 아닌, 다른 날에 있는 무도회에서 보기로 했다. 리아브릭의 의심을 피하기 위해서다.

노튼 자작과 헤어진 엘레나는 심신의 피로함을 느꼈다. 리아브릭의 노골적인 감시 속에서 귀족들과 접촉을 한다는 게 쉬운 일이 아닌 까닭이었다.

'후안 남작만 끌어들이면 돼.'

후안 남작은 수도 남부 일대의 대규모 염전을 일구던 상인 출신이다. 파산한 영지를 인수하며 황실로부터 남작의 작위를 하사받아 귀족이 됐다. 그러나 태생적인 신분의 한계 때문에 귀족 사회에서 따돌림을 당하며 무시받았다. 참다 못한 그는 대공가에 막대한 상납금을 바쳐 대공가의 인정을 받았고 그제야 귀족 사회에 발을 디딜 수 있게 됐다.

'저자만 끌어들일 수 있으면 동부와 서부, 그리고 남부 귀족들의 여론을 주무를 수 있어.'

엘레나가 접촉한 세 명의 귀족은 수도를 중심으로 동부, 서부, 남부에서 영향력을 지닌 유력 귀족이다. 그들이 나서서 귀족들을 선동해 리아브릭의 실각을 요구한다면 제아무리 대공가라고 하더라도 마냥 무시할 수는 없을 것이다.

엘레나는 후안 남작에게 접근했다. 근본은 속일 수 없다는 말이 있듯이 상인 출신의 후안 남작은 계산적이었으며 대놓고 잇속을 따졌다. 욕심이 많은 만큼 엘레나가 파고들 구석도 많았다. 앞선 두 귀족보다도 후안 남작은 더 적극적으로 엘레나에게 동조했다. 굳이 다음 만남이 필요할까 싶을 정도로 의욕적이었다.

"조급하게 굴지 마세요. 제가 그쪽에게 바라는 게 있듯이, 남작님도 많은 걸 얻을 수 있단 것만 명심하세요."

앞서 두 사람과 마찬가지로 다음 만남을 기약한 엘레나는 후안 남작과 작별했다. 목표로 한 귀족들과 접선을 모두 끝낸 엘레나의 긴장이 살짝 풀렸다. 아직 갈 길이 멀지만 소기의 성과는 올린 까닭이었다. 마음을 내려놓은 엘레나는 춤을 신청하는 몇몇 귀족과 더 어울렸다.

'이만하면 됐어.'

소기의 목적을 충분히 이룬 엘레나는 계속해 들어오는 춤 신청을 거절했다. 더 출 이유가 없기 때문이다.

엘레나는 분위기를 살피다가 조용히 물러났다. 이미 많은 춤을 췄고 귀족들과 충분히 사담을 나눈 만큼 엘레나의 퇴장을 만류하는 이는 한 명도 없었다. 고개를 돌려 멀찌감치에서 자신의 퇴장을 주시하고 있는 리아브릭을 쳐다봤다.

엘레나는 여느 때보다 환한 미소를 지었다.

'얼마 안 남았어요. 곧 그 자리에서 끌어내려 줄게요.'

돌아선 엘레나가 홀에서 퇴장했다. 그리고 리아브릭은 오랫동안 그녀의 뒷모습에서 눈을 떼지 못했다.

인적이 드문 골목. 달빛마저 잘 들지 않아 칠흑처럼 컴컴한 골목을 로브를 뒤집어쓴 남자가 걸어갔다. 골목의 맨 끝자락에 다다른 남자는 허름하다 못해 언제 부러져도 이상할 게 없어 보이는 나무판자를 열고 지하로 걸어 내려갔다. 모퉁이를 돌아서자 원형 탁자에 앉아 있는 시안과 자칼린이 보였다.

　　"늦어서 죄송합니다."

　　로브를 벗은 사내는 린든 백작이었다. 최근 피네치아 재배지 소실로 인해 독이 바싹 오른 대공가가 기사단까지 움직였단 정보를 접한 뒤로는 최대한 활동을 자제하며 몸을 사렸다. 전면으로 맞붙었다간 큰 피해를 피할 수 없어서다.

　　"자네가 자칼린이가 하는 그 친구인가 보군. 전하께 얘기 들었네. 깨친 지식인이라지?"

　　"과찬이십니다. 백작님이야말로 공명정대하시고 황실에 대한 충성이 대단하시다고 들었습니다."

　　"내가? 단단히 잘못 알고 있군. 어쩌다 코가 꿰어서 엮인 거야."

　　린든 백작은 장난스럽게 대꾸했지만 누구도 그의 각오를 가볍게 여기지 않았다.

　　시안이 입을 열었다.

　　"요새 상황은 어떻지?"

　　"최악입니다. 대공가가 저희를 찾으려 혈안이 됐습니다."

　　"독이 바싹 오른 모양이군."

웅크리고 있는 시간이 길어질수록 아쉬운 마음도 커져갔다. 아편 사업이 붕괴된 지금이야말로 외부에서 대공가를 흔들 적기란 생각이 들어서였다. 그러나 의욕만으로 움직이기엔 위험부담이 너무 컸다.

'이 순간에도 그녀는…… 하.'

엘레나를 떠올리니 입안이 바싹바싹 타들어갔다. 대공가를 무너뜨리기 위해 고군분투하는 그녀만 생각하면 이러고 가만히 있는 게 맞는 일인지 의문이 들었다.

"조금만 더 인내하시지요."

"그래야겠지."

시안은 꾹 참았다. 의욕만으로는 현실을 바꿀 수 없다. 웅크릴 수밖에 없다면 다른 방식으로 그녀를 도울 방법을 찾으면 된다. 이성을 되찾은 시안이 고개를 돌렸다.

"학교에서 아이들을 가르치고 있다고?"

"네, 전하. 그들을 가르치는 것이야말로 제 삶의 낙이자 전부입니다."

L을 통해 시안을 소개받은 자칼린은 제국을 바꾸는 일에 동참했다. 처음엔 큰 기대를 하지 않고 시안을 만났지만 대화를 나눌수록 그의 생각과 사상에 큰 감명을 받았다. 제국의 중앙집권화를 포기하고 그 옛날 신성 제국 시절로 회귀하여 황실과 귀족, 그리고 시민으로 이어지는 세 집단이 협력하고 견제하는 정치제도야말로 자칼린의 사상과 정확히 일치했다.

이러한 정치제도가 자리를 잡기 위해서는 시민들이 배우고 깨우쳐야만 한다. 시민 대표를 선출해 황실과 귀족을 견제하려면 그만한 지식을 필요로 하기 때문이다. L의 도움을 받아 세운 학교는 그러한 시민을 배출하기 위한 통로였다.

"전하, 한 가지 여쭤볼 게 있습니다."

"말하라."

시안이 허락하자 자칼린이 입을 열었다.

"전하와 L은 무슨 사이십니까?"

"……."

시안은 곰곰이 생각했다. 막상 질문을 받고 생각하니 마땅히 두 사람의 관계를 규정할 만한 단어가 떠오르지 않았다.

시안이 쓰게 웃었다. 그러고 보면 늘 일방적인 사이였다. 엘레나는 한결같이 그 자리에 서 있었다. 그래서 좀 더 용기를 내서 다가가면 손이 닿을 거라고 생각했다. 그러나 그건 착각이었다. 손만 뻗으면 닿을 거리였건만, 어째서인지 닿지 않았다. 그녀는 밀어내지도 피하지도 않았는데 항상 제자리걸음이었다.

"그것이 왜 궁금하지?"

"이해가 되지 않아서입니다."

"이해라. 설명이 필요할 것 같군."

시안이 빤히 쳐다보자 자칼린이 조심스럽게 말문을 열었다.

"저는 전하와 L이 연인 관계라 짐작했습니다."

'연인이라.'

시안의 입가에 알듯 모를 듯한 희미한 미소가 그려졌다. 그렇게 보였단 말이지.

"어째서 그런 생각을 한 거지?"

"감정을 드러내지 않는 전하가 아니십니까? 한데, L의 얘기만 나오면 눈빛부터 부드러워지십니다."

"내가 말인가?"

시안이 정말이냐는 듯 대꾸하며 린든 백작을 쳐다봤다.

"사실입니다. 어찌나 티를 내시던지 모른 척하기 힘들 정도였습니다."

"그랬군."

린든 백작까지 동의하자 시안은 순순히 수긍했다. 엘레나를 떠올리는 것만으로도 가슴 한편이 따뜻해지는 건 사실이니까. 아마 그러한 감정이 의식하지 못한 새 표정으로 드러난 모양이었다.

"해서, 무리하게 황태자비 선출식을 개최하는 전하의 심중이 이해가 되지 않았습니다. 두 분의 사이도 사이거니와 지금 시기에 황태자비 선출식을 감행하는 건 악수란 생각이 들어서입니다."

시안은 왜 자칼린이 L과의 관계를 물었는지 알 수 있었다. 그가 보기에 황태자비 선출식은 안 그래도 권세가 높은 귀족들을 외척으로 둬야만 하는 악수였다. 그런 맥락에서 볼 때 차라리 L을 황태자비로 맞이하는 게 더 나아 보였다.

"꼭 그게 악수는 아니다."

"이유가 있는 겁니까?"

자칼린은 선뜻 납득이 되지 않았다. 곰곰이 생각을 해봐도 득보단 실이 많기 때문이다.

"L은 대공가의 몰락을 계획하고 있다. 황태자비 선출식은 그 계획의 일환이다."

"몰락이라니. 그게 가능합니까?"

"그녀라면 가능하다. 그리고 내가 그렇게 되도록 도울 것이다."

시안의 대답 속에 지금껏 보지 못했던 확고한 확신이 담겨 있었다.

"L이 대단한 여자라는 건 동의하지만 대공가의 몰락을 가능케 할 수 있을 정도라고는……."

"그대는 잊고 있군."

"무엇을 말입니까?"

시안이 무미건조한 눈길로 그를 보며 대답했다.

"그대를 나에게 보낸 것이 누구인지."

"……!"

자칼린의 눈에 힘이 들어갔다. 잊고 있던 사실을 상기해 낸 것이다.

"신성 제국으로의 회귀를 처음 주장한 것이 누구인지 아는가."

자칼린이 시안을 바라보았다. 담담하지만 힘이 실린 목소리로 시안이 말을 이었다.

"바로 그녀이다."

"그, 그럴 수가."

"학교 설립에 L이 후원을 했다고 했지? 과연 그녀가 이유 없이 후원을 했을 거라 생각하나? 이미 거기까지 내다보고 있었을 것이다."

"……"

"그녀는 긴 시간 준비했다. 내가 그녀를 알기 전부터. 난 믿고 있다. 그녀라면 대공가를 반드시 무너뜨릴 거라고."

자칼린은 충격에 말을 잇지 못했다. 돌이켜 보면 그는 L에 대해 잘 알지 못했다. 학교 설립에 필요한 후원을 받으면서도 알려고 들지 않았다. 그저 뜻이 맞는 사람이자, 깨친 지성인 정도로만 여겼다. 그런데 시안의 얘기를 듣고 나니 그녀를 너무 과소평가했단 생각이 강하게 들었다.

첫 만남에서 학교 설립 후원을 결정한 것만 봐도 그렇다. 단순히 사상에 동조한다고 그럴 수 있을까. 아니다. 시안의 말처럼 L은 자칼린보다 더 먼 곳을 내다보고 있을지도 모른다. 그러지 않았다면 학교 설립에 거금을 후원하면서도 일언반구 없을 수가 없으니까.

자칼린의 벌어진 입술 사이로 감탄사가 터져 나왔다. 시안을 만나고 역사상 유례를 찾아보기 힘들 만큼 깨친 황족이라고 느꼈다. 이자라면 제국이 답습해 온 폐단을 끊고 민중을 위한 정치를 할 거라 믿어 의심치 않았다. 그런 시안에게 영향을 주고 배후에서 대공가를 무너뜨리려 했단 얘기까지 접하자 새삼 그녀가 위대하다고 느껴졌다.

"그런 여인이다. L은."

시안은 엘레나를 떠올렸다. 황태자비 선출식을 앞두고 그녀를 보지 못하는 시간이 길어지자 그녀를 향한 그리움이 커져갔다.

대공가 내 응접실. 최고급 다기를 사이에 둔 엘레나와 마담 드 플랑로즈가 티타임을 즐기고 있었다.

엘레나는 홍차의 품질을 초월할 만큼 훌륭한 다도를 보였다. 우아한 손놀림으로 찻물을 따르는 건 말할 필요도 없었으며 찻잔을 들어 홍차를 음미하는 동작까지 매끄럽다 못해 품격이 느껴졌다.

"흠잡을 게 없군요."

트집을 잡고자 매의 눈으로 엘레나를 지켜보던 마담 드 플랑로즈가 덤덤하게 얘기했다. 반년이 넘도록 대공가의 문턱을 넘나들었지만 실제로 엘레나에게 가르친 건 거의 없었다. 사소한 실수라도 있다면 트집을 잡아 체면치레라도 하고 싶었지만 엘레나의 소양은 그녀보다 나으면 나았지 부족한 게 없었다.

"좋게 봐주셔서 고마워요, 마담."

엘레나가 싱긋 웃으며 찻잔을 입가에 가져갔다.

"지금처럼만 하시면 1차 경합에서 최고점을 받으실 거예요."

"그럴 거라 생각하고 있어요."

엘레나의 뻔뻔한 대답에 마담 드 플랑로즈가 가볍게 눈을 흘겼다.

"평판에만 신경 쓰시면 될 거 같습니다. 다행히 사교계의 여론도 공녀 전하께 굉장히 호의적입니다."

그러나 엘레나에게 있어 황태자비 선출식은 그저 시간 끌기용에 불과하다. 누구 좋으라고 곧 복귀할 베로니카를 황태자비 자리에 앉힌단 말인가? 실수는 어리석었던 지난 삶 한 번이면 족하다.

"다음 수업은 1차 경합 이후가 되겠군요. 좋은 소식 기다리겠습니다."

"네, 마담."

티타임을 끝낸 마담 드 플랑로즈는 저택을 떠났다. 느긋하게 홍차를 즐기고 싶은 마음이 굴뚝같았지만, 오늘 저녁에 예정된 비올라 백작의 생일연회에 참석하려면 지금부터 치장을 해야 했다.

방으로 돌아온 엘레나는 드레스를 갈아입은 뒤, 화장과 머리를 손봤다. 마담 드 플랑로즈와 가졌던 티타임은 황태자비 선출식에 대비한 만큼 옷차림부터 장신구까지 1차 경합에 초점이 맞춰져 있었다. 그만큼 정숙하긴 했지만 연회에 입고 가기엔 밋밋한 감이 없지 않았다.

"아가씨."

엘레나의 머리를 정돈하던 앤이 눈치를 보며 조심스럽게 입을 열었다.

"왜 그러니?"

"그게……."

"편히 말해보렴. 너랑 나 사이에 가릴 게 뭐가 있겠니?"

엘레나는 미소까지 띠며 그녀에게 편안히 물었다.

"오늘 외출하실 때 제가 모셔도 될까요?"

"네가 말이니?"

앤이 고개를 끄덕였다.

"예. 아가씨를 가까이서 모시는 게 제 낙인데, 저택에만 있으니 제 소임을 다 못하는 것 같아 마음이 불편하더라고요."

"그래?"

미소를 지으며 물었지만 엘레나의 눈매가 미묘하게 가늘어졌다. 그간 엘레나가 외출하면 신뢰를 등에 업고 하녀장이라도 된 것처럼 저택 내에서 왕처럼 군림하던 앤이다. 그걸 포기하고 굳이 엘레나를 따라나선다고 하니 퍽 수상했다.

"그러렴."

"정말요? 감사합니다."

앤이 환하게 웃으며 연신 고개를 숙였다. 엘레나는 옷매무새를 정돈하며 말했다.

"뒷정리는 메이에게 맡기고 나갈 채비하렴."

"아, 네. 아가씨. 얼른 준비할게요."

앤은 들뜬 아이처럼 기뻐하며 침실을 나섰다. 그러자 엘레나와 메이 단둘만이 남게 됐다.

"리브의 입김이 들어간 것 같지?"

"네, 그래 보여요."

"지금에 와서 앤을 통해 뭘 알아낼 수 있다고."

엘레나는 노골적인 비웃음을 머금었다. 만찬 이후로 리아브릭은 별다른 반응이 없었다. 아니, 겉보기에만 그럴 뿐이지 지금도 보이지 않는 곳에서 엘레나의 일거수일투족을 감시하고 보고를 받고 있을 것이다.

"메이, 휴렐바드 경을 불러주겠니?"

"네, 아가씨."

메이가 방 밖에서 호위를 서고 있던 휴렐바드를 불러왔다.

"찾으셨습니까?"

"경에게 부탁할 일이 있어서요."

"부탁이라니요, 가당치도 않습니다. 명령하십시오."

엘레나는 피식 웃음을 흘렸다. 얼음의 기사라고 불렸지만 엘레나가 보기에 아직 앳되고 귀여운 구석이 남아 있는 휴렐바드였기에 이런 모습이 어색했다.

"우리 사이에 명령이라니요. 너무 딱딱하잖아요."

"……네?"

우리 사이라니. 휴렐바드의 동공이 흔들렸다. 엘레나의 은유적인 놀림에 어찌 대처할지를 모르고 난처해하는 기색이 역력했다. 그런 반응에 저도 모르게 미소를 그리며 엘레나가 본론을 꺼냈다.

"오늘 외출 시에 미행이 붙을 거예요."

"미행이면 혹시."

"짐작하시겠지만 리아브릭이 붙인 것 같아요."

휴렐바드의 얼굴이 굳어졌다. 미행이 붙었다는 건 이미 의심을 받고 있다는 얘기였다. 엘레나의 신변을 보호해야 할 휴렐바드는 긴장할 수밖에 없다.

"그자에 대해서 파악해 주세요. 최대한 은밀히. 제 말 무슨 의미인지 아시죠?"

"네, 알겠습니다."

누가 미행으로 붙을지는 모르겠지만 대공가 내에서 얼음의 기사라 불린 휴렐바드를 상회하는 실력을 지닌 기사는 존재하지 않는다. 자칫 휴렐바드가 그를 실력으로 제압이라도 하는 날엔, 지금까지 꽁꽁 감춰두었던 휴렐바드의 검술을 만천하에 공개하는 꼴이 되고 만다.

엘레나는 그걸 원치 않았다. 원 역사에서 제국의 삼검이라 일컬어졌던 휴렐바드를 리아브릭이 예상하지 못한 시기에 대공가의 숨통을 끊는 검으로 활용하고 싶었다.

'몰랐다면 모를까, 미행을 당한다는 걸 안 이상 그냥 넘어가긴 아깝잖아?'

엘레나의 입가에 걸려 있던 미소가 더욱 진해졌다. 한 수가 아니라 두 수 앞을 내다본 엘레나는 미행을 역이용해 리아브릭에게 혼선을 줄 계획이었다.

채비를 마친 엘레나는 저택을 나섰다. 외출 시 늘 함께하던 메이를 대신해 앤을 대동했지만 크게 불편함은 없었다. 감시자라곤 하나 엘레나의 손바닥 안이었으니까.

수도의 가도를 내달린 마차가 비올라 백작의 저택에 도착했다. 중후함이 물씬 풍기는 저택에서 짐작할 수 있듯이 비올라 백작가는 정통과 명망을 두루 갖춘 명문가였다. 이젠 황실파로 돌아선 린든 백작과 마찬가지로 귀족파가 대두하는 제국 내에서 몇 안 되는 중립 귀족이자 유력 가문이다.

잠시 손님용 응접실에서 들러 옷매무새를 단정히 한 엘레나가 몸을 일으켰다.

"경도 같이 가시죠."

"네, 공녀 전하."

근사한 제복 차림의 휴렐바드가 뒤를 따랐다. 초원을 연상케 하는 짙은 녹음색 머리카락을 휘날리며 걷는 휴렐바드를 시녀들이 힐끗거리며 훔쳐봤다. 수려한 외모도 외모지만 함부로 다가갈 수 없는 그의 차가운 분위기에 매료된 것이다.

'그러고 보니 휴렐바드를 연회에 대동하는 건 오늘이 처음이네.'

그간 휴렐바드를 숨기고자 대동하지 않았지만 오늘은 예외였다. 연회에 오지 않은 리아브릭이 어딘가 심어놓았을 감시자를 찾으려면 휴렐바드의 도움이 꼭 필요했다.

"앤, 쉬고 있으렴."

"네, 아가씨. 필요한 게 있으시면 언제든 불러주세요."

앤에게 더없이 자상한 미소를 지어 준 엘레나가 응접실을 나섰다. 비올라 백작의 생일연회가 열리는 메인 홀에 들어서자 귀족들이 엘레나의 등장을 성대히 맞아주었다. 사교적인 미소를 머금은 엘레나가 비올라 백작에게 축하의 말을 건넸다.

"축하드려요, 백작님. 아버님께서도 축하한다는 말씀 전해달라고 하셨어요."

"고맙네. 대공과 공녀의 앞날에도 가이아 여신의 영광이 함께하길 빌겠소."

비올라 백작 내외와 짧은 담소를 나눈 엘레나가 인사를 하곤 물러났다. 등 뒤로 축하 말을 전하고자 줄을 선 귀족들이 빼곡하기도 했거니와 그녀의 관심사 역시 다른 곳에 있었기 때문이다.

"어머, 공녀 전하가 아니세요? 저 기억나세요? 만찬 때 인사드렸던 비욜 영애예요."

"기억하다마다요."

엘레나가 미소를 띠며 인사를 나눴다. 당연히 기억에 없지만 이런 식으로 아는 척을 해주는 것 또한 사교계의 예의다. 홀의 분위기를 익히

고자 엘레나가 몇몇 영애와 여담을 나눴다. 원래 같으면 엘레나에게 잘 보이기 위해 아첨을 떨어야 할 영애들이 유독 조신하게 굴었다. 뒤에 선 휴렐바드를 힐끗거리며 잘 보이고 싶은 마음에서다.

"죄송한데…… 뒤에 계신 분은 누구신지요?"

"아, 제 기사인 휴렐바드 경이에요."

"기사요?"

기사이지 않을까 내심 짐작은 하고 있었지만 영애들은 실제 엘레나의 입을 통해 확인하자 더더욱 놀라웠다. 대다수의 기사는 야외에서 검술을 수련하는 만큼 피부가 그은 경우가 많았다. 또 검을 수련하다 보면 어깨가 벌어져 우락부락한 체격을 지닐 수밖에 없었다. 그에 반해서 휴렐바드는 귀족가 영식이라고 해도 믿을 만큼 고귀하고 곱상한 외모를 보유하고 있었다. 기사보단 학자에 더 가까운 인상이랄까.

"휴렐바드라고 합니다."

휴렐바드가 절도 있게 묵례를 하자 몇몇 영애의 입에서 탄성이 나왔다. 낮게 깔리는 중저음 목소리는 그녀들을 설레게 만들기 충분했다. 그런 영애들의 반응을 엘레나도 은근히 즐겼다. 저들이 반한 이 남자가 바로 그녀의 기사라고 생각하니 절로 어깨에 힘이 들어갔다.

'그보다 보로니 백작이 안 보여.'

어찌 된 영문인지 홀 안 어디에서도 찾을 수가 없었다.

'설마 오지 않은 건가?'

그 말은 곧 엘레나의 제안에 대한 거절을 의미한다. 내심 불안감이 밀려왔지만 엘레나는 조바심을 내지 않았다. 서부의 보로니 백작을 제외하고도 아직 동부와 남부의 유력 귀족과의 만남이 남아 있었기 때문이다.

휴렐바드에게 관심을 보이는 영애들을 뒤로하고 엘레나는 한동안 귀부인들과 어울려 담소를 나눴다. 이만하면 연회장 어딘가에서 지켜보고 있을 감시자의 의심을 피하기에 충분하다 싶었다. 막 몸을 빼려는데, 보로니 백작과 비올라 백작이 인사를 나누는 모습이 보였다.

'왔어.'

엘레나 입가의 미소가 진해졌다. 슬그머니 보로니 백작 옆으로 다가가 제 존재를 드러냈다. 그런 엘레나를 발견한 보로니 백작이 반갑게 아는 체했다.

"또 뵙습니다, 공녀 전하."

"반가워요. 백작님은 오늘도 멋지시네요."

"어디 공녀 전하의 아름다움만 하겠습니까?"

가벼운 여담을 주고받던 보로니 백작이 정중하게 춤을 권했다. 거절할 이유가 없는 만큼 엘레나도 그의 손을 잡았다.

"생각해 보셨어요?"

연주에 맞춰 스텝을 밟으며 엘레나가 본론을 꺼냈다. 지금 이 순간도 리아브릭이 심어놓은 누군가가 엘레나를 감시 중이었다. 곡이 끝나기 전에 대화를 마무리 지으려면 서둘러야 했다.

"네, 충분히 했습니다."

"대답은?"

"그 전에 조율하고 싶습니다. 노블레스 거리 사업의 수익 분배에 대해서."

엘레나의 입가는 웃고 있었지만 눈은 웃지 않았다. 역시 보로니 백작은 영악하고 탐욕스러운 자다. 분명 자신에게 득이 되는 거래인 걸 알면서도 선뜻 응하지 않았다. 어떻게든 조금이라도 더 실리를 챙기려는 게 눈에 보였다.

"어려울 게 있나요? 수익 분배야 백작님 하기에 달린 건데요."

"제게요?"

"네, 투자금에 비례해서 분배율이 달라지는 거 아니겠어요?"

"투자요?"

보로니 백작의 눈동자가 흔들렸다. 공으로 먹을 생각만 하고 있었는지 엘레나가 내건 투자금이란 말에 당황하는 기색이 역력했다.

"그럼 투자도 없이 수익 분배를 받으실 생각이셨어요?"

"그건 아니지만 전에는 그런 말씀이 없으셔서……."

"그러기 위해 우리가 다시 만난 거 아니겠어요?"

시종일관 엘레나의 만면에서 미소가 떠나질 않았다. 이런 인간은 여유롭게 찍어 눌러야 통제가 가능하기 때문이다.

"오해가 있을까 봐 말씀드리는 건데, 대공가에 투자하라는 얘기가 아니에요. 저한테 투자하시라는 말이에요."

"공녀 전하께요? 무슨 차이인지."

"리아브릭이 실각되면 대공가의 실권을 누가 잡겠어요?"

엘레나는 도도한 미소를 지었다. 베로니카는 명실상부한 대공가의 후계자였다. 그녀의 존재가 바로 대공가인 셈이었다.

"무슨 말씀인지 알겠습니다. 하면, 차후에 계약서를 작성하고 공증 절차를……."

"백작님."

엘레나가 목소리를 깔고 그를 불렀다. 그녀가 얼음장처럼 한기를 풀풀 풍기자 보로니 백작의 어깨가 움찔했다.

"저 베로니카 폰 프리드리히예요."

"아, 압니다."

"지금 그걸 아시는 분이 제 앞에서 계약서와 공증을 운운한 거예요?"

엘레나는 표정을 굳히고 그를 빤히 쳐다봤다. 그 어느 때보다 권위적인 눈길로, 그녀가 회귀 이후에 한 번도 보인 적이 없는 모습이었다.

"제 얼굴이, 제 이름이, 제 지위가 신용이고 담보예요."

"……."

"그리고 뭔가 착각하시나 본데, 백작님을 대신할 분은 많답니다."

엘레나가 강하게 몰아붙이자 보로니 백작은 입만 뻥긋거릴 뿐 기에 눌려 아무런 말도 하지 못했다. 그녀의 말대로 베로니카라는 이름과 얼굴, 지위는 제국 내에서 절대적인 영향력을 지닌 까닭이었다.

'베로니카, 네가 돌아왔을 때 감당해야 할 게 많을 거야.'

황태자비 선출식이 끝나고 나면 제 발로 대공가를 나갈 생각이다. 그때가 되면 L이 가진 명성과 평판, 위상을 앞세워 대공가에 잠재되어 있는 위험 요소들이 폭발하도록 도화선에 불을 놓을 것이다. 리아브릭을 실각시키고 일부 귀족들로부터 막대한 투자금을 받아 빼돌리는 건, 베로니카의 대역으로서 엘레나가 할 수 있는 마지막 일이었다.

"정 원하시면 서명이 들어간 친필 증명서 정도는 남겨줄 수 있어요."

"증명서요?"

"네, 약속의 증표죠."

엘레나는 증명서 작성을 통한 최소한의 여지는 남겨뒀다. 어차피 책임 소지는 베로니카의 몫이다 보니 걸릴 게 없었다.

보로니 백작은 선뜻 대답하지 못하고 머뭇거렸다. 자꾸만 스텝이 꼬이고 발을 헛디디는 게 그가 얼마나 생각이 많은지 짐작케 했다.

"곡이 끝나가네요. 결정을 내리셔야 할 것 같은데요?"

엘레나가 대답을 재촉하며 그를 촉박하게 내몰았다. 그가 고민 끝에 결단을 내렸다.

"……공녀 전하의 편에 서겠습니다."

"현명하신 선택이에요."

그토록 바라던 대답이었기에 엘레나의 입가에도 미소가 번졌다.

"리아브릭의 실각과 관련한 서부 귀족의 여론은 제가 모으도록 하겠습니다."

"믿음직스럽네요."

엘레나가 짓고 있던 미소가 더욱 진해졌다. 모든 건 계획대로다. 이 추세라면 엘레나가 그토록 간절히 바라던 대공가의 몰락도 머지않았다.

"조만간 백작가로 대리인을 보내죠. 그때까지 경거망동하지 마시길."

"……잘 부탁드리겠습니다."

"그럼요. 이제 남도 아닌걸요."

거래가 성사됐다.

엘레나는 시간 차를 두고 노튼 자작, 후안 남작 순으로 접촉했다. 투자금을 언급하자 그들 역시 난색을 표했다. 그러나 장기적인 안목으로 볼 때 대공가의 후계자가 될 엘레나의 편에 서는 게 여러모로 낫다는 결론은 변하지 않았다.

노블레스 거리는 성공이 기정사실화된 사업이다 보니 손해는 보지 않을 거란 나름의 계산이 섰을 것이다. 구두계약이란 게 마음에 걸리긴 했지만 엘레나의 서명이 들어간 친필 증명서를 써준다는 말에 수긍했다. 그 이면에는 고압적인 자세로 언제든 다른 귀족들로 대체할 수 있다는 엘레나의 말이 크게 작용했다. 그런 이해관계가 엮여 엘레나는 원하는 바를 이뤄냈다.

세 귀족은 영지로 돌아가자마자 동부와 서부, 남부의 귀족들과 접촉하여 여론을 끌어모았다. 지금은 수면 아래에서 잠잠하지만 여론이 집중되면 황태자비 선출식 2차 경합이 끝날 시기에 맞춰 터뜨릴 계획이었다.

비밀리에 투자금을 받아오기 위해 에밀리오가 움직였다. 소형 상단을 인수해 투자금을 끌어올 구색을 갖췄다. 굳이 이런 번거로움을 감수한 건 언제든 상단을 파산시켜 꼬리를 끊기 위해서다. 상단을 대표하는 대리인으로는 칼리프가 움직였다. 믿고 일을 맡기기에 그만한 수완가가 없기 때문이다.

"역시, 절 감시하는 영애가 있었군요."

앤이 없는 사이, 엘레나는 홍차를 마시며 휴렐바드와 이야기를 나눴다. 연이은 연회 때 리아브릭을 대신해 그녀의 주변을 맴돌던 한 영애에 관한 얘기였다.

"네, 항상 공녀 전하의 주변을 맴돌았습니다."

휴렐바드의 말에 따르면 워낙 조용하고 평범한 영애였다고 했다. 그 평범함 덕에 언제 어느 때든 자연스럽게 스며들 수 있었고 주목을 받지 않을 수 있었다. 만일 휴렐바드가 주의 깊게 살피지 않았다면 감시자를 발견하는 건 요원했다.

"누군지 알아낸 것만으로도 충분해요. 또 볼 일이 있겠죠."

엘레나는 감시자의 존재를 인지해 둔 걸로 만족했다. 정작 신경을 써야 할 건 외출 시 엘레나를 미행하는 자였다.

"경, 혹시 누가 우리 뒤를 밟고 있는지도 알아내셨어요?"

"네, 알아냈습니다."

휴렐바드의 대답에 찻잔을 입가에 가져갔던 엘레나의 손길이 멈췄다.

"누구죠?"

"로렌츠 경입니다."

엘레나의 눈빛이 싸늘해졌다. 입꼬리가 뒤틀리며 냉소가 흘러나왔다.

"예전이나 지금이나 내 발목을 잡으려 드네요."

"로렌츠 경 말씀입니까?"

사연이 느껴지는 엘레나의 혼잣말에 휴렐바드가 조심스럽게 되물었다.

"네, 질긴 악연이죠."

"그자가 아가씨께 실수라도 한 겁니까?"

"실수라. 고의였으면 모를까, 실수는 아니었던 거 같네요."

깊이 침전된 그녀의 눈동자 너머로 로렌츠가 복부에 검을 찔러 넣던 그 순간이 스쳐 지나갔다. 차가운 쇠붙이의 감촉이 떠오르며 복부가 욱신거렸다.

"경이 아니었다면, 로렌츠가 제 직속 기사가 됐을 거예요. 거짓된 충성을 맹세하고 끝내 절 배신했겠죠."

"……"

"그래서 다행이라고 생각해요. 경이 제 곁에 있어줘서 이만큼 버티고 준비할 수 있었거든요."

휴렐바드를 바라보는 엘레나의 만면에 따스한 미소가 번졌다. 과거에서 벗어나 지금 제 곁을 지키는 휴렐바드를 보니 그날의 비참한 기억 따위는 먼지처럼 흩어졌다.

"저는 결코 배신하지 않습니다."

"알아요."

엘레나의 미소가 더욱 진해졌다.

"제가 있는 한, 누구도 공녀 전하께 해를 끼칠 수 없습니다."

"그 또한 믿고 있어요."

휴렐바드의 저 말이 허언이 아니기에. 엘레나는 대공가 안에서 고독한 싸움을 이어가면서도 이렇게 웃을 수 있었다. 그가 곁에 있다는 사실만으로도 더없이 든든했다.

"시간이 됐네요. 이제 슬슬 나갈까요?"

"네, 공녀 전하."

찻잔을 내려놓은 엘레나가 방을 나섰다. 앤을 대동해 저택 앞에 대기 중이던 최고급 사륜마차에 발을 들이던 엘레나가 멈췄다.

"존."

"네, 아가씨."

엘레나의 호명에 마부 존이 머리를 푹 숙이며 다음 말을 기다렸다.

"샹젤리제 거리를 우회해서 퀴리 부인 전시장으로 가렴."

"네? 네. 알겠습니다."

존은 의아했지만 그러겠다고 했다. 수도 중앙에 위치한 샹젤리제 거리를 거쳐 가면 목적지를 빙 돌아가게 된다. 납득이 되지 않는 주문이었지만 존은 토를 달지 않았다. 시키는 대로 하면 반은 간다는 걸 오랜 경험으로 체득하고 있었다.

대공가 저택을 나선 마차는 얼마 지나지 않아 샹젤리제 거리에 들어섰다. 시크릿 살롱이 개장하며 과거의 활기를 되찾은 샹젤리제 거리는 수도에서 가장 많은 인파가 모이는 유명 거리로 변모하고 있었다.

'내가 상상하던 거리의 모습이 조금씩 보여.'

엘레나는 차창 밖에 펼쳐진 샹젤리제 거리의 전경에서 눈을 떼지 못했다. 원 역사에서 란돌과 마찬가지로 천재 건축가로 추앙받던 디아즈를 포섭해 지은 대형 건축물 바실리카가 샹젤리제 거리의 좌우로 그 위용을 조금씩 드러내기 시작했다. 극장이나 집회장, 밀집 상가 등이 몰려 있는 이 장방형 대규모 상업 건축물은 기둥과 아치를 중심으로 만들어져 미적 외관도 훌륭해 벌써부터 샹젤리제 거리를 찾는 사람들의 이목을 끌었다.

'과연 이 거리가 완성되었을 때, 어떤 모습일지.'

샹젤리제 거리는 하루가 다르게 발전했다. 시크릿 살롱을 중심으로 바실리카가 지어지자, 귀족이나 투자자들이 너도나도 할 것 없이 나서서 건물을 증축하거나 새 단장을 하는 데 열을 올렸다.

엘레나는 이 샹젤리제 거리를 노블레스 거리의 대척점에 서도록 만들 계획이었다. 그 바람은 점점 현실로 되어갔다. 그 중심에는 시크릿 살롱이 있었다. 특히 본관을 훨씬 상회하는 규모의 별관이 완공을 앞두고 있었다. 대형 홀과 극장, 그리고 공연장으로 이루어진 별관까지 들어서게 되면 살롱은 한 번 더 문화 중심의 공간으로 도약할 것이다.

그뿐이랴. 수도 외곽에 L의 후원으로 학교가 설립됐다. 평민들을 대상으로 한 교육 시설로 자칼린이 초대 학장을 맡아 운영 중이었다. 차후에 바실리카가 완공되면 일부 공간은 학교로 이용할 계획이다. L의 영향력이 문화에서 그치는 게 아니라, 제국의 시민이 될 아이들에게까지 미치는 것이다.

'얼마 남지 않았어. 이 껍데기를 버리고 L로 사람들 앞에 서게 될 날이.'

엘레나는 하루라도 빨리 그날이 오길 학수고대했다. 샹젤리제 거리를 우회하여 도착한 곳은 화려한 건축양식이 돋보이는 이 층 건물이었다. 귀족들의 별장을 연상케 하는 이곳은 엘레나가 살롱을 열기 전까지 예술가가 작품을 발표하거나, 전시회를 여는 장소였다.

그러나 시대를 선도하는 대다수의 명장이나 거장들이 시크릿 살롱으로 몰리게 되면서 이곳 전시장은 그보다 수준이나 격이 떨어지는 예술가들이 주로 몰렸다. 최근 들어서는 그마저도 여의치 않은지 귀족들이 취미 삼아 그리는 작품들을 전시하는 대가로 운영비를 충당하는 수준이었다.

'오늘이 그런 경우지.'

전시장을 찾은 엘레나는 벽면에 걸려 있는 형편없는 그림의 수준에 혀를 찼다. 오늘 전시회를 연 퀴리 부인은 레몬드 자작의 아내로 예술적인 열망과 동경, 허영심이 굉장히 강한 여자였다. 학술원에서 미술을 전공했음에도 불구하고 두각을 드러낸 적이 없는 그녀의 그림은 눈 뜨고 못 봐줄 정도로 엉망이었다. 그럼에도 불구하고 전시장을 찾은 이유는 퀴리 부인이 나름 사교계에서 평판과 명망이 높은 만큼 눈도장을 찍고자 함이다.

"축하드려요, 부인."

엘레나는 가식적인 미소를 머금고는 반갑게 그녀에게 인사했다.

"어머, 공녀 전하께서 와주실 줄 몰랐어요. 어서 와요."

퀴리 부인은 엘레나의 손을 잡으며 격하게 반겼다. 다른 누구도 아니고 황태자비로 유력한 공녀가 전시회를 찾아준 것만으로도 그녀의 격이 한 단계 올라간 기분이었다.

"부인의 예술적인 소질이야 익히 알고 있었지만 이 정도일 줄은 몰랐어요."

"과찬이에요."

겸손한 척 구는 퀴리 부인의 만면에 감출 수 없는 미소가 번졌다.

"정말 걱정되는걸요. 부인 때문에 예술가들이 설 자리가 없어지면 어떻게 해요."

"공녀 전하께서도 참……."

부채 너머로 함박웃음을 짓고 있을 퀴리 부인을 보니 너무 한심스러웠다. 엘레나는 좀 더 그림을 감상하겠다는 말을 남기고 돌아섰다. 그녀의 비위를 더 맞춰주다간 속이 뒤집힐 것 같아 감상을 핑계로 전시장 가장 구석으로 피했다.

"하아. 정말이지."

여기에도 수준 이하의 그림이 걸려 있자 한숨이 절로 나왔다. 이것들을 보며 시간을 보내는 것도 곤욕이지만 퀴리 부인을 상대하며 맘에도 없는 찬사를 늘어놓는 것보단 나았다.

"도무지 못 봐줄 수준이네. 이것도 그림이라고 여기다 걸어놨네."

'뭘 욕을 저리 대놓고 해?'

엘레나가 인상을 찌푸렸다. 방문객의 발길이 거의 닿지 않는 후미진 구석이라고 하나 신랄하게 제 속마음을 떠드는 모습은 썩 좋아 보이지 않았다.

"배부르고 등 따뜻한 귀족들은 예술을 몰라요. 자고로 그림이란 지하에 처박혀서 그려야 제맛이지. 기왕이면 초상화로. 모델은 단발머리 여자애가 좋겠어."

괜히 엮이고 싶지 않아 돌아보지 않고 있던 엘레나의 눈동자가 흔들렸다. 기시감이 느껴진 목소리와 말투, 위화감을 주는 단어들이 그녀를 돌아보게 만들었다.

'설마 아니겠지?'

뒷모습만 봤을 때는 깔끔한 정장 차림이었다. 나쁘지 않은 옷태에 외알 안경을 쓴 그는 경박한 말투와 달리 점잖아 보였다. 그럼에도 불구하고 익숙함이 느껴지는 건 왜일까.

엘레나의 시선을 느낀 남자가 예고도 없이 고개를 돌렸다.

"잘 지냈나?"

"……!"

외알 안경으로 가릴 수 없는 붉은 눈동자와 이죽거리는 미소, 렌이었다.

"너무 반가워서 미칠 거 같은 표정이네?"

당황해 말을 잇지 못하는 엘레나를 보며 렌이 히죽히죽 웃었다. 그러나 갑작스러운 렌의 등장이 엘레나로서는 마냥 반갑지 않았다.

"선배가 여기 왜 있어요?"

"그림 보러 왔지."

태연한 렌의 대답에 엘레나는 미간을 좁혔다.

"그럼 그림 보다 가세요."

"어디 가?"

"그림 보러 왔다면서요. 괜히 선배랑 있다가 리아브릭한테 들키면 저만 곤란해져요."

우려를 떨치지 못하는 엘레나와 달리 렌은 태연자약했다.

"그래서 변장했잖아. 감쪽같이."

"그걸 말이라고!"

엘레나는 욱 치미는 감정을 참았다. 제 딴에는 변장했다곤 하나 어딘지 모르게 엉성했다. 엘레나가 한눈에 알아본 것만 해도 그렇다.

"너무 뭐라고 하지 말지? 참다 참다 오죽 힘들었음 왔겠냐."

"하. 대체 뭐가 그렇게 힘들었는데요?"

렌이 갑자기 허리를 숙여 눈높이를 낮췄다. 숨소리가 닿을 정도로 가까이 얼굴을 대며 시선을 맞췄다.

"뭐, 뭐하는 거예요, 지금."

항상 똑 부러지는 그녀였지만 훅 들어온 렌의 예상 밖 행동에 어쩔 줄을 몰랐다. 그런 엘레나의 반응을 즐기듯 렌이 이죽거렸다.

"그런 게 있어. 애는 몰라도 돼."

엘레나가 어이가 없다는 듯 노려보다가 렌을 밀어냈다. 힘껏 민 것도 아닌데 렌이 과장된 시늉을 하며 뒷걸음질 쳤다.

"아아. 부러지면 어쩌려고 막 대해?"

"안 가실 거죠? 그럼 제가 가고요."

더는 곤란한 일에 엮이고 싶지 않은 엘레나가 돌아서려다 멈칫했다.

"그날은 괜찮으셨어요?"

"언제?"

"……귀족 만찬이요. 퇴장할 때, 스펜서 자작님이 뒤따라 나갔잖아요."

엘레내는 내내 그날의 일이 마음에 걸렸다. 자작은 검술제에서 졌단 이유로 렌에게 폭력적인 성향을 드러낸 전적이 있지 않았던가. 렌이 렌 답게 굴어야 리아브릭의 의심을 피할 수 있단 말에 동의는 하지만 걱정 이 되는 건 어쩔 수 없었다.

"너 지금 나 걱정해 주는 거냐? 이럴 줄 알았으면 더 세게 맞을 걸 그 랬네. 오늘까지 시퍼렇게 부어 있게."

렌이 밸도 없이 히죽히죽 웃었다. 뭐가 좋다고 웃는지. 걱정이나 시키고.

"괜한 걸 물었네요. 저 가요."

"야. 적당히 해라."

양손을 삐딱하게 바지 주머니에 꽂은 렌이 멀어지는 엘레나를 빤히 보며 말을 던졌다.

"뭘요?"

"황태자비 선출식. 어차피 눈속임이잖아? 대충해. 뭘 그리 최선을 다 하려고 해."

"그럴 수 없다는 거 알잖아요."

왜 저런 말을 하는 걸까. 리아브릭이 어쭙잖은 눈속임으로 속아 넘길 여자가 아니라는 걸 알면서. 이제 와서 저런 얘길 하는 렌의 속내를 도통 알 수가 없었다.

엘레나는 묵례로 작별 인사를 대신하고는 돌아섰다. 알 만한 사람이니, 굳이 나서서 설명할 필요성을 느끼지 못했다. 그렇게 멀어지는 엘레나를 보며 렌이 중얼거렸다.

"알지, 아는데…… 짜증 나잖아. 꼭 누구한테 잘 보이려고 하는 거 같고."

전시장을 나온 엘레나는 마차를 타고 그곳을 떠났다. 그러자 건너편 건물 으슥한 골목 어귀에서 몸을 숨기고 있던 로렌츠가 나오더니 말을 타고 뒤를 밟았다.

잠시 후. 변장한 렌이 시간을 두고 전시장을 나오더니 유유자적 거리를 걸으며 사라졌다. 누가 보더라도 이상한 점을 찾을 수 없을 만큼 자연스러운 상황이었다. 그러나 그런 엘레나와 렌을 훔쳐보는 또 다른 눈이 있었다.

동이 트기 전부터 대공가는 분주했다. 황태자비 선출식 1차 경합이 오늘 황궁에서 치러질 예정이다. 그 때문에 시녀들은 숨 돌릴 겨를도 없었다. 전날부터 엘레나의 목욕을 돕고 선출식 기준에 부합하는 치장과 화장을 하느라 열과 성을 다했다. 앤도 평소보다 잔뜩 긴장했다. 흐트러진 레이스를 단정히 하고, 구겨진 드레스 자락을 펴며 혹여 놓치는 부분이 없나 신경을 바싹 세웠다.

"앤, 진정하렴. 누가 보면 네가 선출식에 나가는 줄 알겠구나."

"중요한 날이잖아요. 전 아가씨가 황태자비가 되는 모습을 꼭 보고 싶어요."

의지를 불태우는 앤을 보며 엘레나는 실소를 지었다. 그게 과연 엘레나를 위해서일까. 황태자비가 된 엘레나를 따라 황궁에 들어가려는 제 욕심을 채우기 위해서겠지.

몸단장을 마친 엘레나가 거울 앞에 서서 자신의 모습을 살폈다. 한 듯 안 한 듯 옅은 화장기에 정숙함을 강조한 벨 라인 드레스. 그리고 고리타분한 디자인의 목걸이와 귀걸이가 눈에 띄었다. 평가를 맡은 귀부인들의 눈에 경박하게 비치지 않고자 신경을 쓴 스타일이다.

"아가씨, 대공 전하께서 기다리고 계세요."

"그래?"

엘레나는 마지막으로 귀 옆에 흐트러진 머리를 정돈하고 방을 나섰다. 일 층 홀을 가로질러 저택을 나서자 마차 앞에 프란체 대공과 리아브릭이 기다리고 있었다. 엘레나가 치맛자락을 살짝 들어 올리며 인사했다. 우아한 예법에 프란체 대공이 흡족한 미소를 지었다.

"황태자비로 전혀 손색이 없는 자태로구나."

"과찬이에요. 아직 많이 배워야 해요."

겸손하게 대답한 엘레나가 시선을 리아브릭에게 돌렸다.

"리브, 다녀올게요."

"긴장하지 마시고 실수만 하지 마세요."

엘레나의 눈매가 초승달처럼 휘었다. 실수만 하지 않으면 1차 경합에서 떨어질 일은 없단 얘기다. 마중을 나온 가신들의 격려를 받으며 엘레나가 마차에 올랐다. 앤과 메이가 동승했으며 호위를 맡은 휴렐바드가 말을 몰며 호위했다. 바퀴가 굴러가며 마차에 속도가 붙었다. 대공가의 대문을 지나치더니 잘 정비된 가도를 내달렸다.

얼마 지나지 않아 저 멀리 황궁이 보였다. 몇 차례 증축과 보수를 거치며 웅장함을 더한 황궁은 천년 제국의 심장이라는 명성에 걸맞은 위엄이 느껴졌다.

"와."

앤은 황궁의 전경에 감탄사를 흘렸다. 멀리서만 보던 것과 달리, 가까이서 본 황궁의 모습에 압도된 것이다.

'나도 저랬지.'

엘레나가 쓰게 웃었다. 황궁 담벼락 너머의 별궁을 바라보는 엘레나의 눈길이 아련해졌다. 제국의 심장이라 불리는 황궁에서의 삶이 주마등처럼 스쳐 지나갔다. 황궁에서 지낸 세월이 적지 않았건만 좋은 추억이나 기억은 딱히 떠오르지 않았다.

'그만. 이제 와서 옛일을 들춰 뭐 할 건데?'

엘레나는 쓸데없는 잡념을 머릿속에서 지웠다. 중요한 건 지금이지, 과거가 아니지 않나. 황궁 안을 내달리던 마차가 동궁에 도착했다. 황제가 거주하는 본궁의 우측에 위치한 동궁은 국가의 행사나 의식을 치르는 궁이다. 엘레나가 마차에서 내리자 황궁근위대가 절도 있는 걸음걸이로 다가와 예를 갖췄다.

"베로니카 공녀십니까? 안쪽으로 안내해 드리겠습니다."

그들을 따라 응접실로 이동한 엘레나는 1차 경합에 앞서 마지막으로 몸가짐을 점검했다.

'1차 경합은 티타임이지.'

총 36명의 황태자비 후보를 6명씩 묶어 티타임을 하게 되는데 사교계에서 명망이 높은 귀부인 세 명이 참관인으로 참가한다. 참관인은 황태자비 후보로 참가한 영애들의 몸가짐과 예법, 언행 등을 평가한 뒤, 사교계 평판을 점수로 산정한 뒤 합산해 1차 경합의 당락을 결정한다.

똑똑.

노크 소리가 들렸다. 근위병이었다.

"아가씨, 곧 이동해야 합니다."

메이가 근위병의 말을 전하자 엘레나가 몸을 일으켰다.

"가야겠구나."

"어련히 잘하시겠지만 그래도 더 잘하고 오세요!"

호들갑 떠는 앤과 달리, 황태자비 선출식 자체가 시간 끌기라는 걸 알고 있는 메이와 휴렐바드는 담담히 머리를 숙이는 걸로 인사를 대신했다. 엘레나가 복도로 나오니 마찬가지로 1차 경합에 참가하기 위해 이동 중인 영애들과 마주쳤다.

"공녀 전하께 인사드립니다."

영애들의 인사에 엘레나는 가벼운 묵례로 대답을 대신했다. 어차피 스치듯 보고 말 얼굴들이기 때문이다. 황태자비 선출식에 참가한 36명의 영애 중 정말 황태자비가 될 자질과 품성, 가문을 지닌 영애는 한 손가락에 꼽는다. 나머지는 혹시 모를 요행을 바라거나, 황태자비 선출식에 참가한 이력을 갖고자 참가한 경우가 많았다.

"언니."

반대편 복도에서 다가오는 무리의 선두에 선 영애가 화사한 미소를 지으며 아는 척을 했다. 짧은 웨이브의 단발머리에 진한 은발이 잘 어울리는 그녀는 라인하르트가의 여식 아벨라였다.

"아벨라."

엘레나가 가볍게 이름을 부르며 아는 체를 했다. 복도 정중앙에서 마주치자 누가 먼저라 할 것 없이 손을 맞잡았다.

"못 본 새에 더 예뻐졌구나."

아주 찰나였지만 아벨라의 시선이 엘레나의 머리부터 발끝까지 싹 훑어 내려갔다. 나름의 견적을 내린 아벨라가 미소를 지었다.

"언니야말로요. 드레스가 언니의 미모를 소화하지 못하는 거 같아서 너무 아쉬워요."

엘레나는 저 말을 칭찬이라고 생각하지 않았다. 정숙함을 강조하기 위해 입고 온 투박한 디자인의 드레스를 지적한 것이다. 특히나 의도한 것인지 아닌지는 모르겠으나 아벨라 뒤에 선 영애들이 하나같이 화려한 드레스를 입고 있었다. 그 뻔한 수작질에 엘레나가 미소를 띠며 받아쳤다.

"그러게. 난 네가 참 부러워. 드레스가 예쁘니 이런 걱정 안 해도 되잖아."

"……."

아벨라와 엘레나의 시선이 허공에서 맞부딪치며 불똥을 튀겼다. 사이 좋은 자매처럼 손을 마주 잡고 웃고 있지만 속내는 원수를 마주한 것처럼 으르렁거렸다.

'너한텐 갚아줄 빚이 있지.'

이번 생의 엘레나에게 있어서 아벨라는 관심 밖의 인물이었다. 황비 자리를 두고 경쟁을 하던 지난 삶과 달리 황태자비 선출식은 시간을 벌기 위한 수단에 지나지 않았다. 그러나 학술원에서의 일로 엘레나는 아벨라에게 앙금이 남아 있었다. 루시아로 변장한 엘레나가 시안과 가까이 지내는 걸 탐탁지 않게 여기고 해코지를 한 전력이 있기 때문이다.

"저를 따라오십시오."

누가 먼저라 할 것 없이 손을 놓고 나란히 선 엘레나와 아벨라가 근위병을 따라 걸어갔다. 서른네 명의 영애가 긴장된 얼굴로 그 뒤를 조용히 따랐다. 동궁의 정중앙에 위치한 복도에 이르자 앞서 걷던 근위병이 돌아봤다.

"지금부터 호명되신 영애께서는 옆 응접실로 들어가시면 됩니다. 바실라 영애, 니즈 영애 그리고……."

호명을 받은 6명의 영애가 지정받은 응접실로 들어갔다. 사전 예고 없이 무작위로 티타임에 참여할 영애를 배정한 건 나름 경합의 공정성을 기하기 위함이다. 같은 방식으로 다섯 번을 반복하자 복도에 여섯 명의 영애만이 남게 되었다.

'1차 경합부터 나와 아벨라를 붙인다고?'

황태자비 선출에 가장 유력한 후보가 엘레나와 아벨라다. 그런 두 영애를 1차 경합의 주제인 티타임부터 붙일 거라곤 엘레나도 예상치 못했다.

"영애들께선 이쪽으로 들어가시면 됩니다."

근위병의 안내에 따라 엘레나를 위시한 다섯 영애가 응접실로 발을 들였다. 평가를 맡은 귀부인들이 건너편 소파에 앉아 반겼다.

"어서 오세요, 영애들."

엘레나가 치맛자락을 들며 우아한 동작으로 그들의 인사에 답례했다.

'퀴리 부인, 딜롱스 부인…… 한 명은 모르겠어.'

퀴리 부인의 전시회에도 다녀왔을 만큼 그녀와 엘레나는 가까운 사이였다. 그에 반해, 딜롱스 부인은 라인하르트가와 밀접한 관계인 걸로 알고 있다. 아쉽지만 마지막 귀부인은 기억에 없었다.

"편한 자리에 앉으세요."

두 개의 원형 탁자에 세 명씩 나눠 앉았다. 고급 탁자포 위로 여인이 갖춰야 할 덕목 중 으뜸으로 치는 다도를 평하기 위한 찻잎과 다기가 놓여 있었다.

"티타임에 차를 빼놓으면 서운하겠죠? 디저트는 제가 준비할 테니 영애들께서 차를 준비해 주세요."

'시작이군.'

본격적인 1차 경합을 알리는 종이 울렸다. 티타임의 기본 소양은 차. 다도를 보면 여인의 소양과 품위를 알 수 있단 세간의 말처럼 빠지지 않는 평가 요소다. 엘레나는 익숙하지만 절제된 동작으로 찻물을 데워 찻잎을 우려냈다.

세 명의 귀부인은 엘레나의 다도에서 눈을 떼지 못했다. 처음엔 놀라움이었다면 차츰 그녀의 고아한 손놀림에 감탄했다. 기본에 충실하면서도 몸의 선까지 흠잡을 게 없이 훌륭했다. 다도의 표본으로 삼고 싶을 만큼 완벽했다.

아벨라도 분발했지만 엘레나와 비교하면 한참을 미치지 못했다. 딱히 지적받을 것도 없었지만 칭찬받을 만한 부분도 없었다. 본인 스스로도 격차가 벌어짐을 인지했는지 아벨라의 표정이 딱딱하게 굳어졌다. 그러나 그것도 잠시간에 불과했다. 그녀가 입가에 의미 모를 미소가 맺혔다.

'웃어?'

엘레나와 달리 아벨라는 필사적이었다. 지난 삶에서도 그랬지만 아벨라는 제국의 국모가 되겠단 야망이 강했다. 그래서 그런지 엘레나와 맞붙은 몇 차례의 경합에서도 지는 걸 죽기보다 싫어했다. 그랬던 아벨라가 저런 태도를 보이니 엘레나로서는 의아할 수밖에 없었다.

빈 찻잔에 영애들이 직접 우려낸 찻물이 담겼다. 때마침 황궁 시녀들이 디저트가 담긴 트레이를 내왔다. 귀부인들도 합석하며 본격적인 티타임이 이어졌다. 일상적이고 소소한 대화들이 오갔고 간간이 웃음소리도 흘렀다. 노련한 귀부인들은 의도적으로 편안한 분위기를 조성하면서도 영애들의 언행을 매의 눈으로 살폈다. 긴장이 풀릴 때 실수가 나온다는 걸 알기 때문이었다. 아니나 다를까, 몇몇 영애는 분위기에 도취되어 말실수를 저질렀다. 본인들도 의식하지 못할 만큼 사소한 실수였지만 귀부인들은 놓치지 않았다.

그렇게 티타임의 분위기가 무르익어 갈 무렵, 찻잔을 든 아벨라가 건너편에 앉은 벨라 영애에게 눈빛을 보냈다. 신호를 받은 벨라 영애가 엘레나를 보며 맘에도 없는 칭찬을 늘어놓았다.

"역시 공녀 전하세요. 동작 하나하나 어쩜 이렇게 완벽하신지."

"그런 말씀 마세요. 레이디 중의 레이디라 일컬어지는 분들 앞에서 민망하네요."

엘레나는 겸손하게 대응하면서 은근슬쩍 귀부인들을 치켜세웠다. 슬쩍 표정을 보니 아무렇지 않은 척 굴지만 내심 좋아하는 기색이 역력했다.

"듣기로는 삼 년간 요양을 하셨다는데, 정말 대단하세요."

"어머, 요양을 하셨어요? 전 수도에 올라온 지 얼마 안 돼서 몰랐어요."

엘레나의 눈매가 가늘어졌다. 벨라 영애가 의도를 갖고 꺼낸 화제를 데이지 영애가 기다렸다는 듯이 덥석 물고 늘어졌다. 사전에 모의가 되었다는 얘기였다.

"삼 년 동안이나 모습을 뵌 적이 없는데, 혹시 무슨 일이 있으셨나요?"

"예, 몸이 좋지 않아서 쉬었답니다."

엘레나는 입가에 미소를 띠고는 여유롭게 대답했다. 고작 한다는 수작이 지난 삼 년의 일을 걸고넘어지는 거라니 퍽 우스웠다.

"저런, 고생이 많으셨겠어요. 사람들은 그것도 모르고 이상한 말이나 하고. 공녀 전하께서 많이 속상했겠어요."

"어머, 소문이라뇨? 공녀 전하께 소문이 있었나요?"

같은 탁자를 사이에 두고 앉아 있던 영애가 껴들어 장단을 맞췄다. 벨라 영애가 기다렸다는 듯이 말을 받았다.

"차마 입에 담기도 힘든 소문이었지 뭐예요. 당연히 전 믿지 않았어요. 이렇게 반듯하고 품위 있으신 공녀 전하신데. 격이 있지, 누구랑 눈이 맞았다고 가져다 붙이는지, 원."

"실체가 없는 소문이라 더 과장되고 부풀려진 거 같아요. 소문이란 게 다 그렇잖아요?"

"……."

벨라 영애의 말을 기다리고 있었다는 듯 옆자리에 앉아 있던 데이지 영애가 맞장구를 쳤다. 교묘한 화술로 직접적인 언급을 피하며 당시의 악소문을 끄집어내 엘레나를 곤란하게 만들려는 속셈이었다.

'꽤 머리 썼네.'

하찮은 수작으로 보이지만, 황태자비는 장차 황후이자 국모가 될 여인으로 완전무결해야 했다. 조금의 흠도 용납되지 않았다. 그런 맥락에서 볼 때 사교계에 모습을 드러내지 않았던 지난 삼 년간의 공백은 좋은 먹잇감이었다. 소문이란 게 실체가 없을수록 더 부풀려지고 곡해되게 마련이니까.

'저들이 이런 일을 꾸밀 배짱은 없을 거고. 아벨라 짓이군.'

어쩐지 처음부터 이상했다. 3차 경합에서나 맞붙어야 할 아벨라와 엘레나가 1차 경합인 티타임부터 한 조로 배정된 것 자체가 수상스러웠다. 황실에서 개최하는 황태자비 선출식에 이 정도 영향력을 행사하려면 4대 가문 정도가 되어야 가능하니까.

엘레나가 슬쩍 귀부인들의 표정을 살폈다. 귀부인들 모두 표정이 제
각각이었다. 대공가에게 호의적인 퀴리 부인은 난처한 얼굴로 대화를
끊어야 할지 말아야 할지 고민하는 기색이 역력했다. 라인하르트가와
가까운 딜롱스 부인은 말릴 의사가 없는지 부채로 입을 가리고는 방관
했다. 나머지 한 명의 귀부인 역시 그저 지켜볼 뿐 나서지 않았다.

"그만들 하세요. 이런 일을 언급하는 게 실례인지 모르시나요?"

아벨라가 적절한 시기에 껴들어서 엘레나를 걱정하는 시늉을 했다.
싸움을 말리는 시누이처럼 그 가증스러운 연기에 엘레나가 실소를 터
뜨릴 뻔했다. 그러나 엘레나는 아무렇지 않았다. 열성적으로 흠을 내는
건 베로니카지, 엘레나가 아니다. 아벨라가 죽기 살기로 베로니카를 걸
고넘어져 망가뜨려 놓는다고 해도 상관이 없었다. 아니, 오히려 싫어할
이유가 없었다.

그러나 그 시기가 적절치 않았다. 리아브릭을 실각시키기 전까진 베로
니카의 대역으로서 충실할 필요가 있었다. 또 당하고만 있는 것이 그녀
의 성미에 안 맞기도 하고.

엘레나는 되레 웃었다. 한때 사교계를 주름잡던 그 시절처럼.

"고마워, 아벨라."

"아니에요, 언니. 이런 얘기 불편하셨죠?"

"불편하긴. 말 그대로 소문에 불과한데."

엘레나는 동요하지 않고 미소를 잃지 않았다. 그 평온한 미소를 보고
있으면 항간에 떠돌던 소문이 정말 거짓처럼 느껴졌다.

"……언니가 그렇다면 다행이고요."

뭔가 기대하던 반응이 나오지 않자 아벨라의 표정이 살짝 굳어졌다.

당시, 리아브릭이 대역을 내세울 결심까지 했을 정도로 베로니카의 평판은 최악이었다. 하인과 눈이 맞아 야반도주를 했다느니, 문란한 생활로 사생아를 낳았다느니 별별 소문이 다 떠돌았다. 지나간 시간을 확인하거나 증명할 방법도 없는 만큼 그 삼 년이란 시간은 베로니카에게 유일한 치부나 다름없었다. 그래서 간계를 짜고 흔들었는데 지금 엘레나가 보인 반응은 아벨라의 기대를 한참 벗어나 있었다.

엘레나의 입가가 슬머시 올라갔다. 무사히 넘겼으니 이제 되돌려 줄 차례다.

"혹시 심야 무도회에 대해서 들어보셨나요?"

"……!"

엘레나가 운을 떼기가 무섭게 영애들의 표정이 하얗게 질렸다. 심야의 무도회는 귀족들만 아는 은밀한 파티였다. 결코 수면 위로 드러나서는 안 될 문란함과 아편 같은 불법적인 행각들이 만연하던 연회다. 그러한 얘길 딴 데서도 아니고 황태자비 선출식에서 엘레나가 언급했으니 경악스러울 수밖에 없었다.

"저, 저는 잘……."

"저도 처, 처음 들어요. 심야의 무도회요?"

당황하던 벨라와 데이지가 표정을 싹 바꿔 모르는 척했다. 그러나 말거나 엘레나는 개의치 않았다. 애초에 엘레나의 목표는 송사리가 아니었다.

"저도 들은 얘긴데 얼마 전까지 수도에 심야 무도회가 열렸다고 해요. 거기서 가면을 쓴 귀족들이 입에 담기도 좀 그런 일을 벌인다던데."

"마, 말도 안 되는 소문이에요."

데이지의 부정에 엘레나가 다시 물었다.

"소문인가요?"

"그, 렇죠. 소, 소문은 믿을 게 못 되니까요."

껄끄러운 주제로 대화가 이어지자 옆에서 지켜보고 있던 벨라가 급히 화제를 전환했다.

"이 생크림 케이크 드셔보셨어요? 입안에서 살살 녹네요. 다들 드셔 보세요."

"그, 그래요? 저도 먹어볼게요."

불편한 기색을 보이던 데이지가 기다렸다는 듯 케이크로 관심을 돌리 려고 애썼다. 당황하는 기색을 보니 호기심이든 뭐든 심야의 무도회에 출입한 게 분명했다.

"저도 이런 얘길 꺼내고 싶지 않아요. 입에 담는 것만으로도 불결해지 는 기분이 드는걸요."

"같은 생각이에요."

기다렸다는 듯이 말을 받는 벨라의 표정이 환해졌다. 그러나 엘레나 는 그녀의 바람대로 해줄 생각이 없었다. 그럴 거였다면 애초에 말을 꺼 내지 않았겠지.

"근데 그냥 소문은 아닌 것 같아요. 황태자비 선출식에 참가한 후보 중에 심야의 무도회를 드나들던 영애를 누군가 봤다고 하더라고요."

엘레나가 빤히 아벨라를 쳐다봤다. 그 시선에 아벨라의 안색이 창백 해졌다. 엘레나는 아무것도 모르는 척 물고 늘어졌다.

"아벨라, 혹시 들은 얘기 없어?"

제 아비인 크롬 공작을 쏙 빼닮아 간계에 능한 아벨라였지만, 예상하 지 못한 엘레나의 공격에 당황한 기색을 보였다.

'그러게, 조용히 있는 날 왜 건드려?'

아벨라가 심야의 가면무도회에 출입한단 사실이 알려진 건 우연이었다. 신분을 절대 비밀로 해야 할 그곳에서 정체를 알 수 없는 늑대 가면남이 공개적으로 그녀의 이름을 부른 것이다. 깜짝 놀란 아벨라의 기사가 그런 늑대 가면남을 제지하려다가 되레 제압을 당한 우스꽝스러운 일은 공공연한 비밀이었다.

'그러고 보니 늑대 가면남은 누구였을까?'

아벨라의 호위 기사를 단숨에 제압할 정도라면 절대 호락호락한 인물이 아니었을 것이다.

"무, 무슨 얘기요? 전 들은 얘기가 없네요."

엘레나가 의미심장한 미소를 지으며 옆머리를 귀 뒤로 넘겼다. 그 손짓마저 우아함과 기품이 흘러넘쳤다.

"그랬구나. 사실 소문이길 바라. 황태자비는 훗날 제국의 국모가 될 경건한 자리잖아? 황태자비 선출식에 그런 곳을 출입하던 영애가 후보로 참가한다는 게 말이 안 되지. 그렇지 않니?"

엘레나는 미소를 머금고는 아벨라를 겨냥해 조곤조곤 이야기하며 찻잔을 들었다. 창백하게 질린 아벨라의 표정만큼 차에 어울리는 달달한 디저트가 또 있을까.

잠시간 아벨라의 표정을 음미하던 엘레나가 여인의 몸가짐이란 주제로 화제를 전환했다. 황태자비에 어울릴 만한 덕목을 논하는 만큼 심야의 가면무도회에 출입했던 아벨라는 입을 꾹 다문 채 한마디 말도 하지 않았다. 엘레나는 그런 아벨라를 콕 집어서 몸가짐에 대한 생각을 물어보며 곤란하게 만들었다.

그렇게 다양한 주제로 서너 시간 대화를 나누고서야 티타임이 끝났다. 귀부인들은 경합에 참가한 영애들의 노고를 치하하며 조만간 결과를 가문으로 보내주겠다고 얘기했다.

"2차 경합 때 보자꾸나, 아벨라."

응접실을 나온 엘레나가 승자의 미소를 지으며 돌아섰다. 엘레나를 노려보는 눈빛에 독기가 가득했지만 이제 와서 아벨라가 할 수 있는 일은 아무것도 없었다.

"스텔라?"

서류를 넘겨 보고 있던 리아브릭이 고개를 들었다. 그녀의 수족인 아틸이 서 있었다.

"메디치 가문의 여식이라고 합니다."

"기억에 없는 가문인데?"

리아브릭의 미간이 찌푸려졌다. 수도의 웬만한 귀족들에 대해서는 꿰고 있는 그녀에게조차 생소한 가문이었다.

"수도 귀족이긴 하나, 반쪽짜리 가문입니다. 조사한 바에 의하면 그 가문의 스텔라 영애가 가면무도회 초대장을 다수 구했다고 합니다."

그간 아틸은 피네치아 재배지 소실과 관련된 일을 집중적으로 파헤치고 있었다. 그 와중에 피네치아 잎사귀를 요구하며 접근한 남녀를 알게 됐고 그들의 정체를 쫓던 중 스텔라를 통해 다수의 초대장이 유포되었단 걸 밝혀냈다.

"그래? 좀 더 알아보도록 해. 흔적을 찾으면 바로 보고하고."

"네, 자작님."

리아브릭은 이제야 숨통이 좀 트이는 느낌을 받았다. 재배지 소실과 관련된 복면인들을 추적하는 데 애를 먹고 있었는데, 다른 쪽에서 꼬리를 잡았기 때문이다.

"저 보고 드릴 사안이 있습니다."

경청하고 있던 루미너스가 손끝으로 안경을 올려 쓰며 조심스럽게 입을 열었다.

"동부와 서부, 남부 귀족들의 움직임이 심상치 않습니다."

"귀족들이?"

리아브릭이 민감하게 반응했다. 안 그래도 상납금 증세 문제로 귀족들이 불만을 드러내지 않을까 촉각을 세우고 있는 터였다. 그런 와중에 귀족들의 움직임이 포착되었다고 하니 신경이 곤두섰다.

"공식적인 회동을 한 건 아니지만, 귀족 모임 직후와 비교하면 영지를 이탈하는 비율이 늘어났습니다. 확실한 움직임이 포착되면 다시 보고 드리겠습니다."

"계속 주시해. 시기가 안 좋은 만큼 확실히 단속할 필요가 있어."

귀족이란 작자들은 제 이득을 위해 움직이는 족속들이다. 내색은 하지 않았지만 상납금 증세로 불만이 쌓여 있는 만큼 반기를 들 수도 있었다.

'여차하면 본보기를 보이는 수밖에.'

최악의 경우에 본보기로 가문 하나를 멸문시킬 생각도 갖고 있었다. 두려움과 공포심만큼 제 이득에 눈이 먼 귀족들을 다스리는 데 효과적인 방법이 없다. 아틸과 루미너스를 내보낸 리아브릭이 다시 서류에 눈을 돌렸다. 대공가의 사정이 좋지 않은 만큼 그녀가 신경 써야 할 일이 산더미처럼 쌓여 있었다.

똑똑. 노크 소리와 맞물려 굵은 남성의 목소리가 들렸다.

"루카스입니다."

"들어오세요."

리아브릭의 허락이 떨어지자 제복 차림의 기사가 들어왔다. 짧은 머리에 뱁새눈을 하고 있는 그는 오래전, 공국에서 엘레나를 데리고 올 때 마차를 운행하던 마부이자 기사였다. 로렌츠와 마찬가지로 엘레나가 대역임을 알고 있는 몇 안 되는 인물 중 한 명으로 그간 개인적인 임무를 수행하고자 대공가를 비웠다가 돌아왔다. 제자리를 찾은 그에게 리아브릭이 내린 첫 명령은 로렌츠와 똑같은 엘레나의 뒤를 밟는 일이었다.

"아무래도 지금 보고를 드려야 할 것 같아서 찾아뵙습니다."

"얘기하세요."

리아브릭의 집무실 책상 앞에 선 루카스가 낮게 대답했다.

"바스타슈 가문의 렌 영식과 공녀가 접촉한 것 같습니다."

리아브릭이 정말이냐는 듯 고개를 들어 눈을 맞췄다.

"다시 말해봐요."

"퀴리 부인의 전시회에서 그 둘이 대화를 나누는 걸 목격했습니다."

루카스는 자신이 본 것을 그대로 보고했다. 평소의 복장과 거리가 있단 사실도 빼놓지 않았다. 변장인지 아닌지는 리아브릭이 판단할 문제다.

"대화 내용은?"

"죄송하지만 그건 듣지 못했습니다."

리아브릭의 표정이 심각해졌다. 그녀는 반복적으로 테이블을 톡톡톡 두드렸다. 생각이 깊어질 때 튀어나오는 버릇이다.

렌과 엘레나의 접촉을 목격한 건 두 번이다.

초대 가주 탄신연회, 귀족 모임 만찬.

과정도 렌이 강제적으로 엘레나를 끌고 나가 억지로 춤을 춘 게 다다.

둘 사이에 이런저런 얘기가 오가긴 했지만 딱히 수상스럽단 느낌은 들지 않았다. 그 외에 엘레나가 졸업하고 얼마 지나지 않아 렌이 대공가를 찾아온 적이 있다. 당시 리아브릭이 부재중이라 보고로만 들었는데 엘레나와 짧은 여담을 나누고 돌아갔다고 했었다.

혹시 자신이 모르는 시기에 두 사람 관계가 발전될 만한 일이 있었던 게 아닐까.

"학술원."

리아브릭의 입술 사이에서 공백의 시간을 메워줄 단어가 튀어나왔다. 그러고 보면 학술원에 재학했던 이 년이라는 시간은 결코 짧지 않다. 관계가 진전이 되든, 악화가 되든 충분한 시간이었다.

"하아."

사고를 이어가던 리아브릭이 짧게 한숨을 내쉬었다. 기립해 있던 루카스가 물었다.

"왜 그러십니까?"

"답답해서요. 꼭 안개 속을 걷는 기분이네요."

최근 리아브릭은 몰라보게 야위고 말랐다. 프란체 대공에게 받은 마지막 기회를 놓치지 않기 위해 죽기 살기로 매달렸다.

그런데 뭔가 제 뜻대로 풀리지 않았다. 리아브릭은 누구보다 이성적이라고 자부했다. 또 영민하고 빼어난 자신의 머리를 믿었다. 그런데 이젠 정말 모르겠다.

'우연일까? 걔를 대공가에 들인 뒤부터 어긋났단 기분이 드는 건.'

큰 틀에서 보면 그녀가 짠 계획대로 흘러가는 것 같지만 자세히 안을 들여다보면 뭔가 미묘하게 어긋나고 있음을 알 수 있었다. 아마 미묘하고 확실하지 않다는 이유로 외면한 게 지금의 결과를 초래한 게 아닐까.

"계속 감시하세요. 특별한 사항이 있으면 바로 보고하시고요."

"네, 자작님."

루카스는 깍듯이 예를 갖추고는 집무실을 나섰다.

홀로 남게 된 리아브릭은 가시지 않는 불안감을 머금으며 중얼거렸다.

"앤은 못 미더워. 학술원에서 내가 모르는 뭔가가 있었는지 알아봐야겠어."

황태자비 선출식 1차 경합 닷새 뒤.

리아브릭의 집무실에 황궁근위대원이 방문했다. 프란체 대공을 직접 대면하고 보고를 해야 할 사안이지만 근위대원은 당연하다는 듯이 리아브릭을 먼저 찾았다.

"2차 경합에 진출하셨습니다. 귀부인들의 극찬을 받았으며 평가 점수에서도 압도적인 점수 차로 수석을 하셨습니다."

좋은 성적에도 불구하고 리아브릭은 기뻐하는 내색 없이 담담했다. 심사에 참가했던 귀부인 중 라인하르트가와 연이 닿은 딜롱스 부인을 제외한 나머지 두 명을 사전에 포섭해 뒀으니 당연한 결과였다.

"황궁에 별다른 일은 없나요?"

"폐하의 건강이 하루하루 안 좋아지고 있습니다."

리아브릭의 질문에 근위대원은 황실 내부 사정을 가감 없이 얘기했다. 애초에 검술 실력이 바닥인 그가 황궁근위대원이 될 수 있었던 배경에는 대공가의 지원이 크게 작용했다.

"그리고요."

"확실한 건 아니지만, 황태자 전하의 행적이 이상합니다."

"이상하다?"

리아브릭의 눈꼬리가 슬며시 올라갔다. 시안은 그녀가 주의 깊게 관심을 갖고 있는 요주의 인물이다. 단순히 황위를 이을 황태자라서가 아니라 그 속내를 알 수 없는 부류이기 때문이었다.

"며칠 전 황궁 시녀들이 떠드는 소리를 들었습니다."

"말해보세요."

"아침마다 황태자 전하의 방을 치우는데 바닥에 모래나, 흙 따위가 자주 묻어 있다고 합니다."

"자주?"

"네. 분명 오후나, 야간에 공식적인 외부 활동이 없었는데도 말이죠."

리아브릭의 눈빛이 침전됐다. 사소하지만 한 귀로 듣고 흘리기엔 뭔가 꺼림칙했다.

"수소문을 해보니 그 외에도 의심스러운 일이 한두 가지가 아니었습니다. 시중을 드는 시녀 말로는 분명 어제까지만 해도 없던 작은 흉터가 밤새 생겨 있어서 놀란 경우도 있답니다."

"뭔가 있군요."

리아브릭은 가벼이 흘려들어서는 안 될 사안이라고 여겼다. 아직 확신하긴 이르지만 시안이 뭔가 꾸미고 있음은 분명했다.

"수고했어요. 나머지는 제가 조치하죠."

"이만 물러가겠습니다."

황궁근위대원이 예를 갖추고는 집무실을 나가 황궁으로 돌아갔다. 리아브릭은 따로 아틸과 루미너스를 불러 이와 같은 얘길 해주고 황실에 심어놓은 간자를 이용해 시안을 밀착해서 감시하라고 지시했다.

"학술원 검술제 우승 때부터 계속 신경이 쓰였습니다. 만년 꼴찌였던 분이 렌 영식을 꺾고 우승했다는 것 자체가 요행은 아닐 테니까요."

"황태자비 선임식도 무언가 이상합니다. 불과 얼마 전까지만 하더라도 황실에선 서두를 생각이 없었습니다. 무슨 꿍꿍이가 있는 게 분명합니다."

리아브릭은 밀려오는 두통에 이마가 지끈거렸다. 안 그래도 처리할 사안이 한가득 쌓여 있었는데, 황실과 시안의 행보까지 신경을 쓰려니 힘에 부쳤다.

"황실 일은 루미너스에게 위임하지. 이상한 낌새를 찾으면 바로 보고해."

"알겠습니다."

리아브릭의 시선이 아틸에게 닿았다.

"알아보라고 한 건?"

"학술원 재학 내내 사이가 좋지 않았다고 합니다. 렌 영식이 일방적으로 시비를 걸었고, 공녀 전하께서도 받아치긴 했지만 당하시는 일이 잦으셨다고 합니다."

리아브릭의 눈빛이 변했다. 뭔가 실마리를 잡은 기분이 들어서였다.

"그래?"

"네, 모종의 관계가 있을 거라고 보기엔 아무래도……."

아틸은 뒷말을 삼켰다. 정황상 의심은 들지만 렌과 엘레나가 특별한 관계라고 생각하기에는 어려움이 따르는 게 사실이다. 그러나 리아브릭은 그렇게 생각하지 않았다.

'섣불리 단정 지을 일은 아니야.'

잠시 고민을 하던 리아브릭이 의자에서 일어났다. 내심 걸리는 게 있었다.

"공녀를 뵙고 오지."

집무실을 나선 리아브릭은 응접실로 향했다. 문을 열고 들어가자 테라스에 앉아 티타임을 즐기고 있는 엘레나가 보였다.

"리브!"

엘레나가 아는 척을 하자 리아브릭이 가볍게 고개를 숙였다. 다시 고개를 든 리아브릭이 의자에 앉기 무섭게 엘레나는 초조한 표정으로 물었다.

"혹시 1차 경합 결과 나왔나요? 아까 황실에서 사람이 다녀간 것 같던데……."

"네, 나왔어요."

"어, 어떻게 됐어요?"

리아브릭은 빤히 그런 엘레나를 쳐다봤다. 조마조마한 그녀를 보고 있으면 얼마나 황태자비에 거는 기대가 큰지 짐작이 됐다.

"네, 2차 경합에 진출하셨어요. 그것도 수석으로."

"수, 수석이요? 정말요?"

엘레나는 가슴에 손을 얹고 심호흡을 했다. 눈빛과 표정에서 벅찬 감동이 고스란히 느껴졌다.

"긴장 푸시지 마시고 2차 경합을 준비하시면 돼요."

"걱정 마세요, 리브. 실망시키는 일 없도록 할게요."

엘레나를 보는 리아브릭의 눈초리가 가늘어졌다. 사실 저런 반응은 어찌 보면 당연할지도 모른다. 황태자비가 되지 못한다면 그녀의 부모님을 보살펴 줄 이유가 없단 분위기를 은연중에 풍겼으니까. 그런 걸 감안하고 보면 엘레나는 참 말 잘 듣는 인형에 불과했다. 뭔가 수작을 부릴 만한 배짱도, 머리도 없어 보였다.

"그러고 보니 공녀와 긴 얘기를 나눈 게 언제인지 기억도 안 나네요. 차 한 잔 주실래요?"

"안 그래도 리브와 자주 못 만나서 서운한 참이었어요."

리아브릭은 그간의 안부를 물으며 여담을 나누었다. 분위기가 어느 정도 무르익어 가자 그녀를 찾아온 본론을 슬그머니 꺼냈다.

"만찬 때도 그렇고 렌 영식 때문에 많이 곤란했죠?"

"아니에요. 제가 부족해서 그렇죠."

엘레나가 쓰게 웃었다. 억지웃음이었다.

"학술원에서는 어땠어요? 종종 마주치고 했을 텐데."

"학술원에서요?"

반문을 하는 엘레나의 머릿속은 어느 때보다 차갑고 이성적으로 변했다. 그녀의 오감이 위험신호를 보냈기 때문이다.

'나와 렌 사이를 의심하는 건가?'

리아브릭은 의미가 없는 말을 허투루 뱉는 성격이 절대 아니다. 그녀가 말한 여담은 무언가를 알아내기 위한 유도 질문일 가능성이 높다.

"솔직히 얘기해도 돼요?"

"그럼요. 저한테 솔직하지 않으면 누구한테 솔직하겠어요?"

리아브릭은 자애로운 미소를 지었다. 가증스럽다 못해 역겨운 미소였다.

"교양과목 대륙사 수업을 같이 들었어요."

"조용히 지내기는 쉽지 않았겠네요."

엘레나가 고개를 끄덕였다.

"솔직히 힘들었어요. 조금, 아니, 많이요."

"왜 제게 말하지 않았어요? 렌 영식이라 해도 공녀께 함부로 해서는 안 되는 위치인데. 제가 손을 썼다면……."

"리브에게 계속 의지할 것 같았어요. 저도 잘해낼 수 있단 걸 보여주고 싶기도 했고."

엘레나는 무릎 위에 포갠 양손을 꽉 쥐며 고개를 숙이는 시늉을 했다. 그간 자신이 당한 고달픔과 서러움을 간접적으로 보여주려는 연기였다.

리아브릭은 그런 엘레나의 옆으로 와 손을 꽉 잡아주며 위로했다.

"맘고생 많이 심했죠? 미안해요, 공녀. 도움이 되지 못해서."

"제가 부족해서 그래요. 리브의 잘못이 아니에요."

본심을 숨기고 친자매처럼 가깝게 굴었다. 이질감이라곤 전혀 느껴지지 않는 그러한 행동 너머에는 서로의 본심을 파악하려는 치열한 신경전이 있었다.

'나와 렌의 관계에 대해 어디까지 알고 있는 거지?'

엘레나는 엘레나대로.

'거짓말은 아니야. 하지만 뭔가 거슬려.'

리아브릭은 리아브릭대로.

첨예한 신경전을 이어가던 와중 먼저 칼을 뽑은 건 리아브릭이었다.

"혹시 졸업 이후에도 렌 영식이 시비를 걸거나 그런 적이 있나요?"

"예, 리브가 없을 때 저택에 절 찾아온 적이 있어요."

엘레나는 살롱의 개장을 끝내고 돌아왔을 때 렌이 기다리고 있던 얘기를 털어놓았다.

'대공가 내에서 벌어진 일이야. 리아브릭이 모를 리가 없어.'

굳이 숨겨야 할 이유도 없거니와 숨기면 괜한 의심을 받을 것이다. 그러자면 솔직히 얘기하고 반응을 보는 편이 나았다.

"그런 일이. 미안해요, 공녀. 제가 확인을 했어야 했는데."

"리브는 바쁜 사람이잖아요. 그런 일까지 어떻게 다 신경을 써요?"

'뭔가 있는데.'

당연히 알 법한 일을 리아브릭이 모른 체했다. 뭔가 의도가 있다는 의미였다.

"최근에도 그런 적이 있나요?"

"최근이라면?"

"한두 달 사이요. 렌 영식이 접촉을 시도했거나, 따로 만난 적이 있냐고 묻는 거예요."

"……."

엘레나의 눈동자가 미미하게 흔들렸다. 지금 저 질문은 허투루 엘레나를 떠보기 위해 던진 게 아니란 생각이 들었다.

'나와 렌이 만난 걸 알고 있어.'

그러지 않고서는 엘레나를 실험하는 듯한 질문을 던질 이유가 없다.

'퀴리 부인 전시회 때인가?'

위기였다. 리아브릭은 최근이라는 단서까지 달며 엘레나를 떠봤다. 동시에 자신이 의심하고 있음을 내비치며 그녀를 압박했다.

'외통수로 몰아가고 있어.'

상대는 음모의 리아브릭이다. 어설픈 거짓말은 통하지 않는다. 만난 적이 없다고 잡아떼는 순간 엘레나를 향한 의심은 확신이 될 것이다.

'인정해야 하나?'

딱히 뾰족한 수가 없는 지금 둘러대기보단 순순히 인정하는 편이 나은 듯했다. 하지만 그 역시도 뭔가 석연치 않은 구석이 있었다.

'하필이면 변장을 해서 나타나냐고!'

누가 보더라도 의심스러울 수밖에 없다. 무법으로 살아가는 렌이 뭐가 아쉬워서 변장까지 하고 신분을 감춘 채 엘레나에게 접근한단 말인가. 그녀가 보기에도 수상하단 생각이 먼저 들었다. 뭔가 의도가 있다고밖에 보이지 않았다. 결국 부정을 하든, 인정을 하든 엘레나가 불리한 상황에 처하는 건 마찬가지였다.

"제가 대답하기 어려운 질문을 드린 건가요?"

리아브릭이 눈을 맞추더니 나지막이 물었다. 고저가 느껴지지 않는 담담한 목소리에 담긴 의심의 골이 깊어졌다. 이제 정말 어느 쪽이든 결단을 내려야만 했다.

'인정하자.'

엘레나는 감성을 죽이고 철저히 이성적으로 판단을 내렸다. 지금으로서는 그편이 낫단 생각이 들었다.

'끌려가되 페이스를 잃어선 안 돼.'

이대로 가면 리아브릭은 렌의 변장에 대해서 묻게 될 거고 엘레나는 우기거나, 변명할 수밖에 없는 처지에 몰릴 것이다.

리아브릭이 바라는 그림이었다. 즉흥적인 대처에서 실수나, 논리적 오류가 발생하니까. 이 판을 뒤집는 방법은 하나뿐이었다. 큰 화두를 던져 판을 다시 짜는 것이다.

고개를 살짝 숙인 엘레나는 눈망울에서 굵은 눈물을 떨어뜨렸다. 그녀는 소리조차 내지 않고 숨죽여 울었다.

"미, 미안해요, 리브. 저도 모르게 그만 서러움이 복받쳐서."

엘레나가 다급히 손수건을 꺼내 눈매를 훔쳤다. 조용하지만 구슬픈 슬픔에 젖어 있는 엘레나를 보는 리아브릭의 눈빛이 가늘어졌다. 그녀는 엘레나의 눈물에 현혹되지 않았다.

"무슨 일이라도 있나요?"

"저와 하나만 약속해 주세요. 절 버리지 않겠다고."

촉촉하게 젖은 눈망울로 엘레나가 리아브릭을 올려다봤다. 그윽한 눈길에 애잔함이 묻어났다.

"공녀를 버리다니요. 제가 어떻게 그런 생각을 하겠어요? 약속해요. 절대 그럴 일은 없을 거예요."

'대체 왜 이러지?'

리아브릭은 장단을 맞춰주면서도 도무지 엘레나의 속내를 읽을 수 없었다. 뭔가 있는 거 같긴 한데, 그게 뭔지 알 길이 없었다.

리아브릭의 약속에도 선뜻 털어놓지 못하고 머뭇거리던 엘레나가 겨우 입을 열었다.

"……리브에게 말하지 못한 사실이 하나 있어요."

"부담 갖지 말고 얘기하세요. 저 아니면 누구한테 얘기할 수 있겠어요?"

리아브릭은 어르고 달래는 척 엘레나의 다음 말을 기다렸다. 이윽고 엘레나의 입술 사이로 청천벽력 같은 말이 흘러나왔다.

"제가 대역이란 걸, 렌 영식이 알고 있어요."

"……!"

리아브릭의 표정이 일그러졌다. 순간의 감정을 감출 수 없을 만큼 충격적인 얘기였던 까닭이었다.

"언제부터요? 정확한 시점을 얘기해 봐요."

"그, 그게…… 학술원에 가자마자 저보고 가짜 아니냐고 물었어요."

"그게 언제 적인데! 그래서요. 뭐라고 대답했는데?"

"아니라고 우겼어요. 근데 그럴 때마다 절 협박했어요. 난 네가 가짜 같은데 증명할 자신이 있냐고…… 그러면서 절 막 괴롭히고 협박하고……."

"하."

리아브릭이 짜증스러운 한숨을 내쉬었다. 일이 이 지경이 되도록 입을 다물고 있던 엘레나를 보는 시선이 더없이 냉랭했다.

"진작 말했어야죠! 그랬다면 제가 어떤 식으로든 대처했을 거 아니에요."

"쫓겨날까 봐 말할 수 없었어요."

"그걸 말이라고."

"리브가 그랬잖아요. 대역인 걸 들키면 전부를 잃을 수 있다고. 그래서 이 악물고 참고, 버티는 수밖에 없었어요."

교묘한 화술로 리아브릭의 탓으로 돌린 엘레나가 양 손바닥으로 얼굴을 가리며 고개를 떨궜다.

손가락 사이로 리아브릭의 표정을 본 엘레나의 입꼬리가 슬그머니 올라갔다.

'제대로 먹혔어.'

엘레나의 생각대로였다. 리아브릭의 의심을 상쇄하고도 남을 만한 더 큰 화두를 만들어 신경 쓸 여력이 없도록 만들었다. 즉, 엘레나의 바람대로 판을 다시 짠 것이다.

비록 렌의 동의를 구하지 않고 멋대로 한 행동이지만 크게 미안하진 않았다. 그녀가 아는 리아브릭이라면 번거롭게 렌을 건들기보단 더 쉬운 길을 택할 것이다.

'나를 제거하려고 들겠지.'

엘레나의 눈빛이 싸늘하게 가라앉았다. 바스타슈 가문은 대공가의 방계다. 백년조약으로 쓸모가 있는 만큼 굳이 척을 질 필요가 없었다.

그러나 엘레나는 아니다. 베로니카가 깨어난 시점에서부터 엘레나의 효용 가치는 다했다. 시안의 도움을 받아 황태자비 선발식을 개최하며 시간을 벌었다지만 그 역시 시한부에 불과했다. 복잡하게 생각할 필요 없이 엘레나를 제거하면 그만이었다. 그리고 베로니카가 제자리로 돌아온다면 렌의 주장은 힘을 잃게 된다.

굳이 쉬운 길을 놔두고 번거로운 길을 자처할 만큼 리아브릭은 머리가 나쁘지 않았다. 거기까지 계산이 섰기에 엘레나는 망설이지 않고 렌을 걸고넘어졌다.

얼굴을 가리고 있던 손을 내린 엘레나가 낮게 흐느꼈다.

"그날도 그랬어요. 퀴리 부인의 전시회까지 찾아와서 절 괴롭힐 줄은 몰랐어요. 가짜 주제에 진짜 황태자비가 될 생각이냐며 협박했다고요!"

"공녀, 이거 하나만 물어볼게요. 솔직하게 대답해 주세요."

리아브릭은 지금껏 침묵한 엘레나에게 치미는 짜증을 꾹 누르며 건조하게 물었다.

"렌 말고, 공녀의 정체에 대해 아는 사람이 더 있어요?"

"없어요."

"맹세코?"

"네, 가이아 여신께 맹세할 수 있어요."

엘레나가 진심을 담아 힘껏 고개를 끄덕였다. 그제야 리아브릭의 표정이 조금 누그러졌다. 그러나 표정 너머의 속마음은 더없이 무서웠다.

'더는 살려둬서 안 돼. 황태자비 선출식이 끝나는 대로 제거해야겠어.'

두 달 뒤, 3차 경합이 끝나는 날. 예정대로 엘레나를 죽일 것이다. 그러면 모든 일은 말끔히 종결된다. 렌이 대역임을 알고 있다곤 하나 마땅히 할 수 있는 일이 없었다. 대역이라고 주장을 하더라도 그것을 확인할 방법이 요원한 까닭이다.

기껏해야 엘레나를 괴롭히는 게 다겠지. 여차하면 베로니카가 돌아오면 그만이기도 하고. 그렇게 되면 렌은 어마어마한 후폭풍을 감당해야 한다. 대공가의 핏줄을 의심한 격이니 가문의 멸문까지 각오해야 할지도 모른다.

'먼저 이빨을 드러내면 더 바랄 게 없겠지만…….'

위기를 기회로 이용해서 바스타슈 가문의 목에 목줄을 채울 수 있는 좋은 명분이 될 것이다.

"그럼 됐어요, 공녀. 그간 맘고생 많았죠? 이제 걱정하지 마요. 뒷일은 제가 알아서 처리할게요."

리아브릭의 같잖은 위로에 엘레나가 안도하는 척했다. 그러며 제 자리를 잃지 않을까 전전긍긍하며 매달렸다.

"앞으로도 쭉 공녀로 살게 해주세요. 꼭 황태자비가 되어서 리브와 아버지를 기쁘게 해드리고 싶어요."

"당연히 그래야죠. 공녀는 세상에 한 명뿐인걸요."

"리브."

엘레나가 감격에 찬 눈망울로 빤히 보더니 리아브릭을 껴안았다. 작은 흐느낌에 맞춰 잔잔하게 떨리는 어깨를 리아브릭이 감싸며 토닥였다.

"황태자비 선출식에 집중하세요. 렌 영식은 제게 맡겨주고요."

"고마워요, 리브. 저 꼭 실망시키지 않을게요."

사선으로 맞댄 서로의 뺨 너머로 따뜻한 말이 오갔다. 누가 보더라도 진심으로 서로를 위한다고 오해할 수밖에 없는 온화함까지 있었다. 그러나 엇갈린 엘레나와 리아브릭의 시선은 언제 서로의 목덜미를 물어도 이상할 게 없을 만큼 싸늘했다.

리아브릭의 명을 받은 로렌츠가 안가에 있는 베로니카를 찾아갔다.

"공녀 전하, 로렌츠입니다."

창틀에 앉아 있는 베로니카를 보며 로렌츠가 깍듯하게 예의를 갖췄다. 이전 삶의 엘레나에게 보이던 가식적인 충심과 달리 진심 어린 존경과 충성이 묻어났다.

"경이 여긴 어쩐 일로?"

베로니카가 새장 속 파랑새를 빤히 보며 무미건조하게 물었다.

"보고드릴 사항이 있어서 왔습니다. 인형이 황태자비 선출식 2차 경합에 진출했습니다."

"그래요?"

"그것도 수석입니다. 리아브릭 자작이 공녀 전하의 명성에 누가 되지 않도록 신경을 쓰고 있다고 합니다."

로렌츠의 보고에도 불구하고 베로니카는 눈길 한 번 주지 않았다. 그런 냉랭한 태도에 로렌츠가 눈치를 보며 말을 이었다.

"조만간 2차 경합이 열릴 예정입니다. 마찬가지로 공녀 전하께서 염려하시는 일은 없을 거란 말씀 전하라 하셨습니다."

"그렇군요."

역시나 베로니카의 반응은 무미건조했다. 언뜻 보면 관심이 없어 보이지만 실상 그녀는 이런 보고를 받는 처지가 마음에 들지 않았다.

"3차 경합식이 끝나는 날, 돌아올 수 있도록 조치를 취해두신다고 했습니다. 황태자비 선임식은 당연히 공녀 전하께서 가셔야 한단 말씀도 덧붙이시고요."

"그래서요?"

"예?"

"당연히 그래야 할 얘길 계속 떠드니 짜증이 나서 하는 얘기예요."

"죄, 죄송합니다."

로렌츠가 고개를 숙여 사과했다. 베로니카가 독에 중독되기 전부터 곁을 지켰던 만큼 그녀의 성정이 어떤지 누구보다 잘 알고 있었다.

"리아브릭에게 제 말 전하세요."

"네."

"인형 살려두라고 해요."

"……살려두란 말씀입니까?"

로렌츠가 영문을 알지 못하겠다는 듯 쳐다보자 베로니카의 안광에서 한기가 흘렀다.

"천한 년이 제 행세를 하며 주제에 과분한 걸 실컷 누렸으니 그만한 대가를 치러야 하지 않겠어요?"

"대가라 함은."

"절망."

베로니카가 새장 문을 열더니 파닥거리는 수컷 파랑새를 손으로 쥐었다.

"얘 보세요. 제 짝인 암컷이 죽고 슬퍼한 지가 언제라고…… 새 암컷을 붙여줬더니 새벽부터 재잘재잘 노래를 부르더라고요."

"그렇습니까?"

"생각해 보니 죽은 암컷 새만 딱하더라고요."

베로니카가 손아귀에 힘을 쥐며 발버둥 치는 수컷 파랑새를 그대로 질식사시켰다.

그러자 홀로 남게 된 새 암컷 파랑새가 새장 안을 미친 듯이 날아다니며 울어댔다.

"절망이란 이런 거예요. 가장 소중한 걸 빼앗고, 짓밟고, 부숴 버리는 거죠. 누린 것만큼 공평하게."

"……."

"그걸 주려고요. 날 닮은 그 천한 년에게."

베로니카가 수컷 파랑새의 사체를 새장 안에 휙 던졌다.

미동도 없는 수컷 파랑새를 보는 새 암컷 파랑새의 지저귐이 구슬프
게 들렸다.

제22장
수확

황태자비 선출식 2차 경합날이 밝았다. 엘레나는 동이 트기 전부터 몸단장을 시작했다. 1차 경합과 마찬가지로 고전적인 패턴의 드레스를 착용하고, 화려한 귀금속과 구두는 최대한 자제했다. 앞서 1차 경합은 사교계의 평판과 영애로서 갖춰야 할 최소한의 몸가짐을 점검하는 자리였다면, 2차 경합은 그보다 좀 더 심도 있게 진행된다.

'2차 경합은 황실 어른들과의 대면이지.'

황족들이 후보자들과 직접 대면해 황태자비에 적합한 자질과 안목, 지식, 인성, 품성 등을 갖췄는지 심층적으로 파악하는 자리다. 일종의 면접이라고나 할까.

"다 됐어요."

"수고했구나."

한껏 치장에 열을 올린 앤과 달리 엘레나는 거울에 비친 자신의 모습에 크게 관심이 없었다. 예전이었다면 황족들의 눈에 조금이라도 들기 위해 전전긍긍하겠지만 이젠 그럴 마음도, 필요도 없었다.

'내가 눈에 차든 차지 않든, 3차 경합에 진출하는 건 기정사실이니까.'

돌아보면 지난 삶의 엘레나는 참 어리석었다. 황비로 선발된 게 오로지 자신의 노력으로 이룩한 결과라고 믿었다.

그런데 아니었다. 황족이란 작자들도 신분과 본분을 잊은 채 대공가에 빌붙어 연명했다.

'황족마저 그럴진대, 전하는 오죽하셨을까.'

이제야 시안이 얼마나 고독한 싸움을 해왔는지 짐작이 됐다. 시안의 사방엔 온통 적이었다. 황실의 권위를 되찾고자 악착같이 애썼지만 그를 도와줄 사람은 아무도 없었다. 병약하고 나약한 황제는 도움이 되지 못했고, 황족들은 귀족들의 눈치를 보며 등을 돌린 지 오래였다. 그것도 모자라 엘레나의 황비 책봉과 이안의 출산까지…….

엘레나가 사고를 멈췄다. 잠이 부족해서인지 아니면 황궁에 들어간단 사실에 심란해서인지는 모르나 자꾸 옛 기억이 떠올랐다.

"답답하네. 창문 좀 열렴."

"네, 아가씨."

앤은 부담감 때문이라고 생각했는지 뛰어가 창문을 활짝 열었다. 새벽녘의 스산한 바람이 살갗에 닿자 한결 머리가 맑아졌다.

"어? 못 보던 기사분이 또 오셨네요."

돌아서던 앤이 우연히 창가 아래에 도착한 기사를 보고는 눈을 깜빡였다.

"못 보던 기사?"

"네, 복장이나 문양이 다른 걸 보니 다른 가문의 기사분들 같은데 하루에 서너 분씩 꼭 찾아오세요."

"그래? 급한 용무가 있나 보네. 신경 쓰지 말렴."

엘레나는 관심 없다는 듯 무덤덤하게 굴었다. 그러나 앤을 등지고 있는 엘레나의 입가엔 의미심장한 미소가 걸려 있었다.

'슬슬 탄원서가 쌓이고 있나 보네.'

요 며칠간, 대공가의 파벌에 속한 귀족가의 가신과 기사들이 쉼 없이 오 갔다. 일개 하인이나, 하녀가 아닌 가문의 문양을 가슴에 짊어지고 살아 가는 기사들이 주군의 의사를 전달하고자 직접 대공가를 방문한 것이다.

'리브, 많이 곤란하겠어? 귀족들이 이렇게 한뜻으로 들고일어나서 당 신의 실각을 바라니.'

이 순간에도 동부와 서부, 남부의 귀족들은 기사들을 보내 대공가에 탄원서를 제출했다. 그 내용을 들여다보면 리아브릭이 야심 차게 추진 하던 노블레스 거리 사업으로 인해 입은 손실을 메우고자 상납금 증세 를 결정할 수밖에 없었으니, 이런 사태를 초래한 책임자인 리아브릭을 실각시켜야 한다는 주장이었다.

처음 한두 통의 탄원서가 올라왔을 때까지만 하더라도 리아브릭은 코 웃음을 치며 넘겼을 것이다. 아니, 감히 대공가의 실권을 쥔 그녀에게 정 면으로 도전한 귀족의 이름을 기억하고 보복할 궁리를 했을지도 모른다.

그러나 하루가 멀다 하고 탄원서가 빗발치자 리아브릭도 지금쯤 사태 의 심각성을 깨달았을 것이다. 지금껏 불만이 있더라도 대공가의 위세 에 눌려 숨을 죽이던 귀족들이 조직적으로 들고일어나자 사안이 중대 해졌다.

'권위로 귀족들을 찍어 누르자니 마땅한 명분이 없겠지.'

귀족 회의에서 정해진 대로 귀족들은 상납금 증세를 수용하겠단 의사를 밝혔다. 대공가의 요구대로 따르되 사태를 이 지경으로 만든 리아브릭의 실각을 탄원했을 뿐이다.

리아브릭으로서는 이러지도 못하고 저러지도 못하는 사면초가에 빠질 수밖에 없었다. 대공가와 4대 가문의 알력 관계도 복잡하게 엮여 있었다. 만에 하나 파벌에 속한 귀족들이 불만을 품고 4대 가문에 붙기라도 하는 날엔 대공가의 위상에도 타격이다.

엘레나는 그런 경우의 수까지 꼼꼼히 계산하고 리아브릭의 실각을 설계했다.

'예전의 나라면 이런 생각은 꿈도 못 꿨겠지.'

아는 만큼 세상이 보인다는 말이 있다. 지금이 딱 그랬다. 비참한 죽음을 맞이한 뒤, 진실을 분간할 줄 아는 안목이 생겼다. 또 시간이 날 때마다 책을 보며 부족한 지식을 채웠다. 이 자리에 있는 그녀는 오랜 노력의 결과물이다.

"아가씨, 이제 내려가셔야 할 시간이에요."

"가자꾸나."

엘레나가 침실을 나와 일 층으로 내려갔다. 홀을 지나쳐 저택을 나서자 황태자비 선출식 1차 경합이 있던 날과 마찬가지로 프란체 대공이 배웅을 나왔다.

"가이아 여신의 행운이 너와 함께하길 기도하마."

두 사람은 가볍게 포옹을 하며 다정한 부녀지간을 연출했다. 마차에 오르려던 엘레나가 주변을 둘러보다 의아해했다.

"리브가 안 보이네요?"

"급히 처리할 사안이 있어 보이더구나."

"그래요?"

엘레나는 마차에 오르며 입맛을 다셨다. 빗발치는 탄원서에 시달리는 그녀의 고달픈 미소를 보고 싶었는데 그러지 못한 게 아쉬웠다.

마부의 힘찬 채찍질에 마차가 지면을 나아갔다. 대공가를 나서 황궁으로 직행했다. 동궁에 도착한 엘레나는 1차 경합 때와 같은 응접실에 들러 2차 경합에 앞서 몸단장을 점검했다.

"시간 됐습니다. 가시죠."

엘레나는 근위대원을 따라 응접실을 나섰다. 긴 복도를 따라 걷자 2차 경합에 참가한 영애들이 속속들이 모여들었다. 개중에는 아벨라도 껴 있었다. 그녀는 1차 경합에 있었던 일을 마음에 담아두고 있는지 얼굴에 냉랭함이 감돌았다.

"잘 지냈고?"

"네, 언니는요?"

"나도. 못 지낼 이유가 없었잖니?"

뼈가 있는 엘레나의 받아침에 아벨라가 얼굴을 굳혔다. 1차 경합식에서 간계를 부리다가 그만 엘레나에게 역공을 당하고 수석 자리를 내어 줬던 기억이 떠오른 것이다.

"그러네요. 앞으로도 쭉 잘 지내셨으면 좋겠어요."

"너도."

미소 속에 감춰진 날 선 사담은 여기까지였다. 근위대원의 호명에 맞춰 2차 경합에 진출한 12명의 후보자가 차례로 황족과 면담을 가장한 면접을 보게 될 것이다.

"아벨라 영애, 릴리 영애, 아리아 영애 먼저 들어가겠습니다. 나머지 영애들은 옆 응접실에서 대기해 주십시오."

빈 응접실에 들어선 엘레나는 소파에 앉아 차례를 기다렸다. 긴장감 때문인지 영애들은 입을 꾹 다문 채 침묵했다.

"베로니카 영애, 이드닌 영애, 리아 영애 드시죠."

호명을 받은 엘레나가 근위대원을 따라 면담이 진행될 응접실로 발을 들였다. 엘레나를 위시한 두 영애가 앉게 될 소파 세 개가 놓여 있었는데, 그 건너편으로 귀부인 둘과 중년 귀족이 나란히 앉아 있었다. 개중 서열이 가장 높은 비올라 부인은 현 황제의 사촌 여동생이기도 했다.

"앉으세요."

비올라 부인의 권유에 엘레나가 소파에 착석했다. 형식적인 겉치레도 생략하고 황족들은 곧장 영애들의 평가에 들어갔다.

"이드닌 영애."

"네, 부인."

이드닌 영애가 우아하게 예를 갖추며 말을 받았다.

"황태자비란 어떤 자리죠?"

"의무와 책임을 다하는 자리입니다."

"교과서적인 대답이군요."

짧은 문답을 주고받은 비올라 부인의 시선이 리아 영애에게 꽂혔다.

차가운 분위기를 물씬 풍기는 비올라 부인의 눈길에 그녀가 숨을 삼켰다. 황족을 상징하는 흑발이 주는 위압감에 주눅이 든 것이다.

"리아 영애에게도 같은 질문을 드리죠. 황태자비란 어떤 자리 같나요?"

"그, 그게…… 황실의 안위를 도모하며…… 또……."

"그만. 더 듣고 싶지 않네요."

"……!"

비올라 부인의 서늘한 한마디에 리아 영애의 안색이 하얗게 질렸다. 질책이라고 느꼈는지 평정심을 아예 잃은 듯 눈동자가 황망하게 흔들렸다. 비올라 부인이 엘레나에게로 시선을 옮겼다.

"베로니카 영애에게 묻죠. 황태자비란 어떤 자리죠?"

지목을 받은 엘레나가 가볍게 묵례를 하며 대답했다.

"포기하는 자리입니다."

"포기라. 더 얘기해 보세요."

"이름을 포기하고, 가문을 포기하고, 제 삶을 포기하고…… 제국의 국모로 살아갈 채비를 하는 자리가 황태자비라고 생각합니다."

지난 삶, 황비 선출식에서도 엘레나는 같은 질문을 받았다. 그리고 그때도 지금과 마찬가지로 대답했다. 사전에 준비한 대답이었다.

'그때는 저 말의 무게를 몰랐지.'

그저 황비로 선출되고 싶단 욕심에 눈이 멀어 외운 대로 읊었을 뿐이다. 황태자비 된다는 게 어떤 삶을 사는 것인지 자각이 없었다.

'이젠 알아. 내가 감당할 수 있는 자리가 아니라는 걸.'

누군가 다시 그녀에게 황태자비가 되라고 권한다면 엘레나는 극구 사양할 것이다. 그 자리에 어울릴 만한 사람도 아니거니와 그녀보다 더 준비된 여인이 황태자비에 올라야 한다고 생각했다.

"재미있는 대답이네요."

비올라 부인은 이어서 다른 질문을 쏟아냈다. 황실 법도, 제국의 역사, 황태자비의 소관, 사교계 단속 등 그 주제도 참 다양했다. 단답이 아닌 주관적인 생각을 요구하는 만큼 영애들의 가치관을 깊이 들여다봤다.

"근거 없는 소문으로 사교계에 황태자비에 대한 악소문이 퍼졌답니다. 영애들이 황태자비라면 어떻게 대처하실 건가요?"

"소문의 진위를 파악하는 게 첫 번째 순서 같아요."

"그…… 화, 황실로 영애들을 불러들여 호되게 질책하고……."

비올라 부인의 냉소적인 눈길이 이드닌 영애와 리아 영애를 거쳐서 엘레나에게 닿았다.

"베로니카 영애."

"전제가 잘못됐다고 봅니다. 저라면 악소문이 도는 일이 없도록 처신할 거예요."

"영애의 대답은 논점을 벗어났어요. 어디까지나 가정이란 전제로 대답을 요구하는 겁니다, 영애."

비올라 부인이 빤히 쳐다봤다. 그녀의 무감각한 눈길을 마주했음에도 엘레나는 조금도 주눅 들지 않고 소신을 밝혔다.

"그 역시 가정일 뿐이라고 생각해요. 황태자비의 흠은 곧 황실의 흠이죠. 그러한 자각이 있었다면 결코 그런 일을 만들어서는 안 된다고 봐요."

"고집스럽군요."

비올라 부인도 더는 묻지 않았다. 표정에 감정이 드러나진 않았지만 내심 엘레나의 대답을 마음에 들어 하는 눈치였다. 몇 가지 추가적인 질문이 더 오간 뒤에야 경합은 끝이 났다.

"결과는 열흘 후, 영애들의 가문으로 통보해 드리도록 하죠."

엘레나는 2차 경합을 끝내고 응접실을 나서는 비올라 부인과 황실 어른들을 향해 각듯이 예의를 갖췄다. 세 사람이 나가자 이드닌 영애와 리아 영애는 맥이 탁 풀렸는지 소파에 털썩 주저앉았다. 이드닌 영애는 아쉬워하는 표정이 역력했으며, 리아 영애는 긴장으로 면담을 망쳤단 사실에 눈물을 왈칵 쏟았다. 그러거나 말거나 엘레나는 관심 없다는 듯 응접실을 나섰다. 굳이 값싼 위로나 건네며 시간 낭비할 필요성조차 느끼지 못했다.

'전하를 뵈러 가야겠어.'

엘레나는 오늘 황궁 안에서 시안과 밀담을 나눌 예정이다.

"동궁 후원은 이쪽인가요?"

응접실을 지키던 근위대원이 눈을 깜빡였다. 동궁의 에드몽 후원은 방문객에 한해 출입이 자유롭다지만, 주로 외부 손님이 동궁에 머무는 동안 산책하는 용도로 많이 쓰인다. 그런데 황태자비 선출식 2차 경합을 마치고 나온 엘레나가 유람이라도 하듯 후원을 찾는 모습이 낯설 수밖에 없었다.

"머리가 복잡해서요. 바람 좀 쐬고 싶어요."

지금도 응접실 안에서 꺼이꺼이 우는 리아 영애의 울음소리가 들렸다. 자세한 사정은 모르겠으나 경합 과정에서 상처받은 일이 있지 않았을까 짐작할 뿐이었다.

"이쪽으로 가시면 됩니다. 모셔다드릴까요?"

"아니요, 괜찮습니다. 혼자 있고 싶어요."

근위대원의 호의를 거절한 엘레나가 그가 가리킨 방향으로 걸음을 뗐다. 형식적으로 후원의 위치를 물었을 뿐 황비로 살아온 그녀에게 황궁 안 구조는 손바닥 보듯 훤히 알고 있었다. 에드몽 후원에 다다른 엘레나가 그곳에 발을 들였다. 낙엽이 흩날리는 돌담길을 따라 걷자 바스락거리는 소리가 심신을 안정케 했다. 꼭 고향 집에 온 듯 안락했다.

"이 길을 참 좋아했는데……."

황비 시절, 엘레나는 주로 반대편에 위치한 서궁에서 생활했다. 그곳에 황후와 황비가 기거하는 내궁이 있었다. 그 까닭에 서궁의 후원은 이곳 에드몽 후원에 비해 화려한 꽃들이 만개하고 잘 관리된 느낌이 강하게 들었다.

"그 인위적인 느낌이 싫어서 여길 자주 왔었지."

엘레나는 공국 내에서도 가장 변방이나 다름없는 곳에서 자랐기에 에드몽 후원의 이런 자연스러움이 편안하게 느껴졌다. 외지인이나 다름없는 엘레나가 유일하게 고향의 향취를 느낄 수 있는 곳이랄까.

"넌 그대로구나."

돌담길이 끝나는 곳에 선 엘레나의 시선에 월계수가 보였다. 장정 서너 명이 달려들어서 겨우 양팔로 감쌀 수 있을 만큼 나무는 거대했다. 거목은 푸르다 못해 생기가 넘쳤고, 나뭇잎은 바람에 살랑거렸다.

엘레나는 월계수에 가만히 손을 얹고 눈을 감았다. 그토록 황비가 되기를 갈망했으나, 꿈꾸고 바라던 것과 달리 불행하기 그지없던 시절에 위로가 필요할 때면 월계수를 찾았다. 고요하지만 듬직하게 이 자리를 지켜주는 월계수야말로 엘레나가 유일하게 기댈 수 있는 위로이자 위안이었다.

"기다리고 있었다."

바람 소리를 타고 들려오는 시안의 목소리에 엘레나가 눈을 떴다. 고개를 돌리자 월계수 옆으로 펼쳐진 드넓은 잔디 위에 시안이 서 있었다.

"전하를 뵈옵니다."

엘레나는 옛 기억에서 빠져나와 시안을 향해 우아하게 인사를 올렸다. 그 시절 황궁 안에서 시안을 마주했던 날을 떠올리며.

"걱정 많이 했다."

린든 백작에게 괜찮다는 이야기를 매일 들었으나 시안은 하루도 그녀가 걱정되지 않은 날이 없었다. 베로니카가 깨어난 시점부터 엘레나는 살얼음판을 걷는 것처럼 위태로워 보였다. 황태자비 선출식이라는 변수를 만들긴 했지만 그마저도 안심이 되지 않았다. 대공가의 모사 리아브릭은 그 속을 알 수 없는 여자지 않나.

또 의심까지 받고 있는 만큼 만날 방법도 요원했다. 순간을 이기지 못해 그녀를 만나는 일이 되레 위험에 빠뜨릴 수도 있기 때문이다. 그래서 애가 탔다. 이러지도 저러지도 못한다는 사실에 시안의 속마음은 까만 재밖에 남지 않았다.

"저는 괜찮아요."

엘레나는 고아한 미소로 그를 안심시켰다. 한 번도 따뜻한 말을 건네준 적이 없는 시안이 지금 누구보다 엘레나의 안위를 걱정하는 이 상황은 여전히 낯설고 어색했다. 그렇다고 모르는 척 외면하기에는 저 마음이 너무 고마웠다.

"전하께서는 잘 지내셨나요?"

"못 지냈다."

시안이 단답으로 말을 끊더니, 희미한 미소를 지으며 다른 주제를 꺼냈다.

"혹시 이 월계수를 본 적이 있나?"

순간 움찔했지만 엘레나는 티를 내지 않고 부정했다.

"아뇨, 처음이에요. 왜 그러신가요?"

"신기해서."

"뭘 말씀인지요?"

"의도치 않게 보고 말았다. 이 월계수에 손을 얹는 모습을…… 그대는 한 번도 내게 보이지 않았던 얼굴을 하고 있더군. 그 평온함이 마치 요람에서 잠이 든 아기를 보는 듯했어."

"제가 그런 표정을 짓고 있었군요."

생각도 못 한 제 얼굴에 대해 듣게 된 엘레나가 애잔한 손길로 월계수를 쓸어내렸다. 말 못 할 사연을 담은 그녀의 눈길이 아련해졌다. 참 우스운 일이다. 황궁에 들어와 좋은 기억이 없던 그녀에게 유일하게 안식을 주는 곳이 황궁 안이란 사실이.

"계획에 차질은 없고?"

"전하의 도움 덕에 조만간 유종의 미를 거둘 수 있을 것 같아요."

엘레나의 밝은 모습에 시안이 고개를 끄덕였다.

"그대가 잘해내니 그 또한 아쉽군. 내가 나설 자리가 없으니."

"그럼 전하가 계속 아쉽길 바라야겠네요. 그게 수월하게 대공가를 무너뜨리는 일이니까요."

엘레나는 복수를 위해, 시안은 새로운 제국의 기틀을 다지기 위해 대공가의 몰락을 바랐다. 이 자리에는 없지만 렌 역시 깊은 원한을 갖고 있었다. 그런 이해관계가 일치했기에 전혀 어울리지 않는 세 사람이 한 몸처럼 움직였다. 시안은 그런 엘레나를 물끄러미 바라보았다. 그녀는 너무 완벽하기에 자신이 도울 여지를 주지 않았다.

"볼수록 그대는 빈틈이 없어. 뭐든 완벽해."

"완벽이라니, 가당치도 않아요. 당장 전하의 도움이 없다면 대공가를 빠져나오는 일조차 요원한걸요."

엘레나가 본론으로 화제를 전환하자 시안의 눈빛이 차분해졌다. 위험을 무릅쓰고 엘레나와 시안이 이 황궁 안에서 밀담을 가진 이유. 리아브릭을 실각시킨 엘레나가 무사히 대공가를 빠져나올 방책을 마련하기 위함이었다.

"말해보라. 내가 뭘 도우면 될지."

"전하의 도움이 절대적으로 필요한 일이 될 거예요."

엘레나는 머릿속에 고이 간직하고 있던 계획을 얘기했다.

결행일은 황태자비 선출식 3차 경합날. 아무래도 행동을 제약받을 수밖에 없는 대공가가 아닌, 그나마 저들의 영향력이 적을 수밖에 없는 이 황궁에서 엘레나는 감쪽같이 증발할 계획이었다.

엘레나의 계획을 전해 들은 시안은 당혹스러움을 감추지 못했다.

"그대가 그것을 어찌 아는 것이냐? 그건 나와 폐하, 황후 전하만이 알고 있는 황궁의 비밀인데……."

지금 엘레나가 언급한 얘기는 황족 중에서도 황위를 잇는 직계만이 아는 비밀이다. 한데, 황실 가족도 아닌 엘레나가 그러한 비밀을 알고 있다고 하니 경악스러웠다.

'어떻게 아냐고요? 한때나마, 당신의 황비였으니까요.'

세실리아가 독살당한 뒤 공백인 황후의 역할을 황비였던 엘레나가 모두 소화했다. 또 황위를 이을 이안까지 출산함으로써 황족의 일원으로 인정받았다. 그때 듣게 되었다. 임종을 앞둔 현 황제이자, 시아버지로부터.

"여기까지가 제 계획이에요. 왜 전하의 도움이 절실한지 아시겠죠?"

시안이 끄덕였다. 그러면서도 엘레나에게서 눈을 떼지 못했다. 종잡을 수 없는 그녀의 계획에 감탄한 눈치였다.

"그대의 끝을 모르겠군. 아니, 끝이 있기는 한 건가?"

시안은 부담스러울 정도로 물끄러미 엘레나를 쳐다봤다. 그가 이 순간 엘레나에게 품은 감정은 경외였다. 잠시간 눈을 떼지 못하던 시안이 제 가슴에 담아두고 있던 마음을 그녀에게 내비쳤다.

"그대를 만난 건 내 생애 최고의 축복이다."

"과찬이세요."

엘레나가 쓰게 웃었다. 축복이라. 시안은 절대 알지 못할 사연이 담겨 있는 미소였다.

톡, 톡, 톡.

리아브릭이 초조하게 손톱으로 집무 책상을 두드렸다. 어두운 표정과 평소보다 빠른 두드림을 통해 그녀가 지금 얼마나 초조해하고 있는지를 엿볼 수 있었다.

"자작님……."

아틸은 뭐라 말을 해야 할지 모르고 입술만 질끈 깨물었다. 지금 리아브릭의 책상 위에는 동부와 서부, 남부의 귀족들이 보낸 탄원서들이 수북하게 쌓여 있었다. 하나같이 리아브릭의 실각을 요구하는 내용들이다.

"누군가 배후에 있는 게 틀림없습니다. 그러지 않고서야 이렇게 조직적으로 움직일 수 없습니다."

"저도 같은 생각입니다. 수단과 방법을 가리지 말고 배후를 찾아야 합니다."

루미너스가 안경을 고쳐 쓰며 주장하자, 아틸 역시 거들었다. 귀족들이 약속이라도 한 듯 이렇게 합심해서 움직인다는 건 분명한 구심점이 있다고밖에 보이지 않았다.

"그자가 누군지는 알고?"

"그, 그것이."

반쯤 추궁에 가까운 리아브릭의 물음에 아틸과 루미너스가 입을 다물었다.

"배후가 있다는 것도 너희 추측일 뿐이야. 원인을 기점으로 결과를 도출해. 그러면 배후는 절로 알게 될 거야."

위기에 몰린 상황에서도 리아브릭은 이성과 냉정함을 잃지 않으려고 노력했다. 그녀가 보기에도 돌아가는 상황이 심상치 않았다. 이럴 때일수록 조바심을 내거나, 평정심을 잃어서는 안 된다. 차분하게 상황을 분석하고 대처법을 찾아야 했다.

"최근 한 달간, 외출이 가장 잦았던 귀족이 누구지? 연회든, 뭐든 상관없어. 확인해 봐."

"네, 자작님."

아틸이 돌아서더니 귀족들에게 심어놓은 간자로부터 보고받은 사항들을 뒤적거렸다. 상황이 상황인 만큼 순식간에 그것들을 종합하여 보고했다.

"찾았습니다. 서부의 보로니 백작, 동부의 노튼 자작, 그리고 후안 남작입니다."

루미너스의 미간이 찌푸려졌다.

"셋 다 대공가를 등에 업고 성공한 귀족들이잖아?"

"그런 셈이지. 덕분에 남보다 많은 상납금을 내고 있으니 불만도 많을 수밖에 없고."

"이 작자들이 은혜도 모르고……."

리아브릭이 눈을 가늘게 떴다. 자신이 놓치고 있던 한 가지가 뇌리에 스쳤다.

"그자들은 아니야. 사리사욕을 채우는 데는 밝을지 모르지만 정치적인 감각은 전무해. 기껏해야 하수인일 뿐이지 주동자는 못 돼."

"하, 하지만."

"세 사람을 움직인 배후가 있어. 그것도 가까이에."

리아브릭의 눈빛이 깊어졌다. 아직 배후로 명확한 정황도 증거도 없건만 그녀의 머릿속에서 한 사람이 자꾸 걸렸다.

귀족 회의 때, 저들 세 사람과 접촉해 춤을 췄던 유일한 여인. 또 황태자비 선출식에 필요한 평판을 쌓고자 방문한 여타의 연회에서 저들과 추가로 접촉한 자. 리아브릭의 이성은 그녀를 이 배후의 주동자로 가리키고 있었다.

"공녀."

"방금 뭐라고 하신 겁니까?"

"공녀 전하라고……."

작은 중얼거림이었지만 아틸과 루미너스는 흘려듣지 않았다. 결코 실언하지 않는 리아브릭의 성정을 고려하면 허투루 한 말은 아닐 가능성이 컸다. 그러나 엘레나가 대역인 걸 모르는 상황에서 아틸과 루미너스의 추리에는 한계가 있었다.

"실수로 말이 헛나왔을 뿐이니 신경 쓰지 마."

"……."

리아브릭답지 않은 변명에 아틸과 루미너스가 의아한 눈빛을 주고받았다. 그러나 그뿐, 더는 그에 대해 물고 늘어지지 않았다.

"우선 탄원서가 올라오지 않도록 조치하는 게 급선무입니다."

"배후를 찾는 것도 중요하지만 일단 버티셔야 합니다."

가장 믿음직스러운 두 사람이 이구동성으로 얘기하자 리아브릭이 고개를 끄덕였다.

"나 역시 같은 생각이야."

리아브릭의 머릿속에 많은 생각이 오갔다. 지금 저들의 탄원이 무서운 까닭은 조직적으로 한 목소리를 내고 있기 때문이었다. 그렇다면 저들을 분산시키면 그만이었다.

"동부와 서부, 남부의 귀족들을 분열시켜."

"과연."

"묘책입니다."

리아브릭이 화두만 던졌는데도 아틸과 루미너스는 단숨에 그녀의 뜻을 파악했다. 머릿속에 떠오른 수십여 가지의 계략 중 가장 확실하고 성공 확률이 높은 것으로 추려 나갈 때였다. 노크 소리가 집무실 안을 울렸다.

"로렌츠입니다."

"들어오세요."

말이 떨어지기가 무섭게 로렌츠가 들어왔다. 설핏 보기에도 다급함이 느껴지는 모습의 그는 아틸과 루미너스를 힐끗 보더니 리아브릭에게 보고했다.

"지금 별채에 노튼 자작이 와 있습니다."

"······!"

놀람에 추켰던 리아브릭의 눈썹이 무섭게 일그러졌다. 노튼 자작은 작위는 낮지만 광산으로 축적한 부를 기반으로 동부 귀족들 사이에서 절대적인 영향력을 행사하는 귀족이다. 그리고 아직 심증에 불과하지만 노튼 자작은 엘레나와 접촉했다고 추정되는 인물이었다. 하필이면 그런 노튼 자작이 아무런 기별 없이 대공가를 찾아왔다.

"노튼 자작의 행적은?"

"어제 볼프강 백작 영애의 결혼식에 참가하고자 수도에 오긴 했습니다만, 이곳으로 올 거라고는······."

아틸은 노튼 자작의 행적을 놓치지 않았고 빠짐없이 확인했다. 그러나 오늘 영지로 돌아갈 거란 예상을 벗어나 대공가를 직접 방문할 줄은 꿈에도 몰랐다.

"마침 대공 전하께서도 부재중이시니, 자작님께서 직접 만나보심이 좋을 거 같습니다."

루미너스도 고개를 끄덕이며 동의했다. 우연히 수도에 들른 김에 대공가를 방문했다고 보기에는 시기상 적절치 않았다. 노튼 자작의 성정으로 미루어 볼 때, 갑자기 대공가를 찾은 데는 그만한 이유가 있을 것이다.

"지금 별채에 있다고요? 가죠. 만나봐야겠어요."

"그게 말입니다. 대공 전하를 알현할 때까지 아무도 만나고 싶지 않다고 했습니다."

"뭐라고요?"

리아브릭의 표정이 보기 좋게 일그러졌다.

아무도 만나고 싶지 않다니. 이건 리아브릭을 만나지 않겠다는 의사를 우회적으로 표한 것과 다름없었다.

"만나지 않겠다면, 만나줄 때까지 찾아가야겠지."

자존심이 상하는 일이지만 더운물, 찬물 가릴 처지가 아니었다. 정말 무서운 건 지금의 자리를 잃는 것이지, 순간의 자존심 따위는 중요치 않았다. 이 앙갚음은 위기를 모면하고 해도 늦지 않다.

리아브릭은 곧장 별채로 향했다. 외부 귀족들이 방문할 때 머무는 별채의 규모는 그리 크지 않았지만 대공가에 걸맞은 품격을 갖춘 곳이었다.

"고하세요. 리아브릭 자작이 뵙고 싶어서 찾아왔다고."

리아브릭이 말하자 별채의 호위를 맡은 노튼 자작의 기사가 얼굴을 굳혔다.

"분명 아무도 만나지 않겠다고 했을 텐데요. 이 무슨 무례입니까?"

"무례인 걸 알면서도 찾아올 만큼 다급한 일이랍니다. 리아브릭이 봤으면 한다고 고해주세요."

귀족인 리아브릭이 예를 갖춰서 정중하게 부탁하니 기사도 강하게 나가지 못했다. 잠시 기다려 보라는 말을 남긴 그가 별채로 들어갔다가 나왔다.

"만나고 싶지 않다고 하십니다."

"한 번 더 여쭤주세요. 금광의 세율과 관련된 일이라고. 절대 손해 볼 일 없을 거라고."

"하오나."

"고하라고요."

리아브릭이 목소리를 깔고 싸늘하게 말하자 흠칫 놀란 기사가 다시 별채로 들어갔다. 별채 안에서 고성이 오가더니 기사가 똥 씹은 표정으로 걸어 나왔다.

"보고 싶지 않다고 하십니다. 더는 절 곤란하게 만들지 마시고 돌아가십시오."

한 소리 들었는지 기사의 태도와 말투에서 냉랭함이 묻어났다.

"기어코 이런 식으로 나오시겠다?"

리아브릭이 시선을 돌려 별채의 이 층을 올려다봤다. 꼭 만나야 그 속을 읽는 건 아니다. 이렇게까지 저자세를 취했음에도 불구하고 만나지 않겠다는 건 그녀의 실각에 깊이 관여하고 있단 방증이기도 했다.

"내일 다시 찾아오겠다고 전하세요."

"오지 마십시오. 다시 오셔도 뵙는 일은 없을 거라고 하셨습니다."

노튼 자작이 단단히 주지시켰는지 기사가 조금의 여지조차 주지 않았다. 리아브릭이 이 층 별채를 잠시간 노려보다가 몸을 돌렸다. 별채에서 멀어지자 동행한 아틸에게 명했다.

"다른 귀족들 동향 찾아서 보고해. 특히 보로니 백작과 후안 남작의 동선 놓치지 말고."

"네, 자작님."

집무실로 돌아오는 내내 리아브릭의 표정은 어두웠다. 총명하다 못해 비상한 머리로 세상을 좌지우지하던 그녀가 이처럼 불안하고 초조하긴 처음이었다.

'여기서 무너지지 않아. 절대로.'

리아브릭은 믿었다. 아직 시간은 있다고. 더 늦기 전에 손을 써서 귀족들을 분열시키면 최악은 피할 수 있다고.

그러나 그런 믿음이 깨지기까지 걸린 시간은 불과 하루도 채 걸리지 않았다. 다음 날, 서부의 보로니 백작과 남부의 후안 남작이 예고도 없이 대공가를 기습 방문했다.

이 층 테라스에 앉은 엘레나는 여유롭게 티타임을 즐기고 있었다. 따사로운 햇살, 최고급 홍차, 특별히 신경 쓴 디저트까지 모든 게 완벽했다. 그러나 진정 엘레나를 즐겁게 하는 기쁨은 따로 있었다. 테라스 아래를 내려다보는 엘레나의 시선에 대공가를 방문한 보로니 백작이 보였다.

"오늘이네요, 리브."

엘레나의 입가에 진한 미소가 번졌다. 앞서 방문한 노튼 자작과 지금 방문한 보로니 백작, 오후에 대공가에 도착할 예정인 후안 남작까지. 치밀한 엘레나의 안배였다. 리아브릭의 여론이 좋지 않은 이때, 동부와 서부, 그리고 남부 귀족의 수장 격이나 다름없는 세 사람이 방문해 프란체 대공과 담판을 짓기 위함이다.

"당신이 내게 그랬지?"

엘레나가 찻잔을 들어 홍차를 한 모금 음미하고는 받침대에 내려놓았다.

"궁지에 몰린 쥐는 고양이를 문다고. 그러니 시간을 주지 말고 목덜미를 물어야 한다고."

리아브릭은 생각은 신중하게, 행동은 신속하게 행하는 게 중요하다고 가르쳤다. 엘레나는 그 말대로 따랐고 단시간에 아벨라가 쥐고 흔들던 사교계 주도권을 뺏어왔다. 서서히 리아브릭의 숨통을 조이는 엘레나의 계략도 다 그녀의 가르침에서 기인했다.

"아가씨, 오늘 기분이 좋아 보여요. 좋은 일이라도 있으세요?"

막 구워서 따스한 쿠키를 내온 앤이 눈을 깜빡였다. 가까이서 엘레나를 모셨지만 오늘처럼 부드러운 표정은 처음이었다.

"티가 나니?"

앤은 진심으로 얼떨떨하고 이상해 고개를 연신 끄덕였다.

"꿈을 꿨거든."

"꿈이요?"

"그래. 설레고 좋은 꿈이지."

엘레나가 홍차를 마시며 더욱 진한 미소를 머금었다. 그 모호한 말에 고개를 갸웃거리던 앤이 뭔가 딱 떠오른 듯 손뼉을 쳤다.

"혹시 아가씨께서 3차 경합에 진출한다는 길몽 아닐까요?"

"그런가?"

"그게 맞을 거예요! 어쩜 좋아. 저 미리 축하드려야 할까 봐요."

앤은 제 일처럼 좋아하며 호들갑을 떨었다. 엘레나가 황태자비에 가까울수록 그녀의 황궁 입궁날도 멀지 않았다. 그리된다면 그토록 바라던 황궁 하녀장도 꿈이 아니다.

"사자도 제 말 하면 온다더니…… 황궁에서 사람이 온 모양이구나."

테라스 아래에서 황궁근위대원을 상징하는 제복을 입은 기사가 말에서 내리고 있었다. 예전 황태자비 선출식 2차 경합의 결과를 가져온 근위대원이었다.

"저, 정말 결과가 나왔나 봐요. 내려가 보셔야 하는 거 아니에요?"

"떨려서 일어날 수가 없네. 네가 대신 가서 리아브릭에게 물어보고 오렴. 그래 줄 수 있지?"

"제가요?"

앤이 눈을 동그랗게 뜨고 깜빡였다.

"그래, 너 말고 누구한테 이런 부탁을 하겠니?"

"그, 그건 그래요! 금방 다녀올게요. 조금만 기다리고 계세요."

뻔히 결과가 예상되는 만큼 엘레나는 굳이 번거로운 일에 심력 소비를 하고 싶지 않았다. 그래서 들떠 있는 앤을 보냈다. 앤이 방을 나서자 테라스에 남아 있던 메이가 나지막이 말했다.

"결국 여기까지 오셨군요."

"그러게."

매일 밤, 리아브릭에게 복수하는 상상을 하며 눈을 감았다. 막연하기만 했던 상상이 점차 현실로 변해가고 있자 기쁘면서도 얼떨떨했다.

"별 탈 없이 계획대로 흘러가면 좋으련만."

"너무 염려 마세요. 부족한 제가 보기에도 리아브릭은 외통수에 걸렸어요. 성급할 수도 있지만 아마 버텨내지 못할 거예요."

"나도 그랬으면 해. 하지만 리브는 만만한 상대가 아니야."

메이의 말도 일리 있었지만 엘레나는 성급히 속단하지 않았다. 모든 게 확실해질 때까지 방심하지 않고 사태를 주시했다. 만에 하나 리아브릭이 올가미를 빠져나온다면 그에 맞춰 대응하기 위해서였다.

"이대로 실각되어 주면 더 바랄 게 없을 텐데……."

"보로니 백작이 여길 왔다고?"

리아브릭의 눈썹이 파르르 떨렸다. 아틸에게 일러 그의 행적을 파악하라고 명령한 게 어제다. 여기서 이틀 거리에 있는 파빈 영지를 방문한 보로니 백작이 하루 사이에 수도에 도착한 것도 놀라운데 한발 앞서 대공가를 찾아온 것이다.

"그게 다가 아닙니다."

"또 뭐?"

"후안 남작도 곧 도착한다는 기별입니다."

리아브릭의 낯빛이 어두워졌다. 수장 격 귀족들이 영지를 비우고 이렇게 기습적으로 대공가를 방문한 데는 그만한 이유가 분명히 존재할 것이다.

"방문 목적은 파악했고?"

"노튼 자작과 같습니다. 대공 전하의 알현이라고 합니다. 후안 남작도 아마 같은 이유일 거라 추정하고 있습니다."

"하."

설마 이런 식으로 허를 찔릴 줄은 생각도 못 했다. 귀족들을 분열시켜 탄원서를 무마하려는 계획이었는데 저들의 행동이 리아브릭의 조치보다 더 빨랐다.

"대공 전하께 부탁드려야겠어. 최대한 알현을 미뤄서 시간을 벌어달라고."

리아브릭에게 가장 필요한 건 시간이다. 시간을 벌 수만 있다면 어떻게든 무마하고 와해시킬 자신이 있었다. 그러나 그마저도 여의치 않았다.

"그게…… 이미 알현을 허락하셨습니다."

"뭐?"

리아브릭의 낯빛이 하얗게 질렸다. 프란체 대공은 한 번 신뢰하면 전폭적인 지원을 아끼지 않는다. 대공가의 전반적인 운영 사항에 대해서만 간략히 보고받을 뿐 리아브릭에게 전권을 주지 않았던가.

'숱한 모함과 음해에도 흔들리지 않던 분께서 왜……'

리아브릭의 등줄기를 타고 식은땀이 흘렀다. 그녀가 실권을 잡은 뒤, 많은 이가 그녀를 시기하고 질투했다. 그녀를 끌어내리기 위한 간악한 술수가 끊이질 않았다. 사방에서 흔들어대도 프란체 대공은 태산처럼 굳건히 그녀를 신뢰했다. 그 맹목적이다시피 한 믿음에 리아브릭은 실적으로 보답했다. 지난 노블레스 거리 사업의 실패에 대한 책임을 물어 실각당했어야 하는 상황에서도 한 번 더 기회를 받을 수 있던 것도 그러한 신뢰가 밑바탕이 되어줬기 때문이다.

그랬던 프란체 대공이 변했다. 당연히 그녀와 상의를 하고 알현 여부를 결정할 줄 알았건만 독단으로 허락했다. 리아브릭은 심상치 않은 기미를 느꼈다.

"이러고 있을 때가 아니야. 대공 전하를 뵈어야겠어."

리아브릭은 초조함을 느꼈다. 한 번 더 기회를 받은 뒤, 지난 실수를 만회하고자 뼈가 으스러지도록 움직였다. 눈에 보이는 뚜렷한 성과는 올리지 못했지만 분명 전보다 빠른 속도로 대공가의 재정이 안정화되고 있었다.

"말려야 해. 알현을 늦추고 내가 여론을 분열할 수 있는 시간을 벌 수 있도록."

그냥 손을 놓고 있자니 불안해서 견딜 수가 없었다. 참다못한 리아브릭이 의자에서 일어나 집무실을 막 나서려던 때였다.

"리아브릭 자작님을 뵙습니다."

복도 밖에 서서 노크하려던 황궁근위대원과 마주쳤다. 원 과거에서 황태자비 선출식 2차 경합 결과를 통보하기 위해 방문했던 그 기사였다.

"황태자비 선출식 2차 경합 결과에 대해 알려 드리고자……."

"나중에."

리아브릭은 그를 매몰차게 무시하며 복도를 가로질러 나아갔다. 다급하게 느껴지는 구두 소리로 그녀가 얼마나 초조해하는지 알 수 있었다. 멀어지는 리아브릭을 보며 당황하는 근위대원에게 루미너스가 대신 사정을 설명했다.

"죄송합니다. 워낙 급한 사정이 있어서 그러니 양해 부탁드리겠습니다."

"네? 아, 그럴 수 있죠."

"이쪽으로 오시죠. 황궁 소식을 전하러 오신 것 같군요. 공녀 전하께서 기뻐하실 만한 소식이었으면 하는데……."

상황이 상황인 만큼 루미너스가 대신해서 리아브릭의 빈자리를 메웠다.

그 시각. 리아브릭은 구두 굽으로 바닥에 구멍을 낼 듯 빠르게 걸었다. 아틸이 바싹 그 뒤를 따랐는데 표정이 그녀 못지않게 심각했다.

저택 내에서 가장 수려한 무늬와 문양으로 장식된 문 앞에 리아브릭이 멈춰 섰다. 제복을 걸친 기사들이 절도 있는 동작으로 리아브릭에게 인사했다.

"대공 전하를 뵈러 왔어요. 아뢰어주세요."

"죄송합니다만, 자작께서 오시면 조용히 돌려보내라 하셨습니다."

"……돌려보내라고 했다고요?"

리아브릭의 심상치 않은 불안감은 점점 현실이 되어갔다. 낭떠러지에 몰린 만큼 그녀는 지금 물러날 데가 없었다.

"기다린다고 전해주세요."

"그러지 말고 돌아가심이……."

조심스럽게 기사가 권했지만 리아브릭은 묵묵부답이었다. 문 앞에서 조금 뒤로 물러나더니 그대로 서서 눈을 감았다. 지금 느끼고 있는 초조함과 불안감을 억누르고 어떻게든 프란체 대공을 만나 이성적으로 협조를 구할 방법을 궁리했다.

오늘 프란체 대공을 설득하지 못한다면 그녀는 그 끝을 알 수 없는 낭떠러지로 떨어지게 될 것이다. 그걸 알기에 리아브릭은 더 악착같았으며 필사적이었다.

"뭐? 리브가 복도에 서 있다고?"

황태자비 선출식 2차 경합의 결과를 알아보러 갔던 앤이 가져온 소식에 엘레나가 되물었다.

"네, 대공 전하께서 만나주시질 않아서 기다리고 있대요. 분위기가 얼마나 무섭던지…… 오싹할 정도예요."

"도대체 무슨 일이지?"

아무것도 모른다는 듯 말한 엘레나의 속마음은 묵혀뒀던 체증이 한

번에 내려간 듯 통쾌했다. 황태자비 선출식 2차 경합에서 수석을 차지해 3차 경합에 진출했다는 얘기에 앤 앞에서 좋은 척을 해야 한다는 사실조차 잊어먹었다.

'어쩌죠, 리브? 대공의 마음이 떠난 것 같은데?'

얼마나 조급했으면 천하의 리아브릭이 자존심도 내팽개치고 복도에 서서 기다리고 있을까. 마음 같아서는 이게 무슨 일이냐며 리아브릭을 보러 가고 싶었다. 걱정해 주는 척 가식을 떨며 일그러지는 리아브릭의 표정을 구경하는 것만큼 신이 나는 일은 없을 거라 자신했다. 그러나 엘레나는 인내심을 발휘해 꾹꾹 눌러 참았다. 아직 샴페인을 터뜨리기엔 일렀다. 엘레나가 가까이서 보고 경험한 리아브릭은 뱀같이 사이하고 지독한 자였다. 전권을 잃고 실각이 되어 대공가를 떠나기 전까지 안심할 수 없었다.

"그보다 3차 경합에 진출하신 거 정말 감축드려요, 아가씨."

"그래. 우리 꼭 같이 황궁으로 가자꾸나."

"꼭이요! 1차도 수석이시고, 2차도 수석이시니, 3차에서 꼭 황태자비가 되실 거예요!"

마음에도 없는 소리로 들떠 있는 앤과 이야기를 주고받을 때였다. 나지막이 들리던 말발굽 소리가 잦아들더니 마차 한 대가 도착했다. 방패 모양에 창대가 11자로 꽂힌 문양을 보며 엘레나의 입가에 의미 모를 미소가 번졌다.

"드디어 왔네."

옆 사람조차 들을 수 없을 만큼 작은 중얼거림에 맞춰 마차 문이 열리며 한 남자가 내렸다. 수도 남부의 '소금 왕'이라 불리며 제국에서 손꼽히는 부를 축적한 후안 남작이었다. 앞서 도착한 보로니 백작, 노튼 자작과 마찬가지로 특별한 기별 없이 도착한 그는 집사의 안내를 받아 저택 안으로 들어왔다.

엘레나는 새로 우려낸 홍차가 담긴 찻잔을 들어 입술로 가져갔다. 손짓과 표정에서 여유로움이 듬뿍 묻어났다.

"더 치열하게 발악해요, 리브. 그래야 더욱 절망스럽지 않겠어요?"

항상 리아브릭의 음모 속에서 허우적대다 비참한 죽임을 맞이한 엘레나는 세상 어디에도 존재하지 않았다. 그녀는 체스판을 휘젓는 퀸이었다.

리아브릭이 서 있는 복도에는 무거운 정적이 감돌았다. 적지 않은 시간이 흘렀음에도 불구하고 프란체 대공의 집무실 문은 열릴 기미가 보이지 않았다.

'애초에 쉽게 만나줄 거라 기대조차 하지 않았어.'

리아브릭은 결의에 찬 각오를 다졌다. 쓰러져 죽는 한이 있더라도 프란체 대공을 만나야 했다. 오늘이 안 된다면 내일, 내일이 안 된다면 모레…… 그래야 살 구멍이 생긴다.

째각째각.

복도 어딘가에 있는 시계의 초침 소리가 유독 크게 들릴 때였다. 저 멀리서 소리가 들렸다. 거리가 있는 터라 무슨 내용인지 불분명했지만 그것은 분명 누군가 대화를 나누는 소리였다.

"리아브릭 자작?"

낯익은 목소리에 리아브릭이 고개를 스윽 돌렸다. 보로니 백작, 노튼 자작, 후안 남작이 나란히 걸어오고 있었다. 그들은 리아브릭과 눈이 마주치자 불쾌한 표정을 숨기지 않았다.

"쯧, 꼴 보기 싫은 얼굴을 이리 보는군."

"무시하시죠."

"그럽시다."

세 귀족은 노골적으로 경멸에 찬 시선으로 리아브릭을 보고는 대공의 집무실 앞에 섰다. 그러자 방문 앞을 지키던 기사가 고했다.

"보로니 백작, 노튼 자작, 후안 남작이 알현을 청합니다."

"들이도록."

프란체 대공의 허락이 떨어지자 세 귀족은 약속이라도 한 듯 리아브릭을 힐끗 보곤 비웃으며 집무실 안으로 들어갔다.

리아브릭은 지금껏 한 번도 느껴보지 못한 모멸감에 몸을 떨었다. 저세 귀족은 대공가의 후원을 받아 급격히 성장한 신흥 귀족이었다. 그 이면에는 실권을 쥔 리아브릭의 입김도 적지 않게 작용했다.

한데, 이런 식으로 뒤통수를 맞을 줄은 꿈에도 몰랐다. 딱히 인간적인 교감이나 뭔가를 바란 건 아니지만, 저들에게 무시와 멸시를 당할 만큼 떨어진 자신의 위상이 비감스러웠다.

'난 안 죽어. 네놈들 기필코 밟아버리겠어.'

리아브릭은 독기를 품으며 이를 갈았다. 여기까지 어떻게 올라왔는데…… 죽었으면 죽었지 절대 가만있진 않을 것이다.

또 시간이 흘렀다. 담담한 척 서 있었지만 리아브릭에게 이 시간은 영겁처럼 길게 느껴졌다. 문 하나를 사이에 두고 리아브릭의 실각에 관한 얘기가 오간다고 생각하니 평정심을 유지하는 게 쉽지 않았다.

끼이익. 절대 열리지 않을 것 같았던 대공의 집무실 문이 열렸다. 리아브릭이 고개를 들자 알현을 마치고 나오는 세 귀족과 시선이 딱 마주쳤다.

"무능한 것들이 꼭 고집이 세지."

보로니 백작이 혀를 차자, 노튼 자작과 후안 남작이 입꼬리를 비틀며 동조했다.

"또 볼 일은 없을 테니 인사 정도는 해주지. 수고 많았네, 자작."

"……대공 전하만 아니었어도 확실하게 책임을 묻는 건데. 하."

리아브릭의 면전에서 모멸감을 심어준 세 귀족이 돌아섰다. 그 수모를 당하면서도 리아브릭은 입을 꾹 다물고 있었다. 리아브릭은 멀어지는 세 귀족의 뒷모습을 보며 이를 갈았다. 자리를 보존할 수 있다면 언제든 되갚아줄 수 있다. 지금 리아브릭의 머릿속은 프란체 대공을 어떻게 설득할지에 대한 생각으로 가득했다.

"대공 전하께서 안으로 들랍니다."

생각보다 이른 허락에 리아브릭이 마른침을 삼켰다. 사느냐 죽느냐의 기로에 선 것이다. 리아브릭이 대공의 집무실로 들어갔다. 집무실 책상을 등지고 선 프란체 대공이 전면 유리창 너머를 물끄러미 내려다보고 있었다.

리아브릭은 시선조차 주지 않는 그의 매정함에 서운함이 들었으나 내색하지 않았다. 이런 냉대야 얼마든지 참을 수 있었다. 그녀가 정말로 참을 수 없는 건 그의 마음을 돌리지 못하는 것이다.

"대공 전하를 뵙습니다."

리아브릭의 인사에도 불구하고 프란체 대공은 뒷짐을 진 채 창밖만 바라볼 뿐 시선 한 번 주지 않았다. 완벽한 무시였다. 리아브릭은 숨을 죽이고 그가 입을 열길 기다렸다. 무거운 정적이 그녀를 오래도록 짓눌렀다. 프란체 대공은 마치 없는 사람처럼 그녀를 방치했다.

"대공 전하."

결국 리아브릭이 용기를 내 그를 불렀다. 지금 다급하고 초조한 건 그녀인 만큼 손 놓고 있을 수 없었다. 그리고 침묵으로 일관하던 프란체 대공의 입술 사이로 드디어 충격적인 말이 흘러나왔다.

"물러나."

"⋯⋯!"

짧지만 거역할 수 없는 프란체 대공의 한 마디에 리아브릭의 안색이 하얗게 질렸다.

"하, 하오나."

"일이 이 지경이 됐는데도 할 말이 남았나 보지?"

여전히 프란체 대공은 뒤를 돌아보지 않았다. 그 거리감이 리아브릭을 불안하게 만들었다.

"시간을 주세요. 보름, 아니, 열흘이면 돼요."

"시간을 주면?"

"조직적으로 움직이는 귀족들을 분열시킬 계획이에요. 탄원서 얘기도 없던 일로 만들 수 있어요."

리아브릭은 필사적으로 대공을 설득하기 위해 애를 썼다. 날고 긴다고 하는 음모의 리아브릭이지만 그녀도 결국 대공가의 가신에 불과하다. 프란체 대공의 한마디면 그녀가 당연하게 누리던 권한을 내려놓을 수밖에 없다.

"시간이라. 차고 넘칠 만큼 충분히 준 것 같은데."

프란체 대공이 몸을 돌리더니 리아브릭을 마주했다. 외알 안경 너머의 눈빛에 감정이 전혀 느껴지지 않았다. 그녀에게 무감정해질 만큼 마음이 떠났다는 의미였다.

"대공 전하의 말씀이 맞아요. 제 탄원서는 작은 소란일 뿐이에요. 대공가가 안정화에 접어들기 위한 과정이죠. 그러니……."

"구차하군."

프란체 대공의 냉소 어린 한마디에 리아브릭은 아랫입술을 질끈 깨물었다.

'틀렸어.'

리아브릭이 설득하려고 애썼지만 프란체 대공의 맘속에 그녀의 자리는 없어 보였다. 이미 한 차례 기회를 줬던 프란체 대공이었기에 이런 잡음에 휩싸인 것만으로도 그녀를 지워 버린 듯했다.

"갈수록 실망이야. 상납금 증세를 시행할 때, 이런 반발은 예상했어야지."

"그, 그건."

반발하려던 리아브릭이 뒷말을 삼켰다. 왜 예상하지 못했을까? 당연히 예상했다. 그래서 귀족들의 행보에 더 촉각을 기울였으며 몇몇 요주의 인물은 사람을 풀어서 밀착 감시까지 했다. 그러나 저들의 반발이 리아브릭의 예상보다 조직적이었고 거셌다. 여론을 모아 탄원서를 빗발치게 한 것도 모자라 기습적인 방문으로 프란체 대공을 알현할 거라고는 짐작도 못 했다.

"실망이 커, 리아브릭."

"……."

리아브릭이 입을 꾹 다물었다. 그 어떤 변명조차 무의미하다는 걸 직감한 것이다.

"물러나."

'끝났어.'

프란체 대공의 입에서 자리를 내놓고 물러나란 말이 두 번이나 나왔다. 그의 성정으로 미루어 볼 때 같은 말을 두 번이나 반복한 순간 리아브릭의 실각은 결정됐다고 봐도 무방했다.

'어떻게 여기까지 왔는데…… 약한 놈 밟고, 강한 놈 물어뜯으면서…….'

가늘게 떨리는 그녀의 어깨는 툭 건드리기만 해도 무너질 듯 위태로웠다.

"……물러나겠습니다."

리아브릭으로서는 선택의 여지가 없었다. 대공가, 아니, 이 제국 땅에서 프란체 대공의 말을 거역할 수 있는 자는 전무했다.

"그렇게 해."

프란체 대공은 형식적인 위로의 말이나 격려도 없었다. 그는 명령을 내렸고 리아브릭은 따른다. 그게 다다.

'서운할 것도 없지.'

대공가의 실권을 틀어쥐었을 때부터 언젠가 이런 날이 올 거라고 각오했다. 백 번을 잘하더라도 한 번의 실수를 용서받지 못하는 자리였으니까.

"후임자로 아틸을 추천하겠습니다."

"고려해 보지."

프란체 대공은 담담하게 대꾸했다. 더 이상 그녀의 말에 귀 기울이지 않고 무심하게 구는 태도가 알게 모르게 상처가 됐다. 프란체 대공의 태도가 변한 것만으로 세상에서 가장 쓸모없는 사람으로 전락한 기분이 들었다.

"급한 사안을 마무리 지으려면 나흘 정도 걸릴 거예요."

"이틀 안에 끝내."

일말의 여지조차 주지 않는 프란체 대공의 말에 리아브릭은 고개를 끄덕였다. 노블레스 거리 사업, 중세, 피네치아 재배지 소실 범인의 추적, 황태자비 선출 등 당장 떠올린 사안만 하더라도 수십여 가지가 넘었다. 산술적으로 이틀 안에 인수인계를 하기엔 턱없이 시간이 부족했다.

'이제 와 무슨 미련이 남는다고.'

리아브릭이 허탈한 실소를 흘렸다. 버려진 마당에 책임을 내려놓지 못하는 제 모습이 처량했다.

"마지막으로 한 말씀 올려도 되겠습니까?"

"해."

누구에게도 말한 적 없는 비밀스러운 의심을 그녀가 처음으로 털어놓았다.

"가짜 공녀가 수상합니다."

"공녀가?"

지금까지 건성으로 일관하던 프란체 대공이 관심을 보였다.

"저와 대공 전하께서 본 공녀의 모습은 가짜입니다."

돌아보면 엘레나가 해온 모든 행동과 표정, 말투 등 어느 것 하나도 의심스럽지 않은 게 없었다. 너무 완벽해서, 너무 자연스러워서. 그래서 의심스럽다고나 할까. 리아브릭은 그간 자신이 수집한 정보를 바탕으로 확신에 가까운 의심을 프란체 대공에게 고했다. 처음엔 흥미롭게 듣던 그도 점차 그녀의 추리에 신빙성을 가지며 동조했다.

"그러니까 길거리에서 주워온 인형이 사실은 우릴 속이고 있다?"

"제 생각은 여기까지입니다. 판단은 대공 전하께 맡기겠습니다."

리아브릭은 마지막까지 도리를 다했다. 그녀의 의심을 합당하게 여기고 조치를 취하는 건 프란체 대공의 몫이었다.

'이럴 줄 알았으면 좀 더 일찍 손을 쓸걸.'

명확한 증거와 정황을 찾지 못해 진즉 엘레나의 목을 비틀어 버리지 못한 게 천추의 한이었다. 그랬다면 모든 걸 내려놓는 지금 이 순간 조금이나마 홀가분했을 텐데. 찜찜한 기분을 지울 수 없었다.

"긴 얘기 들어주셔서 감사했습니다."

리아브릭은 양손을 포개고 서서 마지막 인사를 올렸다. 그러나 프란체 대공은 그쪽을 쳐다보지도 않았다. 그에게 있어 지금의 상황은 일개 가신을 바꾸는 사소한 일에 불과했다. 일일이 작별 인사까지 받아줄 이유가 없었다. 서운하긴 하지만 어차피 떠날 몸, 리아브릭도 미련을 두지 않고 대공의 집무실을 나섰다.

이틀 뒤, 대공가는 음모의 리아브릭이 실각됐음을 공식적으로 발표했다.

"아가씨, 얘기 들으셨어요? 리아브릭 자작이 오늘 대공가를 떠난대요."

호들갑을 떠는 앤을 보는 엘레나의 표정이 어두웠다.

"들었단다. 아버지도 너무하시지. 아무리 그래도 리브를 실각시키다니, 너무한 처사야."

"……아가씨께서 말리셔도 소용없겠죠?"

앤은 주제넘은 말까지 지껄일 만큼 리아브릭의 실각을 원치 않았다. 감시라는 명목으로 매달 리아브릭에게 지급받던 금액이 적지 않았는데, 이제 그 돈을 못 받게 되었기 때문이다.

"내가 무슨 힘이 있겠니? 아버지의 뜻이니 따라야지."

마지못해 따르는 척 구는 엘레나의 표정에 아쉬움이 가득했다. 정말 오래된 친구를 떠나보내는 것에 안타까워하는 기색이 역력했다. 그러나 속마음은 달랐다.

'드디어.'

오늘 프리드리히 가문의 이름을 걸고 리아브릭의 실각을 공식 발표했다. 번복은 절대 없을 것이며 귀족들의 공분을 산 리아브릭이 다시 대공가로 돌아오는 일은 없을 거라고 못 박았다.

엘레나는 너무 기뻐서 소리라도 지르고 싶었다. 제국을 뒤흔들던 그음모의 리아브릭을 실각시키다니. 그녀의 피나는 노력으로 만들어낸 결과이기에 더더욱 값졌다. 자리를 비웠던 메이가 돌아와 곧 리아브릭이 떠난다는 소식을 전했다.

"배웅을 해주고 싶은데 볼 면목이 없구나."

엘레나는 핑계를 대며 방 안에서 한 발자국도 움직이지 않았다. 생각 같아서는 리아브릭의 면전에서 안타까워하는 시늉을 하며 그녀를 비웃어주고 싶었지만 꾹 참았다.

'겨우 반절 왔을 뿐이야. 알량한 승리에 도취되기엔 일러.'

대공가는 여전히 건재했다. 그간 엘레나가 내외에서 끊임없이 흔들고 타격을 줬지만 그 뿌리는 깊고 단단했다. 그리고 베로니카 공녀와 프란체 대공 부녀도 여전히 살아 있었다. 리아브릭의 실각은 작은 성과에 지나지 않는다. 엘레나가 바라는 대공가의 몰락을 위해서는 아직 갈 길이 멀었다.

앤과 메이를 내보낸 엘레나가 난간에 기대어 서서 저택 아래를 내려다봤다. 마침 저택을 나오는 리아브릭이 보였다. 단색 드레스에 심적인 고생을 했는지 야위어 보이는 그녀가 짐 가방을 먼저 마차에 실었다. 대공가의 실세로 지내며 막강한 권력을 누리던 걸 감안하면 그녀의 짐은 예상외로 소소했다. 그런 리아브릭을 배웅하고자 나선 사람도 아틸과 루미너스가 다였다.

엘레나의 시선을 느꼈는지 리아브릭이 반사적으로 턱을 들어 위를 올려다봤다. 사 층 난간에 기대어 서 있는 엘레나와 시선이 부딪쳤다.

엘레나는 그 눈길을 피하지 않았다. 더는 리아브릭을 속이고자 연기를 할 필요도 없었다.

'잘 가라는 말은 못 해주겠네요, 리브.'

엘레나의 입가에 희미하지만 선명한 미소가 걸렸다. 한 번도 드러낸 적 없는 그녀의 본심이었다.

'이게 끝이라고 생각하지 마요. 당신은 더 심한 나락으로 떨어질 거예요.'

복수는 이제 시작이다. 대공가에서 쫓겨난 그녀가 두 번 다시 재기할 수 없도록 수단과 방법을 가리지 않고 방해할 것이다. 숨이 끊어지는 그 순간까지 절망의 바다에서 허우적거리게 할 테다.

'물론, 대공이 당신을 살려둔다는 전제하에.'

오 년이라는 시간 동안 실권을 쥐고 실무를 책임진 만큼 리아브릭은 대공가의 치부에 대해서도 속속들이 알고 있을 것이다. 심지어 엘레나가 대역이라는 비밀도. 프란체 대공이 그녀를 살려둘 리가 만무했다.

리아브릭은 서서 엘레나를 노려보다가 마차에 올랐다. 그녀를 태운 마차가 서서히 저택에서 멀어졌다. 제국을 뒤흔들던 음모의 리아브릭이란 명성에 어울리지 않는 쓸쓸한 퇴장이었다.

"작은 고비를 넘겼어."

엘레나는 피어나는 미소를 감출 수 없었다. 대공가의 몰락이라는 궁극적인 목표로 볼 때 리아브릭의 실각은 소기의 성과에 불과했지만, 막상 떠나는 모습을 보니 기분이 남달랐다. 여기까지 온 스스로가 대견했다. 하지만 기쁨은 그리 오래가지 못했다. 예상하지 못한 불청객이 훼방을 놓았다.

"로렌츠 경이 여긴 무슨 일이시죠?"

지난 삶, 엘레나의 복부에 검을 박아 넣은 배신의 기사. 그가 리아브릭이 떠나자마자 엘레나를 찾아왔다.

"대공 전하의 지시가 있으셨습니다."

"지시요?"

엘레나의 눈매가 좁아졌다.

"공녀 전하께서는 곧 황태자비가 되실 몸. 휴렐바드 경과 더불어 저를 직속 기사로 임명하여 보필하라고 명하셨습니다."

"……!"

엘레나의 눈동자가 잘게 떨렸다. 의심을 받고 있다는 건 알고 있었지만, 리아브릭이 실각당한 시점에서 이런 극단적인 조치를 취할 거라고는 예상하지 못했다.

'리아브릭의 소행이야.'

떠나기 직전까지 그녀는 엘레나를 의심했다. 대공가에서 쫓겨난 주제에 마지막까지 엘레나의 앞길에 훼방을 놓았다.

"아버지는 참 속도 깊으시지. 휴렐바드 경 홀로 호위하기에 버거운 감이 있었는데 경이 와주니 기뻐요."

엘레나가 만면에 미소를 띠며 로렌츠를 바라보았다. 누가 보더라도 호감과 호의가 느껴지는 미소였다.

"부족하지만 충성을 다해 모시겠습니다."

"잘 부탁해요, 경."

무표정하게 고개를 숙여 예의를 갖추는 로렌츠의 뒤통수를 엘레나가 차갑게 노려봤다. 얼음장보다 시린 엘레나의 눈길 속에 로렌츠를 향한 경멸과 분노가 깔려 있었다.

리아브릭과 프란체 대공, 베로니카는 우열을 가릴 수 없을 만큼 증오스러웠지만 로렌츠도 그에 못지않았다. 로렌츠가 엘레나의 복부를 찌른 그 검은…… 엘레나가 그에게 직접 하사한 검이었으니까.

얼마나 한심한 일인가? 한순간도 자신을 진짜 주인으로 생각한 적이 없다는 위선의 기사를 위해 엘레나는 제국의 명장이 심혈을 기울여 만든 명검을 어렵게 구해 하사했다. 한심할 정도로 지난 삶의 엘레나는 우둔하고 안일했다. 안목도 없어서 가까이 둘 사람과 멀리해야 할 사람도 분간하지 못했다. 그러나 이젠 다르다.

'내 곁엔 휴렐바드 경이 있어.'

엘레나의 시선이 묵묵히 서 있는 휴렐바드에게 닿았다. 초원을 연상케 하는 녹음 머릿결과 차가운 외모가 왜 이리 듬직해 보이는지. 과거 얼음의 기사라는 위명에 걸맞게 감정을 갈무리하는 능력이 하루가 다르게 발전한 그는 표정으로 그 속을 읽을 수 없는 남자가 되어가고 있었다.

유일하게 엘레나의 앞에서 어리숙한 모습을 보였으나 그마저도 든든하고 믿음직스러웠다. 배신의 기사 로렌츠와 달리 휴렐바드는 제국이 두 쪽 나고, 세상이 그녀에게 돌아서더라도 곁을 지켜줄 거란 강한 신뢰가 있었다.

로렌츠가 물러가자 엘레나는 메이와 앤을 불러 몸단장을 했다. 레이디 중의 레이디라고 일컬어지는 마담 드 플랑로즈가 주관한 연회에 참가하기 위함이다.

똑똑. 막 몸단장이 끝날 즈음 노크 소리가 들렸다. 어느 영애나 마찬가지겠지만 외출을 앞두고 치장 중일 때가 가장 민감한 법이다. 그걸 모를 리 없는 하녀나 하인들이 조심하지 않을 리가 없다.

"누가 왔는지 나가보렴."

"네, 아가씨."

문밖을 다녀온 앤이 깜짝 놀라서는 엘레나에게 다가와 보고했다.

"누구니?"

"리아브릭 자작님 후임이시라고…… 공녀 전하께 인사를 드리고 싶대요."

"그래? 들어오라고 하렴."

엘레나의 눈빛이 차분해졌다. 리아브릭이 실각된 지 얼마나 됐다고 벌써 후임자가 내정되다니, 과연 대공가라는 말밖에 나오지 않았다.

'리아브릭의 후임이라, 누굴까?'

짐작되는 인물은 있었다. 그간 리아브릭의 손과 발이 되어 대공가 안팎의 일을 돌보던 아틸과 루미너스 중 한 명이리라.

"어서 오세요."

문을 등지고 앉아 있던 엘레나가 머리를 매만지며 일어섰다. 그렇게 마주한 후임자는 엘레나의 예상을 뛰어넘는 의외의 인물이었다.

"공녀 전하께 인사 올립니다. 오늘부터 대공가의 실무를 책임질 아셀라스 남작이라고 합니다."

제일 먼저 시선을 끄는 건 아셀라스의 비대한 몸집이었다. 후덕하다 못해 터질 듯한 얼굴과 축 처진 뱃살은 눈살을 찌푸리게 만들었다. 한 번 보면 쉬이 잊기 힘든 인상이었다.

'기억에 없어. 처음 보는 자야.'

엘레나는 생김새로 상대를 얕잡아 보는 우를 범하지 않았다. 이곳이 어딘가. 나는 새도 떨어뜨린다는 대공가다. 대공가의 후원을 받는 비상한 재능의 인재들이 끊임없이 배출된다. 리아브릭의 후임이라면 결코 만만한 사내는 아닐 것이다.

"공사가 다망할 텐데 번거롭게 인사까지 오시고 그러세요. 제가 찾아가도 될 텐데요."

"망극한 말이십니다. 당연히 아랫것이 인사를 드려야지요. 앞으로 잘 부탁드리겠습니다."

"저야말로요. 대공가를 잘 부탁드려요."

엘레나의 입가에 미소가 맺혀 있었지만 눈은 웃지 않았다. 아셀라스란 인간을 조금이라도 파악하고자 눈을 빛냈다. 아틸과 루미너스를 대신해 실무를 책임진 후임자가 되었다는 건, 이자가 앞선 둘보다 더 뛰어나다는 방증이다. 즉, 대공가의 몰락을 바라는 엘레나와는 필연적으로 대립할 수밖에 없는 관계다.

"부탁이라니요, 가당치도 않습니다. 이 뼈가 으스러질 때까지 충성해야죠. 한데, 외출하시나 봅니다?"

"네, 마담 드 플랑로즈께서 주최하신 연회에 초대를 받아서요."

엘레나의 머릿속에 수많은 생각이 교차했다. 이자는 어디까지 아는 걸까. 자신이 대역이란 사실을 알까. 안다면 어떤 조치를 하려는 걸까.

아셀라스가 갑자기 난처한 얼굴을 했다.

"죄송한데, 오늘 외출은 좀 어려울 듯싶습니다."

"뭐라고요?"

엘레나가 목소리를 키우며 뾰족해졌다. 리아브릭의 후임이든 뭐든, 엘레나의 신분은 공녀. 제까짓 게 감히 그녀의 외출을 막을 권한은 어디에도 없었다.

"그게…… 대공 전하께서 황태자비 선출식이 마무리될 때까지 외출을 자제시키라는 명을 내리셨습니다."

"아버지가요?"

"그렇습니다. 3차 경합을 앞두고 근거 없는 소문이 나돌 수도 있으니 몸을 사리는 게 낫다고 저택에 계시랍니다."

엘레나는 저 말을 곧이곧대로 듣지 않았다. 허울 좋은 둘러대기일 뿐 결국 엘레나를 의심하고 있으니 통제하겠단 의미였다. 로렌츠의 선임부터 외출 통제까지 우연은 아닐 것이다. 프란체 대공이 내린 명령이지만 리아브릭의 의심이 빚어낸 조치일 가능성이 컸다.

"무슨 말인지 알겠어요. 아버지 말씀이니 따라야겠죠."

엘레나는 침울한 표정을 지었다. 그러자 아셀라스가 좋은 말로 위로했다.

"답답하시겠지만 조금만 참으십시오. 황태자비로 책봉되시면 모든 걸 보상받으실 수 있을 겁니다."

"알았어요. 나가보세요."

눈 밖에 나기 싫은 아셀라스가 얼른 인사를 하고 물러났다. 한껏 고생해서 몸단장을 끝냈는데 외출이 어렵게 되자 앤이 안타까워했다.

"너무 아름다우신데…… 못 가서 서운하시겠어요."

"어쩌겠니? 아버지 말씀인데."

말과 달리 엘레나의 표정에는 아쉬워하는 기색이 없었다. 어차피 형식적인 외출이었을 뿐, 중요한 자리도 아니었던 까닭이다.

'서둘러 준비를 해두길 잘했어. 안 그랬으면 꼼짝없이 손발이 묶였을 거야.'

이제 와서 로렌츠를 직속 기사로 붙이든, 외출 통제를 하든 엘레나는 크게 신경 쓰지 않았다. 더 이상 그녀가 손을 쓰지 않아도 될 만큼 계획은 구축되어 있었다. 더구나 황태자비 선출식 3차 경합을 앞둔 상황에서 대공가가 취할 수 있는 조치는 감금밖에 없었다.

'얼마 남지 않았어. 곧 모든 게 변할 거야.'

그리고 시간은 엘레나가 생각했던 것보다 더 빨리 흘러갔다.

"내일이구나."

잠자리에 들기엔 이른 저녁 시간, 새벽부터 일어나 몸단장을 해야 하는 만큼 엘레나는 일찍 침대에 몸을 눕혔다. 항상 살얼음판을 걷듯 아슬아슬하게 걸어온 엘레나에게도 내일은 그 이상으로 중요한 날이었다. 계획대로 무사히 탈출하지 못한다면 꼼짝없이 지난 삶과 같은 비참한 결말을 반복할 수 있었다.

"결단코 그럴 일은 일어나지 않을 거야."

엘레나는 스스로를 믿었다. 남들이 보기에 무모하다고밖에 할 수 없는 일을 지금껏 해냈다. 황실마저 굽어보는 대공가의 뿌리를 흔들고 리아브릭을 실각시켰다. 그럼에도 불구하고 가슴 한구석에 불안감이 똬리를 틀고 앉았다. 한순간의 실수가 그녀가 지금까지 쌓은 모든 걸 무너뜨릴 수 있었다.

그러던 그때, 문밖에서 나지막한 대화 소리가 들렸다. 긴 대화도 아니고 목소리도 작았지만 워낙 조용하다 보니 들릴 수밖에 없었다.

대화 소리가 사그라지자 엘레나가 침대에서 몸을 일으켜 문 앞으로 걸어갔다.

"경, 거기 있어요?"

나지막하다 못해 너무 작은 목소리였지만 일반인보다 오감이 발달한 기사가 듣지 못할 소리는 아니었다.

"네, 아가씨."

문 너머에서 들려온 부드러운 목소리에 경직되어 있던 엘레나의 입가가 부드러워졌다. 남들에겐 빙하같이 차가운 남자지만, 그녀에게만큼은 한없이 따뜻하고 긴장감마저 녹여주는 남자가 밖에 서 있었다.

"휴렐바드 경."

"주무시지 않으시고. 무슨 일이라도 있으신 겁니까?"

문 건너편 휴렐바드의 목소리에 수심이 서렸다.

"아무 일도 없어요. 그냥 경의 목소리가 듣고 싶었어요."

엘레나와 마찬가지로 오늘 휴렐바드도 대공가의 눈을 피해 잠적할 계획이다. 그리되면 대공가를 탈주한 불명에 기사로 낙인찍히고 손가락질 당할 것이다. 지금처럼 얼굴을 드러내고 다닌다는 것도 쉽지 않다.

휴렐바드는 그러한 걸 다 감수하면서까지 엘레나를 선택했다. 대공가가 무너지기 전까지, 기약 없는 세월을 숨죽이고 살아야 함에도 엘레나의 곁에 남기로 한 그에게 너무도 고맙고 미안했다.

"……조금이라도 눈을 붙이십시오. 긴 하루가 될 것입니다."

"그럴게요. 고마워요."

무뚝뚝하지만 사려 깊은 한마디가 엘레나의 긴장을 녹였다. 마음의 안식을 얻은 덕인지 침대에 눕자마자 잠이 쏟아졌다. 비록 얼마 안 되는 시간이었지만 그 여느 때보다 깊은 단잠이었다.

새벽녘, 앤과 메이의 노크 소리에 잠에서 깬 엘레나는 몸단장에 열을 올렸다. 황태자비가 결정 나는 마지막 경합인 만큼 하녀들은 성심을 다해 치장에 신경 썼다. 네 시간에 가까운 몸단장을 끝낸 엘레나가 저택을 나섰다.

"긴말은 하지 않으마. 지금까지 해온 대로 해라. 분명 좋은 결과가 있을 것이다."

"네, 아버지."

엘레나는 치맛자락을 들어 보이며 프란체 대공에게 인사를 건넸다.

"다녀오겠습니다."

다신 돌아올 생각이 없는 엘레나.

"축하 선물을 준비해 두마."

인형에 어울리는 비참한 죽음을 선물할 프란체 대공.

본심을 숨긴 작별 인사를 마친 엘레나가 마차에 올랐다. 메이와 앤이 동석했으며 휴렐바드와 로렌츠가 말을 끌고 마차의 좌우에서 호위했다. 그렇게 엘레나를 태운 마차가 대공가를 떠났다. 저택에서 멀어진 마차가 점보다 작아질 즈음 프란체 대공이 말했다.

"시행해."

좀 전 엘레나를 배웅할 때까지만 하더라도 그 자리에 없었던 아틸과 루미너스가 어느 틈에 나타나 움직였다.

그 시각. 대공가를 나서는 엘레나는 형용할 수 없는 미묘한 감정에 잠겨 있었다. 회귀 전과 달리, 제 발로 대공가를 찾았고 이제 제 발로 나섰기 때문일까? 그녀의 의도대로 흘러가는 지금이 자랑스러우면서도 여전히 건재한 대공가를 몰락시키기 위해 갈 길이 많이 남았단 생각이 들었다.

'절반.'

엘레나는 딱 그만큼 왔다고 판단했다. L의 신분으로 돌아가면 잠재된 대공가의 뇌관을 건드려 터뜨려야 한다. 마음을 놓기에는 아직 갈 길이 멀었다. 그걸 알면서도 설렜다. 베로니카라는 신분을 탈피하고 온전히 그녀의 삶을 살게 된다는 게 어떤 건지 기대됐다. 막연한 두려움과 기대감이 공존했다. 과거에 살아보지 못한 삶. 미지의 삶을 살아보기 위해서라도 복수를 하루빨리 완성하고 싶었다.

대공가를 출발한 마차가 황궁에 입성했다. 앞선 1차와 2차 경합과 달리 3차 경합은 서궁에서 진행된다.

'3차 경합에 나갔다면 황후 전하를 뵈었겠구나.'

서궁은 황후와 황비, 황녀들이 주로 지내는 궁이다. 이곳에서 3차 경합을 치르는 이유는 플로렌스 황후가 직접 후보 영애들의 면면을 살피고 대화를 나누며 평가하기 때문이다.

젊은 시절 플로렌스 황후는 앙칼지고 야망으로 똘똘 뭉친 여인이었다. 시안의 어머니인 선대 황후가 요절하자, 4대 가문 중 하나인 질링엄 공작가의 여식이었던 그녀가 황후로 책봉되었다.

현 황제와의 나이 차가 무려 스무 살이 넘게 났음에도 불구하고 그녀는 황후가 되길 마다치 않았다. 플로렌스 황후에겐 제 핏줄을 이은 아들을 낳아 황위를 잇겠다는 야심이 있었다. 질링엄 공작가라는 외가를 두고 있는 만큼 황태자 시안쯤이야 언제든 갈아 치울 생각도 하고 있었다.

그러나 그녀의 야심은 시작부터 난관에 부딪쳤다. 플로렌스 황후가 후사를 보지 못한 것이다. 십 년이 되도록 회임 소식이 없자 친가인 질링엄 공작가마저 그녀에게 등을 돌렸다. 딸이라는 사실을 떠나서 정치적으로 그녀의 이용 가치가 다했기 때문이다.

그렇게 외톨이가 된 플로렌스 황후는 악만 남았다. 어린 시안을 쥐 잡듯이 잡았으며, 엘레나를 집요하게 괴롭히며 분풀이를 했다. 피 한 방울 안 섞인 시어머니였지만 황실의 어른이다 보니 함부로 대할 수가 없었다.

'올 때마다 느끼지만 황궁에선 좋은 기억이 별로 없구나.'

엘레나가 쓰게 웃었다.

"아가씨, 내리셔야 할 거 같아요."

"그래."

마차에서 내리자 근위대원이 기다리고 있었다. 그들을 따라 엘레나가 걷자 어느새 말에서 내린 휴렐바드와 로렌츠가 뒤를 따랐다. 메이와 앤도 뒤처질세라 종종걸음으로 쫓았다.

"여기서 대기하고 계시면 따로 기별을 드리겠습니다."

서궁에 마련된 응접실로 안내받은 엘레나가 방으로 들어가며 말했다.

"경들, 문 앞에 계시지 말고 멀리 떨어져 있어줄래요? 오늘 좀 예민하다 보니 자꾸 신경이 쓰이네요."

"그러시다면 복도 끝에 물러나 있겠습니다."

엘레나의 부탁에 근위대원들은 두말하지 않고 물러났다. 황태자비 선출식을 앞두고 영애들의 신경이 곤두서다 보니 작은 거 하나에도 민감하게 반응할 수 있으니 최대한 협조하라는 시안의 지시가 있었기 때문이다.

응접실로 들어온 엘레나는 곧장 거울 앞에 앉았다.

'지금부터가 중요해.'

여기서 자칫 일을 그르친다면 돌이킬 수 없는 사태를 초래하고 만다. 최대한 자연스럽게 행동해야 했다.

"휴렐바드 경, 로렌츠 경."

"네, 공녀 전하."

뒤쪽에 서 있던 두 기사가 동시에 대답했다.

"드레스가 영 불편한 게…… 경들이 거기 계속 있으면 곤란할 거 같네요."

"아, 나가 있도록 하겠습니다."

길게 얘기하지 않아도 안다는 듯 휴렐바드와 로렌츠가 응접실을 나서자 엘레나가 한마디를 더 보탰다.

"기왕이면 응접실에서 좀 떨어져 계세요. 아까 들으셨겠지만 오늘 제가 좀 예민해서요."

"그리하겠습니다."

휴렐바드가 나서서 그러겠다고 하자 로렌츠도 별다른 반발 없이 순순히 따랐다. 3차 경합을 앞두고 엘레나가 예민하게 구는 건 전혀 의심스러울 게 없으니까.

두 기사가 물러나자 앤이 눈치를 보며 물었다.

"아가씨, 많이 불편하세요?"

"드레스가 너무 조이는구나."

엘레나가 불쾌함까지 드러내자 앤은 어쩔 줄을 몰랐다. 안 그래도 중요한 날인데, 혹여 자신의 실책으로 드레스가 속에서 말린 게 아닐까 겁이 덜컥 났다.

"제, 제가 다시 봐드릴게요."

"그래 줄래?"

엘레나의 뒤에 선 앤이 드레스를 단단히 고정시켜 놓은 끈을 풀었다. 행여 엘레나의 살결에 자극이라도 갈까 조심스럽게 손을 움직였다.

그때였다. 벗겨지는 드레스가 더럽혀지지 않도록 잡고 있던 메이의 손등이 번개보다 빠른 속도로 앤의 뒷목을 강타했다.

퍽. 급소를 정확하게 가격당한 앤의 눈동자에 초점이 사라졌다. 의식을 잃고 다리에 힘이 풀려 주저앉는 걸 메이가 재빨리 부축했다. 엘레나는 한 번의 실수도 없이 완벽하게 앤을 제압한 메이를 보며 감탄했다.

"숙련된 솜씨구나."

"아시잖아요, 한때 대공을 암살하려 했던 거요."

왜 모르겠나. 누구도 해내지 못한 프란체 대공의 암살을 성공할 뻔한 유일한 암살자가 메이였다. 결과적으로 실패했지만 만약 프란체 대공이 조금만 더 방심했다면 그녀의 단도에 목숨을 잃었을 것이다.

메이가 의식을 잃은 앤을 보며 의중을 물었다.

"데려가실 거죠?"

"그래야지."

메이가 천을 꺼내 앤의 입을 감았다. 아무런 소리도 새어 나오지 못하게 만든 뒤 손과 발목을 단단히 포박했다. 마음 같아서는 여기 두고 가고 싶었지만 그러기에는 여의치 않았다.

'흔적을 남겨선 안 돼.'

엘레나는 수증기처럼 증발하기를 바랐다. 그러자면 여기 앤을 두고 가는 건 대공가가 그녀를 추적할 빌미와 단서를 줄 가능성이 농후했다.

"가자꾸나."

"네, 아가씨."

메이는 제 몸집보다 큰 앤을 아무렇지 않게 등에 업었다. 의식을 잃은 걸 감안하면 본래 체중보다 더 무게가 나갈 텐데도 거침없었다.

엘레나는 응접실에 마련된 벽난로 쪽으로 걸어갔다. 사계절 내내 온화한 기후를 가진 제국이다 보니 벽난로를 이용하는 시기는 극히 짧았다. 그럼에도 불구하고 황궁 안에 마련된 침실과 응접실에는 벽난로가 빠짐없이 설비되어 있었다.

왜일까? 일 년에 보름밖에 쓰이지 않는 벽난로를 굳이 황궁이라고 해서 설치할 필요가 있었을까. 그 의문에 대한 답은 곧 나왔다. 엘레나가 벽난로 옆에 세워져 있던 촛대를 손으로 쥐었다. 있는 힘껏 잡아당기는 것이 아니라 일정 규칙에 따라 촛대를 움직였다. 일종의 잠금장치로 혹시라도 모를 추적에 대비하여 고안해 놓은 것이다.

달칵! 뭔가 딱 들어맞는 소리가 나자 벽난로 안에 놓인 나무장작 뒤쪽의 벽면이 비스듬하게 열렸다.

"아가씨, 이게 비밀 통로예요?"

"그렇단다."

엘레나 역시 듣기만 했을 뿐, 직접 눈으로 본 것은 처음이었다. 살롱에서야 설계 단계부터 엘레나가 요구하고 개입했지만 이 비밀 통로는 다르다. 오백 년도 더 전에 건축된 황궁에 이런 곳이 존재한다는 것부터 기함할 만했다.

"지체할 시간이 없다. 서두르자."

"네, 아가씨."

엘레나는 미리 챙겨 온 호롱에 불을 켜고는 벽난로 안쪽으로 몸을 밀어 넣었다. 곳곳에 묻어 있던 까만 재에 드레스가 더럽혀졌지만 신경 쓸 겨를이 없었다.

"손을 줘."

앤까지 업고 오느라 힘에 부칠 메이를 손수 나서서 도왔다. 사느냐, 죽느냐가 달린 이 순간 직위나 신분의 고하는 중요하지 않았으니까. 비밀 통로에 앤을 업은 메이까지 들어오자 엘레나가 안쪽에 마련된 페달을 힘껏 밟았다.

큰 소리가 나고 벽난로 안, 비밀의 문이 닫혔다. 동시에 응접실 안에 마련된 촛대도 제자리를 찾았다. 조금 전까지만 하더라도 느껴지던 온기와 인기척이 사라진 응접실 안은 고요한 정적만이 남았다.

"이쪽이구나."

엘레나는 칠흑 같은 비밀 통로 안에서도 침착함을 잃지 않았다. 고작 호롱불 하나에 의지하고 있으면서도 방향을 잃지 않고 차분하게 나아갔다.

　황궁 정문 앞에 마차 한 대가 서 있었다. 어디서나 흔히 볼 수 있는 흔한 마차인지라 거리를 오가는 그 누구도 관심을 두지 않았다. 그 마차에 로브를 뒤집어쓴 외간 사내가 접근했다. 마차에 오르기 전 안광을 번뜩이며 주변을 훑더니 쏜살같이 마차로 들어갔다.

　"오셨어요?"

　가늘지만 심지가 느껴지는 여인의 물음에 사내가 로브를 벗었다. 쭉 찢어진 뱁새눈과 짧은 머리의 그는 대공가 소속의 기사 루카스였다.

　"늦어서 죄송합니다."

　묵례한 루카스가 고개를 들었다. 그 앞에는 대공가에서 실각이 되어 쫓겨났다고 알려진 리아브릭이 앉아 있었다.

　"포위는 어떻게 됐죠?"

　"지시하신 대로 제2기사단을 배치해 뒀습니다."

　"수고하셨어요."

　리아브릭은 대공가를 상징하는 제 2기사단까지 움직여 황궁 주변에 배치했다. 그건 혹시 모를 사태를 대비하기 위함이었다.

　'기필코 그 인형을 오늘 죽이겠어.'

　리아브릭의 눈가에 살기가 감돌았다. 공식적으로 실각이라고 발표되었지만 보다시피 리아브릭은 대공가의 실질적인 업무를 관장했다. 그녀의 실각은 그저 보여주기 위한 쇼에 불과했다. 그런 리아브릭의 눈치를 살피던 루카스가 조심스럽게 말을 꺼냈다.

　"자작님, 건방진 말씀일 수도 있겠지만 굳이 이렇게까지 하신 연유가 있으신지요? 로렌츠 경까지 가짜 공녀의 곁에 있지 않습니까?"

"경이 보기에도 제가 과해 보이나요?"

"솔직히 말하면…… 그래 보입니다."

예상과 달리 리아브릭이 순순히 인정했다.

"제가 생각해도 그래요."

"네? 그런데 어째서?"

"불안해서요."

대공가를 나온 리아브릭은 안가로 들어갔다. 시간을 갖고 되돌아보는 시간을 가졌다. 대체 뭘 놓쳤고, 어디서부터 어긋났으며, 종국에 왜 실패했는지 분석해 한 가지 결론에 다다랐다.

"대역 주제에…… 늘 제 예상을 뛰어넘었거든요."

리아브릭은 더 이상 엘레나를 얕잡아 보지 않았다. 자신과 동등하거나, 그 이상의 지자로 인정했다. 그러지 않다면 당대 최고의 모사라 일컫는 음모의 리아브릭을 궁지에 몰아넣을 수 없었을 것이다.

'빠져나갈 구멍은 없어.'

지금의 리아브릭에게 방심이란 단어는 존재하지 않았다. 혹시 모를 상황을 대비해 제1기사단에서도 검술이 출중한 기사들을 선별해 황궁 주위에 잠복시켜 두었다. 최악의 상황까지 고려한 조치였다. 그간 엘레나에게 보기 좋게 당했지만 오늘부로 과거형이 될 것이다.

현실은 살아남은 자가 만들어가는 것. 황태자비 선출식 3차 경합이 끝나고 대공가로 돌아가면 모든 게 끝난다. 그때까지만 조심하면 된다. 기사 루카스의 말대로 과한 게 부족한 것보다 낫다. 결과만 좋다면 모든 게 용서가 되니까.

'근데 왜지? 이렇게 불안한 이유가 뭐냐고.'

리아브릭은 내색하지 않았지만 심장이 불규칙적으로 뛰었다. 막연하기 짝이 없는 불안감에 육체가 잡아먹힌 기분이랄까.

"어? 어! 저기 보십시오!"

잠자코 있던 루카스가 갑자기 목소리를 높이며 마차 밖을 가리켰다. 리아브릭이 고개를 돌려 쳐다보자 대공가의 문양이 새겨진 호화로운 마차가 황궁을 나오고 있었다.

"가짜 공녀가 타고 갔던 마차입니다!"

리아브릭의 표정이 딱딱하게 굳었다. 지금 시간대면 황태자비 선출식 3차 경합이 시작할 시간이다. 별다른 이유가 없다면 마차도 황궁 안에 대기하고 있어야 정상이었다.

"추적하세요! 왜 나왔는지, 안에 누가 탔는지 확인하세요!"

루카스는 고개를 끄덕이기가 무섭게 마차를 박차고 나갔다. 리아브릭은 초조함을 느끼며 입술을 깨물었다. 자신이 취할 수 있는 모든 조치를 취했다. 그럼에도 불구하고 뭔가 마뜩지가 않았다.

황궁 안, 네미네시아 정원. 본궁의 뒤뜰에 위치한 이곳은 황제만을 위한 공간이다. 잘 정돈된 정원 곳곳에는 과거 선대 황제들의 동상과 비가 세워져 있어 제국의 영광과 역사가 고스란히 기억된 곳이다.

그곳에 현 황제 리처드가 앉아 있었다. 쉰 초반의 그는 앙상하게 마른 몸에 안색이 좋지 않았다. 한눈에 보기에도 병약한 까닭인지 황제의 위엄이나 기품은 보이지 않았다.

"허허, 이리 보는 게 얼마 만인지 모르겠구려."

기운이 달리는 것인지 황제 리처드의 목소리가 갈라졌다. 다기가 놓인 원형 탁자의 좌우로 남녀가 앉아 있었다. 황제 리처드의 흑발을 물려받은 황태자 시안과 제국의 국모라 불리는 플로렌스 황후였다. 그녀는 황태자비 선출식 3차 경합을 치르기에 앞서 황제 리처드의 갑작스러운 호출로 불려왔다. 그건 시안도 마찬가지였다.

"참 모를 일이네요. 몇 년간, 절 찾지 않으시더니 무슨 바람이 불어 차를 마시자니."

플로렌스 황후가 냉기를 풀풀 풍겼다. 부단히 후사를 가지기 위해 노력했음에도 불구하고 임신하지 못한 그녀는 이 모든 탓을 병약하고 심약한 리처드 황제가 사내구실을 잘 못 해서라고 여겼다. 그래서인지 여전히 그를 원망하고 있었다.

"새 가족을 들이는 좋은 날이지 않소?"

"가족이요?"

플로렌스 황후가 기가 찬다는 듯 혀를 찼다. 가족이라는 울타리로 묶기엔 세 사람의 관계가 썩 좋지 않았다. 플로렌스 황후는 책봉되자마자 어린 시안을 견제했다. 후사를 낳는다면 제거해야 할 1순위인 만큼 일말의 정도 나누어 주지 않았다. 어미의 정을 갈구하는 시안을 매몰차게 외면하고 별거 아닌 일로 트집을 잡아 질책하기도 했다. 나중을 위해 시안의 기를 죽이고 밟아놓기 위함이었다.

그 모진 시간을 견뎌낸 시안이기에 형식적인 차원에서 황후를 향한 예를 다할 뿐 성인이 된 이후로는 그녀와 상종조차 하지 않았다. 가족이라고 부르기엔 민망할 만큼 일그러진 관계였다. 그러한 사이를 모를 리가 없음에도 리처드 황제는 능청스럽게 대했다.

"태자는 기분이 어떠한가? 곧 반려가 결정 날 터인데."

"황후마마께서 지혜로운 비를 간택해 주실 거라 믿고 있습니다."

황태자비 선출식 3차 경합에 진출한 영애들은 최종 심사를 거쳐 플로렌스 황후의 간택을 받게 된다. 제국의 건국 이래 황태자비 간택은 내궁을 관장하는 황후의 몫이었다.

"황후, 그렇다는구려."

리처드 황제가 쳐다보자 플로렌스 황후가 입술을 실룩거렸다. 못마땅하게 시안을 보더니 의자에서 일어났다.

"태자가 저리 기다리는데, 황태자비 선출식을 더는 늦춰서는 곤란할 거 같네요. 일어나 보겠습니다, 폐하."

"허허, 황후가 태자를 이리 끔찍이 여기니 더는 바랄 게 없구려. 가보시오."

플로렌스 황후는 가볍게 예의를 갖추고는 돌아서서 정원을 나섰다. 돌이킬 수 없을 만큼 비켜간 사이다 보니 더 할 말도 없었고 같이 얼굴을 맞대고 있는 것도 불편했다.

"이제 되었느냐?"

플로렌스 황후가 정원을 빠져나간 걸 확인한 황제 리처드가 물었다.

"네, 아바마마. 감사합니다."

"대체 무슨 일을 벌이는 게냐? 네가 하도 부탁해 황후를 묶어놓긴 했다만…… 콜록콜록."

말을 이어가던 리처드 황제가 기침을 해댔다. 안 그래도 몸이 좋지 않은데 정원에 나온지라 평소보다 기침이 심했다.

"괜찮으신 겁니까?"

"고작 기침이다. 개의치 말거라."

"하나……."

시안의 만면에 수심이 깊어졌다. 근래 들어 리처드 황제의 건강이 눈에 띄게 악화된 까닭이었다.

"나야 살날이 얼마 남지 않았다 한들 무슨 의미가 있겠느냐? 네게 큰 짐을 남기고 가는 것 같아 그저 미안할 따름이다."

"……."

"가보아라. 할 일이 남지 않았더냐?"

리처드 황제가 거친 숨을 내뱉으며 손을 휙휙 저었다. 시간을 벌기 위해 이곳에 있지만 마음은 딴 곳에 있는 시안의 속마음을 꿰뚫어 본 것이다.

"황실 치료사를 불러오겠습니다."

"고칠 병이었으면 진즉에 고쳤겠지. 괜한 짓 말고 네 일에 신경 써라. 가거라, 어서."

리처드 황제의 재촉에 시안은 묵례하고는 급히 정원을 나섰다. 빠른 걸음으로 본궁을 나선 시안이 별궁으로 이동했다.

'계획대로 무사히 빠져나가고 있는 것이냐?'

시안의 머릿속은 온통 엘레나 생각으로 가득했다. 리처드 황제에게 부탁해 예정에도 없는 티타임을 가진 것도 그녀가 도망칠 시간을 벌기 위함이었다. 비밀 통로를 이용해 황궁을 빠져나가는 동안 3차 경합을 최대한 미뤄 그녀가 사라졌다는 사실을 늦게 알아채도록 손을 쓴 것이다. 플로렌스 황후와 예정에 없는 티타임을 가짐으로써 시간 벌기는 성공했다.

'너는 모르겠지.'

다음 시안이 맡은 역할은 미끼였다. 오직 황태자 신분을 가진 시안만이 할 수 있는 일로 대공가의 신경을 분산시켜 놓는 역할이었다.

'당장에라도 네게 달려가고 싶은 걸 참고 있는 내 심정을.'

지금이라도 비밀 통로를 이용해 엘레나가 무사한지 확인하고 싶었다. 할 수만 있다면 그녀가 무사히 탈출할 수 있도록 달려가서 돕고 싶었다. 그러나 그럴 수 없기에 이 간절함을 삼킬 수밖에 없었다.

시안이 본궁 뒤에 위치한 별궁에 도착하자 황궁근위대가 도열해 있었다. 황궁근위대장이 먼저 예를 갖추자 근위대원들이 일제히 시안을 향해 인사했다.

"준비는?"

"다 끝냈습니다만, 정말 사냥을 가실 참이십니까? 이제 경합이……."

황궁근위대장 제라드의 물음에 시안은 고개를 끄덕였다.

"나와는 관계없는 일. 황궁에 있어봐야 가슴만 답답할 뿐이다."

"……"

시안은 제라드 주변의 다른 기사들도 들을 수 있는 크기로 얘기했다. 철저하게 계산된 행동이었다. 근위대원들이 윗선의 귀족들에게 시안이 떠든 말을 보고하라고. 갑작스러운 사냥을 나선 시안의 행동에 정당성을 부여하기 위함이었다.

"가도록 하지."

"네. 전하를 따르라!"

수려한 갈기를 휘날리는 백마에 오른 시안이 앞장서서 별궁을 나섰다.

"공녀가 구두를 가져오라고 시켰다고요?"

리아브릭의 반문에 마차를 추적하고 돌아온 루카스가 끄덕였다.

"마부의 말로는 그렇습니다. 공녀가 발을 헛디뎌 구두 굽이 부러졌다며 서둘러 가져오라고 그랬답니다."

리아브릭은 눈살을 찌푸렸다. 오늘이 황태자비 선출식인 걸 감안하면 시중을 드는 앤이나 메이가 여분의 구두를 챙겨오지 않았을 리가 없다. 한데, 대공가로 가 새 구두를 가져오라고 했다? 앞뒤가 맞지 않았다.

"뭔가를 꾸미고 있는 게 분명해요."

리아브릭이 초조함에 손톱을 깨물었다. 별거 아닌 일이라 가벼이 넘기다 낭패를 본 게 한두 번이 아닌 까닭이었다.

"저도 석연치 않긴 합니다만…… 너무 조급해하시는 게 아닌지."

"아뇨."

당해보지 않으면 모른다. 얄팍해 보이는 엘레나의 행동 너머엔 늘 리아브릭보다 한 수 앞서는 고단수 계책이 숨어 있었다.

"황궁에 들어가 진위 여부를 파악해야겠어요."

리아브릭은 당장에라도 마차에서 뛰쳐나갈 듯 엉덩이를 들썩거렸다.

"진정하십시오. 제가 확인해 보겠습니다."

"당장 황궁으로 가세요. 사소한 것 하나도 넘겨짚으면 안 돼요. 하나도 거르지 말고 제게 보고하세요."

"알겠습니다."

리아브릭의 신신당부를 받은 루카스가 직접 몸을 움직이려고 할 때였다. 대공가 소속의 기사단원 하나가 마차의 문을 두드렸다.

"무슨 일이지?"

루카스가 문을 비스듬히 열고 묻자 기사단원이 다급한 목소리로 보고했다.

"지금 별궁 쪽으로 황태자 전하가 나오셨다고 합니다."

"뭐가 어째?"

표정을 굳힌 루카스가 리아브릭을 쳐다봤다. 리아브릭도 당황한 기색이 역력했다. 사전에 알아본 바에 따르면 시안의 외출은 예정에 없었다.

"추적하세요! 어서!"

"하지만……."

루카스가 말을 흐렸다. 상대는 황실이다. 기사단원을 대동해 추적한 사실이 발각되면 자칫 곤란해질 가능성도 있었다.

"이탈자가 있는지만 확인하면 돼요. 그마저도 못 해요?"

리아브릭의 목소리가 날카롭게 변했다. 막연했던 불안감이 현실이 되면서 초조함은 극에 달했다. 명령을 하달받은 기사단원이 서둘러 움직였다. 여기서 별궁까지의 거리를 감안하면 지체할 겨를이 없었기 때문이다. 그건 루카스도 마찬가지였다. 표정에서부터 다급함이 묻어났다.

"저도 움직이겠습니다. 황실 안 사정을 파악한 후 곧장 돌아오겠습니다."

"서둘러 주세요."

루카스까지 떠난 뒤, 마차 안에 홀로 남은 리아브릭이 손톱을 잘근잘근 물어뜯었다.

그 시각. 나가 있으라는 엘레나의 명을 받고 응접실에서 멀찌감치 떨어져 있던 로렌츠와 휴렐바드는 곧 3차 경합이 시작될 예정이니 엘레나를 모셔오라는 말을 듣고는 문 앞에 섰다.

"곧 경합이 시작된다고 합니다."

휴렐바드가 노크를 하며 고했으나 안쪽에서는 아무런 대답이 없었다. 하다못해 앤이나 메이가 나올 법도 하건만 감감무소식이었다.

"아가씨."

휴렐바드의 몇 번의 부름에도 응접실에서 돌아오는 대답은 없었다.

뭔가 이상한 느낌을 받은 로렌츠가 거칠게 문고리를 돌리더니 방 안으로 뛰어들어 갔다. 텅 빈 응접실 안을 목격한 로렌츠의 표정이 딱딱하게 굳었다. 그는 뭔가에 홀린 사람처럼 응접실 안을 뒤졌지만 어디서도 엘레나의 흔적을 찾을 수가 없었다.

달칵. 당황하던 로렌츠가 돌아보자 휴렐바드가 문을 걸어 잠그는 모습이 보였다.

"이게 뭐 하는 짓이지?"

엘레나가 감쪽같이 사라졌음에도 불구하고 표정 하나 변하지 않는 휴렐바드를 보며 로렌츠가 경계의 날을 세웠다.

"아가씨께서 말을 전하라 하셨습니다."

휴렐바드가 찬찬히 검을 뽑았다. 얼음장보다 찬 표정에서 서릿빛 살기가 흘러내렸다.

"배신의 기사 로렌츠 경에게 안식을 선물해 주겠노라고. 그것이 그대에게 주는 벌이라고."

로렌츠의 표정이 보기 좋게 일그러졌다. 까마득한 후배가 자신을 벌하겠다고 운운하니 어처구니가 없다 못해 모욕적으로 들렸다.

"배신의 기사? 근본 없는 널 기사단에 받아들였더니, 사리 분별조차 제대로 못 하는 꼴이군. 아주 가관이야."

"……."

"내 말 똑똑히 들어라, 휴렐바드! 배신의 기사는 내가 아니라 너다. 제 주인이 가짜 공녀인 것도 모르는 주제에. 내게 검을 들이밀었다는 것 자체가 대공가를 배신하는 행위다!"

로렌츠의 윽박에도 불구하고 휴렐바드는 표정 하나 바뀌지 않았다. 되레 검을 들어 올리며 단호한 의지를 보였다.

"이게 제 기사도입니다."

"뭐?"

"내 레이디는 오직 아가씨뿐. 그녀를 배신하는 게, 내게는 가장 치욕적인 불명예입니다."

"너 이 자식…… 설마 처음부터 다 알고 있으면서!"

로렌츠의 눈에 힘이 들어갔다. 이제야 대충 돌아가는 상황이 파악됐다. 3차 경합을 앞두고 예민하다는 핑계로 그와 휴렐바드를 응접실에서 멀리 떨어뜨려 놓은 것부터 계획적이었다. 그는 엘레나가 사라졌단 사실에 놀라기는커녕 응접실 문을 잠그더니 기다렸다는 듯 적의를 드러냈다.

로렌츠가 이를 아득 갈았다. 전임자의 추천이 아니었다면 대공가의 기사단에 발도 들여놓을 수 없었던 초원 부족 출신에게 무시를 당했단 거에 분기가 치밀었다.

"이래서 근본 없는 건 받아들이는 게 아닌데. 너나 그 천한 년이나."

로렌츠는 허리춤에 차고 있던 애검을 뽑았다. 예리하다 못해 소름 끼치도록 스산한 기운이 검날에서 흘러나왔다. 살기였다.

"널 고문하면 가짜 공녀의 행방을 좇을 수 있겠지."

리아브릭이 우려했던 것 이상으로 상황이 안 좋게 돌아갔지만 로렌츠는 침착했다. 그는 대공가 내에서도 엘리트로 분류되는 제1기사단 소속이다. 검술 실력만 놓고 보자면 제1기사단 내에서도 다섯 손가락 안에 들 만큼 출중했다.

"가짜 공녀가 실수한 게 뭔지 알아?"

"……."

"널 여기 남겨둔 것. 넌 날 절대 이기지 못해."

말이 끝나기가 무섭게 로렌츠가 지면을 박차며 몸을 날렸다. 번개보다 빠른 속도로 휴렐바드 앞까지 쇄도한 그의 검이 사선으로 그어졌다.

획! 휴렐바드는 몸을 비스듬히 눕혀 공격을 흘렸다. 아슬아슬하게 가슴팍을 스치며 검날이 지나갔다. 선공은 실패로 끝났지만 휴렐바드의 자세를 무너뜨리는 것으로도 로렌츠는 만족했다. 가장 중요한 기세를 잡았기 때문이다. 로렌츠의 검이 허공을 가를 때마다 파공음이 방 안 곳곳에서 터졌다.

"언제까지 피하기만 할 셈이지?"

"……."

"그런 허접한 실력으로 날 벨줄 수 있나 모르겠는데?"

기선을 제압하고 쉼 없이 몰아붙이는 로렌츠가 이죽거렸다. 누가 보더라도 이 승부의 주도권은 로렌츠가 쥐고 있었다. 휴렐바드는 폭풍처럼 쏟아지는 로렌츠의 검 앞에서 제대로 대응조차 하지 못하고 피하는 데만 급급했다.

"용케 잘 피하는데…… 다리를 잘라도 네가 그럴 수 있을까?"

로렌츠는 기세등등했다. 압도적인 실력 차이에서 보여주듯이 휴렐바드를 제압하는 건 시간문제라고 여겼다. 그건 오만이 아니라 현실이었다. 누가 보더라도 휴렐바드는 밀리고 있었고 살얼음판에 서 있는 듯 아슬아슬했으니까.

"고작 이 정도 실력입니까?"

"뭐?"

"그렇다면 실망이군요."

"건방진 새끼."

로렌츠는 픽 하고 비웃었다. 입만 살아서는. 궁지에 몰린 쥐가 허세를 부린다는 것쯤으로 밖에 보이지 않았다.

툭. 소나기 같은 검날의 쏟아짐에 내몰린 휴렐바드가 벽에 몰렸다. 더는 휴렐바드가 몸을 뺄 수도 없을 만큼 공간을 선점한 로렌츠가 완벽에 가까운 동작으로 검을 그었다. 정확히 휴렐바드의 옆구리부터 우측 허벅지를 노렸다.

"……!"

순간 로렌츠의 등골이 서늘해졌다. 온몸의 신경이 곤두서는 오싹함이 엄습했다.

'뭐, 뭐지?'

영문 모를 불안감을 느꼈지만 일격은 멈추지 않았다. 휴렐바드의 옆구리에 검이 거의 닿기 직전인 만큼 공격을 성사해 불안감을 떨치려고 했다. 하나, 그러한 판단은 돌이킬 수 없는 상황을 초래하고 말았다.

"이, 이럴 수가."

로렌츠가 주체할 수 없을 만큼 떨리는 눈으로 자신의 복부를 내려다봤다. 시리도록 찬 검날이 복부를 꿰뚫고 허리 뒤로 튀어나간 듯했다. 움직임조차 보지 못했는데 어느 틈에 검을 박아버렸는지 이해가 되지 않았다.

'잔상?'

눈으로 좇을 수 없을 만큼 기민한 동작에 로렌츠의 눈에는 휴렐바드가 멈춰 있는 것으로 보였던 것이다.

'마, 말도 안 돼. 저 근본도 없는…… 초원 부족 출신에게 내가……'

로렌츠도 어렸을 때부터 천재 소리를 들으며 성장했다. 아직까지도 그가 18세에 받은 최연소 기사 선임 기록은 깨지지 않았다. 그런 그가 휴렐바드의 일격을 받아내지 못했다. 한 수 차이의 수준이 아니라, 압도적인 격차였다. 대공가의 제1기사단 기사단장이라 할지라도 승리를 장담할 수 없을 만큼 경이로운 실력이었다.

휴렐바드는 무심한 눈길로 그런 로렌츠를 쳐다봤다. 승리를 당연하게 받아들이는 휴렐바드의 모습이 로렌츠를 더 비참하게 만들었다.

"이, 이 자식…… 컥."

차갑게 느껴지던 검날이 살과 복부를 파자 피가 역류했다. 입안 가득 역류하는 비릿한 피를 참지 못하고 각혈하려 할 때였다.

"읍."

휴렐바드가 손수건을 로렌츠의 입안에 욱여넣었다. 역류한 피가 손수건을 붉게 물들였다. 죽음마저 비웃는 듯한 모욕적인 행위였지만 로렌츠에겐 저항할 만한 힘이 남아 있지 않았다. 그런 그를 보며 휴렐바드가 고저 없이 말했다.

"아가씨가 내리는 벌은 안식입니다."

죽음이란 안식.

"하나, 이게 끝이라고는 생각하지 마세요. 아가씨를 모욕한 대가는 제가 치르게 할 겁니다. 당신이 무시한 초원 부족의 방식으로."

휴렐바드는 한 번도 드러낸 적 없는 무서운 표정을 지었다. 무슨 짓을 하려는지 모르겠지만 그것이 결코 좋은 일이 아닐 거라는 걸 알 수 있었다.

'자, 자작님께 어서 이 사실을……'

의식이 흐릿해지는 와중에도 리아브릭에게 가야 한단 생각이 머리에 맴돌았다. 그러나 죽어가는 육신은 그의 의지를 배신하며 축 늘어졌다. 숨이 끊긴 걸 확인한 휴렐바드가 무너져 내리는 그의 몸을 한 손으로 받쳤다. 그러고는 여분의 손수건을 꺼내 검이 박힌 부위에 욱여넣었다. 피가 최대한 새어 나오지 않게 하기 위한 조치였다.

엘레나는 가급적 흔적을 남기지 말라 지시했다. 로렌츠를 제압하는 과정에서 휴렐바드가 맞상대를 하지 않고 빈틈을 노린 것도 그 때문이다. 검과 검이 부딪치는 파공음을 듣고 근위대원들이 몰려오게 된다면 그가 몸을 빼는 건 불가능에 가까웠다.

"아직 멀었어."

휴렐바드는 수양이 부족한 제 실력을 질책했다. 의도적으로 접전을 피하며 로렌츠의 방심을 유도한 뒤 일격에 제압하는 건 좋았다. 워낙 실력 차이가 컸던 만큼 그리 어려운 일도 아니었다. 문제는 손속이었다. 엘레나를 천한 년이라 모욕한 것에 흥분한 나머지 자기도 모르게 격렬한 반응을 보이고 말았다. 감정적인 영향으로 예상보다 많은 피를 보며 로렌츠를 죽이고 말았다.

"날 모욕하고 얼굴에 침을 뱉어도 상관없어. 하지만 아가씨를 욕보이는 건 용서할 수 없다."

싸늘한 주검이 되어버린 로렌츠의 시신을 벽난로 쪽으로 끌고 갔다. 검이 박힌 부위에서 흘러나온 피가 로렌츠의 제복을 흥건히 적셨다. 손수건으로 조치를 취해두긴 했지만 지체했다간 피가 바닥에 떨어질 것이다.

휴렐바드는 촛대를 움켜쥐고는 엘레나가 일러준 대로 조작했다.

딸칵! 딱 들어맞는 소리가 나며 벽난로 안쪽의 벽면이 열리며 비밀 통로가 드러났다. 휴렐바드는 검이 박힌 로렌츠의 시신에 충격이 가지 않도록 비밀 통로로 옮겼다. 그러고는 응접실 안을 살피며 혹시라도 남겼을지 모를 흔적을 살피고는 비밀 통로로 사라졌다.

쿵. 벽난로 뒤 석벽이 닫히며 본래의 모습으로 돌아갔다. 소란이 있었다고는 믿어지지 않을 정도로 응접실은 평화로웠다. 마치 아무 일도 없었다는 듯이.

음습한 비밀 통로를 따라 엘레나가 발을 내디뎠다. 빛 한 점 들지 않은 것도 버거운데 내부가 미로처럼 복잡하게 만들어져 있다 보니 속도를 내기 쉽지 않았다.

"메이, 조금만 참아. 곧 나갈 수 있어."

엘레나는 뒤에서 힘겹게 쫓아오는 메이를 다독였다. 그도 그럴 것이 의식을 잃은 앤을 업는 것만으로도 힘에 부쳤을 텐데, 시야도 확보되지 않은 좁은 비밀 통로를 따라 걸어야 하니 벅찼을 것이다.

"전 괜찮으니 걱정 마세요."

씩씩하게 대답하는 메이에게 미안함을 느낀 엘레나가 다시 앞을 향해 나아갔다. 끝없는 정적과 어둠이 서서히 답답함으로 그녀의 가슴을 옥죄어올 때쯤 멀리서 물 흐르는 소리가 들렸다. 엘레나의 얼굴에 화색이 감돌았다.

"거의 다 온 거 같아."

비밀 통로를 통해 나갈 수 있는 탈출구는 총 두 군데다. 그중 첫 번째 통로가 이 지하 수로였다. 엘레나가 가까이서 보니 물살이 그리 세지 않았다. 수심도 그리 깊지 않아 성인 장정 한 명이 몸을 맡기고 실려 가기 딱 적합했다.

'이 물살에 몸을 맡기면 단숨에 수도를 빠져나갈 수 있다고 했지.'

황궁 밑에 이런 지하수가 흐른다는 사실을 아는 이는 극히 드물다. 안다고 쳐도 비상 탈출의 용도로 이용할 거라 누가 생각이나 했겠는가.

'아쉽지만 이 길은 아니야.'

그러나 엘레나는 지하수에 몸을 담그지 않았다. 단숨에 수도 밖까지 빠져나갈 수 있다고 했지만 정확히 어느 지점으로 나갈지 파악이 불가능하다. 대충 짐작되는 강줄기가 있다지만 황궁이 세워진 지 수백 년이 지난 걸 감안하면 지하 수로가 망가지지 않았을 거란 확신도 없었다. 정말 무사히 나갔다 하더라도 의식이 없는 앤을 데리고 나가기에는 무리였다.

"저쪽으로 가자."

엘레나는 두 번째 탈출구를 선택했다. 물살을 이용해 단숨에 수도 외곽으로 빠져나가는 것이 아닌, 황궁 외벽과 내벽 사이의 틈을 이용해 동궁으로 빠져나가는 방법이다.

'지금쯤이면 난리가 났겠네.'

아마 황궁이 발칵 뒤집히지 않았을까? 3차 경합을 치르고자 응접실에서 대기하던 엘레나와 시녀, 기사까지 감쪽같이 자취를 감췄을 테니까.

그게 다가 아니다. 엘레나가 타고 온 마차는 대공가로 돌아갔고, 황제 리처드가 예정에도 없는 티타임을 열어 경합을 늦춰지게 만들었다. 황태자비 선출을 탐탁지 않게 여기던 시안은 사냥을 나섰다. 우연을 가장한 필연들이 연쇄작용처럼 일어나며 그녀를 주시하던 대공가를 혼란에 빠뜨릴 것이다.

'다들 잘해줘야 할 터인데…….'

엘레나는 불안감을 삼켰다. 공을 들여 치밀하게 계획을 짰지만 완벽한 건 없다. 사람이 하는 일인 만큼 변수란 게 있게 마련이니까.

"여기구나."

비밀 통로의 끝, 막다른 벽 앞에 선 엘레나가 석벽을 더듬거렸다. 손끝에 닿는 이질적인 감촉의 벽돌을 있는 힘껏 밀었다. 조금씩 석벽이 열리며 빛이 새어 들어왔다. 앤을 내려놓은 메이까지 나서서 거들자 충분히 몸을 뺄 수 있을 만큼 석벽이 열렸다.

엘레나가 앞장서서 석벽 사이로 몸을 뺐다. 대낮임에도 불구하고 높은 석벽 때문인지 어둡단 인상을 받았다. 까마득히 높은 황궁 외벽이 11자로 쭉 뻗어 있는데, 엘레나는 그 사이에 껴 있는 느낌이었다. 마치 좁은 골목 사이에 있는 기분이랄까.

"가자."

비밀 통로만큼이나 좁은 외벽 사이로 엘레나가 걸었다. 좌우 폭이 워낙 좁다 보니 골목에서 흔히 볼 수 있는 부랑자나 노숙자도 보이지 않았다.

아득히 높은 담장 너머의 푸르른 하늘을 보며 엘레나가 얼마쯤 걸었을까. 멀리서 소란스러움이 느껴졌다. 달리는 마차의 진동, 행인들의 말소리, 과일 장수의 호객 행위 등 수도의 일상적인 소리였다. 골목이 거의 끝나간다는 걸 의미했다.

엘레나가 모퉁이를 돌아 걸음을 재촉하자 11자로 이어지던 외벽의 끝자락이 보였다. 이제 외벽 사이 골목을 나서면 수도의 가도다. 안심하긴 이르지만 황궁은 무사히 빠져나온 셈이었다.

"다 왔어."

엘레나가 발길을 멈췄다. 외벽은 여기서 끝이다. 더 이상의 골목도 없었다. 코앞이 가도였다. 하나, 앞으로 나아갈 수가 없었다. 엘레나의 앞을 이질적인 천막이 가로막고 있었기 때문이다.

"하, 진짜 조마조마해서…… 예상보다 늦어져서 얼마나 걱정한 줄 알아?"

천막 뒤쪽으로 웬 남자가 투덜거리며 걸어 나왔다. 더벅머리에 까무잡잡한 피부, 독특한 옷차림은 유색인종에 가까웠다.

엘레나는 그런 사내를 경계하기는커녕 친근하게 대꾸했다.

"비밀 통로가 생각보다 좀 복잡해서요."

"무사했으면 됐다. 이쪽으로 들어와."

사내의 정체는 집시로 변장한 칼리프였다. 황태자비 선출식에 참가했던 옷차림으로는 가도로 나가는 순간 주위의 이목을 끌 수밖에 없었다. 엘레나가 사전에 골목 끝에 칼리프를 대기시킨 이유였다. 은밀하고 조용히 이곳을 빠져나가기 위한 안배랄까.

천막 안은 비좁았다. 그도 그럴 것이 천막은 유랑 민족 집시들이 애용하는 유랑 마차였다.

"돌아 있을 테니, 어서 옷부터 갈아입어. 지금 돌아가는 상황이 심상치 않아."

칼리프는 외부인이 보지 못하도록 바깥 천막을 단단히 동여맸다. 그사이 엘레나는 드레스를 벗고는 칼리프와 마찬가지로 떠돌이 집시들이 주로 입는 허름한 전통의상으로 갈아입었다.

"상황이 어때요?"

"황궁 주변에 대공가의 기사들이 쫙 깔렸어. 조금이라도 수상쩍거나 황궁에서 나오는 마차들은 쫓아가서 다 검열해."

"그 정도예요?"

"장난 아냐. 직접 보면 살벌해."

대략적으로 돌아가는 상황을 전해 들은 엘레나의 눈빛은 예상외로 차분했다. 리아브릭이 실각된 이후, 대공가는 노골적으로 엘레나를 경계했다. 추가적으로 로렌츠를 배정하고 외출을 금지해 외부와 접촉을 차단한 게 그 증거다.

'예상은 했지만 과해. 꼭 작정하고 기다린 거 같잖아?'

엘레나가 생각했던 것 이상으로 대공가의 조치는 과했다. 황궁 주변에 배치된 기사의 수만 보더라도 엘레나가 도망칠 거라는 걸 예상이라도 한 듯 촘촘한 포위망을 이루고 있었다.

'정보가 샌 건가?'

문득 든 생각이었지만 엘레나는 고개를 저으며 의문을 지워 버렸다.

'그럴 가능성은 없어.'

엘레나의 탈출 계획을 알고 있는 자들은 대부분이 그녀의 사람이다. 그들이 한 명이라도 배신했다면 여기까지 오지도 못했을 것이다.

'납득이 가지 않아. 대체 어떻게 안 거지?'

리아브릭은 실각을 당하고 대공가를 떠났다. 후임자로 아셀라스가 임명됐고 엘레나에게 인사까지 왔었다. 짧은 대화로 단정 짓기는 어려우나 엘레나가 대역인지 모르는 눈치였다.

"……밖의 상황은 신경 쓰지 말죠. 곧 있으면 휴렐바드 경이 올 거예요. 우린 계획대로 움직이면 돼요."

수많은 생각이 교차했지만 엘레나는 한구석에 밀어 넣었다. 이미 엎질러진 물이다. 지금은 계획대로 움직여야 했다. 그다음 변수가 생기면 그때 맞춰 능동적인 대처를 해야지, 사전에 겁을 집어먹고 계획을 바꾸는 것 자체가 모험이다.

대화를 마친 세 사람은 천막 속에서 숨을 죽였다. 초조함 속에서 시간은 더디게 흘러갔다. 엘레나의 시선은 손에 쥔 회중시계에서 떨어지지를 않았다. 그럴 리야 없겠지만 휴렐바드가 늦어지는 게 혹여 잘못된 게 아닌가 싶어 마음 졸였다.

"접니다, 아가씨."

외벽 사이 골목에서 들려온 휴렐바드의 목소리에 엘레나의 만면에 화색이 감돌았다.

칼리프가 마차 옆 편의 천막을 들어 올리자 휴렐바드가 들어왔다. 생채기 하나 없이 무사한 그를 보고 엘레나가 안도했다.

"뒤처리를 좀 하느라 늦었습니다. 죄송합니다."

뒤처리. 그 말이 뭘 의미하는지 알기에 엘레나는 묻지 않았다. 휴렐바드가 무사히 왔으니 그거면 족했다.

"그런 말 마세요. 경을 다시 본 것만 해도 전 기쁩답니다."

이제야 엘레나는 희미하게나마 웃을 수 있었다. 아직 마음을 놓긴 일렀지만 지금까지는 엘레나의 계획대로 척척 흘러갔기 때문이다.

"선배, 이제 가죠. 더 지체할 시간 없어요."

"안 그래도 그 말만 기다렸다."

칼리프는 유랑 마차 뒤 천막을 단단히 동여매고는 마차를 출발했다. 수레 크기에 비해 많은 사람을 태운지라 이동속도가 더뎠다. 그렇다고 조급해하지 않았다. 유랑 민족인 집시는 마차에서 생활하는 만큼 생필품이 많았다. 느리게 이동하는 게 오히려 더 자연스러웠다. 그렇게 엘레나 일행을 태운 유랑 마차가 황궁에서 멀어졌다.

같은 시각. 황궁이 발칵 뒤집혔다. 황태자비 선출식 3차 경합에 참가해야 할 베로니카 공녀가 경합장에 나타나지 않은 것이다. 입궁까지 한 베로니카 공녀가 오지 않자 플로렌스 황후가 근위대원을 시켜 무슨 일인지 알아보라고 지시했다. 베로니카 공녀에게 배정한 응접실을 찾은 근위대원은 아무리 노크를 해도 반응이 없자 방문을 열고 들어갔다.

텅 빈 응접실을 본 근위대원들은 넋이 나갔다. 베로니카 공녀뿐만 아니라 수행원으로 따라온 기사 두 명과 시녀 둘도 감쪽같이 사라진 것이다. 뭔가 잘못됐다고 생각한 근위대원들이 다급히 플로렌스 황후에게 보고했다.

플로렌스 황후는 뭔가 심상치 않음을 느끼고는 어떻게 된 일인지 알아보라며 근위대를 다그쳤다. 엎친 데 덮친 격으로 황태자 시안이 상당수의 근위대원을 대동해 사냥을 나선 까닭에 조사할 인원이 턱없이 부족했다. 뒤늦게 근위대원이 경비병을 통해 대공가의 마차가 사라진 걸 확인했다. 출입 명부를 확인하니 황궁을 빠져나간 게 확실했다. 근위대원은 그와 같은 사실을 플로렌스 황후에게 보고했다.

"하! 그냥 돌아가? 황실을 이렇게 모욕하다니!"

플로렌스 황후는 분을 삭이지 못하고 씩씩거리더니 황태자비 선출식 3차 경합을 취소했다. 제국의 차기 국모를 결정하는 성스럽고 경건한 선출식이 모욕당했다고 느껴서였다. 아벨라 영애를 비롯해 최종 경합에 오른 네 명의 영애도 할 수 없이 가문으로 돌아갔다. 황태자비 선출은 내궁의 가장 큰 어른인 플로렌스 황후의 소관인 만큼 그녀의 뜻에 따를 수밖에 없었다.

그 시각. 리아브릭은 마차를 타고 황궁 주변을 반복적으로 돌아보고 있었다. 기사 루카스에게 황실 내부 사정을 알아오라고 보낸 동안 그녀는 황궁 주변을 배회하며 혹시 모를 일에 대비했다.

"여기 유랑 마차가 있었던 것 같은데⋯⋯."

황궁을 중심으로 번화가를 형성하다 보니 오가는 사람이나 장사치들이 많았다. 제아무리 리아브릭의 기억력이 좋다 하더라도 그들 모두를 기억하는 건 불가능했다. 그러나 수도 중심 지역까지 들어오는 일이 드문 유랑 마차의 모습은 기억에 남아 있었다.

"너무 예민했나? 한낱 집시까지 신경 쓰다니."

리아브릭은 손가락으로 미간을 눌렀다. 실각 이후 부쩍 예민해져 있다 보니 그 피로가 누적된 모양이었다.

"오늘따라 시간이 더디네."

몇몇 예상 밖의 일이 터지긴 했지만, 아직 표면적으로 드러난 문제점은 없었다. 이대로 무사히 황태자비 선출식을 마치면 그녀의 불안감도 사라질 텐데…….

"자작님, 루카스입니다."

"들어오세요."

리아브릭이 잠가뒀던 마차 문을 열어주자 루카스가 다급하게 들어왔다. 황궁 내부 사정을 알아보러 갈 때와 딴판이었다. 덩달아 리아브릭도 긴장했다.

"알아봤어요?"

"큰일 났습니다. 가짜 공녀가 사라졌다고 합니다."

"뭐라고요?"

너무 놀란 나머지 리아브릭의 어깨가 들썩였다. 눈동자가 지진이라도 난 듯 사정없이 흔들렸다.

"다시 말해봐요. 사라지다니요? 그게 무슨 말이죠?"

"가짜 공녀가 최종 경합에 참가하지 않았다고 합니다. 근위대원들 말로는 타고 온 마차를 타고 황궁을 나간 것 같다고…….."

"그걸 말이라고!"

얼토당토않은 소리에 리아브릭의 목소리가 신경질적으로 변했다. 이미 루카스를 시켜 알아봤지만 마차 안에 공녀는 없었다.

"로렌츠 경은요? 가짜 공녀 옆에 붙어 있었을 거 아니에요."

"그게 로렌츠 경도 함께 사라졌다고 합니다. 휴렐바드 경과 하녀들도요."

리아브릭은 믿을 수 없는 보고에 할 말을 잃었다. 구두를 핑계로 대공가로 돌아간 마차, 황태자 시안의 사냥, 엘레나 일행의 실종. 무얼 상상하든 그녀의 예상을 아득히 뛰어넘은 결과였다. 더 무서운 건 일련의 사건이 우연이 아닌 필연의 연속 같은 느낌이 강하게 든다는 것이다.

리아브릭은 최악을 가정했다. 우연을 가장해 엘레나가 짜둔 도주 계획이라면? 리아브릭의 팔뚝에 소름이 돋았다. 정말 그렇다면 엘레나는 리아브릭을 손바닥 위에 올려놓고 가지고 놀았다는 말이 된다.

"도망친 거예요."

리아브릭의 목소리가 가늘게 떨렸다. 최악이라 가정을 했지만, 그 최악이 현실이 됐다. 그러지 않고서는 지금의 상황을 설명할 길이 없었다.

"하오나 자작님, 가짜 공녀가 도망을 치려면 로렌츠 경을 떨어뜨려 놓아야 합니다. 휴렐바드 경에게 그럴 만한 실력이……."

"있다면요."

"네?"

"그마저도 가짜 공녀의 계획이었다면요?"

리아브릭의 간담이 서늘해졌다. 어쩌면 그녀가 대공가에 들인 것은 감당하지 못할 괴물이었는지도 모른단 생각이 자꾸만 들었다.

"로렌츠 경의 실력은 누구보다 제가 잘 압니다. 차분히 다시 찾아보면 꼬리를 찾을 수 있을 겁니다."

심각한 상황에도 루카스는 차분함을 유지했다. 돌발적인 상황이긴 하나 기사 로렌츠의 실력을 누구보다 잘 아는 만큼 신뢰했다. 그러나 리아브릭의 생각은 달랐다.

'로렌츠 경은 당했을 가능성이 커.'

리아브릭은 입술을 앙다물며 사고에 잠겼다. 엘레나가 자신과 동등하거나 한 수준 위의 지자라는 전제하에 오늘 벌어진 그 사건들의 본질에 다가가고자 노력했다. 그 정도 능력이 없었다면 그녀를 낭떠러지까지 내몰 수 없었을 것이다.

'실체는 하나야.'

리아브릭은 미끼와 실체를 구분했다. 대공가로 돌려보낸 마차나 갑작스러운 황태자의 사냥은 그저 미끼에 불과하다. 무슨 마법을 부려 황궁 안에서 자취를 감추었는지는 알 수 없으나, 계획적으로 엘레나가 도주했다는 게 중요했다.

리아브릭이 잠시 접어두었던 수도의 지도를 꺼내 들었다.

"가짜 공녀를 태우고 갔던 마차가 어디로 나왔죠?"

"정문입니다."

"그럼 황태자 전하가 나간 방향은?"

"동궁 쪽일 겁니다. 황실 사냥터인 프라하 숲으로 간다고 했으니까요."

리아브릭이 고개를 끄덕거리며 다시 지도로 시선을 돌렸다. 그녀의 시선이 황궁의 북문과 서문에 고정됐다.

"북문은 아니야."

리아브릭은 이것만큼은 확신할 수 있었다. 별궁이 위치한 북문은 대공가가 황실에서 하사받은 황궁 내 직할령이다. 심야의 가면무도회를 별궁에서 개최했을 만큼 대공가의 영향력이 컸다. 등잔 밑이 어둡다하나 대공가의 영역으로 걸어 들어가는 모험을 하진 않았을 것이다. 그렇다면 남은 건, 서문뿐인데…….

"유랑 마차!"

뭔가 떠올린 리아브릭의 어깨가 들썩였다. 마차 안이 아니었다면 반사적으로 박차고 일어났을지도 모른다.

"뭔가 짚이신 거라도 있으십니까?"

"곧 찬 바람이 불 시기죠?"

"네, 한 달 뒤면 서리의 계절이니까요. 한데 그게 이번 일과 무슨 관련이 있습니까?"

루카스는 잘 이해가 되지 않았다. 나름 머리가 좋은 편이라 자부했지만 유랑 마차와 겨울이 무슨 연관성이 있는지 알 수 없었다.

"온화하다곤 하나 겨울은 겨울이죠. 유랑 민족인 집시들이 굳이 제국의 수도에서 겨울을 날 이유가 있을까요?"

"듣고 보니 이상하군요. 제가 알기로 집시들은 겨울을 주로 남부 지역에서 나는 걸로 압니다만."

리아브릭의 눈동자에 이지적인 이채가 감돌았다. 대수롭지 않게 흘려 넘길 수도 있는 일을 리아브릭은 놓치지 않았다. 상식을 벗어나면 의심이 된다. 유랑 마차를 굳이 유동 인구가 많은 지역의 황궁 외벽에 세워둔 점. 유랑 마차가 사라지고 드러난 외벽 사이의 골목. 리아브릭은 유랑 마차에 엘레나가 타고 있었을 거라 짐작했다. 아니, 확신했다.

"지금 당장 집시의 유랑 마차를 추적하세요. 대공가에 연락해 추가적인 지원 병력도 요청하세요."

"알겠습니다."

루카스가 고개를 끄덕였다. 리아브릭의 생각은 틀린 적이 거의 없으니까. 그녀가 저리 단호하게 얘기했다면 엘레나는 집시 부족의 유랑 마차를 타고 도주한 게 분명했다. 촉각을 다투는 일인 만큼 루카스가 서둘러 마차를 나서려던 때였다.

"경."

루카스가 돌아보자, 리아브릭의 눈빛에 진한 살기가 감돌았다.

"가짜 공녀를 죽여도 좋아요."

"……!"

"뒤처리는 제가 합니다. 감당도 제가 하고요. 그러니 반드시 죽이세요."

"그리하죠."

순순히 명령을 받은 루카스가 마차를 뛰쳐나갔다. 홀로 남게 된 리아브릭이 입술을 질끈 깨물었다. 원래 계획은 대공가로 데려온 뒤 조용하게 제거하는 거였다. 그편이 제국을 속인 대연극의 완벽한 끝맺음이라고 생각했다. 하지만 상황이 변했다. 엘레나를 놓치는 최악의 상황을 맞이하는 것보다 차악을 선택하는 게 옳다.

"루카스 경이라면 실수가 없을 거야."

리아브릭은 두 눈을 지그시 감고 파도처럼 밀려오는 불안감에 스스로 최면을 걸듯 읊조렸다. 루카스는 로렌츠와 쌍벽을 이룰 정도로 훌륭한 기사다. 차기 기사단장이 유력할 만큼 문무를 겸비했다. 그런 그가 대공가의 정예 기사들을 데리고 추격에 나섰다.

엘레나의 직속 기사 휴렐바드가 예상치 못한 무위를 지녀 로렌츠를 제거했다고 한들 그들 전부를 상대하기엔 역부족이었다. 꼬리를 밟은 이상 실패는 없다. 엘레나는 오늘 죽을 것이다.

수도 서쪽 외곽 지역.

엘레나 일행을 태운 유랑 마차가 유유히 산길을 가로질러 나아가고 있었다. 휴렐바드는 유랑 마차의 천막을 슬며시 걷고 뒤를 살폈다. 만약의 상황을 대비해 경계를 늦추지 않았다.

"추적은 보이지 않습니다."

"다행이네요."

말과 달리 엘레나는 긴장을 풀 수 없었다. 집시 차림으로 마부석에서 마차를 몰던 칼리프가 한마디 거들었다.

"조금만 더 가면 목적지야. 거기서 마차를 갈아타고 살롱으로 들어가면 돼."

"그때까지 아무 일 없으면 좋겠네요."

작은 바람을 담아 얘기하는 엘레나의 표정은 무거웠다. 재빠른 대공가의 대처를 보고 있자니 리아브릭의 그림자가 아른거렸다.

유랑 마차가 산턱을 따라 올라갔다. 수도 서쪽은 숲이 험해 인적이 드물었다. 약초꾼이나 나무꾼을 제외하면 대부분이 이용하지 않았다. 그 까닭에 가도가 잘 정비되어 있지 않았다. 그런 이유로 엘레나는 이곳을 목적지로 정했다. 은밀히 마차를 갈아타기도 수월하거니와 행적을 지우기도 용이했다.

지금쯤이면 가짜 L을 태운 호화 마차가 서부 순회 일정을 마치고 목적지 근교에 다다랐을 것이다. 엘레나는 가짜 L의 동선까지 계산에 넣었다. 엇갈리듯 만나 L의 마차로 갈아탄 뒤, 살롱으로 돌아오면 성공이었다.

'얼마 안 남았어. 당당히 나로서 살아갈 수 있는 시간이.'

철이 들기 전, 대공가로 끌려와 베로니카 대역으로 살았다. 목적은 달랐지만, 이번 삶 역시 제 발로 대공가로 걸어 들어와 베로니카 대역을 자처했다. 이제야 지긋지긋한 껍데기를 집어 던지고 온전히 그녀의 삶을 되찾을 수 있는 시간이 가까워지고 있었다.

"아가씨, 몸을 숨기십시오."

"무슨 일이죠?"

심상치 않은 휴렐바드의 발언에 엘레나도 덩달아 긴장했다.

"산턱 아래에서 흙먼지가 일고 있습니다. 말을 타고 오는 것 같은데, 아무래도 추격자가 붙은 것 같습니다."

"확실한 건가요?"

"네."

'하, 꼬리를 밟혔어.'

엘레나는 좀 더 치밀하지 못한 스스로를 자책했다. 추격자가 붙었다는 건 그녀가 의식하지 못한 곳에서 흔적을 남겼다는 의미였다. 다시 말해 계획이 완벽하지 못했단 말이기도 했다.

"곧 따라잡힐 겁니다. 안에 계십시오."

"조심하세요. 경이 다치는 걸 원치 않아요."

"제 몸은 아가씨 겁니다. 부득이 상처를 입는다면 그때 용서를 구하겠습니다."

휴렐바드의 충성스러운 말에 엘레나가 묵묵히 고개를 주억거렸다. 이토록 충성스럽고 명예로운 얼음의 기사가 곁을 지켜준다는 건 기쁜 일이지만 추격자들을 생각하면 마음이 무거웠다. 그건 휴렐바드도 마찬가지였다. 피어오르는 먼지로 짐작하건대 추격해 오는 기사의 숫자가 적지 않았다.

"아가씨, 부탁이 있습니다."

"부탁이요?"

"그럴 일은 없어야겠지만, 저 홀로 저들을 막기 버거워지면 그땐 뒤도 돌아보지 마시고 도망치셨으면 합니다."

휴렐바드의 눈길은 어느 때보다 진지했다. 그가 아무리 제국의 삼검이라 일컬어지는 강자이긴 하나, 숙련된 기사를 상대로 수적 열세를 뒤집기란 쉽지 않았다.

'작정하고 아가씨를 노리면…… 지키기 버거울 수도 있어.'

문제는 저들이 노골적으로 휴렐바드의 발을 묶어두고 엘레나를 노리는 경우다. 숫자 앞에 장사 없다고 휴렐바드라 한들 그땐 제 실력을 발휘하기 어려울 것이다.

"경이 뭘 우려하는지 알아요."

엘레나가 시선을 맞췄다. 비장함이 느껴지는 휴렐바드의 눈을 보며 안심시키듯 말했다.

"한데, 최악의 상황은 일어나지 않을 거예요."

"네?"

"최악에 대처하지 않는 것만큼 어리석은 일은 없거든요."

의미심장한 말을 남긴 엘레나가 돌아서서 마차 안에 몸을 숨겼다. 그녀의 말을 곱씹던 휴렐바드는 마차를 모는 칼리프에게 추격자가 붙었다는 사실을 인지시켰다. 죽을지도 모른단 위기감에 칼리프가 안색이 파랗게 질렸다.

"이, 일단 내가 둘러대 볼게요. 직접 본 게 아니면 뭔 재주로 이 마차에 탄 줄 알겠어요?"

"부탁드리겠습니다. 저는 천막 안에서 만약의 상황에 대비하겠습니다."

양해를 구한 휴렐바드가 천막 안에 몸을 숨겼다. 이윽고 지면을 박차는 말발굽 소리가 고요한 숲을 어지럽혔다. 기사 루카스를 선두로 제1기사단 소속에서도 정예로 손꼽히는 기사단원들이 턱밑까지 추격해 온 것이다.

"멈춰라!"

루카스의 외침에 칼리프가 마차를 멈춰 세웠다. 뒤쫓아 온 기사들이 유랑 마차를 중심으로 원형을 그리며 포위했다.

"무, 무슨 일 때문에 그러신지요?"

칼리프는 겁이 잔뜩 질린 듯 말을 더듬으며 물었다. 그것이 연기인지, 실제인지 분간이 어려울 정도로 실감 났다.

"그건 차차 알게 될 거고, 천막에 뭐가 들었지?"

"네? 그야 제가 먹고 자는데 쓰는 생필품이……."

"피미르!"

루카스가 말을 자르며 호명했다. 그러자 젊은 기사가 앞으로 나왔다.

"수색해."

명령을 받은 기사 피미르가 말에서 내려 유랑 마차로 가까이 다가갔다. 외견상 특별한 점이 보이지 않자 천막을 찢고 내부를 확인하려던 때였다.

번쩍. 찢어진 천막 사이로 쏟아지던 햇빛이 쇠붙이에 닿으며 빛을 반사했다. 피미르가 반사적으로 손을 들어 눈을 가리자 나무 상자 뒤에 몸을 숨기고 있던 휴렐바드의 신형이 번개처럼 튀어 나갔다.

"헉!"

비명을 지를 새도 없이 피미르의 심장에 검이 박혔다. 사시나무처럼 부르르 떨던 피미르가 유랑 마차 아래로 굴러떨어졌다. 즉사였다.

"피미르!"

당황한 기사들이 맹렬한 살의를 드러내며 검을 뽑아 들었다.

'아홉.'

휴렐바드는 상대해야 할 기사의 숫자를 읊조리며 천막 밖으로 모습을 드러냈다. 동료가 당했단 사실에 기사들이 죽일 듯한 살기와 적의를 드러냈지만 휴렐바드는 얼음처럼 미동조차 없었다.

"휴렐바드, 네 이놈! 암습을 가한 것도 모자라 동료를 베다니! 명예마저 잃은 네가 그러고도 기사라고 할 수 있느냐!"

루카스가 눈을 부라리며 당장에라도 달려들 듯 일갈했다. 가깝게 지내던 후배가 눈앞에서 죽자 반쯤 이성이 날아갔다.

"나의 명예는 하나다. 나의 레이디를 지키는 것. 그러기 위해 벤다."

감정이 느껴지지 않는 말이 끝나기가 무섭게 휴렐바드가 지면을 박찼다. 유랑 마차에서 가장 가깝게 서 있던 기사 아델의 눈동자가 당혹감으로 물들었다. 기민한 움직임으로 쇄도해 오는 휴렐바드를 상대하려는데 한순간에 시야에서 사라진 것이다.

"어디로…… 헉!"

오싹한 기분이 든 아델이 고개를 들었다. 순식간에 시야에서 사라진 휴렐바드가 말에 탄 그보다 더 높이 뛰어올라 벼락처럼 검을 내리그었다.

챙! 숙련된 기사답게 본능적으로 검을 눕힌 후 머리 위로 치켜들어 휴렐바드의 검을 막았다. 두 쇠붙이가 충돌하며 듣기 싫은 굉음이 숲을 쩌렁쩌렁 울렸다. 기사 아델은 간담이 서늘했다. 간발의 차이였다. 몸이 먼저 반응을 하지 않았다면 지금쯤 싸늘한 주검이 되어 있을 거란 생각에 저도 모르게 침을 삼켰다.

"너 이 자식!"

결과적으로 휴렐바드의 기습은 실패했다. 더구나 동작을 크게 가져간 까닭에 체공 시간이 길어져 틈이 생겼다. 이대로 검을 찌른다면 무방비인 휴렐바드는 피할 수가 없을 거라고 판단했다.

그러나 휴렐바드는 그의 상식을 훨씬 뛰어넘는 기사였다. 허공에서 몸을 탄력적으로 비틀어 원심력을 줘서 회전했다. 당황한 아델이 상체를 틀어 휴렐바드를 쫓았지만 이미 늦었다.

휴렐바드의 검날이 희미한 궤적을 남기며 그어졌다. 기사가 어깨를 떨며 움찔했다. 민첩하던 반응이 점점 무뎌지더니 이내 낙마했다. 아델의 가슴에 새겨진 검상에서 피가 흘러나와 제복을 적셨다.

"아델!"

루카스의 눈이 붉게 충혈됐다. 친애하던 동료를 눈앞에서 두 명이나 잃은 슬픔을 무엇에 비할 수 있을까.

'앞으로 여덟.'

휴렐바드는 서리처럼 차갑고 냉철했다. 기습으로 두 명을 제압하긴 했지만 여전히 상황은 좋지 않았다. 저들이 작정하고 엘레나를 노린다면 행동에 제약이 걸릴 수밖에 없었다.

'더 이상 기습은 통하지 않아.'

루카스는 제1기사단 내에서도 알아주는 강자다. 공공연히 차기 기사단장감이라는 말까지 나올 정도로 지휘력도 출중했다. 지금도 보라. 동료를 잃었단 사실에 참을 수 없는 분기를 느끼면서도 결코 경거망동하지 않았다.

"내가 널 만만히 봤구나."

"……."

"초원 부족 새끼들이 얼마나 야비한지를 알았어야 했는데. 이런 실력을 숨겼을 줄이야. 로렌츠 경도 네 손에 죽었겠지?"

휴렐바드는 굳이 대답하지 않았다. 침묵은 곧 긍정이라고 했던가. 루카스의 살기가 더욱 맹렬해졌다.

"오늘 널 죽여 죽은 기사들의 넋을 달래마."

"할 수 있다면요."

"뭐가 어째?"

휴렐바드가 의도적으로 도발 어린 말을 날리며 루카스를 향해 달려들었다. 아직 마차 안에 숨어 있는 엘레나를 대신해서 자신에게 집중하도록 만들기 위함이었다.

'우두머리를 노린다.'

루카스를 제거한다면 기사들을 통제할 사람이 없어진다. 당연히 엘레나를 노리는 일도 없을 것이고 그리되면 남은 기사들의 각개격파도 가능했다.

"협공해!"

루카스는 말에서 뛰어내리며 명령했다. 공간이 협소한 숲속이다 보니 말을 타고 싸우는 건 불리했다.

일 대 팔의 난투전이 벌어졌다. 어느 한쪽도 물러섬 없는 진검 승부였다. 한순간의 실수로 목숨을 잃는다고 해도 하등 이상할 게 없을 만큼 살의가 넘쳤다.

비등비등하던 승부의 추는 공방이 길어질수록 한쪽으로 기울었다. 점차 수세로 몰린 건 휴렐바드 쪽이었다. 한 몸처럼 움직이는 여덟 기사의 맹공에 뒷걸음질 치며 방어에만 급급했다.

위기에 몰아넣을수록 기가 산 기사들의 공격이 사나워질 즈음이었다. 휴렐바드는 버거운 척 굴며 의도적으로 빈틈을 보였다. 그걸 포착한 기사가 검을 찔러 넣자 기다렸다는 듯이 반응했다. 공기를 가르는 소리보다 빠르게 휴렐바드의 쾌검이 궤적을 그렸다.

"컥!"

"브록!"

복부를 베인 기사 브록이 비틀거리더니 앞으로 털썩 주저앉았다. 아직 죽지는 않았지만 워낙 출혈이 큰 까닭에 살기는 어려워 보였다.

"하아, 하아."

휴렐바드가 거친 숨을 토했다.

"앞으로 일곱……."

체력이 점점 고갈되었지만 휴렐바드의 안광은 어느 때보다 날카로웠다.

"으으! 이런 괴물 같은 놈."

루카스는 이를 아득바득 갈았다. 휴렐바드의 강함은 진짜였다. 어째서 이만한 검술을 지닌 기사가 지금까지 무명에 머물러 있었는지 의문이었다.

그 이유는 엘레나에게 있었다. 휴렐바드를 곁에 두고자 직속 기사로 임명한 엘레나는 의도적으로 그의 존재를 숨겼었다. 언제고 이런 날이 올 거라고 예상했기에 비장의 수로 남겨두고 있었던 것이다.

"넋을 달랜다고 하더니, 위로할 넋이 늘었군요."

"이, 이!"

휴렐바드의 비아냥거림에 루카스의 얼굴이 시뻘겋게 달아올랐다. 한낱 평민 출신 기사인 휴렐바드에게 대공가 검이라 일컫는 제1기사단 소속의 기사 넷이 목숨을 잃었다. 망신도 이런 개망신이 없었다.

"수단과 방법을 가리지 않고 네놈만은…… 아! 그런 거였나?"

순간 든 생각에 루카스가 볼을 실룩거렸다. 뭔가 자꾸 위화감이 들었는데, 이제야 그게 뭔지 알 것 같았다. 루카스가 비릿한 미소를 지으며 턱짓으로 유랑 마차를 가리켰다.

"일부러 날 자극하고 도발한 이유가 혹시 저 가짜 공녀 때문인가?"

"……."

"그래서였어. 가짜 공녀에게서 우릴 떼어놓으려고……. 이를 어쩌지? 네가 강한 건 사실이지만 이제 알아버렸으니까."

정곡을 찔렸는데도 휴렐바드는 낯빛 하나 변하지 않았다. 그러나 루카스는 자신의 생각에 확신을 가졌다. 또 이곳에 오기 전 리아브릭이 했던 말을 상기했다. 그제야 우선순위가 뭔지 정확히 알 수 있었다.

"다들 휴렐바드의 발을 묶어라. 죽이지 못해도 좋아. 여기서 한 발자국도 못 움직이게 해."

루카스가 치아를 드러내며 사이하게 웃었다.

"난 그사이 가짜 공녀를 없애지."

휴렐바드가 재빨리 반응하며 저지하려고 했지만 남은 기사들이 앞을 가로막았다. 루카스가 비웃음을 띠며 유랑 마차를 향해 다가갔다.

"네 상대는 우리다."

여섯 명의 기사는 길목을 차단하더니 숨 돌릴 틈도 주지 않고 달려들었다. 루카스가 빠진 만큼 제압은 요원했지만 진로를 막는 정도라면 해낼 자신이 있었다. 공방이 오갈수록 침착함을 잃지 않던 휴렐바드의 눈빛에 조급함이 묻어났다. 집요하게 물고 늘어지는 통에 좀처럼 떼어놓기가 쉽지 않았다.

"아가씨, 도망치셔야 합니다!"

휴렐바드가 소리치며 위급함을 알렸다. 그러자 마부석에 앉아 있던 칼리프가 있는 힘껏 고삐를 내려치며 내달렸다.

"어딜 내빼려고!"

유랑 마차에 가속도가 붙는 속도보다 루카스의 몸놀림이 더 빨랐다. 순식간에 달려들더니 단숨에 도약해 유랑 마차 위로 올라탔다. 루카스는 검을 휘둘러 너덜너덜해진 나머지 천막마저 다 찢어버렸다. 빛이 들어오자 어설프게 쌓아둔 짐 더미가 보였다.

"거기 있는 거 다 안다."

루카스가 하얀 이를 드러내며 웃을 때였다. 바람을 가르는 파공음과 함께 짧은 단도가 짐 더미 사이에서 날아들었다. 하지만 숙련된 기사인 루카스에게는 전혀 위협이 되지 못했다. 몸이 닿기 직전에 검신으로 쳐낸 단도들이 떨어져 마차에 박혔다.

"알량한 재주군."

더는 숨어 있어봐야 의미가 없단 걸 깨달은 엘레나와 메이가 모습을 드러냈다. 메이의 손에는 조금 전 루카스를 노렸던 단도가 쥐어져 있었다.

"아 씨, 돌겠네!"

더는 마차를 모는 게 의미 없다고 여긴 칼리프가 마부석 안쪽에 숨겨두었던 검을 꺼내 들었다. 생전 검을 쥐어본 적도 없었지만 저항이라도 해볼 심산으로 대치했다.

"공녀."

루카스는 제 앞에 고고한 학처럼 서 있는 엘레나를 쳐다봤다. 남루하기 짝이 없는 집시의 전통 의상을 입고 있었지만 감출 수 없는 고귀함이 느껴졌다.

"큭, 많이 변했어. 공국에서 데려올 때만 해도 어리바리했는데, 이제 제법 귀족 티가 나."

"……기억나네요. 그때의 마부였군요."

엘레나는 한눈에 루카스의 정체를 꿰뚫어 봤다. 그날 이후 보이지 않기에 기억에서 지웠는데, 설마 이런 식으로 마주할 줄은 몰랐다.

"눈썰미도 좋군. 하긴, 그러니까 남의 이목을 속이고 이런 과감한 계획을 짰겠지?"

"당신인가요. 제 계획을 눈치챈 사람이?"

"그럴 리가."

루카스가 히죽 웃었다. 엘레나의 표정이 굳어졌다.

"리아브릭이군요."

"역시, 예리해."

리아브릭의 존재를 인정하는 발언에도 엘레나는 태연자약했다. 내심 그녀이지 않을까 예상하고 있던 만큼 딱히 놀랄 일도 없었다.

루카스는 그런 엘레나의 반응에 미간을 좁혔다. 곧 죽을지도 모르는 상황에 놓인 주제에 엘레나는 초연했다. 죽음이 비켜간 듯 구는 태도가 눈에 거슬렸다.

"리아브릭 자작님의 말씀이다. 수단과 방법을 가리지 말고 널 죽이라 신다."

"그럴 일은 일어나지 않을 거예요."

엘레나가 딱 끊어서 단정적으로 얘기하자 루카스가 입꼬리를 비틀며 비웃었다.

"그래? 그럼 누구 말이 맞는지 확인해 보자고."

루카스는 질질 끌 생각이 없는지 곧장 몸을 날렸다.

옆에 서 있던 메이가 있는 힘껏 단도를 던졌지만 루카스는 가볍게 검 신을 가져다 대서 튕겨 버렸다.

"아가씨, 피하세요!"

"물러나!"

무방비나 다름없는 엘레나의 앞을 메이와 칼리프가 막아섰다. 위급 한 상황이건만 엘레나는 몸을 빼지 않았다. 미동도 하지 않고 서서 정면에서 달려드는 루카스를 무심한 눈길로 응시했다. 이유 모를 불안감에 루카스가 멈칫했다. 그것도 잠시, 한낱 계집의 눈빛에 움츠렸단 사실에 부끄러움을 느끼곤 더 매섭게 몸을 날렸다.

그때였다.

"헙!"

순간 루카스의 왼편에서 오싹한 살기가 느껴졌다. 머리보다 몸이 먼저 반응했다. 본능이 피하지 않는다면 죽는다고 경고했다. 엘레나의 목에 검이 닿기 직전 루카스가 동작을 멈췄다. 갑작스러운 제동으로 그의 몸이 볼썽사납게 미끄러졌다. 엘레나와 루카스 사이에 검 한 자루가 날아와 수레에 박혔다. 그 힘이 어찌나 셌던지 마차를 찢은 것도 모자라 수레가 부르르 떨렸다.

"아쉬워라."

소리의 근원지이자, 검이 날아온 방향을 보며 루카스가 눈을 부라렸다. 그의 시선이 닿은 나뭇가지 위에 검은 복면인이 서 있었다.

"웬 놈이냐?!"

검은 복면인이 제비처럼 가벼운 몸놀림으로 사뿐히 마차에 내려왔다. 그러더니 마차에 박혀 있던 검을 뽑아 어깨에 얹었다.

"누구긴. 악당 잡는 악당이지."

열흘 전, 대공가.

리아브릭의 실각 이후 엘레나는 저택 내의 분위기가 예전 같지 않단 걸 피부로 느꼈다. 외출을 막은 것도 모자라 외부인과 접촉도 차단했다.

기사 로렌츠는 한시도 엘레나에게서 떨어지지 않았다. 손발이 잘린 것처럼 어느 것 하나 그녀의 의지로 할 수 있는 일이 없었다.

'의심의 수준을 넘어섰어.'

엘레나는 대책이 필요하다고 느꼈다.

'손 놓고 있다간 잡아먹힐지도 몰라.'

고심을 거듭하던 엘레나는 디저트 전문 요리사 쿠일을 방으로 불러들였다. 요리사 쿠일은 렌이 심어놓은 간자였다. 만약 손쓸 수 없는 위험한 상황에 처하거나, 자신의 도움이 필요하면 그를 통해 연락하라고 했다.

"최종 경합식 날에 렌의 도움이 필요하다고 전해주세요."

엘레나는 그날의 계획에 대해 차근차근 일러줬다. 한 치의 오차도 없이 기억한 요리사 쿠일이 말을 덧붙였다.

"공녀 전하께서 도움을 청하시면 그분께서 전하란 말씀이 있으셨습니다."

"말해보세요."

"세상에 공짜는 없다고요."

요리사 쿠일이 묵례를 하고는 방을 나섰다.

"좀 일찍 나타날 순 없어요?"

결정적인 순간에 자신을 지켜줬다는 사실보다 이제야 나타난 렌에 대한 원망이 먼저였다. 조금 전에 느꼈던 목 끝의 서늘함을 생각하면 아직도 섬뜩하다.

"너 나 보고 싶었냐?"

"그런 말이 아니잖아요."

엘레나가 눈을 흘겼다. 그러거나 말거나 복면에 감춰진 렌의 눈은 웃고 있었다. 엘레나가 밉게 쳐다보거나, 자신을 노려볼 때면 왜 이리 기분이 좋아지는지. 진지하게 변태적 취향일지도 모른단 생각도 들었다.

"루카스 경!"

복면인의 등장에 휴렐바드를 상대하던 기사단원들이 잽싸게 마차 옆으로 뛰어왔다.

"제길, 또 방해가 있을 줄이야."

루카스의 입에서 거친 말이 튀어나왔다. 돌아가는 상황이 좋지 않았기 때문이다. 뒤늦게 합류한 휴렐바드가 지친 몰골로 엘레나의 앞에 섰다. 여기저기 옷이 뜯기고 핏자국이 묻어 있는 그를 보며 엘레나가 걱정했다.

"경, 괜찮은 거예요? 상처가……."

"신경 쓸 정도는 아닙니다. 그보다 이자는…… 그자군요."

휴렐바드는 한눈에 복면인의 정체가 렌임을 알아봤다. 돌아가는 정황과 갈무리된 기세 그리고 형형한 눈빛만으로도 유추가 가능했다.

"친한 사이도 아니니 인사는 생략하고."

"……."

렌은 어깨를 으쓱하더니 대치 중인 루카스와 기사단원에게로 시선을 옮겼다. 짝다리를 짚고 선 채 오만하기 짝이 없는 말을 지껄였다.

"내가 우아한 인격으로다가 기회를 주지. 무릎 꿇고 빌어. 그럼 살려준다."

"저 자식이!"

기사단원 중 하나가 발끈했다. 어려서부터 검술에 일가견이 있던 그가 엘리트 코스를 밟아 대공가의 기사가 된 이래 겪은 최고의 모욕이었다.

"그럼 센다. 하나, 둘, 셋…… 끝!"

렌이 홀가분하게 검을 겨눴다.

"이제 죽자."

"루카스 경, 잠자코 있으실 겁니까?"

"명을 내려주십시오. 싹 정리하겠습니다!"

루카스가 입술을 세게 깨물었다. 굳이 검을 맞대지 않아도 눈앞의 복면인의 실력이 호락호락하지 않음을 알 수 있었다. 최소 그와 비슷한 실력을 지녔거나 어쩌면 더 강할지도 모른다.

루카스는 냉정하게 지금의 상황을 점검했다. 휴렐바드 한 명도 상대하기 벅찬데 정체를 알 수 없는 복면인까지 가세했다. 결코 만만한 상대가 아닌 걸 감안하면 승부의 균형은 넘어갔다고 봐도 무방했다.

'자작님께 도움을 청해야 해.'

루카스가 굴욕감에 주먹을 꽉 말아 쥐었다. 어찌나 세게 쥐었던지 손톱이 손바닥에 파고들어서 피가 고였다. 루카스는 슬쩍 뒤를 돌아보며 눈빛을 보냈다. 오랜 지우이자 전우인 기사 카이드가 묵묵히 고개를 끄덕였다. 정면을 보며 루카스는 검을 고쳐 잡았다. 그가 할 일은 저들의 발을 묶고 지원군이 올 때까지 버티는 것이었다.

"오냐, 죽자. 근데 죽는 건 우리가 아니라 너희다."

루카스는 살기등등하게 나섰다. 그가 거칠고 세게 몰아붙여야만 카이드가 몸을 뺄 수 있는 틈이 생기기 때문이었다.

일촉즉발의 상황. 전면에 서 있던 렌이 손을 뻗더니 엘레나의 시야를 손바닥으로 가렸다.

"눈 가려."

"왜요?"

"뭐 좋은 구경도 아니고. 칼부림 봐봐야 정신 건강에 해롭다."

"……."

정말 생각지도 못한 배려에 엘레나의 표정이 미묘하게 일그러졌다. 항상 이런 식이었다. 늘 건방지고 막무가내처럼 굴다가도 꼭 이런 식으로 그녀를 챙겼다.

"쳐라!"

"절대 보지 마라."

마지막 순간 엘레나에게 당부한 렌이 움직였다. 휴렐바드 역시 지친 몸을 이끌고 적과 대치했다.

생사를 오가는 치열한 전투가 벌어지자 메이가 조심스럽게 말했다.

"아가씨, 보지 않으심이……."

"아니, 봐야 해. 저 두 사람이 죽기를 각오하고 싸우는 건 나 때문이니까."

엘레나는 의연하게 마음을 다잡았다. 낭자하는 피와 살육이 역겹고 두렵지 않다면 거짓말일 것이다. 그럼에도 불구하고 엘레나는 고개를 돌리지 않았다. 오히려 눈에 꽉 힘을 주고 한순간도 놓치지 않으려 들었다.

뒤늦게 합류한 렌도 그렇지만 휴렐바드는 목숨을 걸고 옛 동료들을 베고 있었다. 기사로서 가장 불명예라는 배신의 오명까지 감수하면서 엘레나를 선택한 휴렐바드를 위해서라도 외면하는 건 도리가 아니었다. 엘레나의 동공에 비장한 결의가 엿보였다.

"마지막까지 보겠어. 그리고 다 같이 새로 시작할 거야. 날 믿고 따라준 사람들과."

루카스와 기사들은 보수적으로 맞대응했다. 기회를 봐서 카이드를 이탈시켜 지원군을 불러오면 된다. 그때까지는 무리하지 말고 버티면 된다. 아니, 그러려고 했다.

"비, 빌어먹을. 괴물이 한 명도 아니고 둘이나……."

루카스와 기사들은 죽을 맛이었다. 제국의 삼검이라 일컬어지는 렌의 실력은 상식을 넘어섰다. 휴렐바드가 이성적으로 적을 상대하며 눈으로 좇기 힘든 쾌검을 구사한다면, 렌은 그 대척점에 서 있었다. 마치 길들여지지 않는 야수처럼 형식에 구애받지 않고 검을 휘두르는데 그게 숨이 막힐 정도로 맹렬했다.

"제길."

루카스는 이대로는 오래 버티지 못할 거란 걸 직감하고는 눈빛을 보냈다. 치열하게 싸우는 와중에도 호시탐탐 몸을 뺄 기회만 노리던 카이드가 고개를 끄덕였다. 살벌하게 공방이 오가는 틈을 파고든 카이드가 애마가 있는 쪽으로 달려갔다.

심상치 않음을 느낀 휴렐바드가 쫓아가려 하자 기사들이 앞을 가로막았다. 이대로라면 카이드를 놓칠 수밖에 없었다. 반대편에서 루카스와 두 명의 기사를 실력으로 찍어 누르고 있던 렌이 이죽거렸다.

"쯧, 눈 뜨고도 당하냐?"

렌은 이미 이런 상황이 벌어질 거라 예상했다. 눈빛을 주고받는 루카스와 카이드의 낌새가 심상치 않아서였다.

"악당은 악당이 잘 알지, 암."

렌이 양손으로 손잡이를 쥐고는 힘껏 검을 휘둘렀다. 검에 실린 묵직함에 루카스가 뒤로 밀려났다. 렌은 땅을 박차 다른 두 명의 기사의 눈에 흙을 뿌렸다.

"윽!"

렌이 유랑 마차 위로 뛰어 올라갔다.

"그것 좀 빌리자."

렌은 다짜고짜 메이가 손에 쥔 단도를 빼앗았다. 그사이 말 머리를 돌린 카이드가 뒤도 돌아보지 않고 고삐를 내려쳤다. 앞발을 높게 들어 올린 황마가 뒷발을 차며 나아갈 때였다.

삭! 공기를 찢는 파공음이 들리며 쇠붙이가 번쩍였다. 빛을 반사하며 날아간 단도가 카이드의 등덜미에 정확히 꽂혔다.

"카이드!"

루카스의 메아리가 사라지기도 전에 안장에 앉아 있던 카이드의 몸이 휘청거리더니 그대로 균형을 잃고 바닥에 거꾸러졌다. 렌은 히죽 웃더니 다시 루카스 앞으로 뛰어내렸다.

"이봐, 같잖은 수작을 부리니까 저 꼴 나는 거야."

"이 새끼!"

"소리 지르지 말지? 뒤에 놀라잖아."

말투는 장난스러웠지만 렌의 눈빛은 싸늘했다. 피가 낭자하고 시체가 즐비한 이곳에서 루카스의 돼지 멱따는 소리까지 더해 엘레나가 놀란다고 생각하니 기분이 좋지 않았다.

"이제 죽자."

더는 시간을 끌 필요성을 느끼지 못한 렌이 전력을 다해 검을 휘둘렀다. 규격 없이 쏟아지는 맹공에 루카스와 호흡을 맞추던 기사가 하나, 둘 피를 토하며 쓰러졌다. 휴렐바드는 지친 와중에도 전력을 다해 제 앞을 막아서던 기사들을 전부 베었다.

"이, 이런…… 말도 안 되는……."

렌의 폭격에 가까운 공격을 버티지 못한 루카스가 털썩 주저앉았다. 어깨에 박힌 검날이 사선으로 그어져 내려오며 팔이 너덜거렸다. 모든 상황이 정리되자 유랑 마차의 근처로 휴렐바드와 렌이 다가왔다.

"고마워요. 두 사람 덕에 살았어요."

피비린내에 속이 매슥거렸지만, 엘레나는 내색하지 않았다. 생사를 걸고 싸운 두 사람에 대한 예의가 아니라 여겼다.

"당연한 일을 했을 뿐입니다. 그보다 너무 지체했습니다. 어서 자리를 피하심이…… 아가씨!"

엘레나가 휘청거리자 휴렐바드가 반사적으로 부축했다.

"괘, 괜찮아요. 잠시 어지러워서."

"안색이 좋지 않습니다."

어쩔 줄을 몰라 하는 휴렐바드를 보며 렌이 삐딱하게 쏘아붙였다.

"보기 좀 그러네?"

"뭐가 말씀입니까?"

"괜찮다는데 계속 그러고 있잖아."

"경, 이제 괜찮아요. 혼자 서 있을 수 있어요."

현기증이 가셨는지 엘레나가 제 발로 다시 섰다. 그런 엘레나를 바라보는 휴렐바드의 눈빛에 걱정과 불안이 혼재했다.

"어서 벗어나요. 더 있으면 추격대가 올지 몰라요."

리아브릭의 집요함과 대공가의 전력을 고려하면 언제 또 추격대가 올지 모른다. 그러니 서둘러 이곳을 벗어나야 한다. 칼리프가 다시 고삐를 잡고는 유랑 마차를 몰았다. 단 한 사람, 렌만이 함께하질 않고 자리를 지켰다.

"안 가요?"

"먼저 가. 난 아직 할 일이 남아서."

"위험해요. 같이 가요."

엘레나는 진심으로 렌의 안위를 걱정했다. 렌이 아무리 강하다 한들 머릿수 앞에 장사 없는 까닭이었다. 렌이 히죽 웃었다.

"그러니까 먼저 가라는 거잖아. 걱정 안 되게."

"선배."

엘레나는 그런 렌을 빤히 쳐다봤다. 걱정 안 되게라니. 늘 이런 식이었다. 장난스럽게 굴지만 그 이면엔 생각도 못 한 섬세한 배려가 배어 있었다. 공기처럼 자연스럽게. 그러다 불쑥 생각나 버리게.

"눈 그렇게 뜨지 마. 꿈에 나올라."

"……죽지 마세요."

담담해 보이지만 엘레나의 말속엔 진심으로 렌을 향한 걱정이 배어 있었다. 미운 정이라도 들었는지 렌이 다치는 걸 보고 싶지 않았다.

"얘가 또 멀쩡한 사람을 죽이고 난리야?"

"걱정되니까 하는 말이잖아요."

"나 안 죽어. 나한테 빚진 소원값도 청구 못 했는데 억울해서 죽겠냐?"

이런 상황에서도 소원을 걸고넘어지는 렌의 태연함 때문일까. 엘레나는 묘하게 안심이 되었다.

"알았어요. 소원 들어줄 테니까 살아서 다시 봐요. 약속한 거예요."

"가."

렌이 뒤돌아서더니 손을 휙휙 저었다. 빨리 가라는 손짓이었다. 엘레나도 더는 지체할 수가 없었다. 렌이 걱정되긴 했지만 여기서 시간을 더 끌었다가는 대공가의 추격대와 맞닥뜨릴 수도 있다. 너덜너덜해진 유랑 마차를 타고 멀어지는 엘레나의 시선은 렌의 뒷모습에서 떨어질 줄 몰랐다.

사람 일이란 게 참으로 묘하다. 이전 삶에서는 원수와 다름없는 관계였고, 회귀한 이후에도 썩 좋지 않은 사이였다. 오죽하면 별명이 개자식이었을까.

그랬던 렌이 변했다. 엘레나의 적이 아닌, 옆에 섰다. 그래서였을까? 렌을 의지하고 있는 스스로를 발견할 수 있었다. 무의식적으로 외면하고 부정하고 있었는데, 이젠 인정할 수밖에 없었다.

유랑 마차가 산비탈을 따라 빠르게 내려가자 렌의 모습도 더는 보이지 않았다. 제국의 삼검이라 일컫는 강자였으니 쉽게 죽지 않을 거라는 걸 알았다. 아까도 보지 않았던가. 압도적인 검술로 대공가의 정예 기사들을 유린하는 그의 끝 모를 강함을. 그러나 머리로는 이해해도 렌을 향한 걱정이 옅어지질 않았다.

"죽으면 가만 안 둘 줄 알아요."

그 시각. 엘레나 일행이 떠나고 홀로 남은 렌은 주변을 살폈다. 널브러진 기사의 시신들 주위로 치열했던 흔적이 고스란히 남아 있었다.

"갔나?"

숲엔 새의 지저귐과 바람에 흔들리는 나뭇잎 소리만 무성했다. 유랑 마차의 바퀴 소리가 전혀 들리지 않을 만큼 멀어졌단 뜻이다. 렌이 히죽 웃었다. 그녀만 생각하면 미소가 입가에서 사라질 생각을 않는다.

"이거야 원, 설레잖아."

렌의 소소한 즐거움 중 하나는 온종일 엘레나를 생각하는 일이었다. 천재라고 불릴 만큼 명석한 두뇌의 소유자인 렌은 엘레나를 처음 만났던 때부터 지금까지 한순간도 빠짐없이 그녀의 모든 걸 기억했다. 초대 대공 탄신연회의 분위기, 엘레나의 머리 모양, 드레스, 눈빛, 싸늘했던 말투까지. 아카데미에서도, 졸업한 이후에도…… 기억 너머의 무의식에 잠들어 있던 엘레나의 모습을 되돌아보는 것만큼 렌에게 의미 있는 일은 없었다.

오늘도 마찬가지다. 의미 있게 간직할 수 있는 기억이 늘었으니 좋아하지 않고 배기겠는가. 바보처럼 웃고 있던 렌이 퍼뜩 정신을 차렸다. 혼자만의 유희를 즐기기엔 장소가 썩 훌륭하지 못했다. 렌은 자신이 죽인 루카스의 시신에 다가갔다.

"미안해서 어쩌지? 깔끔하게 죽여줄 수 있었는데 그러질 못해서."

오만하게 들릴지 모르지만 렌의 말은 사실이었다. 오늘 싸움에서 렌은 전력을 다하지 않았다. 렌이 구사하는 검술의 묘체는 찌르기다. 아카데미 검술학부 결승전에서 시안과 싸울 때 보여줬던 찌르기야말로 렌의 주특기다. 본능에 의지한 야성적인 검술은 상대를 확실히 죽일 수 있는 찌르기를 위한 눈속임에 불과했다.

한데, 렌은 루카스를 제압하는 과정에서 한 번도 찌르기를 구사하지 않았다. 그간 협공을 가해왔던 기사들을 맞상대했을 때도 마찬가지다.

"너무 모욕적으로 생각 마. 네가 좀 더 셌으면 나도 이러지 못했을 거니까. 다 네가 약해서 벌어진 비극쯤으로 치자."

교묘하게 루카스의 탓으로 돌린 렌이 찌르기를 사용하지 않은 이유는 흔적을 남기지 않기 위해서였다. 현 제국에서 렌만큼 고절하고 완벽한 찌르기를 구사하는 기사는 전무하다시피 했으니까.

그리고 하나 더. 찌르기를 감추는 것뿐만 아니라 렌은 그 이상의 뭔가를 시도했다.

"이야, 내가 봐도 그럴듯해. 누가 봐도 월포트 경의 검식이라고 하겠어."

렌은 주검이 된 루카스의 상처 부위를 확인하며 히죽 웃었다.

라인하르트가의 기사단장 월포트 경. 초원 부족 출신의 용병이었던 그는 거구에서 뿜어져 나오는 거력으로 상대의 몸을 두 동강 내는 거친 검술의 보유자다. 과거 아편 재배지를 쫓던 시안과 대결해서 패배한 그는 실종되어 행방이 묘연했다.

렌은 예전에 견식한 경험이 있는 월포트의 검식을 흉내 냈다. 무식하리만치 힘을 앞세운 검술로 마치 월포트가 이 자리에 있었던 것처럼 꾸몄다.

"검만 부러뜨려 놓으면 완벽하네."

렌이 손에 쥐고 있던 검을 스윽 들어 올렸다. 라인하르트가를 상징하는 문양이 새겨진 명검으로 실제 월포트가 사용했던 애검이었다. 렌은 반대편 손으로 죽은 기사가 쥐고 있던 검을 뺏었다.

"후."

크게 심호흡을 한 번 하더니 오른손에 쥐고 있던 월포트의 애검을 머리 위로 힘껏 집어 던졌다. 월포트의 애검이 허공에서 회전하며 바닥으로 추락했다. 렌이 왼손에 들고 있던 검으로 떨어지는 월포트의 애검을 있는 힘껏 베었다.

사각. 철과 철이 부딪쳤다는 소리라고는 믿기지 않을 만큼 부드러운 소리가 나더니 월포트의 애검이 두 동강 났다.

"좋아, 깔끔해."

렌이 두 동강 난 검날을 집어 반대편 나무에 휙 던졌다.

푹. 힘을 들여 던진 거 같지도 않은데 나무에 박힌 검날이 부르르 떨렸다. 남은 손잡이 부위를 쥐어 루카스 옆에 내동댕이쳤다.

"끝."

완벽한 은폐며 조작이었다. 오늘 일어난 사달은 행방불명된 라인하르트가의 월포트의 소행으로 완벽히 위장했다. 루카스의 몸에 난 검상이라거나, 부러진 월포트의 애검이 그 정황을 뒷받침할 것이다. 렌은 왼손에 쥐고 있던 검을 멀찌감치 집어 던지곤 손을 털었다.

"뒷일은 우리 전하께서 마무리하실 테고. 악당은 슬슬 퇴장해 볼까나."

비밀리에 회동한 시안과 렌은 대공가에 감금당한 엘레나를 대신해 머리를 맞댔다. 그 결과 공작가와 4대 가문 라인하르트가의 관계까지 악화시키는 효과도 낳을 수 있었다. 불미스러운 사건을 빌미로 황태자비 선출식도 무효화할 계획이었다. 마침 사건에 얽힌 두 가문의 영애가 최종 경합에 진출했기에 더없이 좋은 명분이었다.

렌은 단숨에 나뭇가지 위로 몸을 날리더니 우거진 숲 너머로 자취를 감추었다.

그리고 그리 긴 시간이 지나지 않아 모래를 일으키며 제2기사단과 마차 한 대가 현장에 도착했다.

"어, 어떻게 이런 일이……."

리아브릭은 처참한 현장을 보며 경악했다. 전멸. 상식적으로 납득되지 않는 결과에 괴리감이 밀려왔다.

"루카스 경!"

"카이드, 정신 차려!"

기사들이 싸늘하게 식은 시신을 부여잡고 울부짖자 리아브릭의 정신이 조금 돌아왔다. 이성적이던 그녀의 눈동자에 절망이란 그림자가 짙게 드리웠다. 최악을 대비해서 어느 때보다 철저하게 대처했다. 대공가의 검이라고 일컫는 제1기사단원 중에서도 정예를 뽑아 루카스와 함께 추적하게 했다. 불안하긴 했지만 실패는 생각지 않았다.

그런 그녀가 마주한 눈앞의 전경은 처참했다. 정예 중의 정예인 기사 열 명이 싸늘한 주검이 되었다. 개중에는 차기 기사단장감으로 여겨지던 루카스도 포함되어 있었다.

"흔적을 찾아요. 홍수가 어디로 갔는지 밝혀내라고요!"

리아브릭은 거의 놓을 뻔한 정신을 부여잡으며 악을 질렀다. 꼴이 우습게 됐다. 제국의 날고 긴다는 귀족들도 발아래 두던 그녀가 남의 뒤꽁무니나 쳐다보는 처지가 되었다.

꽉 말아 쥔 리아브릭의 주먹이 부들부들 떨렸다. 인정할 수 없었다. 그 천한 계집에게 속은 것도 모자라, 만반의 대비를 했음에도 처참하게 지고 말았다. 이보다 더한 모욕이 더 있을까.

어디선가 엘레나의 웃음소리가 들리는 착각이 들었다. 제 주제도 모르고 똑똑한 척 굴며 같잖은 협박이나 일삼던 그녀를 얼마나 속으로 비웃었을까.

리아브릭이 입술을 물고는 하늘을 올려다봤다. 텅 빈 하늘을 보고 있자니 부아가 치밀었다. 열패감에서 시작한 비참함이 그녀에게 독기를 품게 만들었다. 엘레나를 죽이기 위해서라면 뭐든 할 것이다. 황제를 바꿔서라도.

"자작님, 이걸 보십시오!"

기사가 부러진 검의 파편을 들고 와 내밀었다. 두 동강 난 검에 익숙한 가문의 문양이 새겨져 있었다.

"라인하르트 공작가?"

"네, 실종됐다고 알려진 라인하르트가의 기사단장 월포트 경의 것으로 추정됩니다."

"뭐라고요?"

리아브릭이 지끈거리는 머리를 짚었다. 왜 이 검이 여기 있는지는 모르겠지만 라인하르트가가 개입되었다면 가벼이 넘길 수 없었다.

"이, 이건 월포트 경의 검에 당한 것 같습니다."

"이런 파괴적은 검상은 월포트의 것이 분명합니다."

"하."

기사들의 보고가 이어질수록 공황이 찾아왔다. 실종 기사 월포트와 라인하르트가의 존재가 안 그래도 경황이 없는 그녀의 머릿속을 더 정신없이 헤집어놓았다.

"왜 이 일에 라인하르트가가 개입을……."

어디서부터 연관성을 찾아야 할지 감이 오지 않는다. 정말 이 일의 배후에 라인하르트가가 존재한다면 리아브릭이 수습하지 못할 최악의 상황으로 치닫는다.

"자작님, 피하셔야 합니다!"

기사의 외침에 놀란 리아브릭의 고개가 돌아갔다. 경고가 무색할 만큼 산 건너편에서 모래가 일더니 황궁근위대원들이 들이닥쳤다. 단숨에 현장을 포위한 근위대원들 틈바구니에서 백마를 탄 청년이 말을 몰고 나왔다.

황가를 상징하는 흑발과 우수에 찬 눈빛, 황실을 상징하는 블랙 드래곤이 새겨진 문양까지. 황제 다음으로 고귀한 황태자 시안을 알아본 리아브릭과 대공가의 기사들이 고개를 숙이며 예를 갖췄다.

시안은 그들의 인사를 보는 둥 마는 둥 현장을 훑어보더니 권위적인 말투로 통보했다.

"수도 외곽에서 발생한 사건에 대해 황태자의 직권으로 조사를 명하겠다. 프리드리히가의 기사와 가신들은 협조하기를 바란다."

리아브릭은 허망한 눈길로 시안을 올려다봤다. 권위가 바닥에 떨어졌다 한들 황명이다. 항명했다간 대공가에 정치적으로 크나큰 타격을 줄 수밖에 없다.

'설마 여기까지 계산한 건 아니겠지?'

사냥을 나갔던 황태자가 왜 여기 있는 것인지, 이마저도 엘레나의 의도인 것인지, 그렇다면 도대체 몇 수 앞을 내다보고 있던 것인지. 리아브릭은 한 번도 느껴보지 못한 좌절감에 고개를 떨궜다. 계략에서 졌던 패배감보단, 어쩌면 평생을 노력해도 엘레나와 격차를 메울 수 없을 것 같단 절망이 야금야금 그녀를 좀먹었다.

제23장
전야

　수도 외곽에서 나는 새도 떨어뜨린다는 대공가의 기사들이 살해당하는 초유의 사건이 발생했다. 사냥을 나갔던 황태자 시안이 사고 현장을 목격했고 직접 조사에 나섰다.

　조사 결과 놀라운 사실이 밝혀졌다. 사고 현장에서 실종된 것으로 알려진 라인하르트가의 기사단장 월포트의 부러진 애검이 발견된 것이다. 심지어 죽은 대공가의 기사 루카스의 몸에 새겨진 상흔이 패도적인 검술을 구사하는 월포트의 것과 정확히 일치했다. 증거와 정황이 대공가 기사들의 살해 사건의 흉수로 라인하르트가를 지목했다.

　라인하르트가를 이끄는 크롬 공작은 모함이라며 부정했다. 실종된 월포트는 몇 달째 가문에 돌아오지 않아 기사단장직에서 해임했다며 이 일과 무관하다고 주장했다.

　답답한 건 대공가도 마찬가지였다. 시안의 개입으로 인해 사건 현장

조사의 주도권을 잃고 말았다. 제국의 법에는 수도 인근 지역은 귀족들의 반란을 고려해 기사단을 움직일 시 반드시 황실에 보고해야 하는 의무가 있는데, 그걸 대공가가 어긴 것이다.

현장에서 단서를 찾아 엘레나를 쫓으려던 리아브릭의 계획은 그렇게 수포로 돌아갔다. 뒤늦게 조사에 착수했지만 흔적은 모조리 지워진 뒤였다. 더구나 엘레나의 배후에 라인하르트가의 개입이 의심되면서 상황은 미궁에 빠져들었다. 대공가 소속 기사의 죽음에 월포트가 관여된 것으로 알려지며 제국의 축을 이루는 두 가문의 관계는 급속도로 냉각되고 말았다.

엎친 데 덮친 격으로 사고 현장을 조사하던 시안에 의해 리아브릭의 존재가 양지로 드러나고 말았다. 실각을 당한 그녀가 버젓이 대공가의 기사단을 통솔한단 얘기가 알려지자 귀족들이 거세게 반발했다. 리아브릭의 실각을 주도했던 서부와 동부, 남부의 수장 격인 보로니 백작, 노튼 자작, 후안 남작이 주축이 되어 대공가에 대한 불신을 노골적으로 드러냈다.

결국 프란체 대공까지 전면에 나서서 성난 귀족들을 다독였다. 이번 사건은 리아브릭이 독단적으로 움직인 일이며 자신과 관계가 없는 일이라고 선을 그었다. 또한 제멋대로 기사단을 움직인 그녀는 그에 합당한 무거운 책임을 질 거라고 해명했다.

황태자비 선출식과 관련된 소문도 떠돌았다. 의문의 사고가 황태자비 선출과 관련된 두 가문의 대립일지도 모른단 뜬소문이 퍼진 것이다. 그런 혼란스러운 시국 속에서 엘레나는 자취를 감추었다.

황태자비 선출식 최종 경합을 기점으로 베로니카 공녀가 며칠째 저택에 돌아오지 않자 대공가의 가신들이 의문을 가졌다.

리아브릭의 후임으로 대공가의 실무를 맡은 아셀라스는 공녀가 건강이 좋지 않아 요양 중이라며 둘러댔다. 베로니카가 두문불출하자 사실 병이 악화된 것이 아니라 내연남이 있어서 최종 경합을 포기했다는 등 근거 없는 악소문이 나돌았다.

그로부터 얼마 뒤. 마차 한 대가 대공가에 입성했다. 백마 여섯 마리가 끄는 호화스러운 마차는 황실의 의전용 마차보다도 더 화려했다.

주목을 받으며 저택 앞에 선 마차를 보고 제복을 차려입은 기사가 다가가 문을 열었다. 금발의 여인이 저택을 한 차례 올려다보고는 도도한 걸음걸이로 마차에서 내렸다.

"공녀 전하께 인사 올립니다."

하녀와 하인들이 일제히 고개를 숙여 인사를 올렸다. 베로니카가 무표정하다 못해 서늘함이 감도는 눈빛으로 그들의 면면을 훑으며 말했다.

"거슬려."

"네?"

"정원사에게 일러 튤립과 데이지를 다 뽑으라고 해."

집사가 눈을 깜빡이며 말했다.

"분명 공녀 전하께서 생기 있는 튤립이나 데이지를 심으시라고……."

"난 그런 적이 없는데?"

"……."

집사는 말문이 막혔다. 정원에 심어져 있던 백합을 없애고 튤립과 데이지를 심으라고 한 건 분명 베로니카 공녀였다. 그런데 이제 와서 언제 그랬냐는 듯 다른 말을 하고 있었다.

"집사."

"네, 공녀 전하."

베로니카가 표정을 굳히자, 집사가 흠칫 놀랐다. 지독한 눈빛이 그를 후벼 팠다.

"너는 내 말에 네라고 대답하면 돼. 네가 자꾸 토를 달면 내가 널 가만둘 수 없잖아."

"죄, 죄송합니다."

집사가 고개를 조아리자, 언제 그랬냐는 듯 베로니카가 표정을 풀었다.

"난 정원에서 백합의 그윽한 향기가 맡고 싶어. 이틀 안에."

"이, 이틀 말씀입니까? 네, 알겠습니다. 바로 조치하겠습니다."

베로니카의 눈매가 가늘어진 걸 본 집사가 식은땀을 흘리며 얼른 정정했다. 때마침 그녀를 에스코트했던 기사가 마차에서 새장을 꺼내 왔다. 베로니카는 지저귀는 파랑새를 내려다보며 시린 미소를 지었다.

"가죠. 제가 있어야 할 자리로."

"네, 공녀 전하."

쏴아아아. 익숙한 잠자리가 아니라 그런가, 유독 크게 들리는 빗소리에 엘레나가 잠에서 깼다. 시크릿 살롱 본관에 위치한 이곳은 L로 살아갈 엘레나가 앞으로 생활할 보금자리였다. 아직은 낯설고 어색한 면이 있었지만 마음만은 편했다.

"긴장이 풀렸나 봐. 온종일 자는 걸 보니."

엘레나는 늦잠도 모자라 시시때때로 낮잠까지 자는 제 모습이 어색했다. 회귀한 이후에도 황비 시절의 습관을 놓지 못했던 엘레나다. 늦잠

은커녕 일찍 일어나 몸단장하는 게 숨 쉬는 것만큼 당연했다.

근데 웬걸. 살롱에 온 이후로 그런 습관이 싹 사라졌다. 오죽하면 하루 종일 잠만 자는 엘레나를 칼리프가 걱정스러워할 정도였다.

"이만 일어나야지."

엘레나가 이불을 치우며 몸을 일으켰다. 부스럭거리는 소리와 인기척을 느꼈는지 누군가 노크했다.

"아가씨, 저 메이예요."

"들어오렴."

메이는 하녀 차림이 아닌, 드레스를 입고 있었다. 영애들이 입는 것에 비하면 단조로웠지만 하녀였을 적엔 꿈도 못 꿀 의상이었다.

"또 밖에서 기다린 거야?"

"네."

"내가 언제 깰 줄 알고 기다려. 그러지 마."

엘레나가 가볍게 한숨을 쉬며 타박했다. 더는 메이가 하녀 일을 하지 않길 바랐다. 더 이상 공녀의 신분도 아니거니와 그간 고생한 메이에게 더 나은 생활을 선물하고 싶었다.

"제가 하고 싶어서 하는 일이에요. 앞으로도 쭉 아가씨를 모시고 싶어요."

"고집하고는."

엘레나가 질렸다는 듯 고개를 절레절레 저었다. 지금이야 저 옹고집을 꺾을 수 없지만 얼마간일 뿐이다. 엘레나는 메이의 능력을 높이 평가했고 언젠가 시크릿 살롱의 운영에 꼭 필요한 역할을 맡길 계획이다.

"새로운 소식은 없고?"

"……베로니카 공녀가 돌아왔대요."

"그래?"

엘레나는 담담했다. 돌아올 거라 예상했다. 황태자비 선출식 최종 경합 불참과 장기간 부재까지 겹쳤으니 돌아오지 않을 이유가 없었다.

'보고 싶네.'

원수나 다름없는 베로니카를 떠올리면서도 엘레나는 여유를 잃지 않았다. 지하 감옥에서 비참히 죽어가던 때와 비교하면 많은 게 달라졌다.

시크릿 살롱의 여주인 L. 문화 예술을 선도하는 신여성. 수도의 재계를 쥐락펴락하는 거부.

엘레나가 지닌 명성에서 기인한 사교계 영향력과 인맥, 그리고 문화적 파급력은 한낱 대공가란 배경을 둔 게 전부인 베로니카를 발아래로 내려다보고 있었다.

"앤은?"

"지금쯤 공국에 다다랐을 거예요."

엘레나는 시녀 앤을 제국에서 추방했다. 대공가 기사들이 죽은 사고와 관련해 의심을 받는다고 하니 벌벌 떨며 살려달라고 애원했다. 에밀리오는 살고 싶으면 제국을 떠나는 방법밖에 없다면서 좋은 말로 구슬려 배에 태웠다.

목적지는 마리아나 군도. 구전동화에서 지상낙원으로 언급되나 실상은 해적이 들끓고 파도가 세서 어업조차 쉽지 않은 버려진 땅으로 보내버렸다.

"에밀리오 님을 보러 가자꾸나."

"네, 아가씨."

엘레나는 세안을 하고는 크리스티나가 디자인한 일상 드레스를 꺼내입었다. 가볍게 치장한 엘레나가 침실을 나섰다. 원칙적으로 살롱 내부에서는 가면을 써야 하지만 본관 최상층은 예외였다. 살롱의 실무를 담당한 에밀리오와 칼리프 같은 몇몇을 제외하고서는 출입이 철저히 통제되었기 때문이다.

똑똑. 엘레나가 노크하곤 집무실로 들어갔다.

"저예요."

"오셨습니까? 이쪽으로 앉으십시오."

서류를 검토하던 에밀리오가 그녀를 반갑게 맞이했다.

"몸은 좀 괜찮으신 겁니까?"

"많이 좋아졌어요. 여전히 잠이 쏟아지는 것만 빼고요."

"다행이군요. 북방 지역에서는 잠이야말로 최고의 휴식이라고 여긴답니다. 졸리면 꼭 주무십시오."

엘레나는 옅게 웃으며 고개를 끄덕였다. 그사이 메이가 홍차를 내왔다.

"제가 부탁드렸던 건 알아보셨나요?"

"예, 은인의 말씀대로 제국 북부 도시 카디프에 그런 이름과 성을 지닌 귀족 내외가 살고 있었습니다."

찻잔을 쥔 엘레나의 손이 미묘하게 떨렸다. 웬만한 일로는 평정심이 깨지지 않는 그녀가 감정적으로 크게 동요했다.

"어떻게 지내시나요?"

"생활을 묻는 거라면 사업이 번창한 덕에 유복한 생활을 하고 있었습니다. 주변 사람들 말로는 부부 금실도 좋고, 참 사람이 바르다고 하더군요."

"……."

"혹 실례가 안 된다면 누군지 여쭤봐도 되겠습니까?"

어지간해서는 눈물을 보인 적이 없는 엘레나의 눈가가 촉촉해졌다.

"제 부모님이세요."

엘레나는 그간 가슴속에 묻어두었던 두 분을 떠올렸다. 무사히 탈출하셨는지, 살아 계시는지, 잘 지내는지, 건강은 괜찮은지……. 가슴속에 묻은 말이 응어리처럼 맺혀 있었다.

살롱을 열고 작게나마 영향력을 가졌을 때 당장에라도 두 분을 찾고 싶은 열망에 휩싸였었다. 그러나 그녀는 꾹 참았다. 자칫 그녀의 복수에 부모님마저 화를 당하지 않을까 우려스러워서였다. 조금만 더, 조금만 더, 그렇게 미루다 결국 여기까지 왔다.

에밀리오가 조심스럽게 입을 뗐다.

"이제라도 만나보시면 어떻겠습니까?"

"아니요."

당장에라도 만나러 갈 듯 보이던 엘레나의 대답은 예상 밖이었다. 엘레나는 붉은 눈시울을 뒤로하고 감정을 추슬렀다.

"살아 계셔서 좋고, 잘 지내신다니 더 바랄 게 없어요. 나중에, 좀 더 시간이 지나면 그때 찾아뵐게요."

"은인."

엘레나는 아무렇지 않은 척 의연하게 굴었다. 지금이라도 달려가고 싶었지만…… 순간의 감정을 이기지 못할 만큼 어리석지 않았다.

'대공가는 아직 건재해. 리아브릭이 정말 실각되었는지도 의문스럽고, 프란체 대공은 이제 겨우 전면에 나섰어. 참아야 해. 자칫 나 때문에 부모님이 위험에 처할 수 있어.'

엘레나와 대공가는 한 하늘 아래 살 수 없는 존재다. 그런 대공가가 건재하다. 부모님의 존재가 발각되기라도 하는 날엔 무슨 짓을 저지를지 몰랐다. 그럴 바엔 상봉을 미루는 편이 낫다. 이 복수가 끝난 뒤 찾아뵈어도 늦지 않는다.

'그래, 그편이 나아.'

지금은 좀 아프지만, 가시에 찔린 듯 욱신거리지만……

"두 분은 제가 살피도록 하겠습니다."

"에밀리오 님께서 그래 주신다니 마음이 좀 놓이네요. 혹시 두 분에 대해 더 들으신 얘기 있나요?"

에밀리오는 전해 들은 얘기를 빠짐없이 해주었다. 북부 지방에 정착한 그들은 와인 사업에 손을 댔다고 한다. 발효 중인 와인에 브랜디를 첨가해 주정 강화 와인을 개발했는데, 소규모 상점에서 시작해 이제는 북부 귀족들에게 납품할 정도로 큰 인기를 누리고 있다고 했다.

엘레나는 연고도 없는 이국땅에서 자리를 잡으신 두 분이 더없이 자랑스러웠다. 포트 와인의 주조법은 엘레나가 준 편지에 적혀 있었지만, 그걸 성공시킨 건 두 분의 역량이었다. 두런두런 얘기를 나누던 때, 외출했던 칼리프가 돌아왔다.

"저 왔어요. 어? 너도 와 있었냐?"

칼리프가 건너편 빈 소파에 털썩 앉았다. 지친 몰골에는 고단함이 묻어났다.

"선배, 얼굴이 반쪽이네요. 그날 일 때문에 그래요?"

"어, 겁이 많아서 그런가? 아직도 눈만 감으면 그날 본 피랑 시체들이 아른거려서 잠들기가 영 쉽지 않네."

"죄송해요. 저 때문에……"

엘레나가 진심으로 미안해했다. 눈앞에서 사람이 죽는 걸 목격했다. 그것만으로도 충격적인데 죽을지도 모르는 극한의 공포를 겪었으니 장성한 남자라 할지라도 정신적으로 이겨내기 쉽지 않을 것이다.

"아니, 사과받으려고 엄살 부린 건 아닌데."

머쓱해진 칼리프가 뒷머리를 긁적거리며 화제를 전환했다.

"지난 얘긴 그만하고. 다음 계획은 뭐냐?"

"숨 고르기요."

엘레나는 차분하게 말을 이었다.

"한동안 L로 활동하면서 살롱의 내실을 좀 다질까 해요. 대공가의 썩은 부위가 곪을 시간도 필요하고요. 그러면서 함정을 팔 생각이에요."

"덫을 놓겠다?"

"지금까진 수동적일 수밖에 없었지만 상황이 변했어요. 사냥은 제가 할 거예요."

그간 엘레나는 제약이 많았다. 리아브릭의 감시를 피해 계략을 획책하다 보니 선택의 폭이 좁았다. 하지만 이젠 아니다. 대공가의 감시와 억압에서 벗어난 지금 엘레나는 주도적으로 판을 짤 수 있게 됐다.

"에밀리오 님이 주신 재무제표랑 사업서 확인했어요. 예상은 했지만 부동산 투자 수입이 제 기대를 웃돌더군요."

"네. 비싸게 매입했다고 생각했는데, 더 비싸게 매입하려는 귀족이나 상인들이 줄을 서더군요."

"전염병이나, 극심한 가뭄이 들지 않는 한 부동산은 배신하지 않는단 말이 맞나 봐요."

엘레나의 입가에 진한 미소가 걸렸다. 최근 살롱 일대의 땅값이 천정부지로 치솟았다. 본관보다 더 웅장하고 고아한 별관이 미관을 점점 드러냈고, 장방형 다목적 거대 건축물인 바실리카가 그 위용을 뽐내자 일대 땅값이 요동쳤다.

'여력이 되는 대로 주변 땅과 건물을 매수해 두길 잘했어.'

엘레나는 대공가가 노블레스 거리 사업으로 천문학적인 금액을 벌어들이는 걸 두 눈으로 목격했다. 헐값에 사들인 빈민가의 땅들이 금싸라기가 되는 과정을 보며 부동산 투자의 중요성을 실감했다.

그리하여 L의 이름으로 수도에 사들인 땅과 임야, 건물만 백 채가 넘는다. 그 외에 되팔아서 얻은 차액만 하더라도 새로 살롱을 짓고도 남을 만큼 많았다. 명실공히 제국 최고의 재력가라 불려도 부족하지 않았다.

"선배."

"왜 또 그렇게 불러. 나 일 많다. 딴 애 시켜."

"남들이 보면 악덕 고용주로 오해하겠어요. 딴 게 아니고 거장들하고 자리 좀 주선해 주세요."

소파에 절인 배추처럼 축 늘어져 있던 칼리프가 놀라서 벌떡 일어났다.

"네가 왜? 너 진짜 나 해고하려고?"

"넘겨짚지 말고요. 교분 좀 쌓으려고 그래요."

"교분?"

"제게 후원을 받았다곤 하지만 언제까지 그것에 연연할 순 없잖아요. 억만금으로도 살 수 없는 게 거장의 마음인데, 지금부터라도 가깝게 지내보려고요."

학술원 시절부터 아트 중개사 칼리프를 통해 시대적 거장들을 후원하고 그들과 끈끈한 관계를 맺어온 것도 그 때문이었다.

시대적 거장들의 보금자리, 시대를 선도하는 예술 거리, 시대를 앞서가는 문화 중심지.

엘레나가 그리는 그림이 완성되면 노블레스 거리는 설 자리를 잃을 것이다. 유행에 민감하고, 예술적 안목을 중요시하는 귀족들은 살롱을 중심으로 생겨난 이 거리를 찾아오게 될 테니까.

"무슨 말인지 알겠다. 일정 잡아볼게."

"빌렘 백작가랑 바스타슈 가문에 기별도 좀 넣어주세요. 같이 봤으면 한다고요."

칼리프가 의외라는 듯 되물었다.

"전하랑 렌을 같이?"

"네, 의논해야 할 일이 있어서요."

엘레나가 살롱으로 도주한 사이에 시안과 렌의 합작으로 라인하르트 가를 끌어들였다. 덕분에 엘레나에 대한 관심을 돌리는 데도 성공했으며 황실에 보고 없이 기사단을 움직인 대공가는 꽤 곤란해졌다. 엘레나는 이 기회를 놓치지 않고 좀 더 대공가를 정치적으로 고립시키고 싶었다. 그러자면 그 두 사람의 도움이 절대적으로 필요했다.

"듣다 보니 서운하네. 전하야 그렇다 쳐도 렌하고도 상의하는데 나하고는 안 하냐?"

"굳이……."

"얘 말하는 거 보소. 일단 얘기나 해봐. 아까 말하던 그…… 맞아, 함정. 그래, 함정 얘기부터 다시 해보자고."

팔짱을 낀 칼리프가 눈을 부릅떴다. 상의하기 전까지는 포기하지 않을 기미였다. 어쩔 수 없다는 듯이 엘레나가 말을 꺼냈다.

"대공의 야망을 부술 거예요."

"좋지, 좋아. 야망 부숴야지. 근데 대공의 야망이 뭔데?"

엘레나의 눈빛이 깊어졌다. 한 번도 입 밖에 내본 적이 없는 프란체 대공의 진짜 목적을 그녀는 알고 있었다.

"섭정이요."

"뭐?"

"황제를 대신해서 통치권을 맡아 제국을 다스리는 일이요."

"딸꾹!"

심장이 철렁할 만큼 놀란 칼리프가 딸꾹질을 해댔다.

베로니카가 떠난 안가는 을씨년스러웠다. 입구의 호화 마차가 아니었다면 버려졌다고 해도 믿어질 만큼 스산했다. 발길이 전혀 닿지 않는 음침한 지하 감옥에 프란체 대공의 발소리가 울렸다.

"사, 살려주세요! 제가 잘못했어요. 이제 잘할 수 있어요!"

"제발, 꺼내주세요. 대공 전하! 뭐든 다 불게요. 네?"

쇠창살 안에 갇힌 이들의 간곡한 부탁에도 프란체 대공은 시선 한 번 주지 않았다. 이곳에 갇혀 있다는 것 자체가 대공가에 대항하거나, 쓸모가 없는 자들 또는 불복한 자들이란 의미였다. 복도 끝에 멈춰 선 프란체 대공이 쇠창살 너머를 내려다봤다.

"꼴이 우습게 됐군."

감금으로 인해 반쪽짜리 몰골이 된 리아브릭이 고개를 들었다. 머리는 흐트러져 있고 단정했던 드레스는 더럽혀져 있었다. 대공가의 브레인으로 제국을 뒤흔들던 여장부의 모습은 흔적조차 찾아볼 수 없었다.

"쯧쯧, 한낱 공국의 근본도 모를 계집애에게 그 꼴을 당하다니."

"……."

"음모의 리아브릭이란 명성에 거품이 많이 끼었던 모양이야. 아니면 알량한 성공을 맛보더니 오만해졌던지."

프란체 대공의 모욕적인 언사에 리아브릭의 눈매가 가늘게 떨렸다. 이쯤은 얼마든지 참을 수 있었다. 그보다 더 비참한 건 저 말에 한마디 부정도 할 수 없을 만큼 엘레나에게 처참히 짓밟혔다는 사실이었다.

"……죽여주세요."

"죽여달라?"

프란체 대공이 픽 하고 비웃었다.

"이거 곤란하군. 날 너무 자비롭게 본 것 아닌가?"

"……."

"황실에서 무단으로 기사를 움직인 걸 두고 막대한 과징금을 내라는 군. 그뿐인가? 자네가 기사단을 지휘한 걸 두고 귀족들이 말이 많아."

리아브릭은 꿀 먹은 벙어리가 되었다. 실책이었고 실패였다. 입이 열 개라도 할 말이 없었다. 시선을 피하는 그녀를 보며 프란체 대공이 비아냥거렸다.

"이 안을 둘러봤나? 여기 갇힌 자 중에 절반은 자네의 솜씨지."

"저, 전하."

"계속 이 안에서 썩게. 매일 저들과 같은 처지가 된 자신을 돌아보며 절망하라고, 리아브릭."

그녀의 이름을 언급하자 안 그래도 파랗게 질려 있던 리아브릭의 입술이 파르르 떨렸다. 프란체 대공은 그런 그녀의 반응을 즐기듯 이죽거렸다.

"또 모르지 않나? 세월이 흘러 내 마음이 변할지. 그때 알량한 자네의 재능이 생각나서 꺼내줄 수도 있지."

"제발……."

프란체 대공은 들릴 듯 말 듯 작은 웃음소리를 흘리며 돌아섰다. 이윽고 일렁이는 촛불 너머로 깔려 있던 정적이 죄수들의 울부짖음에 깨졌다.

"너, 너 리아브릭이었어?!"

"네가 날 여기 가뒀지. 아무 죄도 없는 나를!"

"죽여 버리겠어! 널 죽이고 나도 죽겠다고! 으아!"

쇠창살 안에 갇혀 있던 죄수들이 갖은 욕설을 퍼부으며 광기를 부렸다. 프란체 대공의 말대로 이들 중 절반은 리아브릭의 음모에 속거나, 적대시하다가 끌려와 이곳에 갇힌 자들이었기 때문이었다.

"그만해."

리아브릭이 다리를 끌어당기고는 몸을 굼벵이처럼 말았다. 갇혀 있는 것만으로도 끔찍한 공포와 절망을 겪고 있는데, 원한을 가진 죄수들의 욕설, 모욕, 비하, 멸시가 쏟아지자 정신적으로 버텨낼 재간이 없었다.

"제발, 그만하라고!"

리아브릭은 양손으로 귀를 틀어막고는 악을 질렀다. 그러나 그녀의 외침은 악에 받친 죄수들을 더 자극할 뿐 아무런 소용이 없었다. 오히려 작정했는지 그녀의 정신을 부숴 버리려는 듯 더욱 격렬해졌다. 아주 오래도록.

대공가의 공기가 변했다. 대외적으로 시끄러운 사건도 한몫했지만 꼭 그 때문은 아니다. 종잡을 수 없는 베로니카의 변덕에 다들 숨을 죽였다. 황태자비 선출식을 기점으로 베로니카는 다른 사람이 됐다. 행여 그녀의 눈 밖에 나지 않을까 다들 설설 기었다.

"아가씨, 커피 내왔습니다."

커피를 내오면서도 시녀는 항상 의문스러움을 떨치지 못했다. 베로니카는 홍차를 즐겨 마셨다. 오죽하면 대공가의 진상품 중에 홍차가 꼭 껴 있었을까. 한데, 어느 날부터 베로니카는 홍차를 입에도 대지 않았다. 쓰다고 여겨질 만큼 진하게 우려낸 커피만 마셨다.

침실과 응접실의 인테리어도 싹 바뀌었다. 후원의 튤립과 데이지는 뽑아버리고 그곳에 모조리 국화를 가져다 심었다. 그 과정에서 시일을 맞추지 못한 정원사가 해고됐다.

베로니카는 전신 거울에 비친 신상 머메이드 드레스를 이리저리 살펴보며 흡족한 미소를 지었다.

"누가 보더라도 날 위해 존재하는 드레스 같아."

"지당하신 말씀입니다."

"어쩜 이리도 매력적이신지 모르겠어요."

시녀들이 입이 마르도록 칭찬을 쏟아냈다. 베로니카는 그러한 찬사가 당연하다는 듯 받아들였다.

"이 드레스를 처음 디자인한 자가 크리스티나라고?"

"수도에서는 혁명적 디자이너라 불리며 영애들의 주문이 줄을 잇는다고 해요."

"대공가로 오라고 해."

"네, 아가씨."

베로니카는 복귀 후 처음 접한 머메이드 드레스가 매우 만족스러웠다. 몸매의 선을 살리며, 적절한 노출까지 곁들여 자신의 미모를 한껏 살릴 수 있는 디자인이 마음에 쏙 들었다. 그러다 보니 아류작이 아닌, 머메이드 드레스의 최고봉으로 여겨지는 크리스티나의 드레스를 입어보고 싶단 열망에 휩싸였다.

치장을 마친 베로니카가 소파에 앉아 시녀가 내온 커피를 음미할 때였다.

"어? 어!"

구석에서 새장 안에 쌓인 새똥을 치우려던 막내 시녀가 그만 깜짝 놀라서 몸을 움츠렸다. 낯선 손길에 불안감을 느낀 파랑새가 새장 밖으로 나온 것이다.

파랑새는 그간 새장 안 생활이 답답했었는지 요란하게 지저귀며 응접실 곳곳을 배회하며 날아다녔다. 뒤늦게 정신을 차린 막내 시녀는 하얗게 질린 낯빛으로 파랑새를 잡으려고 애썼지만 키보다 높게 날아다니는 새를 잡기엔 역부족이었다.

"죄, 죄송합니다, 아가씨. 제가 얼른 잡아서 도로 넣어둘게요."

막내 시녀는 식은땀을 흘리며 어떻게든 새를 잡으려 발악했다. 이 일로 체벌이 내려지지 않을까 하는 불안함에 어깨가 가늘게 떨렸다.

베로니카가 커피 잔을 내려놓으며 입술을 뗐다.

"누구나 실수할 수 있지."

"다, 다시는 이런 일 없도록 할게요. 죄송합니다, 죄송해요."

"근데 내 시녀는 안 돼."

"아, 아가씨."

안 그래도 창백했던 막내 시녀의 얼굴이 백지장보다 더 하얗게 질렸다.

"장롱 문 열어."

베로니카의 한마디에 옆에서 긴장하고 있던 시녀들이 후다닥 장롱을 열었다. 주로 외부인들이 겉옷을 걸어놓는 용도로 쓰이다 보니 안은 텅비어 있었다.

"집어넣어."

"아, 아가씨! 한 번만 용서해 주세요. 다신 이런 실수 안 할게요."

"다시 안 할 짓을 왜 했니? 가둬."

베로니카의 말이 떨어지기가 무섭게 시녀들이 달려들어 애걸복걸하는 막내 시녀를 장롱 안에 욱여넣고는 문을 닫아버렸다.

"자물쇠로 잠가. 한 사나흘 갇혀 있다 보면 정신이 좀 들겠지."

장롱 안에서 들려오는 막내 시녀의 애원을 무시하며 베로니카는 몸을 일으켰다. 파랑새를 잡아두라 일러놓고는 응접실을 나섰다. 복도를 가로질러 그녀가 도착한 곳은 리아브릭 대신 대공가의 실무를 맡고 있는 아셀라스의 집무실이었다.

"어서 오십시오, 공녀 전하. 이쪽으로 앉으시지요."

베로니카와 테이블을 사이에 두고 아셀라스가 마주 앉았다.

"아버지께 얘기 들었죠?"

"네, 실무는 공녀 전하와 상의해서 결정하라고 하셨습니다."

"상의라뇨."

옅은 미소를 짓고 있던 베로니카의 표정에서 웃음기가 싹 빠졌다.

"남작은 의견만 제시하면 돼요. 판단은 제가 하고요."

"제가 그만 실언을 하고 말았네요. 그리하도록 하겠습니다."

아셀라스는 비굴하게 웃으며 철저히 베로니카에게 복종한단 뜻을 보였다. 베로니카의 눈썹이 초승달처럼 휘었다.

"처세술에 능하시네요."

"주제 파악을 잘하는 거지요."

아셀라스가 비실비실 웃었다. 비대한 몸집에 걸맞지 않게 간사함이 묻어났다. 리아브릭의 실각 이후 가장 유력한 후임자는 아틸이었다. 리아브릭 못지않게 분석 능력이 뛰어나며 결단력과 행동력을 갖췄다고 평가받았다. 하지만 정작 후임자로 아셀라스가 내정됐다. 그 이유가 상대에 따라 숙일 줄 아는 유연함 때문이었다.

"왜 아버지가 제게 실무를 맡긴지 아세요?"

"제가 어찌 대공 전하의 깊은 속을 다 헤아리겠습니까. 그저 믿고 따를 뿐입니다."

"내가 아버지와 닮았기 때문이에요. 이 생각이."

베로니카가 손가락으로 머리를 쿡쿡 찌르는 시늉을 했다.

"누구도 못 하는 일이죠. 아버지가 그랬듯이, 고귀하게 타고난 저만이, 대공가의 후계자만이 가능한 생각들이거든요. 천한 것들은 감히 상상도 못 할 그런 생각이요."

베로니카의 만면에 미소가 진해졌다. 그 의미심장함이 아셀라스는 어째서인지 꺼림칙했다.

"리아브릭이 왜 실패한 줄 아세요? 간단해요. 끼리끼리 논다고, 제대로 밟을 줄 몰랐던 거죠."

"……."

"나라면 눈도 못 마주치게 밟아놓았을 거예요. 무자비하게. 인간의 공포심이란 게 그렇거든요."

아셀라스는 자기도 모르게 숨을 삼켰다. 입술을 핥는 베로니카의 행동과 눈빛에서 일반적인 귀족가의 영애라고는 믿을 수 없는 광기가 보였다. 그것도 잠시, 베로니카는 언제 그랬냐는 듯 상냥한 미소로 돌아왔다.

"그러고 사탕을 줄 거예요. 더 발악하게. 주인의 칭찬을 갈구하며 꼬리를 흔드는 강아지처럼요."

"……."

"제 말 알아들으셨죠?"

"알다마다요. 공녀 전하의 말씀이라면 목숨까지 내놓겠습니다."

"바람직한 자세예요."

베로니카는 본격적으로 대공가의 실무와 관련된 논의를 시작했다.

"노블레스 거리의 완공 시점이 언제죠?"

"일부 공개 가능 시기까지 반년 예상하고 있습니다. 완공까지는 일 년 정도 남았고요."

"앞당겨요."

"예? 그건 현장 사정상……."

"판단은 내가 해요. 시키면 시키는 대로 해요."

이미 시기를 앞당겨 공사에 속도를 내는 중이다. 그래서 반년 뒤, 일부 개장이 가능하도록 맞췄거늘 베로니카는 그조차도 앞당기라 지시했다.

"알겠습니다."

아셀라스는 그리하겠다고 했다. 제 안위를 위해서라도 아랫것들을 더 다그쳐야겠다고 생각했다.

"일정을 앞당겼으니 준비도 서둘러야겠죠? 노블레스 거리의 품격을 상징할 만한 거장도 데려와야겠어요."

"생각해 두신 자라도 있으신지?"

"화가 라파엘, 디자이너 크리스티나, 음악가 첸토니오."

베로니카가 고려해 둔 자들을 읊었다. 귀족 사회에 오르내리는 거장들은 귀족만이 출입이 가능한 노블레스 거리의 격을 한 단계 끌어올려 줄 수 있을 것이다.

"접촉해 보겠습니다."

"돈이 아니라, 명예를 약속하세요. 예술가들은 습관처럼 배부르면 꼭 명예를 바라더라고요, 버러지처럼."

"일리 있는 말씀입니다."

"대공가의 역사에 한 페이지를 넣어준다고 하면 당연히 올 거예요. 아니, 자존심마저 버리고 몰려오겠죠."

고개를 주억거리는 아셀라스를 보며 베로니카가 생각난 게 있는지 말을 덧붙였다.

"아, 만약 그래도 오지 않는다?"

베로니카의 눈빛이 더없이 싸늘해졌다.

"부숴 버리세요. 대체품은 또 구하면 그만이니까요."

"선배!"

살롱 최상층에 위치한 응접실 문을 연 엘레나의 목소리에 반가움이 묻어났다. 지난 삶과 현생을 통틀어 엘레나에게 가장 편안한 안식을 주는 남자와의 만남이 주선되었다.

"오랜만이에요, 루시…… 아니, L."

라파엘은 아직 L이란 이름이 입에 잘 붙지 않는지 어색하게 웃었다. 비단 이름뿐이 아니었다. 루시아로 변장하지 않은 채 마주한 엘레나는 미묘하게 낯설었다. 함부로 다가설 수 없는 고귀함과 품격은 그간 기억 속 모습과 달라 괴리감을 느끼게 했다.

"하고 싶은 말 많은 거 알아요. 묻고 싶은 것도 많을 거고요. 늦었지만, 이제라도 다 얘기해 드릴게요."

엘레나는 지금 라파엘이 느끼고 있을 혼란을 이해했다. 몇 달 전, 살롱에서 만났을 때 넌지시 베로니카의 대역이란 사실을 밝혔다.

'그땐 경황이 없어서 제대로 설명하지 못했지.'

렌과의 선약으로 해명할 기회가 없었다. 이렇게 오랜 시간 못 볼 줄 알았다면 차라리 그때 말을 꺼내지 않는 편이 나았다는 후회도 들었다. 엘레나는 이제라도 라파엘에게 못 한 얘기들을 털어놓았다.

베로니카의 배역이 된 계기, 루시아로 위장한 이유, 살롱을 세우고 L이 되어 복수를 준비한 일까지. 참 할 이야기가 많았다.

"좀 더 일찍 얘기했어야 했는데, 너무 늦게 얘기해서 미안해요."

"아뇨, 말 못 할 상황이었고 이유가 있었잖아요? 이제라도 얘기해 주셨으니 전 됐습니다. L의 진짜 이름이 뭐든, 신분이 뭐든 제게는 크게 중요하지 않으니까요."

라파엘은 특유의 안온한 미소를 머금었다. 그 미소를 보는 것만으로도 엘레나의 심신은 편안해졌다.

"선배는 늘 한결같아요. 그래서 선배랑 함께하는 시간이 편한가 봐요."

라파엘이 쓰게 미소를 삼켰다. 편안한다는 저 말이 그에겐 상처로 다가왔다. 눈에서 멀어지면 마음에서 멀어진다는 말이 있듯이 떨어져 있다 보면 엘레나를 향한 마음이 식을 줄 알았다. 한데 웬걸, 오늘 보자마자 뭉클한 감정이 처음 그때처럼 되살아났다.

그날, 진짜 공녀가 아닌 대역이라는 말에 라파엘은 잠을 못 이룰 정도로 고민했다. 신분의 벽이 사라진 지금 용기를 내서 고백을 해보고 싶었다. 거절하더라도 마음만은 전하고 싶었다.

그랬는데 막상 엘레나를 보니 말을 꺼낼 수가 없었다. 멀어질까 봐. 불편해할까 봐. 실망할까 봐.

수많은 상념이 머릿속에서 방해했고 결국 라파엘은 지금껏 해왔던 모습으로 엘레나의 앞에 서고 웃을 수밖에 없었다.

"그러고 보니 대공가에서 제게 사람을 보냈더군요. 후배가 보낸 건가 싶어서 만나봤는데 아닌가 보네요."

"저 아니에요. 대공가에서 무슨 얘길 했죠?"

라파엘이 대공가를 언급하자 엘레나의 태도가 변했다.

"노블레스 거리에 저보고 들어오라더군요."

"……!"

"혹시 후배가 보낸 게 아닌가 싶어서 생각해 본다고 하고 돌려보냈는데, 이럴 줄 알았으면 거부할 걸 그랬군요."

엘레나의 눈매가 가늘어졌다. 노블레스 거리의 개장까지 아직 일 년 반이 남았다. 초기 계획은 일 년 뒤 완공이겠지만, 재개발 사업이라는 게 막상 진행하다 보면 연기가 되는 경우가 잦거니와 엘레나의 방해도 한몫했다. 그걸 감안해서 반년 뒤쯤에야 거장들에게 접촉할 거라 내다봤는데, 대공가는 그녀의 예상보다 한참 앞섰다.

"이상하네요. 아직 완공까진 멀었는데 벌써 섭외하려 들다니."

"그날 들은 얘기로는 시일을 앞당겨 일부 공개를 한다고 했어요."

"일부 공개요?"

대공가가 일부 공개를 결정할 수밖에 없는 데는 크게 두 가지 이유가 작용했을 거라 생각했다. 살롱과 그 일대 거리의 발전, 자금의 압박.

천문학적인 자금이 투자된 만큼 노블레스 거리는 대공가에게도 위험 부담이 큰 사업이다. 그 와중에 야심 차게 사업을 추진하던 리아브릭이 실각되는 불화마저 겪었다. 또한 시크릿 살롱을 중심으로 그 일대가 하루가 다르게 발전하자 노블레스 거리가 설 자리를 잃지 않을까 전전긍긍하고 있었다.

"예, 그러며 저보고 노블레스 거리로 들어와 사업에 일조하라더군요. 대공가 역사의 한 페이지에 이름을 남기라고. 더없는 명예가 될 거라면

서요."

엘레나가 기가 찬 듯 헛웃음을 쳤다. 라파엘은 문화와 예술의 부흥기를 이끈 시대의 거장이다. 그런 라파엘에게 대공가의 역사를 운운하니 어처구니가 없었다.

"참 보는 눈도 없지. 선배는 역사의 한 페이지가 아니라, 책 한 권을 써도 모자랄 만큼 대단한 거장이에요."

"……."

"시대를 움직이는 사람한테, 못 하는 말이 없어. 아, 화나."

엘레나는 정말 화가 난 것인지 손부채까지 만들어서 흔들었다. 자신을 위해 열을 내는 그녀를 보는 라파엘의 입꼬리가 올라갔다.

"저 그렇게 대단하지 않아요."

엘레나가 그를 빤히 보다가 말을 던졌다.

"그럼 위대하다고 하죠."

"……쥐구멍에라도 숨고 싶은 심정이네요."

"왜요? 진짠데. 저 거짓말 안 해요, 아니, 못 해요. 시대가 거듭할수록 선배는 더 대단한 예술가로 기록될 거예요. 제 말 믿으세요."

엘레나의 눈빛에는 정말 그런 사람이라는 확신을 심어주고 싶은 간절함이 서려 있었다. 그 진심을 알기에 라파엘이 악의 없이 웃었다.

"그랬었나요? 전 늘 속기만 해서. 저한테 다 비밀로 하셨잖아요."

"그건…… 아, 꼭 양치기 소녀가 된 기분이네."

지은 죄가 있는 까닭에 엘레나는 뭐라 항변도 하지 못하고 입술만 옴짝달싹했다. 그런 모습을 보는 라파엘의 미소가 진해졌다.

"농담입니다. 이런 저를 알아봐 주고 믿어준 게 후배인걸요. 그러니 안 가요."

엘레나가 미묘한 표정으로 라파엘을 바라봤다. 더없이 진지한 눈동자로 라파엘이 말했다.

"가지 말라고 말해줘요."

"……가지 마세요."

엘레나는 자신의 진심을 조심스럽게 밝혔다. 단순히 좋은 선배이자, 시대를 이끄는 예술가이기 때문에 그를 잡는 게 아니다. 복수만을 보고 달린 엘레나에게 라파엘은 과거와 현재를 잇고 안식을 주는 존재였다.

엘레나의 만류에 라파엘의 표정이 느슨해졌다. 애초에 떠날 생각도 없었거니와 그간 대공가와 엘레나의 악연을 다 듣고서도 갈 만큼 그는 모진 사람이 아니었다.

"안 가요."

"선배."

"이 살롱의 주인이 바뀌지 않는 한 떠나지 않습니다. 그러니 맘껏 복수하세요. 제가 도울 일이 있다면 뭐든 말하고요."

라파엘은 걱정하지 말라는 듯 웃었다. 그 미소에 엘레나는 말로 다 표현할 수 없는 벅찬 고마움을 느꼈다.

"선배, 무르기 없어요."

"더 좋네요."

두 사람이 마주 보며 웃었다.

본격적으로 살롱의 업무에 손을 대기 시작한 엘레나는 눈코 뜰 새 없이 바빴다. 거장들을 만나 소통하고 별관 개장을 준비하는 일만 하더라

도 벅찰 정도였다. 차후 살롱 내 발표회나, 토론회에 참가까지 하면 몸이 두 개라도 버텨낼지 미지수였다.

"아가씨, 즐거워 보이세요."

"그래 보여?"

"예, 대공가에서는 한 번도 보지 못했던 얼굴이에요."

메이의 말대로 엘레나는 하루하루가 정말 보람차고 즐거웠다. 빡빡한 일정 탓에 몸은 비록 피로했지만 활력이 넘쳤다.

엘레나는 혁명적 디자이너로 평가받는 크리스티나와 만났다. 엘레나에게 호의적인 그녀는 대공가가 살롱을 나오라 제안한 사실을 털어놓았다.

"제가 거길 왜 가요? 제 뮤즈인 L이 여기 있는데. 내 작품의 영감 그 자체인데 미쳤다고 거길 가요?"

크리스티나는 여지조차 주지 않고 대공가의 제안을 단칼에 거절했다. 그건 다른 두 거장도 마찬가지였다.

"병이란 게 치료 시기를 놓치면 영영 고칠 수 없다고 들었습니다. 이 귀가 먹을 때까지는 떠날 생각이 없습니다."

엘레나의 후원 덕에 제때 치료를 받을 수 있었던 교향곡의 아버지 첸토니오는 그 은혜를 무엇과도 갚을 수 없다고 여겼다.

그 외의 거장들을 따로 만났지만 추가적으로 대공가에서 접촉을 시도한 예술가는 없었다. 그 말은 대공가가 라파엘, 크리스티나, 첸토니오 세 사람을 제일 높게 평가하고 접촉했단 의미였다.

"지금쯤 꽤 곤혹스러워하겠네. 한낱 예술가한테 대공가가 거절당했으니 오죽 자존심이 상할까?"

대공가란 지위를 앞세우면 너 나 할 것 없이 머리를 조아리니 그 콧대가 하늘을 찌를 수밖에 없었다. 그랬던 대공가가 보기 좋게 까였다. 엘레나로서는 속이 뻥 뚫리듯 통쾌했다.

"나도 가만있을 수 없지. 살롱 별관이 개장하고 한 달 뒤면 바실리카의 완공이야. 거장들의 부티크나 가게 배정을 서둘러야겠어."

엘레나는 바실리카의 로얄층과 구역을 거장들에게 내어줄 계획이었다. 건축가 디아즈에게 바실리카 건축을 의뢰할 때부터 준비했던 일이다. 거장들이 그곳에 부티크나 가게를 열면 귀족들이 살롱 일대의 거리에 몰릴 수밖에 없다. 유행과 희소성에 민감한 귀족들이 아닌가. 모든 일이 순조로웠다.

그러던 어느 날. 시안과 렌에게서 답장이 도착했다. 서신을 뜯어서 본 엘레나의 입가에 미소가 번졌다.

"내일이구나."

셋이 한자리에 모일 수 있게 됐다.

엘레나의 일과는 이른 아침에 신문을 읽는 것으로 시작된다. 수도의 사정을 파악하고 시대의 흐름을 읽기 위함이다.

엘레나는 신문 일 면을 장식한 집회 얘기에 주목했다. 최근 수도의 광장을 찾은 연설가들이 제국민을 대상으로 사상을 전파하는 데 여념이 없었다.

이들 대다수는 학술원 출신의 평민이나, 몰락 귀족 자제들이었다. 자칼린과 교류하며 사상적으로 영향을 받은 그들은 끊임없이 계몽사상을 주장했다. 신분을 떠나서 누구나 배워서 알아야 하며, 깨달아야 한다. 타인에 의존하지 말고 스스로 선택하라.

너무도 당연한 듯 보이지만 귀족을 제외하고 제 의지로 살아가는 제국민은 많지 않다. 쳇바퀴 돌듯 치열하게 하루를 살아갈 뿐이다. 먹고

사는 게 우선이다 보니 배움은 사치였고, 뼛속까지 뿌리박힌 신분제도는 그들이 스스로 선택하기보단 영주나, 귀족들의 선택에 복종하는 게 당연하다고 여겼다.

"문제는 귀족들이야. 그들은 평민들이 배우길 원치 않을 테니까."

귀족들의 인식에 평민들은 가축과 다를 바가 없었다. 그들에게 평민은 수탈의 대상일 뿐 그 이상도 그 이하도 아니었다.

그러나 평민들이 배우면 얘기가 달라진다. 부당함을 부당하다고 느끼고, 잘못된 걸 잘못됐다고 목소리를 내게 된다.

기득권이 깨지지 않길 바라는 귀족들은 그러한 변화를 바라지 않았다. 배움은 생각하게 만드는 힘이다. 스스로의 삶이 부당하다는 생각을 할 가능성도 커진다.

귀족들은 평민들이 가축으로 남길 바랐다. 그러다 보니 계몽사상에 대한 귀족들의 반감은 당연했다.

"전하께서 알게 모르게 애쓰시는 게 보여."

시안은 광장 집회를 장려하고 단속을 완화시켰다. 그가 아니었다면 이렇게까지 공개적으로 집회가 이루어지지 못했을 것이다. 또 빌렘 백작가를 앞세워 신문사를 압박해 귀족들을 자극할 만한 내용은 대거 삭제했다. 신문의 주 소비층이 귀족이란 사실을 고려한 것이다.

딴 사람은 몰라도 엘레나는 알았다. 마차를 타고 집회 현장을 지나쳐 가면서 연설가들이 떠드는 내용을 직접 들었으니까. 개중에는 급진적인 성향을 지닌 연설가도 많았다. 그들이 구설에 오르지 않는 이유 역시 알게 모르게 시안이 힘을 쓴 덕이었다.

"시민 의식은 성장해야 하고 귀족들은 변해야 해."

엘레나는 이 작은 바람이 태풍으로 변할 거라 믿어 의심치 않았다. 작은 균열이 끝내 바위를 두 조각 내는 것처럼, 더디고 느리게 변하고 있지만 종국엔 인식의 변화가 대공가의 파멸에 정점을 찍게 될 것이다.

"저, 아가씨."

수프와 간단한 빵과 샐러드를 가져온 메이가 접시를 테이블에 올려놓으며 말했다.

"왜 그러니?"

"손님이 오셨어요."

"손님?"

홍차를 음미하던 엘레나가 눈을 깜빡이며 찻잔을 내려놓았다. 손님이라니. 이 이른 아침에.

"렌 공자세요."

"뭐?"

"초대를 했으면 손님 오래 기다리게 하지 말란 말도 전하라고."

"이 인간이 정말……."

엘레나의 입술이 실룩거렸다. 어이가 없어 실없는 웃음이 흘러나왔다. 오늘 시안과 렌과 만나서 앞일을 논의하기로 약속이 되어 있긴 하다. 그러나 예정된 약속 시간은 오후에 잡혀 있었다. 일찍 왔다고 보기엔 방문 시간이 일러도 너무 일렀다. 마치 엘레나를 골탕 먹이려고 일찍 온 게 아닌지 의심스러울 정도였다.

엘레나는 서둘러서 비밀 통로를 통해 응접실로 내려갔다. 책장이 옆으로 움직이며 열리자 엘레나가 치맛자락을 들고 응접실 안에 발을 들였다.

"어서 오고."

가면을 소파에 벗어 던진 렌이 손을 흔들며 아는 척했다. 엘레나는 그런 렌을 걱정 어린 눈길로 빤히 쳐다봤다.

'천만다행이야. 다친 데는 없어 보여서.'

대공가의 추적을 피해 도망을 치던 날, 내심 홀로 남았던 렌이 걱정됐었다. 시안이 들이닥쳤을 때, 사고 현장에 없었던 걸 보면 무사히 도망쳤을 거라 짐작하긴 했지만 눈으로 보고 나니 한결 안심이 되었다.

"하…… 약속 시간에 맞춰서 왔다고 보기엔 너무 이르지 않아요?"

"내가 좀 부지런한 성격이라서. 넌 좀 게으른 편 같네?"

"선배가 너무 빨리 온 거거든요?"

엘레나의 뾰족한 대답에 렌이 어깨를 으쓱했다.

"소원."

"……."

"약속대로 소원 들어줘야지?"

렌이 앞뒤 자르고 본론을 툭 던졌다. 엘레나의 도주를 돕는 조건으로 들어주기로 한 소원. 렌은 그걸 요구했다.

"얘기해 보세요. 다시 말하지만 제 역량 이상의 것은 못 들어줘요."

"그런 건 애초에 바라지도 않아."

"그래서 뭔데요?"

엘레나가 빤히 보자 렌이 히죽 웃었다.

"네 시간을 나한테 써."

"뭐, 뭘 써요?"

엘레나가 잘못 들었나 싶어 반문했다. 시간이라니, 이건 또 무슨 얘긴가.

"보자."

렌이 회중시계를 꺼냈다. 시침이 9시를 향해 달려가고 있었다.

"우리 전하가 오시기 전까지 대략 여섯 시간 정도 남았네."

"……."

"그 시간 동안 나랑 있자."

엘레나가 흔들리는 눈동자로 렌을 빤히 응시했다. 항상 이런 식이었다. 이 남자는 모호한 말로 엘레나의 잔잔한 여울에 돌을 던져 파문을 일으켰다.

"……같이 있자고요?"

"어."

"뭐 하고요? 아시겠지만, 저 살롱 밖으로 못 나가요."

"누가 나가재? 여기 좋은데. 여기서 있자."

"여기서요?"

무리한 부탁을 하면 어쩌나 난감했었는데 렌은 많은 걸 바라지 않았다. 소소하기까지 했다.

'어려운 부탁도 아니고 들어주자.'

무슨 생각인지는 모르지만 어차피 소원을 들어주기로 약속한 이상 무리한 요구보다 이게 낫다고 생각했다.

"좋아요. 대신, 무르기 없어요."

막상 수락하긴 했지만 한 공간 안에 단둘이 있자니 어색한 기분이 들었다. 그래서 그런지 자꾸만 말을 걸게 됐다.

"식사했어요?"

"넌?"

오히려 렌이 되물었다.

"아직요."

"끼니를 거르면 쓰나?"

"누구 덕분에 아직 못 먹었는데요."

막 아침을 드리는 중 렌이 왔단 소식에 급히 치장하고 내려왔다.

"좋아. 안 먹어도 배부르긴 한데, 큰맘 먹고 같이 먹어줄게. 내 속이 이렇게 넓어요."

"대단히 고맙네요."

엘레나가 헛웃음을 짓더니 응접실 한쪽의 끈을 흔들어 종을 울렸다. 머지않아 비밀 통로를 통해 메이가 내려왔다.

"찾으셨나요."

"식사 좀 준비해 줘. 여기서 먹을 테니 간소하게."

아침부터 고기를 써는 게 영 부담스러웠던 엘레나가 부드럽고 담백한 연어로 부탁했다.

그때 렌이 불쑥 껴들었다.

"연어 말고 소로. 생선 별로야. 부위는 샤토브리앙. 소스는 베어네이즈."

까다로운 주문에 엘레나는 뭐 이런 게 다 있냐는 얼굴로 렌을 흘겨봤다. 그런 시선을 즐기듯 렌은 어깨를 으쓱하며 웃었다. 메이가 식사 준비를 위해 비밀 통로로 다시 사라졌다.

삼십 분 남짓 지나자 다시 비밀 통로 문이 열렸다. 카트를 끌고 온 메이가 그것들을 응접실 한편에 놓인 테이블에 세팅했다.

"드세요."

엘레나와 렌은 테이블 끝에 마주 앉아 식사를 시작했다. 배가 안 고프다는 말이 무색할 만큼 렌은 스테이크를 슥슥 썰어 먹었다.

"아깐 안 먹어도 배부르다면서요?"

"음식 남기면 벌 받아."

히죽 웃은 렌이 스테이크를 입에 넣어 오물오물 씹었다. 그 모습이 알게 모르게 얄미워 엘레나의 볼이 실룩거렸다. 그런 엘레나의 표정 변화마저 렌에겐 작은 즐거움이었다. 사실 렌은 든든히 아침 식사를 먹고 나왔다. 그럼에도 불구하고 자기가 맛있게 먹어야 엘레나가 조금이라도 더 먹지 않을까 싶었다.

식사가 끝나자 메이가 뒷정리를 하고 돌아갔다. 엘레나가 회중시계를 확인하니 약속까지 다섯 시간이 남아 있었다.

"차 한 잔, 안 줘?"

"지금 드리려고 했거든요?"

렌의 뻔뻔한 요구에 엘레나가 맞받아치며 일어섰다. 메이에게 일러 준비해 둔 주전자에 물을 끓이고 찻잎에 부어 우려냈다.

렌은 그런 엘레나에게서 눈을 떼지 못했다. 아예 턱까지 괴고는 차를 내리는 엘레나의 눈빛부터 손짓 하나까지 눈에 담았다. 저만을 위한 차를 내리는 그녀의 모습을 오래도록 간직하고 싶었다.

"여기요."

엘레나가 맑고 그윽한 차를 렌에게 내밀었다. 잔을 받아 든 렌이 천천히 차를 음미했다. 홍차 맛도 잘 모르고, 즐길 줄도 몰랐지만 그마저도 좋았다.

"더 드릴까요?"

"줘."

엘레나가 빈 찻잔에 찻물을 부어 주었다.

"이제 뭐 할까요?"

"할 거 없는데?"

렌은 진심인 듯 소파에 눕듯이 쭉 몸을 기댔다. 더없이 편안한 자세를 취하더니 엘레나를 빤히 쳐다봤다.

"왜 그렇게 봐요?"

엘레나의 미간이 찌푸려졌다. 그러거나 말거나 렌의 눈길은 엘레나의 얼굴에서 떨어질 줄 몰랐다. 그 시간이 길어질수록 엘레나는 신경이 쓰이고 부담스러웠다. 고개 한 번 안 돌리고 뚫어져라 쳐다보는데 그게 거슬리지 않으면 더 이상한 일일 것이다.

"그만 보면 안 돼요?"

"왜?"

"부담스러워서요."

렌이 피식 웃었다.

"싫은데."

"……."

"넌 네 할 일 해. 난 내 할 일 하고."

소원이라고 해서 큰맘 먹고 들어줬건만 렌의 바람은 너무 소탈했다. '정말 이걸 원한 건가? 원래 이런 성격이 아니었던 걸로 기억하는데.'

엘레나가 렌을 빤히 보았다. 눈앞의 렌은 감히 뭐라 정의 내리기 어려웠다. 과거와 같은 사람이 분명한데 그녀를 대하는 태도가 확연히 달랐다.

"나중에 후회하지 말아요. 저 하고 싶은 거 하라고 했으니 진짜 그럴 거예요."

"해."

엘레나가 책장에서 두툼한 책 한 권을 집어 와 앉았다. 〈철학의 역사〉라는 서적이었다. 힐끗 제목을 본 렌이 히죽 웃었다.

"철학 좋지."

"선배도 한 권 드릴까요?"

"아니, 너 봐. 복잡하고 머리 아파."

엘레나는 그럴 줄 알았다는 듯 책으로 시선을 돌렸다. 시대에 걸쳐 철학

이 어떠한 관점으로 발전해 왔는지가 서술되어 있었다. 빼곡한 활자만큼 지루한 얘기였지만 한 번 몰입이 되니 엘레나는 책 속에 빠져들었다. 계몽사상이 대두되는 현 제국의 시기와 비교하며 보니 더더욱 흥미로웠다.

"아."

집중해서 읽던 엘레나가 잠시 책을 덮었다. 한 자세로 장시간 책을 읽다 보니 어깨가 결린 까닭이다.

"어?"

어깨를 매만지며 기지개를 켜던 엘레나가 위화감이 사라진 걸 느끼고는 앞을 보았다. 아까와 마찬가지로 소파에 눕다시피 턱을 괴고 앉아 있는 렌이 보였다.

"……잠들었네."

고요한 정적 때문인지 잠이 든 렌의 숨소리가 새근새근 들렸다. 그 모습을 빤히 보던 엘레나가 조용히 소파에서 일어났다. 행여 깨진 않을까 도둑고양이처럼 살금살금 벽난로 옆으로 걸어가 담요를 꺼냈다.

"꼭 아기같이 자네."

조심스럽게 담요를 덮어준 엘레나는 잠이 든 렌에게서 눈을 떼지 못했다.

누가 이 남자를 제국 최고의 망나니로 알까? 저리 평온할 얼굴을 하고서는, 요람 속 아기처럼 곤히 자다니.

"이 사람이 이렇게 생겼었구나."

전생의 악연부터, 현생의 인연까지 적잖은 시간을 봐왔음에도 그 얼굴을 자세히 본 적은 오늘이 처음이었다. 하나하나 뜯어보니 참 잘생겼다는 생각이 들었다. 쭉 뻗은 눈썹과 오뚝한 코, 이마로 흘러내린 흐트러진 곱슬머리와 더없이 잘 어울리는 턱선. 자유분방해 보이는 셔츠 아래로 슬쩍 보이는 단단함은 뭔가 이질적이면서도 묘하게 잘 어울렸다.

인생이란 게 참 모를 일이다. 딴 사람도 아니고 렌과 이런 관계가 될 줄 짐작이나 했을까. 악연도 인연이라는 말이 참 가슴에 와닿았다. 지독했던 과거를 생각하면 이렇게 한 공간에서 식사하고, 엘레나가 나서서 담요를 덮어주는 것 자체가 말이 안 됐으니까.

"어이."

"……안 잤어요?"

"너무 가깝잖아."

꾹 다물려 있던 렌의 입술 사이로 쉰 목소리가 흘러나왔다. 그제야 숨소리가 들릴 듯 서로가 가까이 있단 사실을 자각한 엘레나가 뒷걸음질 쳤다. 놀란 가슴에 다급한 마음이 들어서인지 그만 발목을 삐끗했다.

"어? 어!"

온몸에 힘을 줘서 넘어지지 않으려고 애썼지만 소용없었다. 균형을 잃은 몸이 볼썽사납게 넘어지려는 순간, 렌이 팔을 쭉 뻗더니 엘레나의 손목을 잡았다. 아주 신속하고 빨랐지만 아프지 않게, 손의 온기가 전해질 만큼 다정하게. 그러면서도 엘레나를 잡아당기는 힘에는 거역할 수 없는 박력이 실려 있었다.

"앗!"

엘레나가 짧은 비명을 흘렸을 때, 균형을 잃었던 그녀의 몸은 안정을 되찾았다. 하필이면 렌의 무릎 위에서. 렌의 팔을 받침대 삼아 안기듯이.

엘레나는 저도 모르게 숨을 삼켰다. 아니, 숨을 쉴 수가 없었다. 터질 듯이 뛰는 심장과 혹여 그게 들리지 않을까 하는 걱정. 지척에 와 닿는 렌의 눈길과 숨에 목부터 얼굴까지 붉게 달아올랐다.

'너, 너무 가까워.'

앞서 잠이 든 렌을 보며 경계심이 허물어진 까닭일까. 엘레나는 지금 이 상황만큼이나 자신이 느끼는 감정에 당혹감을 느꼈다.

"조심 좀 하지?"

"……."

"또 구해줬잖아, 내가."

렌이 씩 웃었다. 더없이 담백하고, 매력적으로, 거짓 없이. 그 미소와 목소리, 온기에 잠시 넋을 놓았던 엘레나가 밀치듯이 렌의 다리에서 일어났다. 렌도 그런 엘레나를 잡지 않았다. 대신, 말없이 미소 지은 채 엘레나를 보고만 있었다. 이 어색한 상황을 모면하고자 엘레나는 되레 아무렇지 않은 척 굴었다.

"죄송한데요, 저 그렇게 실수하는 성격 아니거든요?"

"그랬던가?"

"그리고 구해주다니요. 제가 구해줬으면 구해줬지, 선배가 언제 절 구해줘요."

렌의 입가에 있던 미소가 더욱 진해졌다. 벌써 구해준 게 몇 번인데. 그러한 사실을 모르는 듯 억지를 부리는 엘레나가 왜 이렇게 예뻐 보이는지 모르겠다.

'아, 어쩌다 이런 실수를 해서는.'

엘레나는 렌에게 경솔하게 다가간 걸 후회했다. 그러지 않았다면 이런 예상 밖의 사고에 흐트러져 당혹스러운 감정을 내비칠 일도 없었을 텐데. 서둘러 그의 품에서 빠져나온 엘레나가 제자리로 돌아가 앉았다. 그런 엘레나를 보는 렌의 얼굴이 싱글벙글했다.

"나 할 말 있는데."

"……하세요. 언제는 허락받고 하셨나요?"

좀 전의 일 때문인지 어쩔 줄 몰라 하는 엘레나의 말이 삐딱하게 나갔다.

"에이, 이건 대화가 아니지. 날 봐야 할 거 아냐?"

시선을 피하는 엘레나를 두고 렌이 짓궂게 이죽거렸다.

'진정하자.'

의지와 상관없이 고장난 것처럼 뛰는 심장을 겨우 진정시켰다. 가까스로 평정심을 되찾은 엘레나가 아무런 일도 없었다는 듯 뻔뻔하게 말했다.

"할 말이 뭔데요?"

"이 얘기하면 네가 나 싫어하려나?"

"지금도 썩 좋아하진 않죠."

"그럼 더 싫어하려나?"

"뭔데 그렇게 뜸을 들여요."

렌답지 않게 질질 끌자 엘레나가 재촉했다. 도무지 예측이 안 되는 유형의 인간이다 보니 무슨 말을 할지 되레 긴장됐다.

"네가 대역이 된 이유, 아니, 될 수밖에 없었던 이유."

"……."

"그 시작에 내가 있었다면?"

렌의 입은 웃고 있지만 눈은 웃지 않았다. 장난스러운 말투 이면에는 한 번도 보인 적 없는 진중함이 깔려 있었다.

'대역이 될 수밖에 없는 이유라고?'

렌을 바라보는 엘레나의 눈빛이 흔들렸다. 대공가로 오게 된 배경, 이유, 계기…… 그 중심에 렌이 있다는 말이 파문을 일으켰다.

"베로니카가 왜 자취를 감췄는지 궁금하지 않아? 어느 날 갑자기 그

건강하던 애가?"

"왜죠?"

"독에 중독됐거든."

엘레나의 눈에 힘이 들어갔다. 삼 년 가까이 모습을 드러내지 못했던 걸 고려해 정말 병마에 시달린 게 아닐까 싶었다. 한데 독이라니. 누군가 의도적으로 그녀를 중독시켰다는 말인가.

"설마."

생각에 잠겨 있던 엘레나가 싸한 느낌에 고개를 들었다. 렌이 희미하게 웃었다. 왠지 모르게 평소와 다른 미소였다.

"맞아. 내가 중독시켰어."

"……!"

렌은 감추지 않고 솔직하게 모든 걸 털어놓았다. 그냥 숨겨도 될 얘기인데, 이상하게 숨기고 싶지 않았다.

"그리고 대공가는 대역을 세웠지. 그게 너야."

'그랬어. 그런 거였어.'

엘레나는 그토록 알고 싶었던 진실과 마주했다. 어림짐작만 했던 것과 실체를 아는 것은 전혀 느낌이 달랐다. 그 시작에 렌이 있을 거라고는 짐작도 못 했다.

"야."

심상치 않은 엘레나의 표정을 보며 렌이 퉁명스레 불렀다. 고개를 든 엘레나가 그런 렌을 쳐다봤다.

"화났냐?"

렌의 목소리와 눈동자가 미미하게 떨렸다. 늘 제멋대로에 세상 무서울 게 없던 그답지 않게 초조해 보였다. 불안해하는 렌을 보는 엘레나의 눈빛엔 격정이 휘몰아쳤다.

가족과 생이별을 겪고, 이안을 빼앗기고, 비참한 죽임까지. 만약 렌이
베로니카를 독살하지 않았다면 그런 불행 역시 찾아오지 않았을지도
모른다.

"……."

엘레나가 침묵하자 렌의 입술이 말라갔다.

'괜히 말했나?'

솔직해지고 싶은 마음에 진실을 고백했지만 엘레나의 침묵이 길어질
수록 속이 바싹바싹 타들어갔다. 그는 이런 상황을 배운 적도, 겪어본
적도 없기에 어떻게 대처해야 할지도 몰랐다. 그런 렌이 할 수 있는 말
이라고는 고작.

"때릴래?"

"……."

엘레나의 고운 눈썹이 올라갔다. 평소와 다름없이 장난스러움을 유지
하고 있었지만 그의 표정은 어딘지 모르게 경직되어 있었다. 그 때문일
까. 어쩌면 이게 그다운 사과일지도 모른다는 게 느껴졌다.

"사실 화나요."

"……."

"밉고, 원망스러워요."

엘레나는 툭 터놓고 자신이 느끼는 감정을 고스란히 쏟아냈다. 아무
렇지 않은 척 굴고 있지만 엘레나는 알 수 있었다. 렌이 상처받았다는
걸. 생전 본 적 없는 허탈함과 어색한 저 미소가 그 증거였다.

"그런데 선배도 어쩔 수 없었잖아요."

"뭐?"

"베로니카에게 화가 났을 거고, 미웠고, 원망스러웠잖아요."

렌의 눈동자가 지진이라도 난 듯 사정없이 흔들렸다. 지금껏 누구도 그의 상처와 진심을 이해하려고 한 적이 없었기에 타박은커녕 렌을 이해하는 엘레나의 저 말이 렌의 가장 얇고 약한 부위로 스며들었다.

"그래서 이해해요."

'많이 아팠고, 지금도 아프지만……'

후회로 점철된 지난 삶이지만 결국 그녀가 선택한 일이었다. 그리고 이안을 만났다. 이안을 만난 것만으로도 축복이었고 세상에 둘도 없는 기쁨이었다. 이제 와서 할 수 있는 말이지만 베로니카를 중독시킨 덕택에 지금의 엘레나가 있을 수 있었다.

시크릿 살롱의 여주인 L이 되었고.

시대를 선도하는 신여성으로 불렸으며.

지독한 악연을 인연으로 탈바꿈시켰다.

엘레나는 미소를 지었다. 어느 때보다 진하고 자신에 찬 미소는 지금 그녀가 걸어가고 있는 삶에 대한 자부심이 배어 있었다.

"뭐야, 쫄았잖아."

"선배가 겁을 먹긴 해요?"

"말이 그렇다는 거지. 내가 그깟 걸로 쫄겠냐?"

렌이 짐짓 허세를 부렸다. 조마조마하던 속내를 들키기 싫어 센 척했다.

"렌이라고 불러."

"렌."

말이 끝나기가 무섭게 기다렸다는 듯이 엘레나가 이름을 불렀다.

"뭐 이리 적응이 빨라?"

"솔직히 선배라는 말, 입에 잘 안 붙긴 했어요."

엘레나도 후련하다는 표정을 지었다. 렌을 선배라고 부르는 건 목에 가시가 걸린 듯 부자연스러웠다.

"너도 이제 알려줘."

"뭘 알려줘요?"

"네 진짜 이름."

"……"

"계속 내가 널 야라고 부를 순 없잖아?"

"L이라고 부르세요."

"야. 오늘 기쁜 날이잖아. 이런 날 우리 사이에 이름도 몰라서 쓰나?"

엘레나가 어처구니가 없다는 듯 되물었다.

"우리가 무슨 사인데요?"

"이름 튼 사이?"

"아직 안 텄는데요?"

"그러니까 터야지."

말도 안 되는 논리에 엘레나가 어이없는 웃음을 흘렸다. 어째서일까. 예전이라면 렌의 저런 말도 안 되는 요구와 강요에 진저리를 쳤겠지만 이제는 그렇지 않았다.

'저 얘기가 우스개로 들리다니.'

스스로 생각해도 믿기지 않는 변화였다. 그래서일까. 감출 수 있었는데도 베로니카와 독살에 연관되어 있단 걸 고백한 렌의 진심이 고마웠다.

"……엘레나요."

엘레나는 이름을 말하면서도 어색했다. 제국에 온 이후로, 본명을 밝힌 건 이번이 처음이기 때문이다. 그 상대가 렌이라는 게 난센스지만.

"엘레나. 엘레나. 엘레나. 입에 쫙 붙고 좋네."

앵무새처럼 이름을 반복적으로 중얼거리는 렌은 신이 난 듯했다.

"엘레나."

"왜요?"

"엘레나."

"그만 불러요."

애도 아니고 이름 갖고 장난을 치는 렌을 보니 한숨이 나왔다. 괜히 알려줬나 싶은 후회에 머리가 지근거렸다.

"그보다 대공가 사정은 좀 어때요?"

대공가를 나온 뒤, 내부 사정을 파악할 길이 요원했다. 그러나 저택에 렌이 심어놓은 간자들이 있어서 정보를 얻기 쉬웠다.

"베로니카가 실무에 손을 대는 모양이던데?"

"베로니카가요?"

엘레나의 목소리가 올라갔다. 별거 아니라는 듯이 구는 렌과 달리 엘레나에게는 매우 중요한 사안이었다.

"저택 내에서 아셀라스와 베로니카가 접촉하는 횟수가 늘었어. 그 둘이 오붓하게 시간 보낼 사이도 아니고 뭘 하겠냐?"

"음모."

"머리 맞대고 같잖은 궁리나 하겠지."

엘레나가 턱을 만지며 생각에 잠겼다.

'베로니카가 실무에 손을 대?'

대공가에 복귀한 베로니카는 공녀의 일에만 집중할 거라고 생각했는데. 오판이었다.

'그러고 보니 베로니카에 대해 아는 게 없네.'

죽기 전, 베로니카를 마주하고 몇 마디 대화를 나눈 게 다였다. 그 잔인한 성품과 성정은 짐작이 됐지만, 정작 그녀가 어떤 인간인지는 전혀 파악하지 못했다. 베로니카를 모르기에 그녀가 어떻게 나올지 예측이 어려웠다.

"혹시 베로니카에 대해 좀 아시나요? 그래도 육촌지간이잖아요?"

"알잖아. 사이좋은 육촌은 아니라는 거."

그건 렌의 말이 맞았다. 둘의 사이가 좋았다면 애초에 독살을 시도하지 않았겠지.

"뭐가 궁금한데?"

렌이 소파에 느슨하게 기댔다. 뭐든 물어보라는 듯 손을 까닥거리는 제스처까지 취했다.

'영 못 미더운데.'

투정과 달리 엘레나는 깊이 렌을 신뢰했다. 대공가에 첩자를 심어둔 것부터, 베로니카를 독살한 것까지. 체계적이고 충분한 정보 수집과 계획이 없었다면 결코 성공하지 못했을 것이다.

"베로니카에 대해 알려주세요."

"미친년이야."

"장난치지 말고요."

"진짠데?"

엘레나가 한 번 참았다.

"걔 완전 제정신이 아니야."

"진지하게 대답해 주면 안 돼요?"

"나 진지해. 네가 보기엔 내가 지금 장난치는 걸로 보여?"

웃음기를 싹 뺀 렌의 되물음에 엘레나가 입술을 핥았다. 대답이 썩 마음에 들진 않았지만 정색까지 하는 모습에 더는 추궁하기 애매했다.

"걔가 좋아하는 게 뭔지 알아? 새야."

"새요?"

"정확히는 죽은 새지. 자기가 죽인 새."

"……!"

엘레나의 뇌리에 베로니카 방에 걸려 있던 괴기스러운 그림 한 점이 스쳐 지나갔다.

'너무 단면적이야. 좀 더 파악해야 해.'

잔혹한 성품을 가졌다는 건 알겠다. 그러나 그 이상은 파악이 어려웠다. 성품이 어떻고, 생각의 방향은 어떤지. 그 외적으로도 도움이 될 만한 정보를 얻고 싶었지만 렌은 미친년이란 말로 일관했다.

"걔에 대해서 파악하려고도, 이해하려고도 하지 마. 그냥 받아들여."

"그게 무슨 의미예요?"

"미친년을 네가 어떻게 이해하려고?"

"……."

"제국, 아니, 대륙을 통틀어도 그런 미친년은 또 없을 거야. 상식으로 정의 내릴 수 있는 여자가 아니야."

엘레나의 표정이 굳었다. 지금껏 장난이라고 치부하며 넘기던 렌의 말들이 진정성 있게 와닿기 시작해서였다.

'진짜 미친년이란 소리야?'

엘레나는 기억 속 베로니카를 끄집어냈다. 감옥 안에서 죽어가는 엘레나를 보던 베로니카의 모습이 떠올랐다. 이안의 손을 흔들며 잔인하게 웃는 모습은 악마와 다름없었다.

"걔는 말이지. 세상이 자기 위주로 돌아간다고 믿는 년이야."

"오만하네요."

"실수도 용납하지 않아. 만약 제 부탁이나 요구를 거절해? 죽여. 죄책감 없이 그걸 당연하게 여기지."

'잠깐만.'

엘레나의 머릿속에 간과하고 넘어갈 뻔한 일이 떠올랐다.

'혹시 세 사람을 회유하라고 시킨 게 베로니카인 건 아니겠지?'

대공가에서 라파엘과 크리스티나, 첸토니오를 노블레스 거리로 데려가기 위해 접촉했었다. 엘레나는 당연히 후임자인 아셀라스의 소행이라고 예상했다. 한데, 렌과 대화를 나누다 보니 아닐 수도 있단 생각이 강하게 들었다.

"렌, 만약에요. 정말 만약에 베로니카가 누군가를 데려오라고 명령했어요."

"그런데."

"안 가겠다고 거절했어요. 그럼 베로니카는 어떻게 나올까요?"

아직까지는 짐작에 불과하다. 그러나 돌다리도 두드려 보고 넘어간다고 조심해서 나쁠 건 없었다. 아직 엘레나는 베로니카에 대해서 잘 모르니까.

"아까 말했잖아, 미친년이라고."

"그럼……."

"죽일 거야."

일 초의 망설임도 없이 튀어나오는 렌의 대답에 엘레나의 낯빛이 심각해졌다.

'방심했어.'

엘레나는 입술을 깨물었다. 베로니카에 대한 정보 수집을 너무 소홀히 했다. 렌이 아니었다면 되돌릴 수 없는 실수로 소중한 사람을 자칫 잃을 뻔했다. 이제라도 방비할 수 있어 천만다행이었다. 그렇다 한들 베로니카의 존재가 까다로운 건 여전했다. 상식으로 상대할 수 있는 유형의 인간이 아니었다.

'차라리 리아브릭 쪽이 상대하기 편했을지도 모르겠어.'

이전 삶과 현생을 합쳐 리아브릭과 보낸 시간이 적지 않다. 또한 엘레나가 지닌 심계는 리아브릭에게 배웠다고 해도 과언이 아니었다. 리아브릭을 실각시킬 수 있었던 배경에는 엘레나가 리아브릭의 생각을 읽고 한발 빨리 움직였기 때문이다.

"고마워요, 렌."

"뭘 이 정도 갖고."

렌이 어깨를 으쓱했다. 엘레나에게 도움이 됐단 사실에 미소가 입가에서 떠나질 않았다.

엘레나는 생각에 빠져들었다. 렌은 턱을 괴고 앉아 그런 엘레나에게서 눈을 떼지 않았다. 뭐가 그리 좋은지 게슴츠레 뜬 눈으로 서글서글하게 웃고 있었다. 하나, 깊은 사고에 잠긴 엘레나는 그런 렌의 시선을 의식하지 못했다.

'세 사람의 신변을 보호해야 해.'

첫째도 안전, 둘째도 안전, 셋째도 안전이다. 어느 한 사람이라도 다치거나 죽는다면 엘레나는 그 죄책감에 살지 못할 것이다.

'휴렐바드 경이 혼자서 세 사람을 감당하기엔 무리야.'

휴렐바드가 날고 긴다고 하더라도 동선과 생활 방식이 다른 라파엘과 크리스티나, 첸토니오를 동시에 지켜주기엔 무리였다.

"표정이 왜 이렇게 어두워? 신경 쓰이게."

상념에서 깬 엘레나가 렌의 말에 고개를 들어 눈을 맞췄다.

"베로니카가 돌아왔으니, 대책을 세워야죠."

"대책?"

렌이 갑자기 콧방귀를 꼈다. 그러더니 더없이 진지한 표정을 지었다.

"그런 걸 세우면 질걸."

"무슨 말이에요?"

"난 말이지, 한 번도 대책이란 걸 세워본 적이 없거든."

엘레나가 헛웃음을 흘렸다.

"무대책이 대책처럼 들리는 건 착각인가요?"

"얘가 날 뭐로 보고. 난 항상 선제공격을 했거든. 내가 원하는 상황을 만들어서. 너도 마찬가지야."

"무슨 의미예요?"

"네가 유리한 상황을 먼저 만들어. 그래야 이긴다."

"……!"

엘레나는 머리를 세게 맞는 듯한 충격에 휩싸였다.

'렌의 말이 맞아. 수동적으로 끌려갈 필요는 없어.'

적진이나 다름없는 대공가와는 달리 아무런 감시나 제재가 없으니까. 엘레나는 자유롭게 움직일 수 있었다. 대공가를 나온 지금에서까지 스스로를 제약할 필요는 없었다.

"생각이 좀 트이네요. 선제공격이란 표현은 좀 그렇지만요."

엘레나의 긍정에 기분이 좋아졌는지 렌이 히죽 웃었다.

"기왕 돕기로 한 거 최선을 다해 도와줄 테니까 눈치 보지 말고 말해."

엘레나는 말없이 웃고는 다시 생각에 빠져들었다.

'우리의 위험부담은 낮추고, 대공가에는 타격이 가도록 계략을 짜야 해.'

주도적으로 판을 이끌기로 결정한 이상 계략을 짜는 건 크게 어렵지 않다. 엘레나는 머릿속에 큰 그림을 그리기 시작했다. 조잡한 선들로 이어진 스케치가 형체를 갖추더니 색깔이 입혀졌다.

"저들의 계략을 역이용해야 해."

"애가 이렇게 똑똑해요. 하나를 알려주니 둘을 아네?"

엘레나는 종을 쳐서 메이를 불렀다. 급한 일이니 내일 오전 중으로 라파엘, 크리스티나, 첸토니오 세 사람이 살롱으로 들어왔으면 한다는 말을 전했다. 또 에밀리오에게 일러 아직 답변하지 않은 라파엘을 제외한 크리스티나, 첸토니오에게 실력이 출중한 용병을 호위로 붙이란 말도 덧붙였다. 임시 조치였다.

시간은 눈 깜짝할 사이에 지나갔다. 이런저런 조치를 취하고 구상 중인 계략의 허와 실을 메우다 보니 오히려 시간이 모자랄 정도였다.

렌이 회중시계를 보더니 침묵을 깨며 말했다.

"시간이 거의 끝나가네?"

"후회 안 해요? 소원을 허무하게 쓴 거 같은데."

"그럼 또 들어주든지."

"아뇨."

렌이 키득 웃었다.

"걱정 마. 뭐든 아쉬움이 남아야 더 뜻깊은 법이거든."

"하여간, 진짜 이상한 사람이라니까."

알다가도 모를 렌을 보며 고개를 절레절레 저을 즈음 비밀 통로 문이 열렸다. 메이가 걸어 나와 허리를 굽혔다.

"황태자 전하를 모셔왔습니다."

말이 끝나기가 무섭게 엘레나가 몸을 일으켰다. 렌은 몇 분 일찍 온 시안이 탐탁지 않은지 느릿느릿 소파에서 일어났다. 메이의 뒤에 있던 시안이 앞으로 걸어 나왔다.

"전하를 뵈옵니다."

깍듯이 예를 갖추는 엘레나와 달리 렌은 대충 건성으로 고개를 숙이고 말았다.

그런 렌을 보는 시안의 시선이 어딘지 모르게 불편한 듯했다. 티를 내지 않았지만 자신보다 먼저 와 있던 렌이 탐탁지 않은 것처럼 보였다.

"잘 지냈나?"

시안이 엘레나를 보며 다정하게 물었다. 늘 감정을 죽인 채 무뚝뚝하게 살아가는 시안이었기에, 주변의 누군가 봤다면 깜짝 놀랐을 것이다.

"전하께서 염려해 주신 덕에 잘 지냈답니다."

"다행이군. 진작 오고 싶었으나 그러지 못해 내내 아쉬웠다."

훈훈한 안부를 주고받는 둘의 모습을 지켜보던 렌이 불쑥 껴들어 훼방을 놓았다.

"저도 있습니다만?"

시안의 시선이 렌에게 닿았다. 이내 시선을 거두더니 엘레나를 보았다.

"앉도록 하지. 쌓인 얘기가 많아."

"저도요. 이쪽으로 앉으세요."

엘레나는 소파의 상석을 시안에게 권했다. 시안을 중심으로 좌우에 엘레나와 렌이 앉았다.

"못 본 새에 좀 야위었군."

"그래요? 잠은 넉넉히 잤는데. 신경 쓸 게 많아서 그런가 봐요."

엘레나를 보는 시안의 눈매가 더없이 부드러워졌다. 엘레나가 다치지 않아서 다행이었고, 그런 그녀를 볼 수 있는 것만으로도 더없이 좋았다.

"인사 좀 받아주시지요, 전하?"

렌은 눈치 없이 대화에 끼며 존재를 알렸다.

"인사는 받은 걸로 아는데?"

"그랬던가요? 워낙 건성인지라 몰랐네요."

사사건건 훼방을 놓는 렌이 시안의 눈에 거슬리기 시작했다.

"그만하면 된 거 아닌가? 서로 반가워할 사이도 아니니."

"뭘 그리 대놓고 견제하세요. 악감정이라도 있으신 것처럼."

렌의 도발적인 언사에 시안의 눈썹이 꿈틀했다. 시안과 렌 사이에 치열한 신경전이 벌어지자 보다 못한 엘레나가 나서서 중재했다.

"그만 좀 해요, 렌."

'렌?'

시안의 눈매가 가늘어졌다. 엘레나의 입에서 렌이란 이름이 다정하게 흘러나오자 이유 모를 열패감이 밀려왔다.

"그만두라면 뭐야겠지?"

렌은 시안을 보며 승자의 미소를 짓더니 엘레나의 말에 순순히 따랐다. 반대로 굳어 있는 시안의 표정은 어딘지 심각해 보였다.

"바쁜 사람 모아놓고 뭐 해? 앞일을 논의하자고, 어서."

렌의 재촉에 엘레나의 입술이 실룩거렸다. 이른 아침부터 살롱을 찾아와서 죽치고 있던 주제에 갑자기 서두르는 꼴이 어이가 없었다.

"차 한 잔 내릴 시간은 있어요."

선을 그은 엘레나는 메이가 새로 내온 다기에 찻물을 우려냈다. 응접실 안에 심신을 안정케 하는 그윽한 차향이 퍼졌다. 시안이 첫 모금을 맛보고 나서야 대화가 재개되었다.

"이 자리를 빌려 감사의 말씀 먼저 드릴게요. 두 분이 아니었으면 무사히 대공가를 나오지 못했을 거예요. 고마워요."

"그대를 돕는 일이다. 감사의 말은 적절치 않다."

"나도 동감."

엘레나가 옅게 웃었다. 대공가라는 공공의 적을 둔 우군들이 더없이 듬직하고 믿음직스럽게 느껴졌다. 찻잔을 내려놓은 시안이 입을 열었다.

"황실에 보고 없이 기사단을 움직인 죄를 물어 대공가에 막대한 배상금을 물도록 했다."

"잘하셨어요. 강제할 수 없으니 실속을 챙기는 게 나아요."

시안은 현명하게 대처했다. 황실에 보고 없이 수도 인근에서 기사단을 제멋대로 움직인 죄는 크다. 명분이 황실에 있는 이상 제아무리 대공가라 하더라도 죗값에 해당하는 배상금은 피해갈 수가 없었다.

"대공가가 움츠러든 지금 근위대를 개혁하고자 한다."

"현명하신 생각이세요."

엘레나도 동의했다. 근위대는 곧 황실의 권위이자, 위엄이며, 힘이다. 현 황실의 근위대는 귀족들이 자진해서 납부하는 후원금으로 운영이 되는 실정이었다. 그러다 보니 귀족 자제나 귀족들이 추천한 자들이 근위대원으로 들어오는 경우가 잦았다. 황실을 수호한다는 자긍심과 자부심은 옛말이 된 지 오래고 귀족들의 끄나풀 행위를 일삼는 이들도 적지 않았다.

"최근 수도 내 집회가 부쩍 늘어났어요. 전하께서 안팎으로 신경 쓰신 만큼 제국민들도 조금이나마 변하고 있는 것 같아요."

"그대가 세운 학교의 덕이다. 아이들이 배우며 부모들의 생각마저 바꾸고 있다."

시안은 새삼스럽게 엘레나를 만난 것에 감사했다. 그녀가 아니었다면 황권을 강화하려는 생각에 사로잡혀 시대를 읽지 못하고 옛것에 얽매여 있었을 것이다.

대화를 통해 돌아가는 상황과 분위기를 파악한 엘레나가 본론을 꺼냈다.

"두 분을 뵙자고 한 건 앞으로의 일을 논의하기 위해서예요."

렌과 시안이 엘레나를 빤히 보며 다음 말을 기다렸다.

"대공가가 흔들리고 있어요. 하지만 그 뿌리는 깊고 단단해서 흔들릴지언정 쓰러지지 않고 있죠."

"결정타가 필요하겠네. 한 방에 훅 보내 버릴."

"네, 맞아요."

엘레나는 두 사람을 물끄러미 바라보았다. 고고한 학처럼 앉아 있는 시안과 껄렁거리다 못해 불량스러운 렌은 물과 기름처럼 섞일 수 없는 존재로 보였다.

'그래서 더 시너지 효과가 컸을지도 몰라.'

엘레나는 대공가에서 도망을 치는 과정에서 두 사람의 역량이 단합되면 어떤 결과를 낳는지 눈으로 목격했다. 이제부터는 두 사람에 더해 엘레나의 역량까지 한곳에 집중해야 한다.

"렌은 대공가의 동선을 파악해 주세요. 그들이 뭘 하는지, 뭘 하려고 하는지요. 사소하고 쓸데없는 거라도 빼놓지 말고 체크해 주세요."

렌이 히죽 웃었다. 뒷조사와 감시는 그의 주특기였다.

"저는 대공가를 자극해 기회를 만들게요."

엘레나는 대놓고 베로니카를 노릴 계획이었다. 그토록 벌레 취급하던 엘레나가 L이라는 걸 알았을 때 그녀의 표정이 어떨지 벌써부터 기대가 됐다.

"전하께서는 명분을 앞세워 대공가를 압박해 주세요."

"그러지."

엘레나는 숨을 고르더니, 결의에 찬 표정으로 쐐기를 박았다.

"프리드리히 대공가, 제국에서 지워 버리죠."

논의는 땅거미가 지고 거리에 짙은 어둠이 깔렸을 때 끝이 났다. 괄목할 만한 성과는 아니지만 대략적인 스케치는 완성됐다. 세세한 부분을 보완하고 좀 더 기민하게 협조한다면 더 의미 있는 성과를 얻을 수 있지 않을까 기대됐다.

"어렵게 모인 보람이 있네요."

엘레나는 만족스러운 미소를 지었다. 시안과 렌도 마찬가지였다. 독립적으로 행동하던 세 사람이 의기투합해 한뜻으로 움직이게 된 것만으로도 의미가 컸다. 렌이 주도적으로 계략을 짜던 엘레나를 보며 너스레를 떨었다.

"넌 나랑 척지지 말자. 애가 음흉해."

"이제 아셨어요? 눈 밖에 안 나게 조심하세요. 확 어떻게 할지 몰라요."

"야. 그 말 들으니까 더 눈 밖에 나보고 싶잖아."

삐딱하게 구는 렌을 보며 엘레나가 픽 웃어넘겼다. 예전 같으면 상상도 할 수 없는 일이었다. 그러나 저 장난마저 이제는 정겹다.

"전하도 같이 가죠? 혼자 가는 거 쓸쓸해."

"아, 전하는 잠시……."

"그대 먼저 돌아가라."

엘레나와 시안의 동시다발적인 말에 렌이 멈칫했다.

"이거 뭐야?"

렌이 마치 둘이 짰냐는 듯 시안과 엘레나를 번갈아 보았다. 사전에 약속된 건 아닌 듯 엘레나가 살짝 당황한 기색을 보였으나 이내 차분하게 말했다.

"전하와 할 말이 있어서 그래요."

"단둘이?"

"네, 둘이서요."

렌이 입맛을 다셨다.

'아, 좀 별론데.'

뭔가 개운치 않았다. 꼭 자기만 따돌림을 당하는 느낌이었다. 시안의 감정을 빤히 아는지라 영 못마땅했다. 근데 뭐 어쩔 수 없었다. 두 사람 다 나눌 얘기가 있다는데.

'못 이기는 척 넘어가 줘야지.'

"그렇다니 방해꾼은 사라지지. 또 보자고. 전하께서도 일 보고 얼른 가시길. 황궁을 너무 오래 비우면 의심받지 않겠어요?"

시안을 향해 삐딱한 인사를 남긴 렌이 휘적휘적 걸어 나갈 때였다.

"아! 이걸 놓고 갈 뻔했네."

뒤돌아선 렌이 소파에 걸쳐져 있던 담요를 집어 들었다. 엘레나가 덮어줬던 그 담요였다.

"이건 기념품. 소원에 얹어주는 걸로."

'소원?'

시안의 눈빛이 번뜩이는 걸 본 렌이 히죽 웃더니 응접실을 떠났다. 엘레나는 흔해 빠진 담요를 굳이 가져가는 렌을 보며 헛웃음을 지었다. 기념품이라니. 소원도 그랬지만 렌의 속마음은 참 알다가도 모르겠다. 그런 엘레나를 지그시 보던 시안이 침묵을 깨며 입을 열었다.

"소원이라. 무슨 말인지 물어도 되겠느냐?"

"아. 별거 아니에요. 절 도와주는 대신, 소원을 들어주기로 했거든요. 소원이라기엔 민망할 만큼 허무하게 써버렸지만요."

"……."

어이가 없는지 엘레나가 설핏 미소를 보였다. 그녀의 웃음이 알게 모르게 그를 서운케 했다.

"그랬군."

시안이 입술만 옴짝달싹하다 꾹 다물었다. 무슨 소원이었는지 너무 궁금했지만 예의가 아닌 것 같아 속으로 삼켰다.

"그보다 할 말이 있다고……."

"그대는 무슨 용무로……."

우연의 일치로 말이 겹치자 시안의 표정이 좀 누그러졌다.

"그대 먼저 말하도록."

엘레나가 옅게 웃더니 고급스러운 무늬의 봉투 한 장을 그에게 내밀었다. 얼떨결에 그것을 받아 든 시안이 이게 뭐냐는 듯 쳐다봤다.

"열어보세요."

그녀와 봉투를 번갈아 보던 시안이 내용물을 확인했다. 그리고 엘레나를 빤히 쳐다봤다. 놀라움과 경악, 혼란스러운 눈길이었다.

"어음이에요."

"이걸 왜 내게 주는 거지?"

"황궁근위대 개혁에 보태 쓰셨으면 해요. 대공가에서 거둬들이는 배상금으론 부족하잖아요."

엘레나는 다 안다는 듯 자애로운 미소를 지었다. 황궁근위대야말로 황실의 권위를 상징하는 근원이었다. 그들의 개혁 없인 새로운 제국도 없을 테니까. 대공가가 휘청거리는 이 시기는 시안이 황궁근위대에 칼을 대기에 적기였다.

'지난 삶에서는 귀족들의 반발과 자금적인 문제로 실패하셨지.'

개혁이 실패로 돌아간 날, 어쭙잖게 위로하고자 시안을 찾은 적이 있었다. 그때 보고야 말았다. 바늘로 찔러도 피 한 방울 흘리지 않을 것 같은 시안이 울고 있는 모습을.

제국의 삼검에 버금가는 검술, 뛰어난 머리, 귀족들을 감쪽같이 속이는 연기력까지 두루 갖췄음에도 결국 그는 실패하고 말았다. 그 모습을 떠올릴 때면 엘레나도 착잡했다. 이 남자가 짊어진 무게를 그녀가 덜어 줄 수 없음에 항상 안타까웠고 애달팠다.

"대공가는 결코 쉽게 무너지지 않아요. 궁지에 몰릴수록 제국을 전복하려고 들 거예요. 선대 황제를 폐위시키고 현 황제 폐하를 세운 것처럼요."

"……."

"그러자면 전하만의 전유물인 황궁근위대가 필요하실 거예요. 이 돈은 그 밑거름으로 써주세요."

시안은 손에 들린 어음을 내려다봤다. 천문학적인 액수였다. 대공가가 낼 배상금의 무려 다섯 배가 넘는 금액이다.

"정녕 이걸 내게 주는 것인가?"

"저보다는 전하께 더 필요한 돈이니까요."

시안의 입가에 쓴웃음이 걸렸다. 이 어음에는 그를 돕고자 하는 엘레나의 진심 어린 마음이 담겨 있었다. 다 아는데, 왜 이리도 비참한 기분이 드는 것인지. 이 어음을 받을 수밖에 없는 지금의 처지가 너무도 비감스러웠다. 거절할 수 없기에 더더욱.

"고맙다. 표현할 수 없을 만큼."

어음을 쥔 시안의 손에 힘이 들어갔다. 엘레나에게 신세를 지는 건 이번뿐이다. 이 어음을 종잣돈으로 두 번 다시 오늘 같은 날을 만들지 않으리라 다짐했다. 각오를 다진 시안이 자신이 살롱에 남은 이유에 대해서 털어놓았다.

"나 역시, 그대에게 줄 것이 있다."

엘레나가 눈을 깜빡이며 빤히 쳐다봤다.

"작위를 하사할까 한다."

"저, 전하?"

"그대가 전에 말했지. 북부 3국 연합의 벨칸 왕국의 작위를 갖고 있다고."

생각도 못 한 얘기에 엘레나가 당황하며 고개를 끄덕였다. 엘레나가 활동할 L의 신분은 에밀리오가 운영하는 카스톨 상회의 본거지인 벨칸 왕국에서 돈을 지불하고 사들인 작위다.

시안이 고저가 없는 목소리로 말을 이었다.

"대공가를 나와 본격적으로 활동하려면 제국에서 하사받은 작위가 있는 게 나을 것이다."

"아니에요. 전 이대로도 족해요."

엘레나는 손사래를 치며 거절했다. 작위를 하사할 수 있는 권리는 황실 고유의 권한이다. 황태자인 신분의 시안에게 크게 어렵진 않은 일이다. 그러나 그녀는 예외다.

'문제는 내가 여성이라는 거야.'

제국 역사를 통틀어 여자가 작위를 하사받은 경우는 손에 꼽는다. 개중 상당수도 아버지나 남편의 작위를 세습받은 경우지, 단독으로 작위를 하사받은 경우는 거의 없었다.

물론 제국 내에서 L의 평판과 명망, 그리고 명성은 높은 편에 속했다.

하지만 그뿐이었다. 고지식한 중립 귀족들의 반감을 살 가능성이 높았다. 기득권을 중시하는 귀족들은 탐탁지 않게 여길 것이다.

"귀족들에게 명분을 줄 수 있어요."

"그대가 뭘 우려하는지 안다."

"물러주세요. 전하의 마음을 받은 것만으로도 전 족해요."

엘레나는 정중하지만 단호히 고사의 뜻을 밝혔다. 그녀로 인해 비난의 화살이 시안에게 돌아가는 건 바라지 않았다.

"그 또한 감수할 것이다."

"전하."

시안의 눈빛이 고집스러워졌다.

"귀족 시해는 중죄지. 그대에게 내린 작위가 최소한의 안정장치 역할은 할 거라 믿는다."

대공가라 하더라도 공식적으로 작위를 하사받은 귀족들을 멋대로 핍박하거나 살해할 수 없었다. 그럴 경우 귀족 회의에 상정되어 작위 박탈에 가까운 논의가 이루어진다.

시안은 제 역량이 닿는 한 엘레나를 지켜주고 싶었다. 귀족들이 제 것을 지키기 위해 만든 이 법을 역이용해 공작가가 엘레나를 핍박하지 못하게 말이다.

"그대가 날 우려하는 것 이상으로 그대를 걱정하고 있다. 거절은 허락지 않겠다."

시안의 진심 어린 마음에 엘레나는 가슴이 뭉클해졌다. 고집을 부려 이 작위를 거절한다면 시안 역시 어음을 받지 않을 거란 생각이 강하게 들었다.

"……받겠습니다, 전하."

"작위는 준남작. 수여식은 외부에서 약식으로 진행하는 걸로 조치하겠다. 살롱으로 사람을 보내도록 하지."

"제국이 떠들썩하도록 성대히 맞을게요."

기왕 작위를 받기로 결정한 이상 L이 명실상부한 제국 귀족이 되었음을 떠들썩하게 알릴 생각이다. 그것이 시안의 호의에 대한 그녀의 유일한 보답이었다. 그리고 그녀의 명망과 평판으로 하여금 누구도 토를 달지 못하게 만들 것이다.

'그다음은 사교계야.'

안 그래도 베로니카를 자극하기 위해 사교계로 나아갈 참이었다. 시안이 하사한 작위는 그녀의 유일한 오점인 신분을 베로니카와 같은 출발선에 서게 해줬다. 이젠 정말로 웅크리고 있던 몸과 날개를 활짝 펴고 비상할 시기였다.

"시간이 늦었군."

시안은 귀족들이 심어둔 감시자들의 눈을 피해 몰래 나왔다. 황궁을 너무 오래 비워둘 수도 없는 일이기에 돌아가야 했다.

"그러게요. 본의 아니게 얘기가 길어졌네요, 전하."

"시안."

"네?"

"그리 부르도록."

이름을 허락하자 엘레나가 까무러치게 놀라며 손사래를 쳤다.

"아니에요. 전하의 존함을 어찌 감히…… 전 이대로가 좋아요."

"……."

"결코 있을 수 없는 일이에요. 제발, 물러주세요."

한때 황비였기에 엘레나는 이런 예법에 민감했다. 시안의 이름이 허락될 수 있는 여자는 오로지 평생을 함께할 반려뿐이었다.

"그리하지."

"네?"

엘레나가 사슴처럼 눈을 뜨고는 깜빡였다. 매사에 신중한 시안이다. 이리 쉽게 무를 거였으면 말조차 꺼내지 않는 게 옳았다.

"단, 조건이 있다. 아니, 부탁이라고 해야 옳겠지."

"부탁이요?"

"그대의 진짜 이름을 허락해 줄 수 있겠나?"

너무 뜬금없는 화제 전환에 어안이 벙벙해진 엘레나가 시안을 멍하니 쳐다봤다.

'설마 내 진짜 이름이 알고 싶으셔서 그런 건 아니겠지? 에이, 아닐 거야.'

어째서인지 모르겠지만, 맞지 않는 옷을 입은 듯 어색한 표정을 짓고 있는 시안을 보자니 확신이 깊어졌다.

"죄송해요."

"어려운 것인가?"

"진작에 알려드렸어야 했는데, 너무 늦어서요."

엘레나의 눈길이 더없이 부드러워졌다. 시안은 지금껏 한 번도 재촉하지 않았다. 이름조차 제대로 알지 못하는 엘레나가 먼저 알려주길 묵묵히 믿어주고 기다려 줬다. 이제는 그 기다림에 보답할 차례다.

"엘레나예요."

"엘레나라……."

나지막이 읊조리는 시안을 보는 엘레나의 표정이 묘해졌다. 그에게 처음으로 진짜 이름을 알려주는 일도, 그의 목소리를 통해 진짜 이름을 듣게 되는 것도 다 감회가 새로웠다.

시안은 각인이라도 새기듯 그녀의 이름을 중얼거렸다. 그의 입가에는 옅은 미소가 떠올랐다.

"그 이름 오래도록 간직하도록 하지, 엘레나."

혁명적 디자이너 크리스티나. 그녀는 제국을 울리는 명성만큼이나 눈코 뜰 새 없이 바쁜 나날을 보내고 있었다.

그녀가 운영 중인 부티크에 하루가 멀다 하고 영애나 부인들이 찾아왔다. 타국에서도 그녀의 명성을 듣고 찾아오는 경우도 허다했다. 지금 예약해도 1년 뒤에나 드레스를 받을 수밖에 없을 만큼 밀려 있었다.

그녀는 일에 쫓기면서도 디자인 연구를 소홀히 하지 않았다. 머메이드 드레스의 열풍을 만든 건 그녀였지만, 그걸 계승하고 발전시키는 다른 디자이너들과의 경쟁에서 뒤처지지 않기 위해서다.

"아, 멍해. 잠이 부족해서 그런가?"

부티크가 위치한 건물 이 층에서 스케치하던 크리스티나가 기지개를 켰다. 그래도 정신이 들지 않는다.

"좀 씻어야겠어. 꼴이 말이 아니야."

거울에 비친 제 몰골을 본 크리스티나가 꾀죄죄한 모습에 혀를 찼다. 집에 들어가지 못하는 날이 비일비재하다 보니 눈 뜨고 보기 민망할 만큼 엉망이었다. 욕조에 몸을 담그고 있자 피로감이 싹 가셨다. 한결 개운해진 몸으로 머리를 말리며 작업실로 나왔다.

"어?"

수건을 구석에 던져놓고 의자에 앉으려던 찰나, 그녀는 디자인 노트

위에 한 장의 쪽지가 붙어져 있는 것을 발견했다. 분명 욕실에 들어가기 전까지만 해도 쪽지는 없었다. 그 말은 곧 자신이 씻는 사이에 누군가 작업실을 다녀갔다는 말과 다름없기에 몸이 굳어졌다.

그리고 쪽지의 내용을 보는 순간, 그녀의 눈빛이 차분하게 가라앉았다.

똑똑.

"출발하셔야 할 것 같습니다."

때마침 작업실 밖에서 들려온 목소리에 크리스티나는 흠칫했다. 그녀는 바로 쪽지를 품 안으로 갈무리했다. 그러고는 아무 일도 없다는 듯 태연하게 얘기했다.

"아, 벌써 시간이…… 잠시만 기다리세요. 곧 나갈게요."

크리스티나는 서둘러 채비를 마치고는 작업실을 나섰다. 그러자 문 앞에서 대기 중이던 거한이 고개를 숙였다. 용병 길드에서 고용한 용병 필이었다.

"가죠."

부티크를 나오자 마부가 마차를 대기시켜 놓고 기다리고 있었다. 마차에 막 오르려던 크리스티나가 발 받침대에 반쯤 걸쳐 놓았던 발을 다시 내렸다.

"모처럼의 모임인데 마차가 좀 그러네요."

"네?"

크리스티나의 변덕에 마부가 눈을 깜빡였다.

"요 앞에 마시장 가서 새 마차를 사오세요."

"지, 지금 말씀입니까? 약속에 늦으실 텐데요."

"늦으면 뭐 어때서요? 저 바쁜 거, 제국민이 다 아는데."

"알겠습니다."

마부가 서둘러 마시장으로 향했다. 다행히 요 건너편이 마시장이라, 새 마차를 구입해서 오는 데까지 그리 오랜 시간이 걸리지 않았다.

"썩 맘에 들진 않지만…… 어쩔 수 없죠."

전과 별반 다를 게 없는 마차를 골라온 마부의 안목에 경악한 크리스티나가 마지못해 마차에 올랐다. 출발한 마차가 수도의 가도를 달려 모임 장소에 도착했다. 모처럼 만난 지인과 티타임을 즐기며 시간을 보낸 크리스티나가 부티크로 돌아왔다. 무사히.

천재 음악가 첸토니오는 최근 지휘자로 두각을 나타내고 있었다. 과거와 달리 청력을 잃지 않은 그는 교향곡의 지휘자로 악단과 호흡하며 자신이 작곡한 교향곡의 느낌과 분위기를 표현하고자 노력했다.

지휘가 끝나자 관객들의 우레와 같은 박수 소리가 쏟아졌다. 첸토니오는 관객석을 향해 돌아서서는 정중하게 인사했다. 이 순간 첸토니오는 어느 때보다 설레고 벅찼다. 저 박수 소리를 들으며 서 있는 지금 살아 있다고 느껴졌다.

연주회가 끝나고 회식을 하자는 단원들에게 양해를 구한 첸토니오는 집으로 돌아오는 마차에 올랐다.

지친 몸으로 창밖을 보던 첸토니오는 창문에 붙어 있는 쪽지 한 장을 발견했다. 쪽지를 떼어내 읽는 눈동자에는 놀라움이 담겨 있었다.

마차가 수도 외곽에 위치한 작은 저택에 도착했다. 칼리프의 배려로 구한 이 저택은 인적이 드물고 조용해서 작곡하기 더없이 좋은 환경이었다. 첸토니오가 도착하자 저택을 관리하는 시녀가 나와서 공손히 인사했다. 그리 크지 않은 소형 저택인 까닭에 한 지붕 아래서 첸토니오와 시녀, 마부, 얼마 전 호위를 위해 고용한 용병까지 총 네 사람이 함께 지냈다.

연주회 때문에 피곤했던 까닭일까? 귀가한 지 얼마 되지 않아 저택의 불이 꺼졌다.

조금 더 밤이 깊어져 갈 무렵, 야음을 틈타 저택 밖에서 누군가 서성 거렸다. 이윽고 저택의 사방에서 영문을 알 수 없는 불꽃이 일어났다. 동시다발적으로 일어난 불길은 거셌다. 한쪽에 쌓아둔 장작들을 재물 삼아 타오르더니, 저택을 집어삼키듯 삽시간에 번졌다.

저택의 지붕마저 불길로 타들어가기 직전, 후문을 통해 첸토니오와 용병, 시녀, 마부가 무사히 빠져나왔다. 놀라운 건, 각자 생활하던 공간 이 달랐음에도 불구하고 그들은 약속이라도 한 듯 동시에 빠져나왔다 는 것이다. 멀찌감치 떨어진 네 사람은 불에 타 스러져 가는 저택을 우 두커니 지켜봤다.

"하아, 하아. 정말 큰일 날 뻔했어요."

불길을 보고 있자니 품에 간직 중인 쪽지의 글귀가 떠올랐다.

저택 방화 예정. 불을 끄고 일 층에서 대기하다가 탈출.

이것이 아니었다면 그는 저 타오르는 화염 속에 갇혀 죽음을 맞이했 을 것이다.

"죄송합니다, 사고사로 위장하려고 했는데……."

아셀라스가 뻘뻘 땀을 흘리며 베로니카에게 변명을 늘어놓았다. 좀 더 생각할 시간을 달라고 한 라파엘을 제외하고, 대공가의 제안을 거절한 크리스티나와 첸토니오는 베로니카의 명령대로 제거하려 했다. 그런데 보기 좋게 실패하고 말았다.

'이렇게 어이없이 실패할 수가……'

비록 리아브릭과 비교해 한 수 정도 뒤처지는 아셀라스지만 그 역시 어려서부터 영재라고 정평이 자자했던 지자였다. 허술하게 일을 처리할 만큼 어수룩한 자는 아니란 의미다.

크리스티나는 마차 사고로 위장한 사고사로 제거하려고 손을 써뒀다. 대형 사고로 이어지도록 마차의 바퀴에 나사를 빼뒀는데, 새 마차를 구매하면서 실패로 끝나고 말았다.

천재 음악가 첸토니오의 생존에는 천운이 뒤따랐다. 저택이 형체도 남기지 않고 불에 탔음에도 무사히 빠져나왔다.

베로니카가 나른한 눈길로 새장 속 새를 물끄러미 보았다. 붉은 털이 매력적인 서부 지역의 앵무새다.

"실패했네요?"

"죄송합니다, 다시는 이런 일 없도록……"

콰직! 기괴한 소리에 반사적으로 숙이고 있던 고개를 든 아셀라스가 흠칫 떨었다. 새장에 들어간 베로니카의 고운 손아귀에 조금 전까지만 해도 고고하게 울어대던 앵무새가 축 늘어져 있었다.

"이런, 죽어버렸네."

"……"

아쉬움이나 죄책감 따위라곤 전혀 느껴지지 않는 베로니카의 말투에 아셀라스가 식은땀을 흘렸다. 그런 그를 보며 베로니카가 손가락을 까닥거렸다. 아셀라스가 소파에서 쏜살같이 일어나 베로니카의 지척에 섰다. 허리를 굽실거리듯이 굽혀 그녀의 기분이 상하지 않게 눈높이를 맞추는 것도 잊지 않았다.

베로니카가 삐딱한 눈길로 쳐다보며 아셀라스의 머리를 부채의 모서리로 툭툭 때렸다.

"이거 장식이에요?"

"……."

"왜 그거까지밖에 생각 못 해요?"

베로니카가 손끝으로 아셀라스의 머리가 흔들릴 정도로 세게 밀었다. 모욕적이다 못해 굴욕적일 만큼 비참함이 느껴졌지만 아셀라스는 그녀의 눈빛에 움츠러들 수밖에 없었다.

"제가 바란 건 본보기였어요."

"아, 알고 있습니다."

모를 리가 없었다. 아셀라스도 대공가를 거절하면 어떠한 대가를 치르는지 알려주기 위해 제거하려고 들었다.

"아는데, 왜 그렇게 했어요? 방식이 틀렸잖아요."

베로니카가 친절한 웃음을 지었다.

"그, 그건."

"그냥 죽였어야죠. 시체를 갈기갈기 찢어서 쳐다도 못 볼 만큼."

베로니카의 섬뜩한 말에 아셀라스가 어깨를 흠칫 떨었다. 아셀라스는 비상식적인 베로니카의 생각에 등골이 오싹했다. 더 소름 끼치는 건 이런 얘길 하는 베로니카의 입가에 희미한 미소가 맺혀 있다는 것이다.

"공포란 그런 거예요. 인간의 가장 깊은 곳을 건들거든. 공포에 사로잡히면 대들 생각을 못 하죠."

"저, 저는 의심을 받을까 봐……."

너무나 뻔뻔한 그녀의 대답에 아셀라스가 고개를 들어서 쳐다봤다.

베로니카가 부채로 그의 뺨을 툭툭 쳤다.

"그 머리로 어떻게 리아브릭의 후임이 됐나 모르겠네?"

"……."

"의심?"

베로니카의 표정에는 죄의식 따위 보이지 않았다.

"의심이라는 건 약자가 강자에게 하지 못하는 거예요. 우리를 의심한다고요? 감히 프리드리히 대공가를?"

아셀라스는 저 말을 부정할 수가 없었다. 증거가 나온다 하더라도 대공가가 아니라고 하면 그만이다. 감히 누가 대공가에게 책임을 물을 수 있을 것인가.

"똑바로 하세요, 아셀라스. 또 이런 실수를 저지르면 제가 모질게 대할 수밖에 없잖아요."

아셀라스가 마른침을 꿀꺽 삼켰다. 죽어 있는 새장 속의 새처럼 자신도 죽을 수도 있단 공포심이 밀려왔다.

똑똑. 노크 소리에 베로니카가 가보라는 듯 손을 휙휙 저었다.

"다시는 이런 일 없도록 하겠습니다."

아셀라스는 머리를 크게 숙였다가 들고서는 건너편 소파로 가서 앉았다.

"들어와."

베로니카의 말에 방문이 열리며 들어온 사내는 루미너스였다. 한때, 리아브릭의 수족이었던 그는 아셀라스의 보좌관으로 임명되어 실무를 돕고 있었다.

"공녀 전하를 뵙습니다."

베로니카를 보곤 깍듯이 인사를 한 루미너스가 아셀라스에게도 가볍게 묵례를 했다.

"무슨 일이죠?"

"조금 전에 L이 대대적으로 공표했다고 합니다. 그걸 전해 드릴까 해서요."

"한낱 그런 얘기까지 공녀님께서 보고받아야 할 거 같아? 너 주제 파악 못 하지."

아셀라스가 인상을 팍 썼다. 남들에게나 신여성이고 묘령의 여주인이지, 그가 보기엔 한낱 마담에 불과했다. 베로니카가 관심을 두기엔 한없이 미천한 여자일 뿐이다.

"저희가 접촉했던 예술가들과 관련된 일입니다."

"뭐?"

"그거 흥미롭네. 계속해 봐요."

옆에 앉아 있던 베로니카가 턱짓을 했다. 뭐라 말을 하려던 아셀라스는 입을 다물며 어서 말하라고 눈빛을 보냈다.

"화가 라파엘은 L이 운영하는 시크릿 살롱에서 10년간 독점적으로 작품 발표를 하며 살롱에서 제자들을 받아들여 가르치겠다고 합니다."

"뭐, 뭐라고?"

아셀라스의 안색이 하얗게 질렸다. 긍정적인 대화가 오간다고 베로니카에게 보고했는데 보기 좋게 물을 먹은 까닭이었다.

"크리스티나의 신작 드레스 발표 또한 살롱에서 진행될 예정이며 L이 시공 중인 바실리카에서 부티크를 오픈하기로 했답니다."

"그, 그런."

"마찬가지로 음악가 첸토니오 역시 시크릿 살롱에서 추후의 곡을 독점적으로 발표할 예정임을 살롱을 통해 밝혔습니다. 또한 곧 완공되는 시크릿 살롱의 별관에 위치한 공연장에서 연주회를 가질 예정으로……."

"거기까지. 거슬리네요, 그 L이라는 자."

아셀라스는 보고야 말았다. 말을 자르는 베로니카의 입가에 걸린 섬뜩한 미소를. 웃는 게 웃는 게 아니라는 그 말이 이토록 가슴에 와닿은 적은 처음이었다.

"리브가 꽤 애를 먹었던 여자라고?"

"네, 노블레스 거리 사업 당시에 토지 매입과 천연 대리석 공급 문제로 지장을 준 적이 있습니다."

루미너스가 대답했다.

"리브도 사람이 모질지를 못해. 밟을 때 확실히 밟아놓지 않으니 이런 사태가 오잖아."

루미너스는 입을 다물었다. 그는 차마 입 밖으로 내지 못할 말을 삼켰다.

'……밟지 않은 게 아니라, 밟지 못한 겁니다.'

노블레스 거리 사업에 천문학적인 돈을 쏟아붓느라 대공가의 자금 상황이 여의치 않았다. 또 살롱이 제국 문화의 중심지라 사람들 입에 오르내리며 L은 함부로 손댈 수 없는 평판마저 손에 쥐었다. 이런 이유였다고 얘기할까 하다가 관뒀다. 구차한 변명으로 들릴 게 뻔했다.

"L이라는 자가 신여성이라고 불린다죠?"

"세간에서는 그리 불린다고 합니다."

베로니카의 입꼬리가 뒤틀렸다.

"우습네요. 얼마나 보잘것없으면 고작 그런 여자를 신여성이라 부르며 치켜세울까요?"

"그러게 말입니다. 가당치도 않습니다."

아셀라스는 눈치 빠르게 베로니카의 말에 공감한다는 듯 격하게 맞장구쳤다.

"만만히 보시면 안 됩니다."

묵묵히 지켜보던 루미너스가 끝내 꾹 다물고 있던 입을 열었다. 리아브릭마저 곤혹스럽게 만든 L을 얕잡아 보는 두 사람에게 경각심을 심어 주고자 함이다. 그런 루미너스를 보며 베로니카의 눈매가 호선을 그렸다. 조소였다.

"당신이나 리브의 수준이 L에 미치지 못하니 그런 얘길 하는 거예요."

"그, 그건."

루미너스가 입술을 깨물었다. 베로니카의 신랄한 비판에도 할 말이 없었다. 리아브릭과 더불어 L과 수 싸움에서 패한 건 사실이니까.

"L은 베일에 싸여 있는 인물입니다. 실명도, 출생도 심지어 신분조차 파악이 불가능했습니다."

"지금 스스로 무능하다는 걸 인정하는 건가요?"

"……."

"잘 들어요. 태생이 고귀한 자들은 스스로를 감추지 않아요. L이라는 가명 뒤에 숨은 것만 봐도 내세울 만한 신분이 아니란 거죠."

신분을 논하는 베로니카의 목소리에는 강한 확신이 서려 있었다. 그녀가 그랬고 그걸 당연히 여겼기에 일말의 의구심조차 갖지 않았다. 베로니카의 눈빛이 변했다. 더없이 도도하고 오만한 눈길이었다.

"다들 잊었나 본데, 제국의 심장은 대공가예요. 대공가를 중심으로 제국이 움직인다, 이 말이죠."

"물론입니다. 대공가야말로 진정한 제국의 태양이죠."

아셀라스가 격하게 동의했다. 그에 반해 루미너스는 마지못해 고개를 작게 끄덕일 뿐 묵묵히 서 있기만 했다. 그런 두 사람을 보는 베로니카의 눈빛에서 서늘한 한기가 흘렀다.

"아니, 당신들은 몰라. 그걸 알면 실패를 하지 않거든."

"네?"

기괴한 미소를 지은 베로니카가 혀로 입술을 핥았다.

"예술가들이 노블레스 거리로 오길 거부하면 모두 죽여요."

"……!"

"먹이사슬이란 게 그래요. 최상위 예술가들을 다 죽이면 상위 예술가가 최상위 예술가가 되어 자리를 메우죠. 벌레들이 꼭 그래. 죽이고 죽여도 또 다른 벌레가 그 자리를 대신하잖아."

아셀라스는 일반인에게서 볼 수 없는 광오함을 베로니카를 통해 느꼈다.

'……알 것 같아. 왜 공녀가 대공 전하를 쏙 빼닮았다고 했는지.'

먹이사슬의 정점에 서 있는 프란체 대공도 저리 광오했다. 현존하는 질서에 따르기보단 황제까지 끌어내리면서까지 질서를 만드는 사내였다. 기질은 달랐지만 베로니카는 그런 프란체 대공과 닮아 있었다.

"머리에 새기세요. 질서는 따르는 게 아니라, 만드는 것이란 걸."

베로니카의 미소가 짙어졌다. 부드러움 속에 잔인함이 담긴 미소였다.

시크릿 살롱 내, 메인 응접실. 나비 가면을 쓴 엘레나를 중심으로 좌우에 칼리프와 라파엘, 그리고 크리스티나와 첸토니오가 일렬로 앉아 있었다. 모처럼 엘레나가 직접 우려낸 홍차를 마시며 티타임을 나누고 있었다.

"바쁘실 텐데도 불구하고 와주셔서 고마워요."

엘레나는 진심을 담아 마음을 전했다. 대공가에서도 노블레스 거리에 꼭 필요한 인재라고 여겨 맨 처음 접촉을 시도할 만큼 위대한 거장들이다. 그런 그들이 살롱에 남아줬으니 어찌 고맙지 않겠는가.

"자꾸 고맙다고 하니 서운해지려고 하네요. 누누이 얘기하지만 L이 살롱의 주인인 한 우린 떠나지 않아요."

"저도 마찬가지입니다. 절 살게 한 건 L입니다."

찻잔을 내려놓은 크리스티나와 첸토니오는 L에 대한 깊은 애정과 고마움을 드러냈다. 지금의 그들에게는 푼돈일지 모르나, 몇 년 전 엘레나가 베푼 후원이 아니었다면 그들은 이 자리에 없었을지도 몰랐다.

라파엘은 말없이 미소를 지어 제 마음을 내비쳤다. 그가 살롱에 남은 시작과 끝에는 엘레나가 있었다. 분위기가 무르익자 엘레나가 본론을 꺼냈다.

"다들 무사하셔서 천만다행이에요. 절 믿고 따라주셨는데 그 때문에 화를 입으면 전 살지 못했을 거예요."

"욕실에서 씻고 나왔는데 제 책상에 쪽지가 올려져 있더라고요. 그래도 그 덕분에 큰 사고를 면했기에 망정이지 지금도 그 마차를 탔다고 생각하면 아찔해요."

의문의 쪽지 덕에 크리스티나는 화를 면할 수가 있었다. 만약 평소대로 그 마차를 탔다면 바퀴가 빠져 대형 사고로 이어졌을 것이다.

"연주회를 마치고 귀가하는 마차 안에 붙어 있더라고요."

"그래요?"

"쪽지가 아니었다면 전 불에 휩싸여 죽었을지도 모릅니다."

라파엘을 제외한 크리스티나와 첸토니오는 대공가의 위협을 받았다. 사고사로 위장하려고 손을 쓴 만큼 제때 대처하지 못했다면 생명에 지장이 갔을지도 모른다.

"근데 L, 대체 이 쪽지는 누가 가져다 놓는 거예요?"

"저도 궁금했어요. 어떻게 알고 쪽지까지 남겨놓는지, 그분들이 더 대단해 보여요."

엘레나가 미소를 머금었다.

"저도 직접 본 적은 없답니다."

"L도요?"

"네, 워낙 신출귀몰한 분들이라서요. 분명한 건 이쪽 분야에서 이분들보다 뛰어날 수는 없다는 거예요."

엘레나의 머릿속에 히죽 웃는 렌의 모습이 떠올랐다.

'정보 단체 마제스티.'

처음 그 얘길 들었을 때 엘레나는 소스라치게 놀랐다. 길드에서 취급할 수 없는 정보를 분석하는 데 경이로운 실력을 지닌 집단이 존재한다는 것만으로도 놀라운데, 그 집단의 수장이 렌이라는 사실에 경악했다.

학술원에서 엘레나를 의심하고 정체를 파악한 것도 어쩌면 그러한 촉 때문일지도 모른다고 납득했다. 심지어 마제스티는 은신과 암행에도 탁월했다. 은밀하게 크리스티나와 첸토니오 곁에 머무르며 대공가의 수작을 파악해 낸 것만 해도 그렇다.

새삼 엘레나는 렌이 같은 편이라는 사실에 안도했다. 적일 때는 더없이 까다로운 존재였으나, 아군이 되니 이리도 믿음직스러울 수가 없었다.

"아, 외출하실 때는 꼭 용병들을 대동하세요. 아직 마음 놓긴 일러요."

엘레나의 노파심에 크리스티나가 걱정 말라는 듯 얘기했다.

"그러려고요. 대부분의 용병이 거친데, L이 보내주신 분들은 말수도 적고 그렇게 듬직할 수가 없더라고요. 꼭 저한테도 기사가 생긴 기분이에요."

"저도요. 같이 계시면 든든합니다."

"다행이네요."

엘레나의 입가에 미소가 번졌다. 저들에게 붙인 용병들은 휴렐바드가 비밀리에 길드로 찾아가 엄선한 자들이다. 까다로운 휴렐바드의 눈에 든 자들이니 더 얘기해서 무엇하겠나.

"이거 받으세요."

세 사람은 엘레나가 건네는 금빛 무늬가 박힌 봉투를 받았다.

"초대장이에요."

"초대장요?"

"곧 살롱의 별관이 완공되거든요."

"드디어!"

시크릿 살롱의 별관은 모두의 관심 대상이었다. 본관과 비교해 네 배 가까이 큰 규모고, 제국에서 한 번도 선보인 적 없는 양식으로 지어진 만큼 기대도 컸다. 대공가의 노블레스 거리의 선공개에 발맞춰 움직였다. 원 역사대로라면 노블레스 거리가 가져갔어야 할 이목과 관심, 유명세를 뺏어오기 위함이었다.

"또, 그날은 제게 의미가 있는 날이에요."

"의미요?"

"영광스럽게도 황태자 전하께서 작위를 내려주시거든요."

전말을 알고 있는 칼리프를 제외한 세 사람이 깜짝 놀랐다. 그 말은 즉, 엘레나가 제국의 귀족이 된다는 말이었다.

"L이 귀족이 되다니…… 왜 제가 눈물이 날 만큼 기쁠까요? 어서 돌아가야겠어요. L을 위해 준비한 드레스가 있는데, 그걸로 부족한 것 같아요."

"칼리프 님께서 신곡 발표를 준비하라고 한 게 이 때문이었군요. 걱정 마십시오. 이미 악단과 호흡을 맞추고 있었으니, 별관의 규모에 어울리는 최고의 연주회를 보일 수 있을 겁니다."

엘레나는 제 일처럼 기뻐해 주는 크리스티나와 첸토니오를 보며 진한 감동을 느꼈다. 라파엘도 진심으로 축하했다. 개인적인 관계를 숨기고자 말을 아꼈지만 축하한다는 말 한마디에 담긴 진심은 진했다.

제24장
있어야 할 곳

수도가 들썩였다. 문화의 중심지로 추앙받는 살롱 별관의 완공 기념식이 코앞으로 다가와서다.

"너 살롱에서 초대장 받았어?"

"아니, 못 받았어. 꼭 가고 싶었는데……."

"바이올렌 영애는 받았다더라."

"진짜? 대체 초대장을 받는 기준이 뭐래?"

귀족 영애와 영식들은 초대장 여부를 놓고 의견이 분분했다. 특히 초대를 받지 못한 영애들은 애가 타들어갔다. 그도 그럴 것이 별관 완공 기념식은 귀족들이 주관하는 일반적인 연회와 성격이 많이 달랐다.

엘레나는 살롱이 문화 중심지로 거듭나고 사교계에 영향력을 늘려가기를 바랐다. 가면을 써 이름과 신분을 숨기는 방식은 고수하되 문화와 예술을 소비하는 귀족들의 마음을 사로잡겠다는 안배였다.

엘레나는 살롱의 별관 기념식에 칼리프가 관리하던 거장들을 초대했다. 미술, 음악, 조각, 과학, 시, 의상 등 분야는 다 달랐지만 수도의 예술과 패션, 문학을 주도하는 시대적 거장들이 한자리에 모이는 역사적인 장으로 만들고자 함이다.

거기서 그치지 않고 별관 내에 거장의 작품을 공개하고 감상할 수 있는 공간을 따로 마련했다. 이들 대다수는 바실리카에 부티크, 숍, 연구실, 학관 등의 형태로 입점이 예정된 만큼 별관 기념식을 홍보의 장으로 활용하고자 했다. 다시 말해 바실리카 개장 뒤 보여줄 문화 예술의 거리의 맛보기랄까.

그러한 소문을 접해서일까? 초대장을 받지 못한 귀족들은 안달이 나다 못해 발을 동동 굴렀다. 기념식에 참가할 수 있는 귀족의 수가 한정적이다 보니 초대장을 구하기가 하늘의 별 따기보다 힘들었다. 조급한 몇몇 귀족은 웃돈을 주고서라도 초대장을 구하려 혈안이 되었다.

"어떻게 하지? 돈을 더 주고라도 사야 하나?"

"돈은 얼마든지 들어도 좋아요. 초대장을 무조건 구해오세요!"

"올해 유행할 드레스랑 구두가 거기 진열된다고요! 훔쳐오든 뺏어오든 초대장을 구해야 해요!"

사교계를 잘 아는 엘레나는 의도적으로 초대장 대란이 일어나도록 분위기를 조장했다. 특권 의식이 강한 귀족들의 심리를 이용해 안달이 나도록 부추긴 것이다. 효과는 생각 이상으로 좋았다. 그간 살롱에 관심을 두지 않았던 귀족들마저 대체 왜 저리 유난인 건지 의아해하며 살롱에 관심을 갖게 되는 계기가 됐다. 엘레나의 바람대로 별관 완공 기념식이 제국을 강타할 만큼 화제의 중심에 올랐다.

살롱이라는 작은 세계가 천 년을 이어온 제국의 수도를 사정없이 흔들었다. 그게 문화 예술의 파급력이다. 그리고 중심에는 살롱의 여주인 L이 있었다. 수도의 내로라하는 귀족들이 모인 기념식에서 시안이 하사한 작위를 받고 대외적으로 귀족으로 인정받는 좋은 그림이 그려졌다.

모든 건 계획대로였다. 한 사람. 초대받지 않은 불청객이 오기 전까지 말이다.

"드디어 오늘이네요."

엘레나의 치장을 돕는 메이는 평소보다 들떠 있었다. 지금껏 엘레나는 대공가의 눈을 피해 살롱을 왕래하느라 제약을 많이 받았다. 그러나 오늘부로 L은 그러한 빗장을 벗어던질 것이다. 그리고 더 이상 억눌리지 않고 제국 문화를 선도하며 대공가를 압박하고자 했다.

'나와는 비교조차 할 수 없는 분이셔.'

L이 세간의 인정을 받는 모습을 보면 메이의 가슴이 뛰었다. 가장 가까이서 엘레나가 해온 일들을 지켜봐 왔기에 그녀가 얼마나 대단한지 누구보다 잘 알고 있었다.

"아가씨, 그거 아세요?"

"뭐?"

"아가씨는 제가 유일하게 존경하는 분이세요."

머리를 매만지던 엘레나가 고개를 돌려 메이를 쳐다봤다. 갑자기 왜 그런 얘길 하느냐는 듯한 엘레나의 시선에 괜히 머쓱해진 메이가 딴소리를 했다.

"오늘 너무 아름다우세요. 어서 거울 보세요."

엘레나도 더는 묻기 애매해 몸을 일으켜 전신 거울 앞에 섰다.

"아."

거울에 비친 제 모습을 본 엘레나는 자기도 모르게 감탄하고 말았다. 오늘을 위해 크리스티나가 공들여 만든 머메이드 드레스를 입고 비록 가발이지만 올림머리를 했다. 그로 인해 드러난 목선과 드롭 귀걸이가 우아함의 극치를 뽐냈다. 품격은 한 곳에서 차이가 난다는 말이 있듯이 엘레나의 면면에 기품이 흘러넘쳤다. 절로 우러러보게 하는 고귀함 속에는 경건함마저 묻어났다.

"이게 정말 나야?"

"네, 아가씨세요."

메이의 확답에도 불구하고 엘레나는 거울에서 눈을 떼지 못했다. 대륙에서 가장 귀하고 값비싼 보석과 드레스로 치장한 황비 시절에도 논할 수 없었던 격조 높은 아름다움이 지금의 엘레나에게 배어 있었다. 간섭과 의무, 억압에서 벗어나 오롯이 이 제국에 홀로 선 그녀만이 가질 수 있는 아우라였다. 마지막으로 드레스 코드에 맞춰 특별히 제작한 나비 가면을 착용하는 걸로 엘레나는 모든 준비를 끝마쳤다.

똑똑. 때마침 노크 소리가 들렸다.

"황궁에서 손님이 오셨습니다."

"들라 하세요."

엘레나가 흔쾌히 허락하자 황실 예복을 입은 사내가 응접실로 들어왔다. 그는 격식에 갖춰 깍듯하게 예의를 갖췄다.

"처음 뵙겠습니다, 황실 서기관 덴이라고 합니다."

"어서 와요, 덴."

엘레나를 마주한 덴은 잠시 넋을 놓고 말았다. 처음엔 미모에 눈을 떼지 못했고 그다음엔 빨려 들어갈 것 같은 기품에 취했다.

'여전하네요, 덴.'

어수룩한 면이 있지만 충성심이 뛰어난 그는 시안의 심복이다. 이전 삶에서 시안의 말이나 의사를 대신 전달하는 모진 역할을 하느라 힘들어했었다.

'내게 참 미안해했었지.'

선천적으로 착한 심성을 타고난 덴은 제 잘못도 아니면서, 척을 지고 살아가는 두 사람의 관계를 진심으로 안타까워했다. 그랬던 덴을, 라파엘과 더불어 유일하게 악의가 없는 그를 다시 봤으니 반가울 수밖에 없었다.

"이쪽으로 앉으세요."

"아."

뒤늦게 자신의 무례를 깨달은 덴이 얼른 시선을 거두고는 소파에 마주 앉았다.

"전하께 얘기 들었어요. 아름다우시고, 현명하고, 속이 깊으신 분이라고요."

"과분한 말씀이네요. 그저 전하께 폐나 안 끼치면 다행이죠."

엘레나는 겸손하게 대꾸하며 본론으로 넘어갔다.

"오늘 살롱에서 큰 행사가 있는 거 아시죠?"

"알다마다요. 절차는 약식으로 하되, 수여식은 성대하게 열 예정이라고."

"네, 맞아요. 잘 부탁드려요."

"저, 저야말로 잘 부탁드립니다."

그윽한 미소를 짓는 엘레나를 마주하자 덴이 저도 모르게 시선을 피했다. 뭐랄까, 뭔가 형용할 수 없는 경건함과 우아함이 그녀를 함부로 쳐다보지 못하게 만들었다.

'오늘 처음 뵙지만…… 전하께서 왜 가슴앓이를 하시는지 알 것 같아.'

덴은 자기도 모르게 시안의 옆에 선 엘레나를 그려보았다. 완벽한 한

쌍이 따로 없었다. 감히 제가 판단할 문제는 아니지만 시안에게 가장 잘 어울리는 여인이라는 생각이 들었다.

"아, 전하께서 이것도 전해주시라고 하셨습니다."

"서신이네요."

황실을 상징하는 인장이 찍힌 봉투를 엘레나가 건네받았다. 금실을 풀어 헤치자 편지가 나왔다.

직접 가보고 싶었으나, 가지 못했기에 이렇게나마 기별한다. 그대는 제국에서 가장 빛나고 찬란한 여성이다. 그 빛을 잃지 않도록 언제까지고 도우마.

무뚝뚝하지만 그 안에 담긴 애정을 읽은 엘레나가 피식 웃었다.

"전하다운 서신이네요."

"죄송합니다."

"네? 덴 님이 왜요?"

갑자기 고개를 숙이는 덴을 보며 엘레나가 눈을 깜빡였다.

"전하께서는 감정을 표현하는 방법이 많이 어설프십니다. 황태자의 막중한 책임과 의무, 위협 속에서 살고 계시다 보니 자신을 억누르실 수밖에 없었습니다."

"……."

"감히 말하건대, 서신에 적힌 진심의 수십 배, 아니, 수백 배가 전하의 진심이실 겁니다."

"알아요."

엘레나가 나지막이 말을 받았다. 그런 반응을 예상하지 못했다는 듯 덴의 동공이 커졌다.

"어떻게 모를 수 있겠어요? 이렇게 노력을 하시는데……."

"L."

"딴 사람은 몰라도 저는 안답니다. 그래서 더 미안하고 고마워요."

엘레나가 쓴웃음을 지었다. 가까이서 시안을 모시고 있는 덴보다도, 황제와 황후보다도 더 깊이 이해하는 이가 엘레나였다. 그랬기에 이 마음이 더 애잔했다.

"다 아신다 하셨으니 주제넘게 한 말씀만 더 드려도 되겠습니까?"

"네."

"전하께서 제게 그러셨습니다. 꼭 지키고 싶은 게 생겼다고요. 그 사람을 지키기 위해 제국을 바꿔야 한다고."

엘레나는 저 말에 아무런 대답도 할 수 없었다. 시안의 각오는 그녀가 생각했던 것 이상으로 단단했다.

'어쩌면 전하께서는…… 아니야. 그럴 리가 없어. 생각하지 말자.'

조각나 있던 지난 삶의 기억의 파편들이 머릿속을 맴돌았다. 원망으로 눈이 먼 황비 시절, 눈이 멀고 귀를 닫은 까닭에 보지 못했던 진실이 있던 게 아닌가 하는 생각이 스쳐 지나갔다.

덴은 깍듯이 예의를 갖추고는 물러났다. 뭔가 놓치고 있단 기분이 자꾸 들었지만 곧 기념식이 시작되는 만큼 엘레나도 더는 상념에 젖어 있을 수가 없었다.

막 응접실을 나서자 복도 저편에서 헐레벌떡 다가오는 칼리프가 보였다. 엘레나를 대신해서 일 층에서 손님을 맞이한 그는 잠깐 사이 몹시 고단해 보였다.

"준비 다했어?"

"보다시피요."

"아래 분위기 장난 아니야. 초대장을 어디서 구했는지 우리랑 연줄이 없는 귀족 영애랑 영식도 많이 왔어. 놀라지 마, 라인하르트가의 아벨라 영애도 왔대."

엘레나가 살짝 놀랐다.

"아벨라가요?"

"어, 그렇다니까. 내가 그 정도 눈썰미는 있잖아."

"기대했던 이상이네요. 아벨라까지 올 정도면 제국민이 우리 살롱을 주목하고 있단 얘기잖아요?"

"바로 그거지."

엘레나의 바람대로다. 넉넉하게 초대장을 발부할 수 있었음에도 불구하고 그렇게 하지 않은 것은 희소성을 높이기 위함이다. 특권 의식에 젖어 있는 귀족들은 살롱의 초대를 받았던 사실만으로도 자랑거리가 될 것이고, 그렇지 못 한 귀족들은 초대장을 구해서라도 오고 싶은 오기가 발동할 것이다. 그 결과가 이것이다. 한 번도 살롱을 방문한 적이 없는 아벨라가 어디선가 초대장을 구해서 왔으니까.

"그리고 아까 누구더라…… 음, 아니다."

뭔가를 이야기하려던 칼리프가 입을 다물었다. 워낙 경황이 없던 중 공개 홀에서 스쳐 지나가면서 본 게 다인지라 확신이 서지 않았다. 워낙 민감한 사항인 만큼 괜히 확실하지도 않은 얘길 꺼내 신경 쓰이게 하고 싶지 않았다.

"뭔 얘기기에 하다 말아요."

"별거 아니야. 그보다 어렵게 초대장 구해서 온 사람은 앞으로 쭉 오겠지?"

"네, 한번 발을 들인 이상 살롱에 안 오고는 못 배길 거예요. 살롱을 멀리하는 순간 사교계에서 뒤처지게 될 테니까요."

엘레나는 종종 초대장을 지참해야 출입이 가능한 행사를 열 예정이다. 초대를 받은 이들에게 지성인이자, 문화인, 패션 리더 등의 이미지를 부여할 생각이었다. 귀족에 국한하지 않을 것이며 평민일지라도 자격을 갖춘 이들이라면 가감 없이 초대할 것이다. 남들과 차별되고 앞서가고 싶어 하는 인간의 심리를 자극함과 동시에 살롱의 격을 끌어올리기 위함이다.

오늘만 보더라도 본관 메인 홀은 하나의 문화 예술 공간의 형태로 꾸며져 있다. 크리스티나의 미발표 신상 드레스가 걸려 있었고, 라파엘 작품의 모체가 되는 인체 공학도도 전시되어 있다. 또 사이비 취급을 받던 과학자 카밀의 별을 관찰할 수 있는 기구 망원경도 공개했다. 오늘 하루, 살롱 자체가 문화의 집대성이 될 것이다. 초대받은 이들은 자부심이 느껴질 수 있도록 성대히 준비했다.

칼리프가 뭐가 그리 좋은지 낮게 큭큭 웃었다.

"역시 넌 대단해. 어떻게 이런 기특한 생각을 다 하냐?"

"……겪어봤으니까요. 상대와 비교하고, 더 낫단 우월감을 느껴야 안도하는 욕망덩어리들을요."

엘레나의 의미심장한 말에 칼리프는 어색하게 볼을 붉적였다. 가끔 나이에 어울리지 않게 산전수전을 다 겪은 엘레나의 표정과 말을 들으면 주눅이 들 때가 있었다.

"에잇, 어려운 얘기는 그쯤 하고 이제 내려가자. 시간 다 됐어."

"그럴까요?"

엘레나가 자신감 넘치는 걸음걸이로 발을 내디뎠다. 본관 메인 홀로 내려가는 계단 앞 모퉁이에 서자, 살롱을 방문한 이들이 웃고 떠드는 소리가 들렸다.

모퉁이를 돌아 칼리프가 손짓하자 악단이 곡을 바꿔 연주했다. 부스에서 눈을 떼지 못하고 있던 방문객들의 시선이 절로 계단으로 향했다. 느릿하지만 흠잡을 수 없는 우아한 걸음걸이로 엘레나가 에스코트를 받으며 한 계단씩 걸어 내려왔다.

"와."

"L은 여전히 신비스럽네요. 드레스 때문이려나?"

"그러게요. 말로는 설명 못 할 묘한 분위기가 있는 거 같아요."

남녀노소를 막론하고 엘레나를 향한 감탄과 동경만 있을 뿐, 적의를 보이는 이는 없었다. 그도 그럴 것이 지금까지 보인 엘레나의 행보는 단순히 허영심을 좇는 영애나 부인들과 차별적이었다. 살롱이 문화 공간이라는 인식이 생기면서 묘령의 여주인 L 역시 그와 동일시되었기 때문이다.

층계참까지 내려온 엘레나는 고상하고 기품 있게 인사를 올렸다. 귀빈들 역시 성대한 박수로 그런 엘레나의 등장을 반겼다.

"오늘 별관 개장 기념식에 참석해 주신 귀빈 여러분께 감사의 말을 드리며, 우선 살롱의 설계와 시공까지 총책임을 맡아주셨던 위대한 건축가 란돌 님께 박수를 부탁드리겠습니다."

계단 아래, 작업복을 벗어 던지고 멀끔한 연미복을 차려입은 란돌이 좌중을 향해 인사했다.

"오늘은 참으로 기쁜 날입니다. 그토록 고대하던 별관이 탈 없이 완공되었으며, 많은 귀빈분께서 찾아주셨으니까요. 그리고……."

여유롭게 말을 이어가던 엘레나가 잠시 뜸을 들이다가 미소 띤 얼굴로 입을 열었다.

"부족한 제게 있어서도 매우 뜻깊은 날이에요. 제국을 위해 더 애쓰라는 의미로 황실에서 작위를 내려주셨거든요."

엘레나의 발언이 끝나자 좌중이 술렁거렸다.

"지금 작위라고 하지 않았어요?"

"잘못 들은 거 아니지? L은 여자잖아?"

아무리 권위가 떨어졌지만 천년 제국이다. 사람을 보내 축하한다는 것만으로도 대단한 일인데, 작위까지 하사했다고 하니 놀라움을 넘어 경악스러울 수밖에 없었다.

덴이 그런 귀빈들 틈바구니에서 나와 엘레나가 있는 층계참으로 걸어 올라왔다. 안 그래도 황실 예복 차림의 덴을 주시하고 있던 귀족들은 눈이 커졌다. 덴은 엘레나에게 가볍게 묵례를 하고는 좌중을 향해 돌아섰다.

"황실 서기관 덴 프로스트라고 합니다. 지금부터 황가의 명을 받들어 약식으로나마 작위 수여식을 거행하겠습니다."

엘레나는 치맛자락을 살짝 들어 올리며 예를 차렸다. 그러며 상체를 비스듬히 굽혀 황실의 명을 받들 준비가 되었음을 내비쳤다. 그러자 덴이 헛기침을 두어 번 하더니, 쥐고 있던 두루마리를 펼쳐 낭랑한 목소리로 읽어 내려갔다.

"제국의 태양 황제 폐하를 대신하여, 나 클라디오스 데 시안은 제국의 문화 발전에 크게 이바지를 한 그대의 업적을 높이 사는 바이다. 고로 그대에게 준남작의 작위를 내리니 이를 명예롭게 여겨 부끄럽지 않도록 하라."

엘레나는 가슴에 손을 얹고 가볍게 몸을 숙이며 황실에 감사의 뜻을 보였다. 거리를 두고 있던 칼리프가 악단에 눈짓하자, 지휘자가 기다렸다는 듯이 더없이 경건하면서도 웅장한 음악을 연주하며 한층 더 상황을 고조시켰다.

덴은 두루마리를 접어 양손으로 엘레나에게 건넸다.

"받으세요."

"전하께 감사하다는 말 꼭 전해주세요."

엘레나가 임명장을 받아 드는 순간 칼리프가 박수를 쳤다. 멍하니 보고만 있던 귀빈들은 그제야 축하를 해주고자 박수 대열에 합류했다.

"혹시 제가 잘못 들었나요? 분명 황태자 전하의 존함을 들은 것 같은데."

"저도 분명히 들었습니다."

"그죠? 황태자 전하께서 직접 작위를 내린 것은 처음이지 않나요?"

귀빈들은 임명장 전면에 등장한 시안의 이름에 주목했다.

"L과 황태자 전하께서 아는 사이가 아닐는지요?"

"여성이 작위를 받은 것도 놀라운데, 이례적으로 황태자 전하께서 하사하신 작위예요. 모르긴 몰라도 친분이 있다고밖에 볼 수 없죠."

"허! 정말이지 L은 볼수록 놀라운 것 같아요. 황태자 전하와도 연이 닿아 있다니요."

박수 소리가 이어지는 내내 귀빈들의 머릿속에서는 시안과 엘레나의 관계에 대한 궁금증이 떠나지 않았다. 몇몇은 혹시 연인 관계일지도 모른다는 의심을 하기도 했다. 그러나 두 사람에 대해 아는 게 전무한 만큼 큰 호응을 얻진 못했다.

임명장을 받아 든 엘레나가 층계참 아래에 운집해 있는 귀빈들을 보며 예의를 갖췄다. 귀빈들은 그런 엘레나를 향해 박수를 치며 인사에 답했다.

'성공적이야.'

엘레나는 현 상황이 매우 만족스러웠다. 오늘 살롱에 초대받은 귀족들은 수도에서 제법 영향력이 있는 고위 귀족들이다. 이들의 앞에서 귀족 작위를 받고 박수를 받았다는 것만으로도 인정의 의미가 담겨 있기에 유독 선별에 신경을 썼다.

'이제 다음 순서로 넘어가야겠어.'

엘레나가 이 자리를 빌려 노린 건 크게 세 가지다.

첫 번째는 대대적으로 작위를 받아 귀족이 되었음을 알리는 것.

두 번째는 별관을 공개해 살롱의 영향력을 보여주는 것.

마지막으로 노블레스 거리를 겨냥해 예술가들의 숍, 부티크, 가게 등이 조만간 바실리카에 입점한다는 걸 알리는 데 의의를 뒀다.

오늘 살롱 본관 홀에 거장들의 비공개 작품을 공개한 것도 귀빈들의 시선과 호기심을 끌기 위함이다. 사실 이른 감이 없지 않지만 대공가가 노블레스 거리의 개장을 앞당기고 거장들의 섭외에 나선 만큼 엘레나는 한발 앞서 귀족들의 이목과 관심, 기대 심리를 집중할 계획이다.

"귀빈들께서는 오늘 살롱을 어떻게 보셨는지요? 거장들의 비공개 작품을 전시함으로써 종합 문화 예술의 공간으로 꾸며보고자……."

홀 어디선가에서 들린 유리 깨지는 소리에 모든 이의 고개가 돌아갔다. 그곳에는 등이 푹 파인 머메이드 드레스 차림에 은하수처럼 촘촘히 보석이 박힌 부엉이 가면을 쓴 영애가 도도하게 서 있었다.

깨진 유리 파편을 구두 굽으로 지르밟으며 그녀가 계단 바로 아래로 걸어 나왔다. 남에게 피해를 준 뻔뻔하기 그지없는 행동에 귀빈들의 눈살이 찌푸려졌지만 그녀는 아랑곳하지 않았다.

"어? 저 여자는……."

칼리프의 눈매가 가늘어졌다. 스쳐 지나가듯 홀에서 본 그 여자였다. 부엉이 가면 때문에 확실치는 않았지만 살짝 드러난 턱선이나, 입술, 눈동자가 묘하게 엘레나와 흡사해서 기억에 있었다. 다만, 초대하지 않은 그녀가 올 일이 없을 거라 생각했기에 가벼이 넘겼다. 그게 오판이었다.

"본의 아니게 L과 귀빈께 폐를 끼치고 말았네요."

부엉이 가면을 쓴 영애의 목소리에 엘레나의 어깨가 가늘게 떨렸다. 한시도 잊어본 적 없는 목소리다. 죽어가는 그녀를 비웃던 악마의 저주와 같은 음색. 귓가에 맴돌 만큼 여전히 생생하다.

'설마?'

엘레나의 온 신경이 그녀에게 집중됐다.

"사과는 해야 할 것 같은데…… 가면을 쓰고 하는 건 아닌 것 같으니 벗도록 하죠."

부엉이 가면 영애가 가면을 벗으려고 하자 옆에 서 있던 독수리 가면 영식이 만류했다.

"저 레이디, 살롱에서 가면을 벗으면 안 됩니다. 규칙입니다."

"제가 지금 허락받는 걸로 보이세요?"

가면 너머로 싱긋 웃는 그녀의 미소에 영식은 알 수 없는 꺼림칙함을 느꼈다. 충고를 무시한 영애는 부엉이 가면을 고정한 끈을 풀었다. 끈 위로 올려 묶었던 수려한 금발이 폭포수처럼 쏟아졌다. 그리고 가면 속에 숨겨져 있던 본연의 얼굴이 드러났다. 오뚝한 코와 순백의 피부, 큰 눈망울과 미묘하게 치켜진 눈꼬리. 사람을 기죽게 하는 권위적인 눈빛과 고고한 분위기는 사람들을 경악시켰다.

"베, 베로니카 공녀?"

"정말이야. 진짜 공녀 전하야."

베로니카가 흐트러진 머리를 어깨 너머로 넘겼다. 살롱의 규칙 따위는 안중에도 없는 듯 얼굴을 드러낸 그녀가 개운하게 웃었다.

"다들 왜 이런 걸 쓰고 있는지 모르겠네요. 스스로 그렇게 자신이 없나요?"

베로니카의 신랄한 비판에 귀빈들의 안색이 굳어졌다. 면전에서 대놓고 깔아뭉개자 자부심 강한 귀족들이 모욕적으로 받아들인 것이다.

베로니카가 픽 비웃으며 시선을 돌렸다.

"아니면 살롱 주인이 영 별 볼 일 없어서 이런 규칙을 만들었나? 그런 거예요, L?"

베로니카는 노골적으로 엘레나를 겨냥한 듯 빤히 쳐다보며 조소를 지었다.

베로니카가 살롱을 방문한 건 일종의 유희였다. 점점 거슬리기 시작한 L을 부숴 버리기 전에 얼굴이나 한번 볼까 했다. 그래야 L이 벼랑에 몰려 일그러진 표정으로 절망할 때 쾌감이 배가 될 테니까.

한데, 살롱을 방문한 순간 기분은 바닥으로 곤두박질쳤다. 가면을 쓰는 것쯤이야 작은 유흥이라고 여길 수 있었기에 개의치 않았다. 기념식에 초대받은 귀빈들이 살롱에 북적이는 것도 우습게 넘겼다. 노블레스 거리가 개장하면 살롱을 뒤로하고 다 넘어올 테니까. 부스의 거장들은 신경 쓸 가치조차 없었다. 일류를 모조리 죽이고, 그 자리를 일류가 될 이류로 채우면 그만이다.

정작 그녀의 심기를 불편하게 만든 건, 그 무엇도 아닌 L의 존재였다. 살롱을 찾은 귀빈들 대다수가 L에게 호감을 갖고 있었다. 심지어 낯부끄러울 만큼 찬양하거나, 경외심마저 보였다.

'하찮은 족속들. 근본조차 없는 여자를 저리 찬양하다니.'

베로니카는 기가 차다 못해 속이 뒤틀리는 기분이 들었다. 귀족이라는 작자들이 근본도 알 수 없는 천한 여자를 저리 우대하는 꼴을 보니 한심했다.

그 때문인지 모르겠지만 베로니카는 생각을 바꿨다. 그냥 죽이는 건 재미가 없다. 더 심각하게 L을 망가뜨리고 싶어졌다. 공개적으로 부숴버려서 L에게 호감을 가지던 귀족들이 근본을 찾을 수 있도록 본보기로 삼고 싶었다.

기념식이 시작되고 홀 계단에 모습을 드러낸 L을 보며 베로니카는 조소 어린 박수를 쳤다. 제 미래에 절망적인 그림자가 드리웠는지도 모르고 웃는 모습이 퍽 우스웠던 까닭이다. 그런 베로니카의 입가에서 미소가 사라진 건, 작위 수여 때문이었다.

"하, 작위를 내려?"

심기가 불편해진 베로니카가 입술을 실룩거렸다. 귀족이란 제국 먹이 사슬의 꼭대기에 있는 지배 계층이다. 그런데 근본 없는 L을 귀족에 포함시킨다? 마음에 들지 않았다. 귀족의 가치는 핏줄에서 오는 법이다. 태생의 중요성을 무시하고 작위를 내린다고 미천한 핏줄이 바뀌던가.

주변의 반응도 그녀의 신경을 긁었다. 귀족이란 특권 의식과 우월의식으로 뭉쳐 있어야 한다. 그런데 저 인간들을 보라. 귀족이란 작자들이 L의 작위 수여를 인정하고 받아들이고 있었다. 스스로 부여받은 귀족이란 특별함을 지우고 저 근본 없는 년과 동등한 취급을 받으려고 들었다.

"질 떨어져."

베로니카가 부엉이 가면 아래로 흘러내린 앞머리를 쓸어 넘길 때였다.

"나 클라디오스 데 시안은 제국의 문화 발전에 크게 이바지……."

서기관 텐이 낭독하는 임명장의 구절을 들은 베로니카의 눈동자가 시리도록 차가워졌다.

클라디오스 데 시안. L에게 작위를 내린 장본인이 황태자 시안이란 사실에 분노했다.

"……네년 따위가 감히 전하의 가치를 훼손시켜?"

베로니카는 참을 수 없는 불쾌감을 느꼈다. 그녀가 살면서 단 한 번도 느껴본 적 없는 최악의 감정이었다.

베로니카에게 시안은 특별했다. 개인적인 친분이나, 호감 또는 관계가 있어서가 아니다. 황태자. 제국, 아니, 대륙을 통틀어 가장 고귀한 혈통을 타고난 시안이야말로 베로니카의 남자가 될 유일한 자격을 가지고 있었다. 어린 나이에 세상이 그녀를 중심으로 돌아간다는 걸 깨달은 그 순간부터 그녀의 짝은 시안이었고, 한시도 흔들리거나 변한 적이 없었다. 고귀한 혈통과 핏줄의 성사. 무슨 의미가 더 있을까?

베로니카는 고고한 별처럼 빛나길 원했다. 지금보다 더 까마득한 위에서, 저 태양의 빛마저 가려 버릴 만큼. 그러기 위해서는 시안과의 결합이 필수적이었다. 황가의 혈통만이 베로니카를 더 빛내게 만들어줄 수 있으니까.

그런데 생각지도 못한 L이 껴들었다. 삼삼오오 모여 수군거리는 귀족들은 임명장에 언급된 시안의 이름을 근거로 L과의 관계를 의심했다.

"하."

베로니카는 오물을 뒤집어쓴 불쾌감과 감당할 수 없는 짜증을 느꼈다.

'제까짓 게 감히 시안과 한 세트로 묶여?'

주제도 모르는 년 하나가 시안의 격을 떨어뜨리는 꼴에 인내할 수 없는 분노가 치밀었다.

베로니카는 의도적으로 손에 쥐고 있던 샴페인 잔을 바닥에 떨어뜨려 깨버렸다. 처음 살롱에 올 때까지만 하더라도 가벼운 유희 정도로 여겼다. 그런데 이제는 아니다. 베로니카는 진심으로 L을 갈기갈기 찢어버리고 싶단 욕망이 치밀었다.

층계참에 선 엘레나는 시선을 내리깔고 베로니카를 내려다봤다.

'이런 식으로 다시 볼 줄은 몰랐는데……'

상식을 깨버리는 베로니카의 도발적인 언행에도 불구하고 엘레나는 동요하지 않았다. 이안을 뺏어간 증오의 대상을 눈앞에 두고서도 놀라울 정도로 차분했다. 아니, 오히려 베로니카가 반갑다는 착각마저 들었다.

'내가 널 얼마나 보고 싶어 했는지 모를 거야, 베로니카.'

회귀한 이후 이날을 손꼽아 기다렸다. 거울을 보듯 쏙 빼닮은 저 베로니카를 보니 복수의 시간이 머지않았음이 실감이 났다. 간절히 바라던 결실이 점점 현실로 가까워지는 걸 느낀 엘레나가 긴장의 끈을 더 바싹 조였다.

예측이 불가능한 여자. 렌의 말을 빌려 미친년이란 표현이 더없이 잘 어울리는 베로니카는 상식으로 설명이 되지 않는 부류의 인간이었다. 지금도 보라. 예고도 없이 살롱을 방문하더니, 가면까지 벗어 던지며 엘레나를 도발했다. 수도 내에서 살롱이 하나의 문화로 자리 잡은 상황을 고려하면 정말이지 파격적인 언행이라고밖에 볼 수 없었다.

'이해가 안 돼. 훼방을 놓고 싶다고 해도 이런 식이면 평판이 나빠질 텐데?'

엘레나의 생각은 지극히 상식적이었다. 살롱 문화 역시 넓게 보면 사교계 활동의 영역에 포함된다. 다시 말해 베로니카의 이런 무례한 언행에 대해선 차후 사교계에서 계속 말이 나올 수밖에 없다. 그건 대공가의 공녀라 할지라도 사교계에서 도태될 수 있을 만큼 치명적이었다.

'아니면, 다른 노림수가 있는 건가?'

엘레나는 가면을 쓰고 신분과 이름을 숨긴 채 토론하고, 문화 예술을 교류한다는 살롱의 규칙을 걸고넘어진 게 자꾸 신경이 쓰였다.

'의식하지 마. 살롱은 내 구역이야. 내게 유리하게 끌고 가면 돼.'

살롱의 여주인 L은 다름 아닌 엘레나다. 수동적으로 끌려가며 맞대응할 필요가 없다. 주도적으로 유리한 상황을 만드는 게 중요했다.

"살롱의 규칙 때문에 본의 아니게 공녀 전하께서 불편을 끼쳐 드렸나 보군요. 살롱의 대표로서 제가 사과드리겠습니다."

엘레나가 층계참 아래의 베로니카를 보며 정중하게 예를 갖췄다. 오늘 초대받은 귀빈 중 절반 이상은 귀족들이다. 베로니카의 무례한 언행을 이용해 좋은 이미지를 구축하고 차차 L이 사교계의 영향력을 늘려가기 위한 발판으로 삼을 요량이다.

"더불어 감사의 말씀도 드립니다. 부족한 제가 작위를 받은 것도 모자라 공녀 전하께서 손수 오셔서 이 자리를 빛내주셨으니까요."

엘레나는 재빨리 말을 이어서 베로니카의 지위와 명성을 이용해 자신을 돋보이도록 만들었다. 한때, 사교계의 정점에 섰던 그녀였기에 이런 교묘한 화술은 어려운 일도 아니었다.

베로니카의 볼이 실룩거렸다. 설핏 웃고 있는 것 같은데, 그 미소가 더없이 살벌했다. 엘레나의 수작질이 거슬려서였다.

"L이 그렇게까지 절 생각해 주는 줄 몰랐네. 그럼 저도 그냥 갈 순 없죠. 개국공신의 후예이자, 귀족들을 대표해 축사를 해드리지요."

"축사요?"

가면에 가려진 엘레나의 미간이 찌푸려졌다.

"왜요? 싫으세요?"

"그럴 리가 있나요? 부탁드려요."

엘레나는 찝찝했지만 거절하기 어려운지라 마지못해 승낙했다.

'뭘 하려고?'

종잡을 수 없는 베로니카였기에 엘레나의 불안감이 커졌다. 베로니카는 의미심장한 웃음을 짓더니 계단에 몇 발자국 걸어서 올라왔다. 높은 눈높이에 선 그녀가 좌중을 돌아봤다. 가면을 쓴 귀빈들을 보는 눈길에 경멸과 조롱이 맺혔다.

"L은 정말이지 대단한 것 같아요. 살롱을 세우더니, 말도 안 되는 가면을 씌워 제국의 기틀인 신분제를 어떻게 이렇게 모욕할 수 있죠?"

"······!"

"그래서 여기 L이 그랬듯이, 제가 여러분의 우매함을 깨우쳐 주려고요."

베로니카의 공개적인 모욕에 귀빈들의 얼굴이 보기 좋게 일그러졌다. 우매함이라니. 제아무리 대공가의 공녀라 하더라도 이런 식으로 귀족들을 비하하는데 기분이 좋을 리가 없었다.

베로니카의 입가에 걸린 비웃음이 더욱 짙어졌다. 그런 귀족들의 반감 어린 반응마저 그녀에게는 즐거움에 불과했다.

"당신."

오만한 눈길로 홀 아래를 둘러보던 베로니카가 한 사람을 손으로 지목했다. 소를 형상화한 가면을 쓴 남자였다.

"저요?"

"그래, 당신. 귀족이야?"

질문을 받은 소 가면을 쓴 남자가 당황했다.

"갑자기 그건 왜……."

"내가 질문을 허락한 기억이 없는데?"

"……."

"묻고 있잖아, 귀족이냐고."

날이 선 베로니카의 질문에 소 가면남은 입술만 옴짝달싹할 뿐 뭐라 대답하지 못했다.

침묵은 곧 긍정이라고 했던가. 당혹해하는 소 가면을 내려다보던 베로니카의 만면에 조소가 번졌다. 귀족과 평민을 구분하는 건 그녀에게 그리 어려운 일이 아니었다. 여러 번 돌려 입은 듯 색이 바랜 연미복과 풍기는 분위기에서 그가 평민임이 묻어났으니까.

"왜 말을 못 할까?"

"그게……."

대놓고 비아냥거린 베로니카가 계단 아래로 내려갔다. 멍하니 샴페인을 들고 서 있는 영애에게서 잔을 빼앗은 베로니카가 소 가면남에게 다가갔다.

'설마?'

엘레나는 눈을 의심했다. 동시에 자신의 짐작이 틀리기를 바랐다. 그러나 불길한 예측은 어김없이 적중했다. 샴페인 잔을 머리 위로 치켜들었던 베로니카가 그것을 소 가면남의 머리 위에 부어버렸다. 아주 천천히, 머릿속부터 얼굴까지 젖어들도록.

고요함 속에서 베로니카의 웃음소리가 살롱 안에 낮게 퍼졌다. 그녀의 광기 어린 웃음소리가 어찌나 스산하고 섬뜩하던지 당하는 사람도, 그걸 지켜보는 사람, 엘레나조차 말을 잃을 만큼 충격적이었다.

"이, 이게 뭐 하는 겁니까!"

정신을 차린 소 가면남의 언성이 올라갔다. 굴욕적인 상황에 자존심이 상한 것이다. 그러나 베로니카는 이 상황이 즐거웠다.

"화나?"

"······."

"화가 나면 뭐가 달라져? 네가 뭘 할 수 있는데? 천한 평민 주제에, 안 그래?"

베로니카의 언사에 소 가면남이 입술을 질끈 깨물었다. 머리에 피가 거꾸로 솟을 만큼 분노가 치밀었지만 아무런 저항조차 할 수 없었다. 신분의 벽. 베로니카와 좁혀질 수 없는 간극에 그는 절망했다.

"여러분."

베로니카의 광기 어린 눈빛에 귀빈들이 숨을 죽였다.

"가면을 쓴다고 평민이 귀족이 되나요?"

"······."

"어처구니가 없는 규칙 때문에 귀족의 대우마저 포기하고, 평민일지도 모르는 인간한테 존대하다니요? 아, 생각만 해도 굴욕적이군요."

광기에 찬 베로니카의 말에는 묘한 설득력이 담겨 있었다. 그것은 신분을 뛰어넘어 문화 예술의 교류를 중시하는 살롱 문화의 근본을 흔듦과 동시에 귀족이 가진 특권 의식을 상기시켰다.

"귀족은 한순간에 되는 게 아니에요. 수대에 걸쳐 핏줄로써 고귀함이 완성되죠. 그런 귀족이 평민과 동등하다는 게 말이 된다고 생각하나요?"

베로니카는 질문을 던짐과 동시에 층계참의 엘레나를 올려다봤다. 오늘 작위를 받아 귀족이 된 그녀를 귀족으로 인정하지 않는다는 의미였다.

"······듣고 보니 맞는 말인 것 같아."

"내가 뭔가에 홀렸나? 난 귀족인데 왜 여기 와서 똑같은 취급을 받고 있지?"

"왜 그딴 규칙을 따랐지? 속은 기분이야. 생각할수록 불쾌해."

베로니카의 말에 현혹된 몇몇 귀족이 동요했다. 그간 살롱 문화에 길들여져 귀족의 특권 의식을 잊고 있었건만, 베로니카가 다시 불씨를 지펴놓은 것이다.

의기양양한 베로니카를 내려다보는 엘레나의 눈빛에 한기가 흘렀다. 베로니카는 살롱의 근간을 흔들었다. 엘레나가 내세웠던, 신분을 초월한 문화 예술 교류의 장이라는 공간을 뿌리부터 걸고넘어진 것이다.

하지만 그렇다고 가만히 앉아서 당하고만 있을 엘레나가 아니었다. 엘레나는 계단을 따라 우아한 걸음걸이로 내려왔다. 그런 그녀가 가까워질수록 베로니카의 말에 동조하던 귀족들의 목소리가 작아졌다. 참 이상한 일이다. 조금 전까지만 하더라도 살롱의 규칙이 부당하다고 떠들려고 했는데 엘레나를 마주하니 입이 떨어지지를 않았다. 엘레나에게서 함부로 할 수 없는 분위기가 흘러나와 저도 모르게 움츠러들었다.

베로니카를 무시하고 지나쳐 버린 엘레나가 소 가면남에게 다가갔다. 손수건을 꺼내 젖어 있는 그의 얼굴과 목을 손수 닦아주었다.

"살롱의 주인으로서 이런 일을 겪게 만들어서 죄송해요."

"아, 아닙니다."

엘레나의 진심 어린 마음에 소 가면남이 고개를 저었다.

"따로 마련해 둔 곳으로 모실게요. 새 옷과 가면도 준비해 드리겠습니다."

조용히 엘레나의 뒤를 따라왔던 칼리프가 소 가면남을 데리고 홀을 나섰다. 엘레나는 허리와 고개를 숙여 예로써 그에게 사죄의 마음을 표했다. 뻔히 평민인 걸 알면서도 엘레나의 태도는 더없이 공손했다.

엘레나가 돌아서서 베로니카와 마주했다. 거울을 보듯 놀랍도록 닮은 저 얼굴로 이런 몰상식한 짓거리를 하는 베로니카에게 감당할 수 없는 화가 치밀었다. 반대로 베로니카는 더없는 상쾌함을 느꼈다. 시안의 격을 떨어뜨린 그녀의 것을 무너뜨릴 때마다 희열이 밀려왔다.

"여러분의 생각은 어떠신가요? 굳이 가면까지 쓰면서 이런 취급받을 이유 없지 않아요?"

베로니카는 좌중을 돌아보며 미소를 지었다. 권위적이지만, 그렇기에 사람을 따르게 하는 묘한 미소에 망설이던 귀족들이 하나둘 동조하며 가면을 벗었다. 그 수가 무려 십여 명을 훌쩍 넘겼다.

베로니카가 의기양양하게 엘레나를 쳐다봤다. 보란 듯이 가면을 벗고 그녀에게로 몰려든 귀족들은 그녀의 목을 빳빳하게 만들었다.

그때였다. 곤란할 수 있는 상황 속에서, 어째서인지 엘레나의 표정에 점점 여유가 묻어나기 시작했다. 아무렇지 않다는 듯, 고비마저도 이 보전진을 위한 일보 후퇴라는 걸 암시하는 미소였다.

'웃어?'

엘레나의 의미심장한 미소가 굉장히 거슬렸지만 베로니카는 애써 무시했다. 규칙이 깨져 버린 엘레나의 허세쯤으로 여긴 까닭이다.

"추하군요, L."

베로니카는 비아냥거리더니 더없이 도도한 몸짓으로 돌아섰다. 그 뒤를 가면을 벗은 귀족들이 따랐다. 머뭇거리다 동조한 귀족들을 합치면 그 수가 무려 스무 명에 육박했다. 멀어지는 베로니카를 보며 엘레나가 말했다.

"또 보게 될 거예요."

걸음을 멈춰 선 베로니카가 돌아섰다. 여전히 희미한 미소를 띠고 있는 엘레나가 자꾸만 그녀를 긁었다.

"착각하지 마. 또 볼지 말지는 내가 결정하니까."

그 말을 마지막으로 베로니카와 그녀에게 동조한 귀족들이 홀에서 퇴장했다.

살롱을 나온 베로니카는 승리감에 도취된 눈으로 뒤를 돌아봤다. 그녀를 따르는 스무 명의 귀족은 베로니카를 빤히 볼 뿐 어떠한 제스처도 하지 못하고 우물쭈물했다. 막상 베로니카의 뜻에 동조해 살롱을 나오긴 했지만 다음 행동까지 생각하지 않은 까닭이다.

베로니카가 그들을 바라보며 부드러운 음성으로 말했다.

"오늘 여러분은 귀족의 긍지를 지키셨어요. 자랑스러워하서도 돼요."

귀족들이 기다렸다는 듯이 말을 보탰다.

"아니에요. 귀족으로서 당연한 일을 했다고 생각해요."

"공녀 전하가 아니었으면 지금까지도 저곳에서 시간을 낭비하고 있었을 거예요. 끔찍해."

"이게 다 공녀 전하 덕분입니다."

베로니카의 만면에 맺혀 있던 미소가 더욱 진해졌다. L의 살롱에 타격을 준 것만으로도 통쾌한데, 본의 아니게 자신을 추종하는 영애들마저 얻게 되었으니 어찌 기쁘지 않겠나.

'들러리는 많을수록 좋지.'

베로니카는 본격적으로 사교계에 나설 준비를 하고 있었다. 그러자면 현 사교계에서 영향력이 가장 큰 아벨라를 견제하기 위한 파벌이 필요했다. 이들은 그중 일부가 될 것이다.

"귀족의 긍지를 잃지 않은 여러분은 제 초대를 받을 자격이 충분하단 생각이 드네요."

"초, 초대요?"

잘한 짓인지 몰라, 갈등하던 이들의 눈빛이 변했다. 다른 사람도 아니고 대공가의 후계자인 베로니카의 초대라는 말이 그들의 기대심을 자극했다.

"전 인연을 매우 소중히 여긴답니다. 한 분도 잊지 않고 기억하고 있다가 대공가로 초대할게요."

베로니카가 도도하게 돌아서자, 뒤쪽의 귀족들이 한껏 상기된 표정을 지었다. 베로니카와 연이 닿아 친해질 수 있는 계기를 가진 것만으로도 그들은 날아갈 것같이 기뻤다.

"조심히 가세요."

"초대 기다릴게요. 꼭 잊지 말아주세요."

"오늘 일 두고두고 감사할게요. 살펴 가세요."

베로니카는 눈길 한 번 주지 않고 사륜마차에 올랐다. 바퀴가 굴러가며 마차가 나아갔다.

베로니카가 밖을 보자 귀족들은 마차를 향해 예를 갖추며 배웅을 하고 있었다. 어떻게든 베로니카의 눈에 들기 위한 눈물겨운 노력이었다. 그러한 노력에도 불구하고 베로니카는 관심을 주지 않았다. 그녀는 공녀였고 당연한 일을 고맙다고 느낄 이유가 없었다.

"개운한 하루였어."

마차 밖, 멀어지는 살롱을 보는 베로니카의 입꼬리가 비릿하게 말려 올라갔다.

폭풍이 휩쓸고 간 살롱 안은 무거운 정적만이 가득했다. 누구도 먼저

입을 열려 하지 않았고, 눈동자를 굴리며 눈치만 살피기 바빴다. 아무래도 베로니카가 훼방을 놓은 만행의 여파가 남아 있기 때문이다. 그러나 모두가 그런 것은 아니었다.

"이상하네요."

툭 하고 누군가 말을 꺼냈다. 곰 가면을 쓴 그는 목소리로 보아 젊은 영식으로 짐작됐다.

"기분이 나빠야 정상인데, 기분이 나쁘질 않아요."

침묵을 깨고 흘러나온 곰 가면남의 목소리는 차분했다.

"저도요."

"굳이 저래야 하나 싶을 정도예요."

엘레나는 애정 어린 눈길로 좌중을 돌아봤다. 곰 가면남은 소신껏 자신이 느끼는 감정을 꺼냈다.

"사소한 소란이 있었고 몇몇 분이 살롱을 떠나셨죠."

"……."

"그런데 떠나신 분들보다, 살롱에 남으신 분이 훨씬 많으시네요. 저처럼요."

그의 말대로였다. 스무 명 남짓 되는 귀족이 베로니카를 따라 나갔음에도 불구하고 크게 티가 나지 않았다. 눈대중으로 보아도 백여 명 가까이 되는 귀빈들이 여전히 메인 홀에 남았다. 우호적인 여론이 조성되자 엘레나가 기다렸다는 듯 앞으로 나섰다. 저들의 믿음과 호응에 보답할 차례였다.

"살롱의 규칙은 깨지지 않았어요."

"……!"

"오히려 살롱 문화를 많은 귀빈께서 존중하고 있음을 깨닫게 된 계기가 되었다고 생각해요."

엘레나는 인식에 변화가 있음을 두 눈으로 목격했다. 계몽사상으로 배우고 깨우치는 평민들뿐만 아니라, 기득권인 귀족들 역시도 살롱을 통한 문화, 예술, 학문의 교류로 조금씩 변하고 있었다.

그 결과물이 바로 이것이다. 베로니카를 따라가지 않은 다수의 귀족은 신분의 우월성을 드러내며 과시하거나 대우를 요구하지 않았다. 살롱을 인정하고, 규칙을 존중하며, 하나의 문화로 받아들였다는 방증이었다.

"그러니 다들 평소대로 우리의 문화를 즐겨주세요. 작은 분란조차 즐길 수 있는 여유와 미덕이 우리에게는 있잖아요?"

엘레나는 은근슬쩍 우리를 강조했다. 우리라는 테두리로 결속력을 끌어냄과 동시에 긍지를 심어주기 위함이다.

그녀는 시대를 대표하는 화가의 작품을 감상할 수 있고, 혁명적 디자이너의 신상 드레스를 접할 수 있으며, 위대한 교향곡을 즐길 수 있는 그들이야말로 진정한 지성인임을 일깨웠다.

엘레나의 미소와 목소리에 이루 표현할 수 없을 만큼 자부심이 묻어났다. 그런 벅찬 감정은 고스란히 귀빈들에게 전달됐다. 귀족이라는 특권 의식을 초월해 살롱 문화를 누릴 줄 아는 스스로가 남보다 깨우친 지성인이라는 자부심을 불러일으켰다.

"L의 말이 맞아요."

"아는 만큼 보인다는 옛말이 있죠. 문화를 모르니, 그걸 즐길 줄도 모르는 거예요."

"살롱은 제게 행복이에요. 살롱이 없을 땐 어떻게 살았는지 몰라요."

"토론회를 참관할수록 새로운 세상에 눈을 뜨고 있습니다. 귀족이라고 해서 고여 있어서는 안 됩니다."

귀빈들은 저마다 속마음을 꺼내며 엘레나의 말에 호응했다. 살롱 문화를 이해하고 누릴 줄 아는 자신이 자랑스러웠고, 여기 모인 사람들과 우리라는 테두리로 엮이는 것도 만족스러웠다. 특별하다는 인상을 심어주는 느낌이랄까.

엘레나는 시녀가 내온 샴페인 잔을 손에 쥐었다. 귀빈들도 따라서 잔을 들었다.

"시크릿 살롱과 누릴 줄 아는 당신을 위하여."

건배사를 끝으로 꽁꽁 얼어 있던 분위기는 언제 그랬냐는 듯 녹아버렸다. 베로니카의 행패 따위는 머리에서 잊어버리듯, 모두 살롱 문화를 즐기며 근사한 시간을 보냈다.

엘레나는 얼마간 귀빈들과 어울려 인사를 나누고 소소한 담화를 나눴다. 그것만으로도 살롱 안에는 이전과 비교할 수 없는 생기가 넘실거렸다.

적잖은 시간을 보낸 엘레나는 귀빈들께 양해를 구하고 홀을 빠져나왔다. 곧이어 오늘의 하이라이트인 별관을 귀빈들에게 공개하고, 오페라극장에서 위대한 음악가 첸토니오의 신곡을 발표하는 일정을 소화하자면 점검해야 할 일이 남아서다.

관계자 외에는 출입이 불가능한 최상층에 이르자 메이가 시중을 들기 위해 마중을 나왔다.

"렌?"

그런 메이의 뒤에 늑대 가면을 쓴 남자가 서 있었다. 삐딱한 옷차림과 특유의 곱슬머리를 보니 못 알아보려야 못 알아볼 수가 없었다.

"괜찮아?"

"지금 저 걱정하신 거예요?"

렌이 심각한 얼굴로 끄덕였다.

"안 괜찮을 이유가 없잖아요?"

"센 척하지 말고."

"저 진짜 괜찮은데. 미친년을 길들이려면 이 정도는 감수해야 하지 않겠어요?"

"뭐? 길들여?"

순간 렌이 멍해졌다. 사실 오늘은 조용히 축하만 해주고 돌아가려고 했다. 그러다 베로니카가 행패를 부리는 걸 목격하고 엘레나가 걱정돼서 올라와 봤다. 근데 웬걸. 렌의 걱정이 무안하리만치 엘레나는 담담했다. 아니, 상처는커녕 여유로운 모습까지 보였다. 생각보다 안정적인 눈빛과 말투에 렌은 픽 웃으며 안도했다.

"그럼 됐고."

"렌."

엘레나가 낮게 부르며 렌을 쳐다봤다. 입가에 맺힌 희미한 미소가 더없이 의미심장했다.

"왜?"

"저 렌하고 너무 오래 붙어 다녔나 봐요. 전염된 거 같아요."

"내가 기생충이냐? 그리고 내 기준으론 너하고 보낸 시간이 턱없이 부족해요."

엘레나는 그런 렌을 빤히 보며 말했다.

"줬다가 뺏으려고요."

"뭘 줬다가 뺏는다는…… 너 혹시?"

"오늘 베로니카가 데려간 귀족들이요."

엘레나의 의미심장한 말뜻을 단번에 이해한 렌이 박수를 쳤다. 그 짧은 순간에 어떻게 이런 생각을 했는지 놀라울 따름이다.

"이야, 제대로 열 받겠는데? 걔가 빼앗고 짓밟는 건 익숙해도 뺏기는 건 면역이 없거든. 근데 빼앗은 걸 도로 빼앗긴다?"

"그 정도는 되어야 되갚아주지 않겠어요? 몇십 배로."

엘레나는 단순히 앙갚음하는 걸로 끝낼 생각이 없었다. 이번 일은 계기다. 베로니카를 끄집어내서 그녀를 파멸로 몰아넣을 수 있는 시발점이 될 것이다.

'이에는 이. 네가 살롱을 건드렸으니, 나도 대공가를 부숴줄게.'

오늘 일은 엘레나에게도 큰 도움이 됐다. 단순히 미친년으로만 규정되어 있던 베로니카를 안 것만으로도 어마어마한 수익이었다. 남은 건 어디서부터 베로니카를 자극해 파멸로 몰아가는 것이냐다.

"렌이 도와줄 일이 있어요."

"말해. 신나는 일에 내가 빠지면 서운하지."

"오늘 베로니카를 따라간 귀족들을 조사해 주세요. 특히 자주 시간을 갖고 어울리는 주변 귀족들을 중점적으로요."

한 사람을 망가뜨리기 위해서는 주변을 먼저 공략해야 한다. 리아브릭마저 당할 만큼 고절해진 엘레나의 계략이 빛을 발할 때였다.

"그야 어렵지 않지. 그다음은?"

"차별하려고요."

때때로 단순한 게 더 명확한 법이다. 이런 일일수록 복잡하게 접근해서는 곤란하다. 우선 베로니카를 따라간 영애들과 교분이 있는 주변인들에게 보란 듯이 많은 혜택을 줄 요량이다. 곧 살롱에서 새롭게 시작할 패션쇼에 초대할 것이고, 그날 장신구나 의상, 구두 등을 우선적으로 구매할 수 있는 권한도 줄 생각이다.

"살롱과 교류하지 않는 자신이 얼마나 유행에 뒤처지고 있는지를 깨닫게 해줘야겠죠."

"안달 나게 만들겠다는 거네?"

엘레나가 고개를 끄덕였다. 누가 뭐래도 수도에서 문화 중심지는 살롱이다. 베로니카를 따라가면서 살롱을 멀리한 만큼 유행에 뒤처지고 있단 인식을 심어줄 생각이다. 패션에 민감할 수밖에 없는 귀족들에게 똑같은 돈을 지불하고 구매했음에도 불구하고 뒤처지는 인상을 받는 것만큼 치욕스러운 건 없었다.

"베로니카를 따라간 영애들이 안달이 나서 발만 동동 구를 때, 초대장을 보내려고요. 우연의 일치로 베로니카가 티타임을 열거나, 파티를 연 날에요. 영애들은 어떤 선택을 할까요?"

"베로니카 얼굴이 볼만하겠는데?"

렌과 엘레나는 벌써부터 그날이 기다려졌다. 유행에 뒤처져 도태되어 가며 초조해진 이들이 제 발로 살롱으로 걸어 들어오고, 버림받은 베로니카가 어떤 표정을 지을지 말이다.

렌과 작별한 엘레나는 새 드레스로 갈아입고 별관으로 이동했다.

귀빈들은 웅장함을 자랑하는 오페라극장의 규모에 입을 떡 벌렸다. 앞으로 이곳에서 연주회와 오페라, 뮤지컬 등을 볼 수 있단 생각만으로도 설렜다.

화룡점정으로 첸토니오의 신곡 '겨울새'가 귀빈들의 귀와 마음을 홈쳤다. 연주가 끝나자 오페라극장에서는 기립 박수가 오 분이 넘도록 끝나지 않았다.

수도가 발칵 뒤집혔다. 사교계 활동이 뜸하다고는 하나, 존재감만으로도 영향력이 절대적인 베로니카와 시크릿 살롱의 여주인 L이 부딪친 사건은 수도의 이목과 관심을 끌기 충분했다.

"그래서 누가 이긴 건가요?"

"굳이 손을 들자면 베로니카 공녀 전하가 아닌가요? 추종자들까지 데리고 나갔잖아요."

"솔직히 저라도 좀 그랬을 거 같아요. 언감생심 평민이 귀족에게 맞먹는다니. 전 용납 못 해요."

"그런데 꼭 그렇진 않은가 봐요. 살롱에 남은 귀빈들이 훨씬 많았대요. 지인 말로는 오페라극장 연주회가 그렇게 인상 깊었다고 칭찬이 자자하더라고요."

사교계는 L과 살롱의 규칙에 우호적인 여론과 귀족은 특별 대우를 받아야 한다는 베로니카에게 동조하는 여론으로 양분됐다. 살롱을 문화로 인정하고 받아들이자는 부류와 귀족다움을 내세우자는 의견이 첨예하게 대립한 것이다.

호사가들의 입을 통해 소문이 부풀려지고, 왜곡될수록 동률을 이루던 이러한 여론은 점차 한쪽으로 기울어졌다.

사교계를 지탱하는 근원은 귀족이다. 특권 의식에 젖어 있는 귀족들은 문화를 떠나 평민과 동등한 취급을 받는 사실에 반발했다. 지금처럼 살롱을 향한 반감이 커진 것은 베로니카를 따르는 추종자들의 열렬한 어필도 한몫했다. 막 파벌에 들어간 그들은 어떻게든 베로니카의 눈에 들고자 자신들의 행동에 정당성을 부여하고자 더 열정적으로 목소리를 높인 것이다.

"솔직히 L이 작위를 받은 것도 못마땅해요."

"내색 안 해서 그렇지 불만 있는 귀족 많을걸요?"

"맞아요, 제국에 공을 세운 것도 아닌데 작위라니요? 너무 과했다고 생각해요."

베로니카의 추종자들은 대놓고 엘레나를 음해하고 비난했다. 그거로도 모자라 살롱에 항의하며 베로니카의 눈도장을 받고자 애썼다.

그러거나 말거나 시크릿 살롱의 반응은 고요했다. 별관 개장 이후, 보수공사를 이유로 휴장한 이래로 쭉 그랬다. 부정적인 여론이 사교계에 일파만파 퍼져 나감에도 불구하고 어떠한 공식적인 발표도 없었다.

"야, 이렇게 손 놓고 있어도 돼? 살롱이랑 네 이미지가 너무 안 좋아지고 있어."

엎친 데 덮친다고 보수공사로 휴장할 수밖에 없는 상황에서 소문까지 좋지 않으니 칼리프의 속이 타들어갔다. 엘레나는 느긋한 표정으로 홍차를 음미했다.

"나만 걱정해?"

"그러라고 하세요."

"그걸 말이라고. 네가 사교계를 몰라서 그러나 본데 이대로 있다간……."

"선배."

엘레나가 픽 웃으며 말을 잘랐다. 칼리프의 말에는 어폐가 있었다. 제국에 그녀보다 사교계를 잘 아는 사람이 있던가? 단언컨대 없다. 엘레나는 찻잔을 내려놓으며 여유롭게 말을 이었다.

"사교계는 생물이에요."

"생물이라니?"

칼리프는 눈을 크게 뜨고 깜빡였다. 도통 이해되지 않는단 표정이다.

"사교계는 살아 움직여요. 스스로 유지하고 증식하고, 돌변하죠. 좀 더 기다려 보세요."

"야, 그러다가……."

"불안한 거 알아요. 하지만 참고 인내해야 할 때도 있어요. 바로 지금 같은 시기죠."

엘레나의 설득에 칼리프는 마지못해 고개를 끄덕였다. 여전히 걱정됐지만 엘레나가 저렇게까지 말하는 데는 그만한 이유가 있을 거라고 생각했다.

"믿는 구석이 있구나?"

"그런 거 없는데요?"

"야, 불안하게 왜 그래. 있지? 있다고 말해. 있어야 한다고."

"쉿, 조용히 절 믿고 재개장 준비에 힘써주세요. 그날, 개장 이래 최고로 붐빌 예정이니까."

엘레나는 일희일비하지 않았다. 소문이나 여론에 좌지우지될 필요가 없었다.

'올 거야. 역대 최고로 많은 입장객이.'

그리고 엘레나의 예상은 적중했다.

살롱의 재개장날.

발 디딜 틈도 없이 몰려든 귀빈들로 살롱의 메인 홀이 가득 찼다. 예상 방문객을 넉넉하게 잡았음에도 불구하고 평소의 두 배가 넘는 인원이 살롱을 찾은 것이다.

덕분에 칼리프는 진땀을 뺐다. 일 층과 이 층의 모든 응접실을 개방하고 홀을 내려다볼 수 있는 이 층 복도와 몇몇 방까지 출입을 허용하고 나서야 겨우 수용할 수 있었다.

'아직도 있어?'

입구에서 줄을 서서 기다리는 귀빈들을 보며 칼리프는 행복한 비명을 질렀다.

그 시각. 엘레나는 살롱 최상층에 위치한 응접실에서 밀려드는 귀빈들을 내려다보고 있었다.

"제가 그랬죠? 사교계는 생물이라고."

어제의 악녀가 오늘의 레이디가 되는 곳이 사교계다. 그렇게 험담하고 음해할 땐 언제고 재개장을 하자마자 개떼처럼 몰려들었다.

"솔직히 살롱을 대체할 만한 문화 공간이 제국에 없잖아?"

귀족들은 늘 새롭고 자극적인 걸 찾아 헤맨다. 먹고사는 게 급선무인 평민들과 달리 대다수가 여유가 있는 만큼 우월감이나 못 해본 경험 등에 연연할 수밖에 없다. 결국 겉으로는 아닌 척하지만, 살롱을 찾을 수밖에 없는 이유다.

"가면을 쓰면 자신이 온 걸 숨길 수도 있으니, 더 고민할 이유가 없었겠지. 원래 가식적이고 위선으로 똘똘 뭉친 게 귀족들이잖아?"

가면으로 얼굴을 숨기고, 이름과 신분을 발설해서는 안 된다. 이러한 규칙이 오히려 귀족들의 이중적인 행태를 숨겨주는 수단으로 작용했다. 엘레나는 여기까지 염두에 두고 있었다.

살롱의 메인 홀.

"어머, 정말 지적이시네요. 그런 얘기 오늘 처음 들었…… 어? 어!"

"너, 너는? 릴…… 헙!"

카린 영애는 자기도 모르게 상대의 이름이 튀어나오려고 하자 얼른 입을 다물었다. 릴리라고 불릴 뻔한 앞선 영애도 당황한 기색이 역력했다.

"안 온다고 하지 않았어?"

"그, 그러는 너는? 평민들하고 어울리면 격 떨어진다면서."

"그거야 그냥 해본 말이고……."

분명 엊그제 있었던 티타임 때만 하더라도 카린과 릴리는 살롱의 규칙을 지적하며 다시는 방문하지 않기로 약속했다. 한데 웬걸, 약속이 무색하리만치 그 둘은 살롱에서 마주쳤다. 우스운 건, 그런 사람이 한둘이 아니라는 것이다. 불과 어제까지만 하더라도 살롱은 신분제의 근간을 흔들고 있다며 폐쇄 조치를 시킬 수 있게 황실에 안건을 올려야 한다고 한목소리를 내던 자들조차 살롱을 방문했다.

누구도 그러한 모순적인 행동을 지적하지 않았다. 겨 묻은 개가 똥 묻은 개 나무랄 수 없는 것처럼 그들은 모르는 척 감싸 안고 아무렇지 않게 굴었다. 가식을 빼놓고는 논할 수 없는 귀족 아니던가.

엘레나는 그조차도 과도기로 받아들였다. 특권 의식과 우월감에 젖어 있는 귀족이 살롱 문화 사이에서 괴리감을 겪는 건 당연하다. 가랑비에 옷 젖듯이 귀족들의 인식이 변화할수록 평민들과 화합하게 될 것이다.

'전하께서 바라는 제국이지.'

평민이 아닌, 시민이 지탱하는 국가의 축소판이 이 살롱이라고 해도 과언이 아니었다.

그날 이후, 살롱과 관련된 험담과 비난은 눈 녹듯이 사교계에서 자취를 감췄다. 한 번쯤이야 눈 감고 넘어갈 수 있지만 지속적인 모순은 결국 비난의 대상이 되기 때문이다.

결국 살롱은 다시 제 궤도에 올랐다. 아니, 비 온 뒤에 땅이 더 단단해진다는 말처럼 오히려 이전보다 위상이 급등했다. 하지만 엘레나는 거기서 만족하지 않았다.

"살롱은 항상 화제의 중심에 있어야 해요. 끊겨서는 곤란하죠."

대공가는 원 역사보다 빨리 노블레스 거리의 일부 개장을 서두르고 있었다. 살롱의 영향력이 커지고 바실리카까지 완공이 임박하다 보니 위기의식을 느낀 것이다.

"사교계에 소문 흘리세요. 제가, L이 정식으로 사교계에 데뷔한다고요."

다시 또 수도가 들썩였다. 신비의 여성 L의 미모를 드디어 볼 수 있단 것에 사교계뿐만 아니라 제국민 모두의 관심이 집중되었다.

과연 그녀는 소문대로 미녀일까? 흉터가 있어서 가면을 썼단 소문은? 나이는? 스무 살 아니면 서른 살? 그것도 아니면 십 대?

그간 베일에 싸여 궁금증을 자아냈던 L에게 모든 이목이 몰리면서 덩달아 사람들의 입에 살롱도 다시 오르내렸다. 모든 게 순조로웠다.

엘레나는 베로니카를 따라간 추종자와 가깝게 지내는 주변 귀족 영애들을 살롱으로 초대했다. 개중에는 추종자들의 소꿉친구도 있었고, 언니같이 의지하는 존재도 있었으며, 지기 싫어하는 경쟁자도 있었다. 추종자들과 관계는 다양했지만 렌이 조사한 바에 따르면 가장 가깝고 영향을 많이 주는 이들이라고 명시했다.

"갑작스러운 초대에 많이 놀라셨죠?"

나비 가면을 쓴 엘레나가 부드럽게 대화를 주도했다.

"솔직히 좀 놀랐어요. L하고 딱히 가까운 사이도 아니니……."

"저도요. L이 초대할 거라곤 상상도 못 했거든요."

"전 살롱을 방문한 것도 오늘이 처음이라……."

엘레나는 여유롭게 홍차를 음미하며 잠시 시간을 가졌다. 우아한 손짓으로 찻잔을 내려놓고 나서야 입술을 뗐다.

"여기 모신 분들은 하나같이 사교계 평판이 좋으시더라고요."

"저, 저희가요?"

"젊고 아름다우며 행실은 귀족 영애의 모범으로 삼아도 될 만큼 뛰어나다고 하더라고요. 그리고……."

엘레나의 칭찬에 영애들의 표정이 묘하게 변했다. 형식적인 칭찬인지라, 초대의 이유로 여기기에 모호한 까닭이다.

"패션 안목과 감각이 탁월하시다고요. 오죽하면 수도 유행의 중심에 계시다는 정평까지 제가 들었답니다."

그제야 의구심이 사라진 귀족들의 만면에 미소가 번졌다.

"아! 그래서 그랬구나."

"그거라면……."

"이제야 좀 이해가 되네요."

"남들보다 조금 더 신경 써서 꾸민다는 게 그만……."

귀족 영애라면 나이를 막론하고 치장에 공을 들인다. 스스로를 표현하는 개성이자, 남과 차별하는 첫걸음이다. 그러다 보니 패션에 일가견이 있다거나 남보다 잘 꾸민다는 말을 모두 다 좋아한다. 남들이 외면해도 본인 스스로는 개성 있다고 착각한다. 엘레나의 초대 이유에 저들이 반색한 이유다.

"오늘 초대를 한 이유도 그 때문이에요. 수도의 패션을 이끄는 선구자 격인 여러분과 많은 대화를 나누고 싶고 교류하고 싶었거든요."

"저도 바라던 일이에요."

"L과 소통을 할 수 있다니 기대돼요."

엘레나는 저들이 관심을 가질 만한 주제로 대화를 나눴다. 에밀리오를 통해 북방에서 들여온 진귀한 보석들을 보여주고, 쌀쌀해진 날씨 탓에 하나둘 찾기 시작한 스카프를 종류별로 가져다 놓고 원단과 색감에 맞는 매칭도 해보았다.

"약소하지만 스카프는 선물이에요."

엘레나는 적절한 선물까지 곁들여 그들의 호감을 샀다. 영애들도 매우 기뻐했는데, 실크와 캐시미어가 적절히 섞인 이 스카프가 올해 수도를 강타할 거란 생각이 강하게 드는 신상품이었기 때문이다.

'스카프에 어떤 드레스를 매치해야 할까?'

'아, 너무 예뻐. 보기만 해도 설레.'

'이건 유행할 거야. 너무 세련됐어!'

엘레나는 스카프를 매만지며 저마다의 욕망을 드러내는 영애들을 보며 찻잔을 입에 가져갔다. 저 표정이야말로 홍차에 어울리는 최고의 디저트가 아닐까.

"여러분께 살짝 귀띔해 드릴 말이 있어요."

엘레나가 조심스럽게 말을 꺼내자 영애들의 시선이 집중됐다. 스카프 하나에 마음을 뺏긴 그들의 눈길엔 L을 향한 진한 애정이 묻어났다.

"조만간 살롱에서 패션쇼를 열 거예요."

"패션쇼요?"

"그게 뭔가요?"

영애들이 호기심을 보이며 눈을 빛냈다. 정확히 뭔지는 모르나 L과 살롱이 추진한다는 것만으로도 기대심이 차올랐다.

"디자이너 크리스티나 님이 새 작품을 발표하는 장이라고 보시면 돼요."

"일종의 신상 드레스 발표회네요?"

"비슷하지만 좀 달라요. 이제껏 옷걸이나 마네킹에 입힌 드레스를 선보였다면, 모델분들이 직접 착용하고 선보일 거예요."

"모델들이요?"

생소하지만 새로운 패션쇼의 언급에 귀족들은 감출 수 없는 설렘에 젖었다. 심지어 혁명적 디자이너라 일컫는 크리스티나의 패션쇼다 보니 그러한 기대감은 더더욱 컸다.

"패션쇼는 매우 특별한 행사가 될 거예요. 격에 걸맞게 소수의 귀족만 초대할 생각이고요."

"그럼 저희도 혹시……."

한 영애가 기대감을 갖고 말을 흐리자 엘레나가 기다렸다는 듯 말을 받았다.

"1순위로 초대해야죠, 여러분은 특별하잖아요."

엘레나의 찬사에 영애들의 입이 귀에 걸렸다. 신여성이라 일컬어지며 여성의 신분으로 작위까지 받은 L에게 특별하단 찬사를 듣는 것만큼 기분 좋은 일이 또 있을까. 하물며 패션쇼라니. 벌써부터 설렜다.

"그러니 꼭 오셔서 자리를 빛내주세요."

엘레나는 속으로 뒷말을 삼키며 미소를 지었다.

'베로니카가 볼 수 있게.'

수도 귀족 빌리 자작가의 여식 슈발츠는 기분이 좋지 않았다. 모처럼 지인들을 초대한 티타임이건만 좀처럼 대화에 끼지 못했다. 주선자이자, 오늘의 주인공인 그녀가 화제에서 뒤처진다는 인상을 받은 탓이다. 그건 썩 유쾌한 일이 아니었다.

"스카프 진짜 너무 예뻐요. 대체 어디서 구한 거예요?"

"아마 못 구할 거예요. L이 선물로 주었거든요."

"L이 스카프를 줬다고요?"

"예. 한번 만져보세요. 실크와 캐시미어가 혼합된 원단이라 너무 고급스러운 거 있죠?"

"……."

슈발츠는 이런 상황이 마음에 들지 않았다. 살롱의 별관 준공 기념식이 있던 날, 베로니카를 따라 나간 이 중 한 명인 그녀는 L과 살롱을 언급하는 게 매우 불편했다.

"아무래도 이 얘기는 이쯤 하도록 해요. 너무 스카프 얘기만 한 것 같아."

"그러게요. 딴 얘기해요, 우리."

슈발츠의 불편함을 읽은 눈치 빠른 영애들이 다급히 대화를 마무리했다.

"그러고 보니 레오나 영애, 못 보던 팔찌를 차고 있네요?"

슈발츠가 직접 화제를 돌렸다. 관심사는 쭉 그녀의 시선을 끈 예쁜 팔찌였다.

"정말이네요?"

"어디 봐요."

갑작스레 영애들의 주목을 받은 레오나가 당황한 듯 손목을 내밀었다. 로즈골드를 잘게 엮어서 만든 뒤, 푸른빛이 감도는 사파이어를 박은 팔찌는 한눈에 보기에도 세련되었다.

"와, 가까이서 보니 너무 아름다워요."

"명장의 솜씨인 게 틀림없어요. 어디서 구매하신 거예요?"

"저도 알려주세요. 꼭 갖고 싶어요."

주변의 재촉에 못 이긴 레오나 영애가 입술을 오물거리며 둘러댔다.

"서, 선물 받았어요."

"누구한테요?"

"혹시 제르가디스 영식은 아니죠?"

"아, 아뇨. 영식과 저 그런 사이 아니에요."

레오나가 얼굴을 붉히며 다급하게 손사래를 쳤다. 제르가디스 영식은 평소 그녀가 마음에 두고 있던 사내였기에 언급만으로도 수줍어했다.

"그럼 누구한테 받은 거예요?"

"어서요. 혼자만 알고 있으려는 건 아니죠?"

"레오나 영애가 자기 같은 줄 알아?"

"내가 뭐?"

결국 레오나가 머뭇거리며 대답했다.

"그, 그게 누구한테 받았다기보단 살롱에 갔다가 우연히 당첨이 되어서……."

"……."

레오나의 대답이 침묵을 불러왔다. 영애들은 힐끗힐끗 슈발츠 영애의 눈치를 살폈다. 정보를 교환하고, 관심사와 취미를 공유하는 티타임에서 언제부턴가 살롱을 빼놓고는 대화 자체가 성립되지 않았다. 그만큼 수도의 젊은 귀족들 사이에서 살롱의 문화적인 영향력과 파급력은 컸다.

그러다 보니 다양한 주제로 대화를 나누다가도 마지막은 꼭 살롱 이 야기로 이어졌다.

"……."

억지로 웃고 있지만 슈발츠의 기분은 최악이었다. 베로니카의 파벌에 들어간 사실을 과시하기 위한 티타임에서 철저히 소외되었다. 그보다 더 짜증이 나는 건, 지금 티타임에 온 영애들보다 유행이나, 패션 등 나 름 자부심을 가졌던 분야에서 뒤처진단 것이었다.

"아, 맞다. 공녀 전하께서 개최하시는 티타임에 초대받으셨다면서요?"

"네, 그러고 보니 이틀 후네요."

아까의 일로 눈치를 보던 레오나가 화제를 바꿨다. 그러자 영애들이 기다렸다는 듯이 한마디씩 보탰다.

"와, 부러워요. 공녀 전하께 초대를 받다니……."

"대공가 저택이 황궁보다 더 으리으리하다면서요? 다녀오면 꼭 얘기 해 주세요."

덕분에 슈발츠의 입가에 진짜 미소가 걸렸다.

"티타임에 북방에서 온 상인도 초대했다고 하나 봐요."

"정말요?"

"네, 제국에서 유일하게 대공가와 거래를 한다더라고요."

"와, 그런 상인이면 진귀한 보석도 많이 갖고 있겠어요."

"그렇다고 들었어요. 해서, 저도 기대 중이에요. 제국에서도 보기 힘 든 것들을 구할 기회가 흔치 않잖아요?"

대화의 중심에 선 슈발츠가 베로니카와의 관계를 과시하며 자랑을 늘어놓았다. 사람이 참 간사하다고 영애들이 눈을 동그랗게 뜨고 맞장구를 치며 시샘 어린 눈길을 보냈다.

'아무렴 그깟 살롱보다 대공가가 더 낫지 않겠어?'

내심 베로니카를 따라간 게 잘한 행동이었을까 후회하던 슈발츠가 마음을 다잡았다. 황실 위의 대공가라는 말이 괜히 있는 게 아니지 않겠나. 자신감을 되찾은 슈발츠는 생기롭게 티타임을 이끌었다. 믿는 구석이 생기니 더는 망설이거나, 주눅 들 필요가 없는 것이다.

그러나 그런 그녀의 자신감이 깨지는 데는 그리 긴 시간이 걸리지 않았다.

베로니카의 티타임에 초대받은 슈발츠는 자신이 생각했던 것과 많이 다르다는 걸 깨달았다. 황궁에 버금간다고 알려진 으리으리한 저택의 규모에 놀라긴 했지만 그뿐이었다. 고딕 양식은 고아한 맛은 있지만 눈길을 끄는 멋스러움은 느껴지지 않았다.

'살롱의 별관이 훨씬 더 웅장하고, 우아하게 지어진 거 같아.'

비교하지 않으려고 해도 거대 돔 형태로 지어진 살롱이 워낙 인상 깊었던 만큼 감흥이 없었다.

'응접실의 가구들도 좀…….'

고즈넉하면서도 차분한 분위기를 주긴 했지만 너무나 예스러웠다.

'그에 비해 살롱은…….'

제국 최고의 목수로 추앙받는 가프와 제자들이 살롱에 비치된 모든 가구를 제작했다고 들었다. 세련되면서도 앤티크 특유의 화려함을 담은 그것들은 정말 멋졌다.

그때였다. 유독 몸매의 선을 살린 머메이드 드레스를 입은 베로니카가 미소로 손님을 맞이했다. 기호에 맞게 차와 커피를 주문하고, 디저트 전문 요리사가 내온 케이크를 먹으며 대화의 장이 열렸다.

'불편해.'

슈발츠는 안 맞는 옷을 입은 것처럼 이 자리가 편치 않았다. 그 이유는 베로니카에게 있었다.

슈발츠는 내심 이번 기회를 베로니카와 가까워질 수 있는 계기로 삼고자 했다. 베로니카는 대공가의 유일한 후계자다. 그녀 일신의 안위뿐만 아니라 혼사, 가문을 위해서도 긍정적이라 여겼다. 근데 막상 뚜껑을 열어보니 전혀 그렇지 않았다.

'말도 제대로 못 붙이겠어.'

권위적이다 못해 고압적인 베로니카의 분위기는 함부로 쳐다보는 것조차 거북스러웠다. 명확한 수직 관계다 보니 더더욱 그랬다.

비단 슈발츠만 그런 것은 아니었다. 베로니카의 추종자 대다수가 시크릿 살롱을 출입하며 나름 자유분방한 사고방식과 문화에 물든 귀족들이었다. 그러다 보니 이런 식의 수직 관계가 강요되고 형식에 구애받는 티타임에 큰 흥미를 못 느꼈다.

'재미없어.'

'살롱에 가면 훨씬 유익하고 좋은 정보도 많은데……'

'살롱 얘길 꺼낼 수도 없고 말조심해야 하니 너무 답답해.'

'내가 이러려고 여기 온 건 아닌데.'

내색하진 않았지만 영애들의 속마음은 크게 다르지 않았다. 베로니카가 시간을 확인하더니 미소를 띠며 말했다.

"시간이 벌써 이렇게 됐네요. 대공가와 백 년이 넘도록 거래한 북방의 상인이 왔답니다. 그자가 취급하는 고귀한 귀금속과 보석을 아래층에 진열해 놓았으니 같이 보러 가요."

반쯤 죽어 있던 영애들의 눈빛에 생기가 감돌았다. 오늘 티타임의 하이라이트나 다름없는 시간이 드디어 온 것이다. 설레는 마음을 안고 베로니카를 따라 일 층 응접실에 들어섰다. 유리 진열장 안에 든 귀금속과 장신구를 본 영애들은 홀린 듯이 그곳으로 향했다.

"이거……."

진열된 물건들을 살피던 영애들의 눈빛에 실망스러움이 번졌다.

'이 목걸이 몇 달 전에 살롱에서 본 거 같은데?'

'사파이어는 좋은데, 세공이 촌스러워.'

'내 눈이 잘못된 건가? 눈에 차질 않아.'

살롱에서 취급하는 북방의 보석은 카스톨 상회를 통해 들여온다. 그러다 보니 항상 최고급만 취급했고, 그것들은 살롱에 속한 최고의 세공사들의 손을 거친다. 살롱에서 우선순위로 취급하고 남은 품목을 외부에서 판매하는 만큼 수준이 아무래도 떨어질 수밖에 없었다.

'어쩌지? 북방의 상인이라고 큰소리 뻥뻥 쳤는데.'

'당분간 티타임을 갖지 말아야겠어.'

애써 표정 관리를 하는 영애들의 속마음도 모른 채 베로니카가 싱긋 웃었다.

"어때요?"

"너, 너무 예뻐요. 이 목걸이 펜던트는, 와, 감탄이 절로 나와요. 북방의 루비는 역시 최고 같아요."

"마음에 들면 구매하세요. 가격면에서 신경 쓰라고 상인에게 일러뒀어요."

"네? 네…… 그, 좀만 생각해 보고요. 맘에 드는 게 너무 많아서……."

한 영애가 당황하며 둘러댔다. 이미 더 세련되고 값진 목걸이를 살롱에서 봤는데 그보다 뒤처지는 걸 목돈을 들여 사고 싶은 생각은 추호도 없었다.

결국 베로니카의 권유와 의무감에 못 이긴 몇몇 영애가 마지못해 제일 저렴한 반지나 팔찌 따위를 구매하는 걸로 끝났다.

베로니카는 티타임을 마무리 지으며 다음을 기약했다.

"조만간 저택 내 별관에서 피아니스트 루프스키를 모시고 독주회를 열 예정이에요. 귀족적인 교양을 갖춘 여러분은 당연히 초대할 거고요."

"어쩜, 독주회라니요. 공녀 전하께서는 너무 고상하세요."

"루프스키라는 이름 들어봤어요. 대단한 피아니스트라면서요?"

영애들은 양손을 모으며 기대된다는 반응을 보였다. 그러나 겉과 달리 속마음은 달랐다. 지루하다 못해 고루한 피아노 독주회는 솔직히 관심 밖이었다. 그저 형식적인 맞장구에 불과했다.

"초대장을 보낼 테니, 그날 보도록 해요."

베로니카는 통보와 다름없는 작별의 인사를 건네더니 쌩하니 응접실을 나섰다. 윗사람이 아랫사람을 배웅하는 법도 없다지만 베로니카의 권위적인 모습에 내심 실망한 이도 적지 않았다.

마차를 타고 저택으로 돌아가는 슈발츠의 표정은 어두웠다. 이렇게 숨 막히고 의미 없는 티타임은 처음 겪어본 까닭이다.

"하."

불현듯 살롱을 자유롭게 출입하는 영애들이 부러워졌다.

속 깊은 한숨이 깊어져 가던 어느 날. 그녀의 저택으로 두 장의 초대장이 도착했다.

"결국 왔네."

베로니카가 보낸 초대장을 뜯어본 슈발츠의 표정은 무미건조했다. 기대도 설렘도 없는 초대장은 살면서 처음이었다. 슈발츠가 다른 초대장으로 시선을 돌렸다.

"시, 시크릿 살롱에서 보낸 거잖아?"

L의 인장이 박힌 초대장을 본 슈발츠가 어안이 벙벙해졌다. 그 요란을 떨었는데도 불구하고 자신에게 초대장을 보낸 L의 넓은 아량에 놀란 것이다.

"패, 패션쇼에 날 초대한다고?"

놀란 것도 잠시, 들뜬 설렘이 파도처럼 밀려왔다. 먼저 초대를 한 건 L이다. 명분도 충분하거니와 어차피 가면을 쓰고 가면 그만이겠지 하는 생각이 든 것이다.

"어? 어! 잠깐만……."

살롱을 갈 생각에 들떠 있던 슈발츠는 왠지 모를 위화감을 느끼며 두 장의 초대장을 확인했다. 이윽고 그녀의 낯빛이 하얗게 질렸다.

"날짜가 겹치잖아?"

"올까?"

칼리프는 초조한지 오독오독 손톱을 깨물었다. 처음으로 개최하는 패션쇼에 대한 불안감보다, 베로니카의 추종자들이 오늘 살롱을 찾느냐에 대한 관심이 더 컸다.

"올 거예요."

"그걸 어떻게 확신해? 오늘 베로니카가 여는 피아노 독주회랑 겹친다면서!"

칼리프의 징징거림에도 엘레나는 눈빛 한 번 흔들리지 않았다.

"무조건 와요. 그녀들이 느끼는 결핍을 베로니카는 절대 채워줄 수 없거든요."

"네가 그렇다면 그런 거겠지만…… 맨날 조마조마해서 제명에 살겠냐?"

"선배는 패션쇼에 집중해 주세요. 앞으로 살롱을 상징할 대표적인 행사가 될 테니, 첫 단추가 중요해요."

엘레나는 오늘 열릴 크리스티나의 패션쇼에 많은 공을 들였다. 그녀의 아이디어와 노력으로 준비된 패션쇼는 앞으로 살롱이 나아갈 길이기도 했다.

'베로니카를 향한 선전포고이기도 하고.'

오늘 일은 분명 베로니카의 귀에 들어갈 것이다. 추종자들이 약속이라도 한 듯 핑계를 대고 피아노 독주회에 불참하면 이상하게 여길 테니까.

"리허설만 무려 여섯 번이다. 이러고도 문제가 생기면 그건 하늘이 무너져도 생길 문제야."

"무슨 소리예요? 하늘이 무너져도 살롱은 무너지면 안 돼요."

"오냐. 가서 한 번 더 점검할게."

엘레나의 잔소리를 이기지 못한 칼리프가 몸을 돌려 응접실을 나섰다. 안 그래도 손님들이 도착할 시간이 임박한 만큼 지체할 수 없었다.

혼자 남게 된 엘레나는 손에 땀이 차는 걸 느꼈다.

'몇 명이나 오려나? 절반? 아니야, 조금 더 많이 쳐줘서 6할 내지 7할?'

별관 개장식이 있던 날, 베로니카를 쫓아간 추종자들은 정확히 스물여덟 명이다. 엘레나는 개중에서 절반만 오더라도 성공이라고 생각했다. 묵묵히 그런 엘레나의 뒤를 지키던 휴렐바드가 입을 열었다.

"긴장하신 것 같습니다."

엘레나가 고개를 돌렸다. 그녀와 함께 적잖은 풍파를 겪은 휴렐바드는 얼음의 기사라는 위명에 더없이 잘 어울리는 모습을 갖추게 되었다.

"티 나나요? 그런데 긴장하기만 한 건 아니에요."

"……."

"저 지금 설레요. 아주 많이."

엘레나는 기분이 아주 좋았다. 적절한 긴장과 설렘이 섞여 여느 때보다 좋은 리듬을 유지했다. 이러한 리듬은 고스란히 현장에서 귀빈들에게 전달될 것이다.

"오늘 패션쇼, 제 생애 손꼽는 최고의 행사가 될 거 같은 느낌이 드네요."

살롱 본관 입구에서 칼리프는 귀빈들을 맞이하느라 여념이 없었다. 패션쇼까지는 시간이 좀 남아 있었음에도 불구하고 살롱 밖까지 긴 줄이 이어졌다.

"초대장을 보여주시겠습니까?"

"여기요."

곱게 차려입은 영애가 슥 초대장을 보였다. 그것을 받아 든 칼리프의 눈이 이채를 띠었다.

'슈발츠 영애?'

칼리프는 힐끗 눈을 치켜뜨고는 눈앞의 영애를 쳐다봤다. 초대장에는 고유의 번호가 매겨져 있다. 초대장 확인 시 베로니카의 추종자들이 몇 명이나 온 것인지 확인하기 위함이다.

'낯짝도 두껍지. 깽판을 칠 땐 언제고 두 번째로 일찍 오냐?'

슈발츠의 이중성을 속으로 비난하며 칼리프가 미소로 맞았다.

"오시느라 수고 많으셨습니다. 맘껏 즐겨주시길."

슈발츠는 턱을 들고는 도도한 걸음걸이로 살롱에 입장했다. 그 뒷모습을 보는 칼리프는 어이가 없었다. 제 발로 살롱을 경멸하듯 쳐다보며 베로니카를 쫓아가던 그날의 모습과 너무 대조적이었던 까닭이다. 칼리프는 고개를 돌려 다시 초대장을 확인했다.

'또? 약속이라도 했니? 왜 이리 일찍들 와.'

막 개장했음에도 불구하고 그날 베로니카를 따라간 추종자들이 열한 명이나 살롱에 입장했다. 무려 절반에 가까운 숫자다.

'어지간히 안달이 났나 보네.'

칼리프는 픽 하고 새어 나올 뻔한 실소를 겨우 참았다.

'절반은 성공이야.'

엘레나는 분명 온다고 호언장담했지만, 내심 아무도 오지 않으면 어쩌나 마음 졸이던 칼리프로서는 한시름 덜 수 있게 됐다.

그 뒤로는 드문드문 열 명에 한 명꼴로 베로니카의 추종자들을 볼 수 있었다. 지금 들어간 영애만 하더라도 별관 개장식이 있던 날 베로니카의 바로 옆에 서서 어깨에 힘을 주고 의기양양하게 나갔던 영애다.

'얄미워. 뻔뻔한 얼굴 봐라. 가서 다 확 쥐어박으면 속이 다 풀리겠네. 앗, 그보다 아까 몇 명까지 셌지?'

가장 중요한 걸 깜빡 잊을 뻔한 칼리프가 얼른 상기했다.

'스물네 명! 그럼 지금 들어간 쟤까지 포함해서 스물다섯이…… 잠깐, 스물다섯이라고?'

무의식적으로 숫자를 세던 칼리프가 까무러치게 놀랐다. 베로니카를 따라간 스물여덟 명의 추종자 중 무려 스물다섯 명이 살롱에 들어온 것이다.

'대, 대박이야!'

칼리프는 속으로 쾌재를 불렀다. 이러한 소식은 메이를 통해서 엘레나에게 빠르게 전해졌다.

"아가씨, 무려 스물다섯 명이 왔대요!"

"생각보다 많이 왔구나."

덤덤한 척 굴었지만 엘레나의 입가에 걸린 회심의 미소가 지금 그녀가 느끼고 있을 기쁨을 짐작하게 했다.

"안 기쁘세요?"

"기쁘지. 기쁘지 않을 이유가 없잖니?"

"너무 담담해 보이셔서……."

엘레나가 고개를 저었다. 만면의 미소는 여전했다.

"여기서 만족하면 되겠니? 기쁨은 좀 더 나중에 누려도 늦지 않아."

메이는 새삼스러운 눈길로 눈앞의 엘레나를 봤다. 참 대단한 사람이었다. 한순간도 틈을 내보이지 않고 대공가를 끊임없이 압박하고 옥죄어갔다.

"이제 내려가자꾸나."

"네, 아가씨."

앞서 걷는 엘레나의 뒷모습을 바라보는 메이의 눈에 자랑스러움이 맺혔다. 저 작은 여인의 뒷모습이 그 어떤 거인보다도 더 거대하게 느껴졌다.

메인 홀로 내려가는 계단에 엘레나가 등장하자 박수 소리가 쏟아졌다.

"오늘 패션쇼를 찾아주신 귀빈 여러분께 인사 올립니다. L이에요."

엘레나는 가슴에 손을 얹고 상체를 숙였다가 들었다.

"아마 패션쇼가 생소하신 분이 많을 거라고 생각해요. 그러나 그 역시 과정이라고 생각합니다. 오늘을 기점으로 패션쇼는 살롱을 상징하는 행사로서 여러분께 다가갈 겁니다. 그럼 바로 시작해 볼까요?"

엘레나는 지지부진하게 패션쇼에 대해 설명하지 않았다. 백 마디 말보다, 눈으로 한 번 보는 게 더 확실하니까.

엘레나가 퇴장하고 샹들리에의 불빛이 꺼졌다. 깜깜한 메인 홀에서 유일하게 런웨이 주변에만 빛이 머물러 있어 사람들을 집중시켰다.

악단의 협주가 시작되고 얼마 있지 않아 런웨이 끝에서 가면을 쓴 한 쌍의 남녀가 도도하면서도 우아한 걸음걸이로 걸어 나왔다. 자신감 있는 걸음걸이로, 런웨이를 메운 귀빈들을 가로질러 맨 끝까지 걸어가더니 가볍게 포즈를 취하고 돌아선 뒤 무대 뒤로 들어가 버렸다.

처음 겪는 생소한 풍경에 귀빈들은 눈을 깜빡였다. 왜 나왔다가 다시 들어갔는지도 모르겠고, 너무 빨리 지나간 까닭이다.

그러나 그러한 당혹감도 잠시뿐, 귀빈들은 순식간에 패션쇼의 매력에 빠져들었다.

눈을 뗄 수 없는 모델의 워킹. 감탄이 절로 나오는 크리스티나의 신상 의상. 마지막으로 이 패션쇼에 초대받았다는 특별함까지.

귀빈들의 반응은 엘레나의 예상을 아득히 뛰어넘을 만큼 열광적이었다.

'성공이야.'

엘레나는 피날레를 위해 런웨이에 모두 오른 모델과 크리스티나를 향해 박수를 보냈다. 자칫 무모할 수도 있는 엘레나의 의견을 존중해 패션쇼를 수락하고 준비한 크리스티나의 노고에 감사하고자 함이다.

"오늘 이 자리를 있게 해준 L께 감사의 말씀을 드리며 이 자리에 모시도록 하겠습니다."

크리스티나가 L을 지목하자 귀빈들이 박수로 환영했다. 리허설 때부터 예정된 상황인 만큼 엘레나는 자연스럽게 런웨이에 올랐다. 오늘의 성공을 축하하는 축사로 입을 뗀 엘레나가 패션쇼에 담고자 한 의의를 꺼냈다.

"패션쇼는 수도, 나아가서 제국의 유행을 선도할 거예요. 런웨이를 활보하는 모델분들, 너무 아름답고 멋지지 않나요?"

귀빈들이 고개를 끄덕였다. 크리스티나의 신상품도 대단했지만, 그러한 작품을 더더욱 빛나게 만든 모델들의 공로도 무시할 수가 없었다. 엘레나가 미소를 짓더니 런웨이 위에서 포즈를 취하고 있는 모델들을 스윽 훑어보았다.

"모델분 중에는 평민도 있고, 귀족도 있답니다. 신분을 떠나서 누구나 원한다면 런웨이에 오를 수 있죠. 살롱에서는 모델을 정식 직업으로 육성할 계획입니다."

여기저기서 감탄이 터져 나왔다. 모델들의 신상에 관한 궁금증을 엘레나가 나서서 해소해 준 것이다. 동시에 지금까지 존재하지 않던 직업에 대한 화두를 던졌다.

'나도 런웨이에 한번 서볼까? 다 날 주목하고 쳐다보면 완전 짜릿할 것 같은데.'

'모델? 직업이라면 수익은 어느 정도일까?'

'쉬운 일은 아닐 거야. 의상을 살리려면 걸음걸이나 태에 전문성도 살려야 하고. 몸 관리도 해야 하니……'

저마다 생각은 다 달랐지만 생소한 모델이란 직업에 대한 첫인상은 호의적이었다. 엘레나가 바라던 신분을 초월한 화합과 정확히 일치한 반응이다. 이러한 살롱만의 자생력은 문화 중심지로 확고히 뿌리 내리는 기반이 될 것이다. 대공가조차도 감히 함부로 할 수 없을 만큼 단단한 뿌리 말이다.

'베로니카, 지금쯤 어떤 표정을 짓고 있으려나?'

엘레나가 승자의 미소를 머금었다.

"거기."

거울 앞에 서서 옆머리를 만지던 베로니카의 콧노래가 멈췄다. 덩달아 옷매무새를 정리하던 시녀들이 바싹 긴장했다.

"드레스 자락이 접혔잖니?"

"어, 어디…… 아, 얼른 펴겠습니다."

시녀는 사색이 되어 얼른 드레스 자락을 폈다. 그러나 한 번 진 주름은 펴지지 않았다.

"죄, 죄송해요. 신경을 쓴다는 게 그만…… 아, 아니에요. 다 제 실수예요. 제가 잘못했어요. 다신 안 그럴게요. 제발, 한 번만 용서해 주세요."

시녀가 곧 죽을 사람처럼 하얗게 질린 얼굴로 무릎을 꿇고 손이 발이 되도록 빌었다. 며칠 전, 한 시녀가 사소한 실수로 무려 나흘간 장롱에 갇혀 죽을 뻔한 걸 목격했기에 더 간절했다.

"운 좋은 줄 알아. 오늘 같은 날 사소한 일로 신경 쓰고 싶지 않으니까."

"가, 감사합니다. 다시는 이런 일 없도록 할게요."

베로니카의 용서에 시녀는 머리를 조아렸다. 주변에 있던 시녀들도 한 번도 본 적 없는 베로니카의 관대함에 놀란 기색이 역력했다. 베로니카는 다시 콧노래를 흥얼거리며 머리를 매만졌다. 오늘따라 유독 기분이 좋아 보였다.

베로니카는 곧 열릴 피아노 독주회에 신경을 많이 썼다. 지난 티타임 이후로 본격적으로 파벌 구성에 나선 만큼 이 기회를 살려 그녀가 주관하는 행사는 특별하다는 인식을 사교계에 심어주고자 했는데 그 결과물이 나름 만족스러울 듯했다.

마지막 몸단장을 마친 베로니카가 침실을 나섰다. 걸음걸이도 평소와 달리 가벼웠고, 콧노래가 끊이질 않았다. 오늘 독주회에 초대받았던 사실만으로도 기뻐하고, 피아노 연주를 들으며 황홀해할 영애들이 떠들어댈 찬사가 벌써부터 귀에 맴돌며 그녀를 즐겁게 했다.

"문 열렴."

추종자들이 모여 있는 별관 내 응접실에 도착한 베로니카가 턱짓을 했다. 그녀를 바싹 뒤따라온 수행 시녀들이 얼른 앞으로 나가서 문을 열었다.

"베로니카 공녀 전하께서 오셨습니다."

시녀의 말이 끝나기가 무섭게 대리석 문이 열렸다. 베로니카는 환한 미소를 머금고 응접실에 발을 들였다.

"어서들 오세요. 먼 길 오시느라 수고……."

흐려진 뒷말만큼이나 베로니카의 미소가 자취를 감추었다.

"……."

텅 빈 응접실을 눈으로 보고서도 믿을 수 없었다. 무려 스물여덟의 영애를 초대했다. 그런데 휑한 응접실에 앉아 있는 영애들은 고작 세 명에 불과했다. 소파에서 일어나 베로니카를 맞이하는 그녀들조차 당혹해하는 기색이 역력했다.

"이게 어떻게 된 일이지?"

베로니카의 목소리가 한겨울에 맺힌 서리보다 차갑고 싸늘하게 가라앉았다. 시녀들은 입을 꾹 다물고 눈치만 살폈다. 어찌 된 영문인지 알 턱도 없거니와 괜히 함부로 입을 놀렸다가 무슨 화를 입을지 몰라 조심스러웠다.

"응접실을 잘못 찾아온 건가?"

"……."

"내가 묻잖아. 귀먹었어?"

"여, 여기가 맞습니다, 아가씨."

베로니카의 재촉에 가장 앞에 서 있던 시녀 케이트가 떨리는 목소리로 대답했다.

아랫것의 입을 통해 확인하고 나자 눈으로 보고도 믿지 않는 이 상황이 피부에 와닿았다.

"초대장을 제대로 보냈겠지?"

"지, 집사님이 신경 써서 보내는 걸 제가 확인했습니다."

초대장은 제대로 발송됐다는 의미다. 즉, 알고도 오지 않았다는 말이다. 베로니카의 얼음장처럼 찬 눈길 아래로 불길이 솟구쳤다. 몸속 깊은 곳에서 끓어오른 분노는 분출 직전의 용암처럼 콸콸 끓었다.

"감히……."

소수가 오지 못했다면 그러려니 넘어갈 수 있다. 백번 양보해서 급한 사정이 있겠거니 넓은 아량으로 이해할 수 있었다. 하지만 고작 세 명이라니. 초대장을 받고도 스물다섯 명이 무시했다는 의미다. 마치 짜고 베로니카를 골탕 먹이려고 작정한 게 아닌가 착각이 들 정도로 모욕적이다. 베로니카의 얼굴이 빨갛게 달아올랐다.

"제깟 년들이 날 능욕해?"

그녀의 눈빛에 주체할 수 없는 광기가 번들거렸다. 꽉 깨문 입술에 맴도는 비릿한 피 맛마저 느낄 수 없을 만큼 이성이 간당간당했다.

'씹어 먹어도 시원찮을 년들.'

그녀에게 있어 오늘처럼 수치스러운 날은 처음이었다. 벌레보다 못한 하찮은 년들이 초대를 받았으면 황송하다고 올 일이지 감히 이런 식으로 뒤통수를 칠 거라곤 꿈에도 생각지 못했다.

감당할 수 없는 모욕감은 독주회에 불참한 영애들을 모조리 잡아 와 죽여도 풀리지 않을 것 같았다.

"아무래도 착오가 있었나 보네요."

베로니카의 싸늘한 말에 세 영애가 눈을 내리깔며 시선을 피했다. 주눅이 든 까닭이다.

"독주회는 취소예요. 돌아가세요."

"네? 이대로요?"

개중 눈치 없는 영애가 눈을 깜빡이며 반문했다. 내심 다른 영애들이 아무도 오지 않은 만큼 베로니카의 눈에 들 좋은 기회라고 기대하고 있었다. 그런데 그냥 돌아가라니, 실망스러울 수밖에 없었다.

"하."

그녀가 결국 안 그래도 예민한 베로니카의 신경을 긁고 말았다.

"지금 제가 허락을 구하고 있는 거로 보이나요?"

"아, 저는…… 아쉬워서……."

그제야 실수를 했다는 걸 깨달은 영애의 말이 기어들어 갔다. 하지만 물은 엎어진 뒤였다.

"그래서요? 아쉬우니, 저한테 책임을 져라, 뭐 이런 말인가요?"

"그, 그게…… 죄송해요. 제가 그만 실언을 했나 봐요."

영애는 하얗게 질린 얼굴을 지면에 닿을 듯 푹 숙여 사죄했다.

베로니카가 다가오는 발소리에 영애의 어깨가 움츠러들었다. 베로니카의 그림자가 서서히 가까워지더니 그녀의 나직한 목소리가 들려왔다.

"똑바로 처신하세요. 입 함부로 놀리지 말고."

"……"

섬뜩한 경고에 영애는 대답조차 못 하고 고개만 반복적으로 끄덕였다. 허리를 바로 세운 베로니카가 겁에 질려 주눅 들어 있는 두 영애를 보며 차갑게 경고했다.

"오늘 일은 무덤까지 함구하세요. 제 말 무슨 의민지 아시죠?"

"네? 네, 알아들었고말고요."

"주, 죽을 때까지 입 다물고 있을게요."

영애들의 다짐을 받은 베로니카가 돌아서서 응접실을 나섰다. 살벌한 표정으로 별관을 나와 본관으로 들어선 베로니카가 도착한 곳은 아셀라스의 집무실이었다.

"열어."

베로니카의 한마디에 시녀가 얼른 문을 열었다. 노크마저 생략한 무례한 행동이었지만 지금은 베로니카의 심기를 거스르지 않는 게 우선이었다.

문이 열리자마자 집무실에 들어오는 베로니카를 본 아셀라스가 의자에서 일어났다.

"기별도 없이 공녀 전하께서 어인 일로……."

아셀라스의 눈동자가 빠르게 굴러갔다. 돌아가는 상황과 베로니카의 표정으로 보아 뭔가 심상치 않은 일이 벌어졌음을 직감했다.

"이쪽으로 앉으시죠."

아셀라스가 권한 소파에 앉은 베로니카가 손가락 세 개를 펼쳤다.

"세 시간."

"진정하시고 무슨 일인지부터 차근차근……."

"피아노 독주회에 오지 않은 스물다섯 명의 영애가 어디 있는지, 뭐 하는지 알아오세요. 지금 당장."

"하지만……."

아셀라스가 난감한 표정을 지었다. 대공가가 수도 내에 광범위한 정보망을 유지하고 있다지만, 세 시간 안에 스물다섯 명의 행적을 파악하는 건 쉬운 일이 아니었다. 우물쭈물하는 기색을 보이자 베로니카가 재촉했다.

"못 하겠다고 말하지 마세요."

"공녀 전하."

"제 인내심이 바닥났거든요. 무조건 알아오셔야 할 거예요. 만약에 늦는다?"

베로니카의 입꼬리가 기괴하게 뒤틀렸다.

"제가 무슨 짓을 저지를지 모르겠거든요."

사태의 심각성을 인지한 아셀라스가 소파를 박차고 일어났다.

"바, 바로 알아보겠습니다!"

지금의 자리에 그를 있게 만든 본능이 경고했다. 절대 베로니카의 눈 밖에 나지 말라고, 그랬다가는 돌이킬 수 없는 사태를 맞이할 수 있다고 말이다.

아셀라스는 대공가의 정보 수집과 공작(工作)을 전문적으로 하는 조직 밤까마귀들을 모두 동원했다. 스물다섯 명의 영애들의 행적을 좇으려면 한 사람이라도 더 필요한 까닭이다.

째깍째깍. 벽장 시계의 시침과 분침이 유독 빠르게 돌아가는 느낌이 들었다. 베로니카가 명시한 시간이 눈 깜짝할 사이에 지나갔다.

"세 시간 지났네요."

"조금만 기다려 주시면……."

아셀라스가 진땀을 빼며 사정했다.

"당신에게도 아내와 자식이 있겠죠?"

"고, 공녀 전하……!"

아셀라스의 얼굴이 하얗게 질렸다. 넌지시 돌려 말했지만 제 가족을 가만두지 않겠단 말과 진배없었다.

'이 자식들은 서두르지 않고 뭐 하는 건데?!'

베로니카는 허언하는 자가 아니다. 여기서 더 지체했다간 가족들이 무슨 끔찍한 일을 겪을지 아무도 모른다. 그런 두려움과 불안감이 고조가 절정을 향해 치달을 때였다.

"알아냈습니다! 알아냈어요!"

아셀라스의 손에는 쥐도 새도 모르게 창문을 통해 밤까마귀들이 전달하고 간 양피지가 들려 있었다.

"운이 좋네요."

베로니카가 가늘어진 눈매로 아셀라스를 내려다봤다. 아셀라스는 안도의 한숨을 내쉬며 가슴을 쓸어내렸다.

"얘기해 봐요. 지금 어디서 뭘 하고 있는지요. 한 년도 빼놓지 말고."

으름장을 놓는 베로니카를 보던 아셀라스의 시선이 양피지로 향했다. 스물다섯 명이나 되는 영애들의 행적이라기엔 취합된 정보는 썩 많지 않았다.

'뭐, 뭐야?'

양피지를 읽어 내려가던 아셀라스의 눈동자가 흔들렸다. 이걸 말하는 순간 감당할 수 없는 후폭풍이 밀려올 거란 두려움이 강하게 들었다.

"모두 같은 곳에 있다고…… ."

"그러니까 어디요."

"사, 살롱에서 연 패션쇼에……."

"……."

일순 베로니카의 입이 다물어지며 대화가 끊겼다. 내심 각오를 하고 있던 아셀라스조차 그런 반응에 등골이 오싹했다.

'무, 무슨 사람 표정이.'

웃는 듯 마는 듯 뒤틀린 베로니카의 표정에 마른침을 삼켰다. 마주하는 것만으로도 꺼림칙할 만큼 광기에 젖은 표정에 소름이 쫙 끼쳤다.

"L."

베로니카가 나지막이 뱉은 한 마디에 증오가 실렸다. 베로니카가 개최한 피아노 독주회와 의도적으로 겹치게 살롱에서도 패션쇼를 연 게 분명했다. 마치 사냥감을 쫓듯이 대놓고 노린 것이다.

"찢어 죽여도 시원찮을 년이 주제도 모르고 대들어?"

대공가의 후계자로 태어나, 제국이 제 발아래 있다는 걸 인지한 이후 이런 모욕은 처음이었다. 그렇기에 더 굴욕적이었다. 그것도 혈통조차 불분명한 천하기 짝이 없는 년한테 수모를 겪다니.

살롱을 부숴 버리지 않고선 분이 안 풀릴 거 같았다. 그녀를 따르는 추종자들을 절망의 구렁텅이로 밀어 넣을 것이다. 가족이 있다면 대륙을 뒤져서라도 찾아와 그녀의 앞에서 죽일 것이다. 그리고 L을 끌고 와 살점 하나까지 떼어내 고통 속에서 죽여 달라고 애원하게 만들 것이다.

"계획을 당기죠. 전부 죽여야겠어요."

"예?"

"살롱에 소속된 예술가들뿐만 아니라, 살롱의 요직에 있는 측근들도 모두 찾아 죽여요. 가족이 있다면 가족도 찾아내서 모조리 죽여요."

"아, 알겠습니다."

안 그래도 슬슬 손을 쓸 참이었다. 노블레스 거리 조기 개장을 준비하면서 살롱에 소속된 거장들은 눈엣가시나 다름없다. 그들 모두를 제거해 노블레스 거리에 소속된 이류 예술가들이 일류가 되도록 만들어야 했다.

"그러고 바실리카라고 했나요?"

"네, 살롱 주변에 건축 중인 대형 건축물입니다."

베로니카도 살롱에 가본 기억이 있었다. 그 위압적인 존재감만으로도 노블레스 거리에 타격이 될 것이다.

"태워 버려요."

"……!"

"살롱 일대, 재건 불능으로 만들어 버리죠."

베로니카의 눈에 광기가 번들거렸다.

"까마귀는 까맣지."

"그래서 어두울수록 눈에 띄지 않죠."

렌이 툭 던진 말을 멜 역시 의미심장하게 받았다. 대공가 저택에서 한참 떨어진 건축물 옥상에 선 두 사람의 손에는 가늘고 긴 물건이 들려 있었다. 망원경이었다.

"참 대단한 물건입니다. 이렇게 먼 거리에서 사람이 보이다니요. 덕분에 마제스티 조직원들의 정보 수집이 한층 더 수월해졌습니다."

"그러니까."

렌이 픽 웃으며 동조했다. 망원경은 정보를 담당한 렌의 편의를 위해 엘레나가 선물해 줬다.

살롱 소속의 과학자 카밀의 작품이었는데, 육안으로 식별이 불가능한 먼 거리를 빛의 굴절을 이용해 가깝게 볼 수 있게 만들어준 신비의 물건이었다.

"선물을 받았으니, 응당 보상을 해야겠지?"

"L에게 말입니까? 제가 보기엔 이미 충분히 하고 계신 것 같습니다만."

적어도 멜이 보기에는 그랬다. L과 관련된 일이라면 렌은 발 벗고 나섰다. 귀찮은 걸 죽기보다 싫어하는 남자가 실실 웃으며 제 일보다 더 열정적으로 앞장섰다.

"부족해. 난 말이지, 걔한테 아낌없이 주는 나무가 되고 싶거든."

"아낌없이 주다가 끝나실 수 있습니다."

"오, 그럴 수도 있네. 근데 그게 어때서?"

멜이 어이가 없다는 듯 쳐다봤다.

"진심으로 하시는 말씀입니까?"

"아낌없이 주다가 내가 죽으면 걔가 나 영원히 기억해 줄 거 아냐?"

"……"

"짜릿하네."

렌의 표정에서 조금의 거짓도 없는 진심이 전해졌다. 상식적인 멜은 그런 렌의 방식이 여전히 이해가 가지도, 납득되지도 않았다.

'원래 그런 분이시긴 하지만……'

항상 느끼지만 정상적인 방식을 벗어난 렌이 안타까웠다. 렌이 망원경을 통해 야음을 틈타 움직이는 밤까마귀 조직원들을 보며 말했다.

"밤까마귀 놓치지 마."

"염려 마십시오. 마제스티의 모든 정보를 집중하고 있습니다."

멜의 목소리에는 자신감이 넘쳤다. 그만큼 온 신경을 쏟고 있다는 의미다.

"베로니카는 내가 잘 알아. 그 미친년은 자기 위주로 하지 못하면 다 엎어버리려고 들 거야. 걔가 무리수를 둘 때, 대공가를 무너뜨릴 명분이 우리 손에 들어온다."

제25장
몰락의 징조

밤까마귀 소속 대원들에게는 이름이 없다. 그저 1호나, 2호 등 숫자로만 불린다. 베일에 싸인 밤까마귀는 오로지 대공가를 위해 헌신하고, 충성하며, 목숨을 내놓는다.

밤까마귀의 주 업무는 정보 수집이다. 수도뿐만 아니라 대륙 곳곳에 암암리에 퍼진 대원들은 귀족들을 감시하며 움직임을 주시한다. 리아브릭이 집무실에 앉아 제국의 사정을 손바닥처럼 내려다볼 수 있던 것도 거미줄처럼 엮은 밤까마귀의 감시망 때문이었다.

그 외에도 밤까마귀는 대공가의 더러운 일을 도맡아 했다. 대표적으로 암살을 들 수 있다. 그들 개개인은 살인 병기라고 해도 무방할 만큼 암살에 최적화되어 있었다. 수단과 방법을 가리지 않고 살수를 구사하는 만큼 제법 이름난 기사들조차 당하기 일쑤였다.

밀명을 받은 3호가 달빛 한 점 없이 어둠이 내려앉은 수도의 건물을 가로질렀다.

'저긴가?'

3호가 수도 어디에서도 볼 수 있는 평범한 건물을 보았다. 야심한 시각이다 보니 일 층과 이 층 모두 불이 꺼져 있었다. 3호는 야음을 틈타 조용히 건축물에 접근했다. 도둑고양이처럼 민첩한 몸놀림으로 지붕으로 도약하더니, 몸을 낮춰 미끄러지듯 내려갔다.

'물감 냄새가 진동을 하는군.'

다락방에 쌓여 있는 캔버스를 지나쳐 이 층 복도로 나왔다. 사전에 구조를 파악해 둔 만큼 곧장 라파엘의 침실로 직행했다. 운이 좋은 건지 침실 문도 비스듬히 열려 있었다.

무리 없이 침실에 잠입하는 데 성공한 3호는 침대로 다가갔다. 한기 때문인지 이불을 푹 뒤집어쓰고 잠이 든 라파엘이 보였다.

어느새, 그의 손에는 작지만 예리한 단도가 들려 있었다. 3호가 단도를 있는 힘껏 내리찍었다. 손끝에 전해지는 이질적인 감촉에 3호가 눈을 부릅떴다. 뼈와 살을 관통하는 느낌이 아니었다. 솜을 꿰뚫은 기분에 이불을 치우자 베개가 눕혀져 있었다.

"밤까마귀."

방 한편, 빛이 들지 않는 커튼 너머에서 고저가 없는 목소리가 흘러나왔다. 경계심을 끌어올린 3호가 고개를 돌리자 눈과 코를 가린 은가면을 쓴 사내가 검을 쥐고 서 있었다.

"일명 3호. 암살에 특화되어 있는 살인 병기."

3호는 뭔가 일이 잘못돼도 크게 잘못되었다는 걸 깨달았다.

'정보가 샜어!'

은가면의 사내는 밤까마귀의 존재뿐만 아니라, 자신에 대해서 훤히

다 알고 있었다. 저 말은 곧 자신이 라파엘을 암살하기 위해 이곳에 올 거란 걸 알고 기다렸다는 말이기도 하다.

'임무는 실패다.'

3호에게 남은 과제는 무사히 지금의 위기를 모면하는 일이었다.

"죽이진 않는다. 대신, 나와 같이 가줘야겠다."

그런 3호의 의중을 읽었는지, 은가면의 사내가 거리를 좁히며 압박했다. 존재감만으로도 움츠러들 만큼 지독한 기세였다. 그러나 3호는 노련했다. 3호의 양손에 쥐어져 있던 단도가 쏜살같이 날아갔다.

챙! 은가면의 사내는 등잔불조차 없는 깜깜한 상황에서도 단도를 정확하게 쳐냈다.

"무의미한 짓이다."

'그건 네 생각이고.'

3호는 품에서 피뢰침을 꺼냈다. 손가락만 한 크기의 피뢰침은 충격을 가하면 수십여 개의 바늘로 분산되어 적을 덮친다. 3호가 소나기처럼 내던진 단도들 사이에 피뢰침을 섞어 던졌다. 은가면의 사내가 피뢰침을 받아쳐 바늘이 비산하는 순간을 노려 빠져나갈 요량이었다.

"피뢰침을 조심하라고 했지."

3호의 눈동자가 흔들렸다. 은가면의 사내는 단도를 정확하게 받아치면서도 피뢰침은 몸을 틀며 흘려보냈다.

'대체 정보가 어디까지 샌 거야?'

상황이 급변했다. 피뢰침까지 알고 있다면 자신에 대해 속속들이 알고 있다는 말이다.

'어떻게든 빠져나간다.'

3호는 품에서 연막탄을 꺼내 터뜨렸다. 안개가 사르르 퍼지며 주변의 시야를 가렸다. 반대편 창문으로 나가는 척 시선을 끈 뒤, 문으로 나가기 위해 몸을 움직이려던 때였다.

"컥!"

3호의 입에서 신음이 흘러나왔다. 왼쪽 어깻죽지에 박힌 검이 엄청난 힘으로 그의 몸뚱이마저 끌고 가더니 꼬챙이처럼 벽에 박아버렸다. 그러고도 모자랐는지 반대편 팔도 강하게 억눌렀다.

'틀렸어.'

강해도 너무 강했다. 거기다 기술마저 알고 있으니 도망가기 요원했다. 3호는 고통을 참으며 혀로 어금니를 살살 긁었다. 어금니에 껴놓은 철제 클립 속에는 독단이 숨겨져 있었다. 최악의 상황에 대비한 자살 장치였다.

"읍!"

그때 3호의 입속으로 헝겊이 말려들어 왔다. 입안을 가득 채운 헝겊 때문에 독단을 꺼낼 수도, 씹을 수도 없는 형국이 되었다.

"아가씨께서 너의 죽음을 허락지 않으셨다."

'아가씨?'

3호의 의식은 거기서 끊기고 말았다.

"밤까마귀가 당했다?"

"네."

"2호와 3호. 그리고 6호까지?"

아틸이 고개를 끄덕이자, 프란체 대공의 표정도 자못 심각해졌다.

2호, 3호, 6호는 밤까마귀에서도 암살과 살인에 특화된 대원들이었다. 만약 정식 기사가 되었다면 제1기사단에 속하고도 남을 만큼 빼어난 자질을 타고났다. 그런 암살자들이 당했다. 가벼이 넘길 사안이 아니었다.

"시신은?"

"감쪽같이 사라졌습니다."

프란체 대공은 뒷짐을 진 채 전면 창문 너머의 후원을 내려다봤다. 무심해 보이는 눈길 너머로 생각이 많아 보였다.

"후환으로 남을 가능성은?"

"그마저도 확인이 어렵습니다. 자진했을 거라 짐작되나 확인할 길이 없으니……."

"그렇다면 이쪽에서 먼저 손을 써야겠지. 밤까마귀, 해체해."

아틸이 놀란 듯 눈을 치켜떴다. 지금의 프리드리히 가문이 있기까지 밤까마귀는 온갖 궂은일을 해왔다. 그런 조직을 단숨에 없애라고 지시했다.

"정보가 샌 이상 조직의 가치는 없다. 괜히 안고 가봐야 발목을 잡을 뿐이야."

"그리 조치하겠습니다."

아틸은 내심 감탄했다. 그만한 조직을 포기하는 게 쉽지 않거늘, 프란체 대공의 결단은 칼 같았다.

"후임 조직은 자네가 직접 맡도록 해."

"제가 말입니까?"

"리아브릭에게 배운 게 있으니 그 정도 못은 하겠지."

"실망시키지 않겠습니다."

아틸의 눈이 번뜩였다. 이건 기회다. 정보 조직을 손에 쥔다는 건 대공가의 실세가 된다는 의미와 같았다.

"느낌이 썩 좋지 않아."

프란체 대공이 창문 밖을 내려다보며 나지막이 읊조렸다.

베로니카와 아셀라스에게 실무를 맡겨뒀지만 아예 손을 놓고 있는 것은 아니었다. 리아브릭 실각 이후, 대공가의 전반적인 사항들은 아틸을 통해 하나도 빠짐없이 그에게 보고되고 있었다.

"노블레스 사업 성공 가능성이 낮다고?"

"네, 조기 개장을 한다고 하더라도 살롱의 위상을 넘을지 미지수인지라……."

"예술가들 제거마저 실패했으니 더더욱 그러겠군."

아틸은 자그맣게 끄덕임으로 대답을 대신했다.

언제부터였을까? 황실마저 굽어보는 대공가의 재정이 눈에 띄게 악화됐다. 고가에 사들인 미술품의 가치는 폭락했고, 피네치아 재배지의 소실로 아편 사업은 접을 수밖에 없었다. 그리고 노블레스 거리 사업에도 난관이 많아 예상보다 더 큰 금전적 손해를 입고 말았다.

아틸은 불현듯 실각되기 직전 리아브릭이 했던 말을 떠올렸다.

"L을 주시해. 위험한 여자야."

그리고 보면 대공가가 휘청거리기 시작한 것도 L이라는 여자가 등장하고 나서부터다. 돌아보면 살롱이라는 것 자체가 노블레스 거리를 겨냥한 대척점이란 인상마저도 들었다.

"베로니카가 살롱을 부숴 버리겠다고 벼르고 있다지?"

"네, 독주회 일로 꽤 감정이 상하신 듯합니다."

"여러모로 방해야. 살롱도, L도. 확실히 밟아두지 않으면 안 되겠어."

노블레스 거리와 살롱, 베로니카와 L. 어느 쪽도 양립할 수 없는 존재들이다. 웬만해서는 쉬이 움직이지 않는 프란체 대공의 인내심도 이제 한계에 다다랐다.

"살롱을 폐쇄시키지."

"묘안이라도 있으신 겁니까?"

"내일 폐하를 뵙지."

현 황제 리처드는 프란체 대공이 옹립한 황제다. 그 공로를 인정받아 공작가에서 대공가로 격상이 된 만큼 황실에 미치는 영향력도 절대적이다.

'살롱도 곧 문을 닫겠군.'

리처드 황제는 허울뿐인 허수아비 황제다. 제국의 실권을 쥐고 흔드는 프란체 대공의 청을 거절할 만한 힘이 없었다. 그런 황제를 앞세워 프란체 대공은 살롱을 규제하고 폐쇄까지 몰아붙일 생각이었다.

"베로니카한테도 얘기해 둬. 불장난은 나중으로 미뤄두라고."

황궁 복도를 가로질러 가는 시안의 발걸음에서 조급함이 묻어났다. 프란체 대공이 기별도 없이 황궁에 들이닥친 것만으로도 신경이 쓰였는데 황제에게 독대를 청했다는 사실을 듣자 가만히 있을 수가 없었다.

'눈치챈 것인가?'

침착하려고 했지만 시안은 초조할 수밖에 없었다. 대공가가 상납한 과징금과 엘레나가 보태준 자금을 바탕으로 비밀리에 황궁근위대의 개혁에 착수했다. 실력도 떨어지고, 황실을 향한 충성심조차 없는 썩어빠진 근위병들을 도려내고 실력은 출중하지만 신분의 한계에 부딪치거나, 여러 이유로 낙오된 자들로 대신할 생각이었다.

본궁에 도착한 시안을 보며 시녀와 근위병들이 고개를 숙였다.

"태자 전하를 뵈옵니다."

"폐하께서는?"

"프란체 대공 전하와 독대 중이십니다."

시안이 늦게 소식을 접하고 어전에 온 시간을 감안하면 한 시간이 넘도록 독대 중이란 얘기다. 생각보다 대화가 길어지고 있는 셈이다.

"모처럼 대공께서 오셨으니 인사라도 올려야겠구나. 아뢰어라."

"하오나……."

시안이 빤히 쳐다보자 근위병이 알겠다는 듯 끄덕이며 고할 때였다.

때마침 굳게 닫혀 있던 어전의 문이 열렸다. 외알 안경에 외투를 걸쳐 입은 프란체 대공이 독대를 마치고 나온 것이다.

"오랜만에 뵙습니다, 태자 전하. 못 보신 사이에 더 늠름해지셨습니다."

"……대공께서도 여전하십니다."

형식적인 안부를 묻는 두 사람의 시선이 허공에서 부딪쳤다. 서로의 속내를 읽으려는 듯 눈을 떼지 않았지만 어느 쪽도 감정을 읽을 수 없었다. 소리 없는 부딪침을 먼저 그만둔 쪽은 프란체 대공이었다.

"성숙해지셨군요."

"과찬이십니다. 폐하와 독대를 하셨다고요? 저도 부르시지 그러셨습니까?"

"진작 그럴 거 그랬습니다. 폐하께서 말이 통하지 않아 지금 제 기분이 매우 불쾌하거든요. 전하께서는 좀 다르시겠죠?"

"……."

무표정을 유지하고 있지만 시안은 굉장한 모욕을 느꼈다. 일개 귀족 주제에 감히 황제를 능멸하는 것도 모자라 황태자인 시안마저도 깔보고 있었다. 시안이 입을 다물고 대답이 없자 프란체 대공의 만면에 주름이 진해졌다.

"폐하께 전해주십시오. 오늘 일은 잊지 않겠다고."

시안이 우두커니 서서 멀어지는 프란체 대공의 뒷모습을 눈에 담았다. 웬만한 일로 감정을 드러내지 않는 그가 저런 경고까지 할 정도면 리처드 황제가 단호하게 얘기를 잘랐다는 의미이기도 했다.

서둘러 안으로 들자, 황좌에 앉아 이마를 어루만지고 있는 황제의 모습이 보였다. 최근 부쩍 악화된 건강 때문인지 기침하는 그의 몰골은 수척해 보였다.

"콜록콜록, 왔느냐?"

"네, 폐하."

"대공과 마주쳤고?"

시안이 끄덕이며 되물었다.

"무슨 일이 있으셨던 겁니까? 저리도 감정적인 대공은 처음 봅니다. 오늘 일을 잊지 않겠다며 벼르고 있었습니다."

"아비 노릇을 조금 했을 뿐이다."

시안은 빤히 리처드 황제를 바라보았다. 생전 입 밖에 내지 않던 아비란 말이 시안의 가슴을 짠하게 울렸다.

"내게 그러더구나. 황명을 내려 살롱을 폐쇄하라고."

시안의 눈동자가 흔들렸다. 살롱을 폐쇄하라니. 직접 황제에게 요구했다는 건 프란체 대공이 노골적으로 살롱을 노리고 있단 말과 다름없었다.

리처드 황제가 지친 기색이지만 단호한 어조로 말했다.

"거절했다."

"아버지."

"네가 그러지 않았느냐? 그곳만은 지켜야 한다고. 네가 만들고자 하는 새 제국의 시작점이 될 곳이라고."

시안에게 있어 살롱은 나침반이었다. 방향을 제시하고 나아갈 곳을 일러주는 상징이었다.

'작은 제국.'

시안은 살롱을 보며 미래의 제국을 그렸다. 창과 칼이 아닌, 문화를 앞세워 제국민이 계몽되고 인식이 변하는 과정을 두 눈으로 똑똑히 목격할 수 있었다. 시안이 추구하는 새로운 제국의 축소판이라 감히 말할 수 있었다. 그곳을 프란체 대공의 마수로부터 리처드 황제가 지켜주었다. 그게 쉽지 않은 일이란 걸 알기에 시안은 고마우면서도 걱정됐다.

"대공이 가만있지 않을 겁니다."

"그러겠지. 성에 안 차면 황제마저 갈아 치우는 인간이 아니더냐?"

제게 닥칠 후환이건만 리처드 황제는 남 얘기하듯 덤덤했다.

"아들아. 넌 이 일에 나서지 말거라."

"그럴 수는 없습니다. 제가 나서서……."

"아니, 그래야만 한다. 네가 황궁근위대를 개혁하는 데 성공해야, 내가 프란체 대공의 이목을 끈 보람이 있지 않겠느냐?"

시안의 눈빛이 흔들렸다. 그런 아들을 보는 리처드 황제의 입가에 희미한 미소가 걸렸다. 병약해 보이지만 강단이 느껴지는 웃음이었다.

"원치도 않았던 황제의 자리에 오르고, 네게 막중한 부담과 책임을 주었지."

"한 번도 제 자리가 부담이라 생각한 적 없습니다."

시안이 단호하고 확고하게 대답했다. 황태자라는 지위를 인지한 이후로 숙명처럼 받아들였다. 그러한 의무를 쥐어 준 리처드 황제를 단 한 번도 원망한 적이 없었다.

그러나 높은 어전의 천장을 올려다보는 리처드 황제의 눈빛이 깊어졌다. 제국의 건국사가 담긴 벽화를 바라보는 그의 표정에 만감이 교차했다. 의문조차 품지 않고 당연하게 황태자의 의무를 다하며 살아간 아들이 딱해서, 황제답지 않은 스스로의 무력함이 한심스러워서.

"부끄러웠다."

"……."

"너는 그토록 애쓰는데, 아비인 나는 눈치만 보며 저들에게 휘둘렸으니까."

황제는 노력조차 하지 않고 헛되이 보낸 시간을 후회했다. 비록 그는 늦었지만, 시안은 늦지 않았기에 뭔가를 해주고 싶었다.

"화살받이는 나로 족하다."

"아버지."

"너는 외면해라. 보고도 못 본 체하라. 그리하여 네게 도움이 될 수 있다면 조금이나마 마음의 짐을 덜 수 있을 것 같구나. 콜록 콜록."

시안은 뭐라 말을 하려다가 입을 다물었다. 살아생전 한 번도 이토록 강경하게 얘기를 한 적이 없던 아버지였기에 아무런 말도 할 수가 없었다.

'실망시키지 않겠습니다, 아버지.'

시안은 비장한 각오를 다졌다. 그것이 아버지의 희생에 대한 유일한 보답의 길이라 믿었다.

"L이라고 했더냐?"

기침이 잠잠해지자 리처드 황제가 화제를 돌렸다. 시안이 고개를 들어 그와 시선을 맞췄다.

"그 아이를 한 번쯤 보고 싶구나."

"아버지."

"웬만해서는 웃지 않는 너다. 그런 네가 그 아이에 대해 얘기할 때면 웃고 있으니 아비로서 관심이 생기는 게 당연하지 않느냐?"

"……."

"부담 주는 건 아니다. 지금 그 아이가 황궁에 온다면 표적이 되겠지. 난 그걸 원치 않는다. 그저 훗날의 작은 바람일 뿐이니라."

리처드 황제 역시 그러한 현실을 잘 알기에 여지만 남겨두었다.

'네가 그 아이를 놓칠까 염려되는구나.'

차마 꺼내지 못했던 말을 그가 삼켰다. 황제를 떠나서 아비로서, 시안이 행복해지길 바랐다.

'그 또한 욕심이겠지.'

황좌의 무게란 그런 것이다. 희생을 요구하고, 포기를 강요받는 자리라는 걸 언젠가 시안도 깨닫게 될 것이다. 어떤 선택을 하든 그때가 오면 후회하지 않기를 바랐다.

"지금은 어렵지만…… 훗날, 꼭 소개해 드리겠습니다."

시안은 그런 리처드 황제의 청을 외면하지 못하고 나중을 기약했다. 지금으로서 그가 할 수 있는 최선의 약속이었다.

"그거면 됐구나."

이보다 더 좋을 순 없다.

엘레나와 살롱의 상황을 표현하기에 더없이 적합한 말일 것이다. 대공가가 암암리에 추진해 오던 거장들의 암살은 실패로 돌아갔다. 대공가의 어둠을 자처하며 정보 공작과 암살을 자행하던 밤까마귀는 모든 행적이 드러났음을 시인이라도 하듯 조직을 해체했다.

엘레나가 거장들을 무사히 지켜냄으로써 노블레스 거리와 비교도 안 될 만큼 살롱은 격차를 벌리며 앞서가는 입장이 됐다. 이류의 작품은 일류가 있는 한 영원히 주목받지 못하는 법. 거장들이 엘레나의 살롱에 소속된 이상 노블레스 거리는 경쟁이 될 수가 없었다.

엘레나는 격차에 만족하지 않고 별관의 개장과 동시에 장방형 거대 건축물 바실리카가 조만간 선보인다는 이야기를 퍼뜨렸다. 아직까지 위장막이 씌워져 있어 외형을 육안으로 확인할 수는 없었지만 황궁에 버금갈 만큼 웅장한 위용만으로도 사람들의 기대 심리를 끌어올리기 충분했다.

거기서 그치지 않고 엘레나는 베로니카가 주관한 피아노 독주회를 망쳤다는 사실을 사교계에 흘렸다. 그러며 같은 날 있었던 살롱의 패션쇼의 대대적인 성공을 알리며 비교되게끔 여론을 몰아갔다.

그 일의 파급력은 컸다. 예전 같으면 사교계에 영향력이 지대한 베로니카나 아벨라에게 줄을 대고자 발악하던 영애들이 잠잠해졌다. 가문을 위해 희생하고자 파벌에 들어가길 원하는 소수의 영애를 제외하고는 굳이 잘나가는 영애에게 줄을 댈 필요성이 사라진 것이다.

그 이유에 살롱이 있었다. 살롱은 일 년 365일 중 하루도 문을 닫지 않는다. 문턱을 넘으면 신분을 초월한 다양한 사람들과 교류를 할 수 있고, 다양한 문화가 공존한다. 거기다 엘레나는 바실리카를 체계화되고 전문화된 쇼핑 공간으로 만들 계획까지 갖고 있었다.

혁명적 디자이너라 일컫는 크리스티나의 부티크가 대표적이다. 지금껏 어디서도 보지 못했던 광범위한 평수로 바실리카의 일 층에 문을 열게 될 부티크는 그녀의 작품들뿐만 아니라, 도제들의 작품까지 함께 진열되며 하나의 브랜드로 발돋움할 준비에 여념이 없었다.

하루하루 노블레스 거리 조기 개장일이 다가올수록 엘레나는 설렜다. 모든 준비가 완벽하리만치 철저하게 갖춰갔으니까. 그러면서도 긴장을 풀지 않았다. 노블레스 거리의 조기 개장일이 다가옴에도 불구하고 대공가가 조용한 게 자꾸 신경이 걸렸다. 그러한 마음을 아는지 대공가의 일거수일투족을 감시하는 렌에게서 기별이 왔다.

밤까마귀 생존자들이 수도를 이탈했으며 어떠한 움직임도 없으니 안심해도 된다는 소식이었다. 그제야 엘레나도 조금이나마 걱정을 덜었다. 전적으로 렌이 주는 정보를 신뢰하기에 가능한 일이다.

그렇게 엘레나가 복수의 그날이 점차 현실로 가까워지고 있었다.

베로니카는 온종일 짜증을 달고 살았다. 별것도 아닌 일을 트집 잡아서 시녀들을 장롱에 가두거나, 잔혹한 방식으로 학대했다. 사교계 모임에 나가 한껏 주목을 받고 와도 기분이 풀리지 않았다. 예전과 달리 그녀를 우러러보면서 죽는시늉까지 할 만큼 매달리던 영애들이 자취를 감췄다. 그녀를 보며 숙덕거리는 영애들을 보면 부아가 치밀어 뺨이라도 후려치고 싶어 견딜 수가 없었다.

베로니카의 시달림에 살이 쪽 빠진 아셀라스가 힘겹게 말했다.

"내일모레, 살롱을 불태우겠습니다."

"또 실패한다면 그 자리 보존하기 어려울 거예요."

베로니카가 으름장을 놓았다. 노블레스 거리 조기 개장이 보름 앞으로 다가온 지금 수단과 방법을 가리지 않고 살롱에 타격을 줘야 했다. 그러지 않으면 야심 차게 추진해 온 노블레스 거리 사업에 실패라는 꼬리표가 따라붙을 것이다.

"걱정 마시길. 이중으로 공을 들였습니다."

"들어보죠."

"살롱의 안과 밖, 양쪽에서 불을 놓을 생각입니다."

아셀라스는 철저하게 살롱에 대해서 조사했다. 석재와 대리석이 주를 이룬 만큼 목조가 적어 불이 번지기 어려울 것이다.

그럼에도 불구하고 아셀라스는 성공을 자신했다. 외부에서는 불길을 키우는 데 한계가 있겠지만 내부는 다르다. 장식과 치장을 위해서라도 목재가 많이 쓰이는 만큼 불길을 키우기 용이하다.

"살롱의 출입이 자유로운 자를 포섭해 뒀습니다. 그자가 내부에서 불을 지르고, 밖에서도 불을 놓아 단숨에 살롱을 집어삼킬 겁니다."

말이 이어질수록 아셀라스의 목소리에 자신감이 붙었다.

"조사한 바로 L과 그 측근들은 살롱의 최상층에서 생활한다고 합니다. 거기가 좀 높습니까? 제가 장담하죠. 불이 일 층에서 일어나면 못 내려옵니다. 창문으로 추락하든가, 연기에 질식사할 겁니다."

"흥미롭네요. 추락사도 나쁘지 않겠어. 떨어져서 병신이 되고 난 뒤, 살롱이 망해가는 걸 봐야 더 절망적이지 않겠어?"

"그, 그렇고말고요."

한술 더 뜨는 베로니카의 얘기에 아셀라스가 얼떨떨하게 동조했다. 항상 느끼지만 베로니카의 잔혹함은 상상을 초월했다.

베로니카는 실수는 용서하지 않겠다는 경고를 남기고는 집무실을 나섰다. 곧장 대기 중이던 마차에 오르더니 안가를 찾았다. 독에 중독되어 몸을 추스르던 이곳을 다시 찾은 베로니카는 지하로 내려갔다. 음침하고 스산한 기운이 맴도는 지하 감옥의 한편에 이질적으로 느껴지는 고급 식탁에 촛불, 노릇노릇하게 익은 스테이크와 와인이 놓여 있었다.

"분위기 좋네. 시작해."

베로니카가 의자에 앉아 스테이크를 먹기 좋은 크기로 썰 때였다. 베로니카가 앉아 있는 곳 건너편 창살 안으로 남자가 걸어 들어가더니 감금되어 있던 죄수들을 향해 무차별적으로 채찍을 휘두르기 시작했다.

"악! 으아악!"

"사, 살려줘……"

고통에 찬 비명에 맞춰서 베로니카가 스테이크를 씹어 삼키더니, 와인을 들어 음미하며 이 순간을 만끽했다.

"더없이 훌륭한 만찬이야."

베로니카의 만면에 만족스러운 미소가 번졌다.

"살롱을 전소시키기로 했다고?"

"네, 대공 전하. 내부의 측근을 포섭하여 안팎으로 불을 키울 계획입니다."

아틸은 현재 진행되고 있는 사항에 대해서 빠짐없이 프란체 대공에게 보고했다. 대외적으로는 아셀라스의 심부름꾼에 지나지 않지만, 프란체 대공은 언제부턴가 그를 가까이 두고 수족처럼 부렸다.

"실패 가능성은?"

"거의 없다고 보입니다만…… 밤까마귀 일로 보건대 만약의 사태에 대비함이 좋을 듯싶습니다."

아틸은 조심스럽고 신중하게 접근했다. 솔직히 말해 살롱의 전소 계획은 딱히 흠잡을 게 없었다. 아셀라스가 기회주의자적인 측면이 강하긴 하나, 계략이 허술하다면 절대 리아브릭의 후임이 되지 못했을 것이다.

'L이 걸려.'

그에게 있어서 리아브릭은 하늘과 다름없었다. 한낱 고아에 불과했던 그의 총명함을 개발해 모사로 키운 게 그녀였다. 그랬던 리아브릭이 L을 조심하라고 경고했다. 밤까마귀 일도 그렇고 L은 호락호락한 자가 아니다.

"그 대비라는 거, 생각해 뒀겠지?"

"물론입니다. 해체한 밤까마귀의 대원들을 변방으로 보낸 것도 저들의 시선을 돌려 방심을 끌어내기 위함입니다."

밤까마귀는 이미 존재가 드러나고 말았다. 어차피 버릴 거면 그마저도 유용하게 이용하는 편이 옳았다.

"그리고 만약을 대비해 한 가지 수를 더 내놓을까 합니다."

집무 책상에 턱을 괴고 앉아 있던 프란체 대공이 고개를 들어 그를 쳐다봤다. 계속 얘기해 보라는 듯한 눈길이었다.

"근처 건물 옥상에 궁수를 배치해 놓을 계획입니다."

"궁수라."

"최악의 경우, 불길을 뚫고 나온 L을 저격할 겁니다."

리아브릭은 입버릇처럼 말했다. 계략의 실패란, 새로운 계략의 시작이라고. 이중으로 계략을 짜느냐, 삼중으로 계략을 짜느냐에서 그 모사의 역량이 결정 난다고. 자신의 뒤를 잇고 싶다면 삼중은 짜야 할 거라고 말이다.

프란체 대공이 낮게 웃음을 흘렸다. 그 웃음의 의중을 모르는 아틸이 긴장했다.

"이제야 제구실을 하는군."

"가, 감사합니다."

"슈타인을 붙여주지."

아틸이 눈을 부릅떴다.

"슈, 슈타인 경을 말씀입니까?"

"그래. 실수 없게 처리해."

"알겠습니다, 대공 전하."

아틸이 가볍게 말아 쥔 주먹에 힘이 들어갔다.

'L도 명을 다했군.'

슈타인이 누구던가? 초원 부족 출신으로 프란체 대공을 곁에서 모시는 직속 호위 기사다. 누구보다 충성심이 뛰어난 그는 마술과 궁술에 능했다. 바람이 센 초원에서 백 보 넘는 곳에 세워져 있는 깃대를 활로 맞혀 쓰러뜨린 일화는 아직도 회자될 정도다.

턱을 괸 프란체 대공의 깊은 눈은 아틸은 감히 헤아릴 수 없을 만큼 먼 곳을 보고 있었다.

"L의 죽음은 좋은 본보기가 될 거야."

"……."

"주제도 모르고 망아지처럼 구는 우리 폐하께 말이지. 아, 주인을 못 알아보고 짖어대는 개 한 마리한테도."

프란체 대공의 눈길에 야수의 광기가 넘실거렸다. 마주하고 있는 것만으로도 아틸은 숨이 턱 막혔다.

'황제뿐이 아니야. 황태자에게도 선을 긋고 있어. 넘지 말라고.'

L에게 작위를 내린 당사자가 황태자 시안이라는 걸 수도 내에 모르는 사람이 없었다. 오죽했으면 L과 시안이 매우 친밀한 사이이며, L이 차기

황후가 될지도 모른다는 소문마저 맴돌았다.

프란체 대공은 L을 주목했다. 사사건건 대공가의 일을 방해한 것도 한몫했지만 황실과 밀접한 관련이 있을 거라고 판단한 것이다. 그런 L을 죽임으로써 황제 리처드와 시안에게 경각심을 일깨워 줄 요량이다. 너희의 주인은 나라고, 항상 그걸 잊지 말라고.

"실수 없도록 처리하겠습니다."

아틸은 머리를 푹 숙이며 굴종을 보였다. 마음만 먹는다면 황제마저 갈아 치우고도 남을 남자. 누가 그의 뜻을 거스를 수 있을까.

"다들 수고하셨어요."

엘레나는 가면을 벗으며 응접실에 모인 측근들을 격려했다.

"저희가 한 게 뭐 있다고 그러십니까? 다 은인께서 하신 일이지요."

"너야말로 진짜 고생 많았어. 독서 토론회만으로도 녹초일 텐데 시 낭송까지 주관하니 지치겠다."

에밀리오와 칼리프가 손사래를 치며 도리어 엘레나를 치켜세웠다. 자신들이 한 일은 그저 살롱의 행사를 거들거나 돕는 일에 그쳤지만 엘레나는 주관자의 입장이 되어 파악하고 이끌었다. 아무래도 책임의 무게가 다를 수밖에 없었다.

엘레나는 고단함을 뒤로하고 미소를 지었다.

"두 분이 도와주신 덕이죠. 메이도 고생 많았어. 네가 옆에서 챙겨준 덕에 실수하지 않을 수 있었어."

메이는 말없이 고개를 숙이는 걸로 대답을 대신했다. 저 묵묵함처럼 항상 엘레나의 곁을 그림자처럼 쫓아다니며 사소한 것 하나 빼놓지 않고 체크해 준 덕에 엘레나가 자신의 역할에 집중할 수 있었다.

"오늘 하루 무사히 넘겼네요. 푹 쉬도록 해요. 내일 오전에 바실리카 시찰하고, 오후에 오페라 공연 준비하려면 정신없을 거예요."

"하, 몸이 두 개라도 모자랄 지경이다. 쉬는 날도 안 주고. 너 악덕 아니냐?"

"쉬고 싶으세요? 아예 푹 쉬게 해드릴까요?"

엘레나가 싱긋 웃으며 묻자 칼리프가 주춤거리며 발을 뺐다.

"얘는 웃는 얼굴로 말을 살벌하게 하더라."

"제가 뭘요? 쉬고 싶어 하시길래, 쉬라고 말씀드린 건데 뭐가 잘못됐나요?"

"말을 말자, 말을."

이런 식의 말싸움에 손해를 보는 건 늘 칼리프였기에 지고 들어갈 수밖에 없었다.

"은인께서도 건강에 신경 쓰십시오. 더없이 중요한 때입니다."

"그러려고 하는데 잘 안 되네요. 의욕은 앞서고 할 일은 많고……."

고단함이 느껴지는 얼굴이었지만 엘레나는 미소를 잃지 않았다.

'살롱이 커가는 모습을 보는 것만으로도 행복해.'

살롱의 심장은 엘레나다. 그녀가 전면에 나서서 얼마만큼 하느냐에 따라 살롱의 위상이 달라진다. 그러니 엘레나는 도저히 손을 놓을 수가 없었다. 조금만 더, 더, 더. 욕심은 그녀를 살아가게 하는 원동력이었다. 이제는 어엿한 살롱의 주인 L로서 살아가게 만들었고 살아 있다고 느끼게끔 했다.

"그럴 때일수록 조심하여야 합니다. 인간의 몸이란 무리를 하다 보면 꼭 탈이 나게 마련입니다."

"에밀리오 님 말씀 새겨들을게요."

엘레나는 진심 어린 그의 조언을 아로새기며 휴렐바드를 돌아봤다.

"경도 고생 많았어요."

"아닙니다."

휴렐바드는 단호히 고개를 저었다. 자신이 한 일이라곤 엘레나의 곁에서 떨어지지 않고 지켜본 게 다다. 휴렐바드의 눈에는 저 제비꽃처럼 작은 몸뚱이로 제국의 문화를 이끄는 엘레나가 대단하다 못해 존경스러웠다.

엘레나가 미소로 오늘 하루를 마무리 지으며 자리를 파했다.

"얘기가 길어졌네요. 진짜 가서 쉬도록 해요."

엘레나는 살롱의 최상층에 위치한 자신의 침실로 돌아왔다. 메이의 도움을 받아 욕조에 몸을 담갔다가 나온 뒤, 쓰러지듯 침대에 누웠다. 이마에 손을 얹고 천장을 올려다보며 중얼거렸다.

"이제야 겨우…… 나답게 사는 것 같아."

피로에 지친 엘레나의 눈길이 아련해졌다. 베로니카의 대역이 아니라, 온전히 제 삶을 사는 것 같아 뿌듯하고 기뻤다.

"지킬 거야, 내 삶을."

그러려면 대공가를 몰락시켜야 한다. 그런 생각을 하며 엘레나의 눈꺼풀이 서서히 감겼다. 피곤했던 까닭인지 생각이 깊게 이어지지 못하고 잠이 들고 말았다.

그 시각. 살롱의 메인 홀을 비추던 샹들리에의 불이 꺼졌다. 오늘 하루를 마무리 짓는 의식으로 완전한 폐장을 의미했다.

창문 밖에서 새어 들어오는 달빛 너머로 인기척이 느껴졌다. 폐장과 동시에 철저하게 외부의 출입이 통제되다 보니 내부에 사람이 없었다. 물론 살림과 허드렛일을 도맡은 이들이 남아 있긴 하나, 극소수에 불과 하며 그들마저도 별관 쪽에 마련된 숙소에서 생활을 했다. 그러다 보니 텅 빈 홀에 모습을 드러낸 외간 남자의 존재는 더 낯설 수밖에 없었다.

"죄송합니다, 죄송해요. 흑."

주어가 빠진 사과를 반복하며 작게 흐느끼는 남자의 이름은 숀. 그는 살롱 개장 초기부터 살롱 내부의 청소와 관리를 도맡았다. 하루에도 수십에서 백 명이 넘는 손님들이 왕래하고, 일 년 내내 문을 닫지 않는 살롱의 특성상 금방 지저분해질 수밖에 없었는데 숀은 그러한 살롱을 새집처럼 유지하는 일등 공신이었다.

그게 가능할 수 있었던 이유는 먼지 한 톨조차 용납하지 못하는 결벽증 때문이었다. 그러한 병적인 집착이 결국 전화위복이 되어 살롱에 없어서는 안 될 존재로 인정받고 있었다.

"제가 이러면 안 되는데…… L이 베푼 은혜를 생각하면 더더욱 이래 선 안 되는데……."

뜨거운 사죄의 눈물이 좀처럼 멈추지 않았다. 그도 그럴 것이 그는 과 도한 집착으로 말미암아 일자리를 구하더라도 금방 쫓겨나기 일쑤였다. 스스로의 강박에서 헤어 나오지 못해서였다. 그런 오갈 데 없는 그를 받아준 사람이 L이었다.

"미안해요. 미안해요."

건강이 좋지 않아 수도 외곽에서 요양하고 있는 아내와 딸의 연락이 끊긴 건 보름 전이다. 실종되었단 소식에 눈이 뒤집힌 그에게 정체불명의 남자가 찾아와 협박했다. 아내와 딸을 인질로 잡고 있으니, 다시 가족을 보고 싶다면 시키는 대로 하라고. 허튼수작을 부리거나, 도움을 청하면 그 즉시 아내와 딸을 죽이겠다고.

숀은 삶의 이유나 다름없는 소중한 가족을 잃을 수 없었다. 눈에 넣어도 아프지 않을 딸은 제 목숨보다 소중한 존재였다. 결국 가족의 안위를 위해 L의 살롱에 불을 지르기를 택했다.

"……죽어서 사죄할게요."

자신 역시 분신(焚身)함으로써 L에게 속죄하리라. 숀은 사전에 지시받은 대로 일 층의 응접실을 찾아 들어갔다. 구석진 책장 밑을 보자 누군가 가져다 놓은 기름통이 보였다.

뚜껑을 열어 정체불명의 사내가 언급한 벽장 옆 목조 장식물에 기름을 부었다.

"용서해 달라는 말도 안 할게요. 아니, 죽어서도 용서하지 마세요, L."

숀은 품 안의 성냥을 꺼내 불을 붙였다. 지금이야 손톱만큼 작은 불씨에 불과했지만 숀의 손을 떠난 성냥이 기름에 닿자 불길이 순식간에 커졌다.

숀이 흐느끼며 응접실을 뛰쳐나갔다. 정체불명의 사내는 최소 세 군데 이상에 불을 놓아야 한다고 지시했다. 살롱이 대리석과 석재로 지어져 불에 강한 까닭이었다.

'이래서는 안 되는데. 사람의 탈을 쓰고 해서는 안 될 짓인데.'

알면서도 숀은 멈추지 못했다. 그럴수록 불은 주체할 수 없을 만큼 커지며 살롱을 재물 삼아 활활 타올랐다.

"왜 그러십니까?"

멜이 마제스티가 취합한 정보를 토대로 분석하는 렌을 보며 물었다.

렌의 표정에서 뭔가 석연치 않음을 느껴서였다.

"이상해서. 대공가가 원래 이렇게 만만했나?"

"그럴 리가 있습니까? 단 한 번도 흔들린 적이 없는 가문입니다."

"그지? 내 생각도 그래."

보고서를 휙휙 넘겨보는 렌의 눈이 깊어졌다.

"너무 쉬워. 그래서 이상하단 말이지."

"짚이시는 거라도 있으신 겁니까?"

"이거."

렌이 보고서를 내밀며 한 대목을 지목했다. 그걸 본 멜이 소리 내어 읽었다.

"휘트 공작이 주최한 사냥에 프란체 대공의 직속 기사 슈타인이 오지 않았다, 이걸 말씀하시는 겁니까?"

"어."

"파악해 보겠습니다."

멜은 의심의 이유조차 묻지 않았다. 파악하고 분석하는 것은 그의 몫이지만, 판단하는 건 렌의 몫이다. 렌의 예리한 촉은 지금껏 빗나간 적이 없었다.

"밤까마귀의 행적도 묘하게 거슬린단…… 저, 저건?!"

망치로 머리를 맞은 듯 렌의 눈이 멍해졌다. 사람이 너무 큰 충격을 받으면 일시적으로 정신이 나간다는 기분이 딱 이렇지 않을까 싶었다. 멜 역시 당황한 기색이 역력했다.

"저, 저쪽은 살롱 방향인데, 혹시 살롱에 불이 난 게 아닙니까? 공자님!"

렌은 상황을 파악하고 말 것도 없이 그대로 뛰쳐나갔다. 미친놈처럼 살롱을 향해 질주하는 렌의 머릿속에는 한 가지 생각밖에 없었다.

엘레나. 그녀가 무사한지, 위험한 것은 아닌지. 온통 걱정과 염려로 가득한 머릿속에 다른 생각이 비집고 들어올 틈 따위는 없었다.

엘레나는 정말 오랜만에 깊이 잠들었다. 행복한 꿈도 꿨다. 가족이 케이크 주변에 모여 단란한 생일을 보내는 꿈이다.

"아가씨!"

숙면에 들었던 엘레나를 깨운 건 방 밖의 휴렐바드였다. 얼음의 기사라고 불리는 그답지 않게 매우 동요하고 다급한 목소리였다.

"……경?"

잠이 깬 엘레나가 무거운 눈꺼풀을 들어 올렸다. 몽롱한 정신을 몰아낸 건 코를 찌르는 독한 연기였다.

"아가씨, 무례를 범하겠습니다!"

거칠게 문을 두드리던 휴렐바드가 침실로 뛰어 들어왔다. 뒤따라 들어온 메이의 모습도 보였다.

"괜찮으십니까?"

"무슨 일이에요?"

"살롱에 화재가 났습니다. 어서 빨리 탈출해야 합니다."

"불이 났다고요?"

믿을 수 없다는 듯 되묻는 엘레나의 표정이 딱딱하게 굳었다. 그녀에게 살롱은 전부라고 해도 과언이 아니다. 삶의 이유이고 삶을 지탱해 주는 원동력이다. 불이 나 살롱을 잃을 수도 있단 불안감이 그녀를 야금야금 좀먹었다.

"어서 나가셔야 합니다, 아가씨. 일 층부터 불길이 번지고 있습니다."

휴렐바드의 재촉에도 불구하고 엘레나는 요지부동이었다.

"아가씨, 위험해요! 연기를 마시는 것만으로도 치명적일 수 있어요."

옆에 있던 메이도 다급하게 떠들었다. 그도 그럴 것이 엘레나의 침실이 있는 곳은 살롱의 최상층이다. 일 층에서 시작된 불이 번지면서 검은 연기가 위쪽으로 타고 올라왔다. 자칫 잘못하다간 가스 중독으로 목숨을 잃을 수도 있는 상황이다.

'침착해, 엘레나. 이대로 살롱을 잃을 수는 없어.'

넋을 놓고 있던 엘레나가 자신의 양손을 들어 뺨을 세게 쳤다.

"아가씨!"

"잠깐이면 돼. 나한테 시간을 줘."

정신이 번쩍 든 엘레나가 침대에서 내려와 창가로 뛰어갔다. 창문 밖에 머리를 내밀고 내려다보자 본관 안팎에서 피어오른 불길이 보였다.

'불길이 일 층에 머물러 있어.'

살롱의 주재료는 석재와 대리석이다. 불에 약한 목재와 달리 석재와 대리석은 불에 강한 성질을 띠고 있다. 덕분에 불길이 빠르게 번지는 걸 막고 있는 것 같았다.

'아직 시간이 있어. 불길을 잡을 수 있는 시간이!'

엘레나는 냉철하게 상황을 파악했다. 조급하고 당황해 봐야 상황은 달라지지 않는다. 지금 할 수 있는 최선의 방법을 찾아 조치해야 한다. 결심을 굳힌 엘레나가 물을 묻힌 손수건을 입에 대며 단호히 말했다.

"불을 끄겠어요."

"아가씨!"

"방법이 있어요."

엘레나가 힘을 줘 말했다. 그러나 휴렐바드 역시 물러나지 않았다. 기사의 본분은 제 주군을 지키는 일이다. 언제 어느 때든, 목숨을 내놓는 한이 있더라도 엘레나의 안위가 최우선이었다.

"알겠습니다. 하나, 그 전에 우선 살롱을 빠져나가신 다음에……."

"그때는 늦어요."

엘레나는 단호히 고개를 저었다. 지금이야 불길이 일 층에 국한되어 있지만 곧 있으면 건물 전체로 번질 것이다.

'본관의 불이 별관까지 번질 수 있어.'

엘레나가 입술을 세게 깨물었다. 살롱이 무너지면 지금까지 쌓아온 모든 것이 파도 앞 모래성처럼 무너져 내리고 만다. 노블레스 거리를 견제하기 어려워지는 만큼 대공가의 복수에도 큰 차질이 생긴다.

"살롱에는 살수장치가 있어요."

"살수장치요?"

메이가 갸웃거리며 반문했다.

"화재가 나면 천장에서 물을 뿌릴 수 있도록 설치한 장치야. 밸브를 해제하면 불길을 잡을 수 있어."

"……!"

"그런 게 존재한단 말입니까?"

엘레나가 아무런 대비책도 없이 불을 끄려는 것은 아니다. 천재 건축가 란돌은 설계 당시부터 살롱의 화재를 대비해 안전장치를 만들어 두었다. 단순히 외형에 치우친 게 아니라, 건축의 기본과 내실까지 다졌다. 밸브를 열어 살롱 내부에 살수한다면 불길이 번지기 전에 잡을 수 있다.

"야! 쿨럭, 괜찮아? 빨리 나가야 해. 연기가 올라오고 있어!"

"은인."

때마침 칼리프와 에밀리오가 손수건으로 입과 코를 막고 뛰어왔다. 그들 역시 갑작스러운 화재에 당황한 기색이 역력했다.

엘레나가 비장하게 말했다.

"선배, 살수장치를 열어야 해요."

"뭐?"

"더 늦으면 안 돼요. 당장 밸브를 열어야 불을 잡을 수 있어요!"

촌각을 다루는 상황인 만큼 엘레나는 머뭇거릴 시간이 없었다. 이러는 와중에도 화마는 살롱을 양식 삼아 불길을 더욱 키워가고 있었다.

"야, 밸브는 각 층 끝 방에 있다고. 위층은 그렇다 치더라도 일, 이 층은 지금 연기가 자욱해! 불길도 커지고 있고 잘못하다간 타 죽을 수도 있어."

"그래도 가야 해요."

엘레나는 비장하게 말하더니 욕실로 들어가 물을 온몸에 뒤집어썼다. 비 맞은 생쥐 꼴이 되었지만 아랑곳하지 않았다. 잠시나마 불길을 죽이고 밸브를 열 시간을 마련할 수 있으면 그걸로 족했다. 모험을 감행하려는 엘레나의 앞을 휴렐바드가 막아섰다.

"아가씨를 보낼 수는 없습니다. 너무 위험합니다."

"비키세요."

"제가 가겠습니다."

휴렐바드가 결의에 찬 눈빛으로 엘레나를 보더니 시선을 돌렸다.

"칼리프 님, 아가씨를 부탁드리겠습니다."

"네? 네. 걱정 마요. 제가 무사히 데리고 나갈게요."

칼리프가 얼떨떨함을 지우며 비장하게 대답했다. 평소 사내다운 면이 없는 그였지만 저런 부탁을 받고도 가볍게 굴 만큼 책임감 없는 남자는 아니었다.

"경."

엘레나가 나지막이 부르며 휴렐바드를 빤히 쳐다봤다. 그 눈빛이 무얼 말하려는지 알기에 휴렐바드가 말을 덧붙였다.

"세상 어디에도 불 속으로 주군을 보내는 기사는 없습니다. 그거야말로 제게 가장 큰 불명예입니다."

"……."

"제가 밸브를 열 테니 나가십시오. 칼리프 님, 지체할 시간이 없습니다. 어서 아가씨를 밖으로 모셔가세요."

마지막까지 망설이던 엘레나가 고개를 끄덕였다. 자신이 여기에 남아 고집을 부리는 것 자체가 방해라는 걸 깨달은 것이다. 온몸에 물을 뒤집어쓴 휴렐바드가 위치를 확실히 인지한 후 침실을 막 나서려고 했다.

"경, 꼭 무사해야 해요. 그럴 거라고 맹세하세요."

"맹세하겠습니다."

그제야 엘레나도 마음이 놓였는지 고개를 끄덕였다. 휴렐바드가 침실을 나서자 기다렸다는 듯이 칼리프가 재촉했다.

"어서 가자."

칼리프를 따라나선 복도에는 연기가 가득했다. 시야마저 뿌예져 분간이 쉽지 않았지만 늘 생활을 하던 곳인 만큼 어렵지 않게 복도 끝에 다다를 수 있었다.

"이 근처였던 거 같은데…… 아, 여기 있다."

벽면을 더듬던 칼리프가 장식되어 있던 그림을 떼어냈다. 그러자 비밀스러운 공간이 드러났는데, 그 안에 손을 집어넣어 스위치를 힘껏 잡아당겼다.

끼이잉.

대리석으로 장식되어 있던 벽면이 열리며 비상구가 드러났다. 미끄럼틀 형식으로 최단 시간 안에 살롱 외부로 빠져나갈 수 있는 비상 탈출구였다.

"어서 나가자. 연기가 계속 올라오고 있어, 콜록."

칼리프의 재촉에 엘레나, 메이, 에밀리오 순으로 미끄럼틀에 올랐다. 원형 구조인 미끄럼틀은 살롱 본관과 별관 사이에 위치한 배수구로 이어져 있었다.

무사히 빠져나온 엘레나가 걱정스러운 얼굴로 살롱을 돌아봤다. 본관 입구 쪽에 솟구쳐 오른 불길이 안팎에서 호응하듯 살롱을 집어삼키고 있었다. 아직 이 층이나 지붕까지 불길이 번진 건 아니지만, 이대로 두면 언제고 살롱 전체를 집어삼킬 것 같았다.

"아가씨, 이거로 얼굴을 가리세요."

메이가 치마를 쭉 찢더니 천 쪼가리를 내밀었다. 경황이 없다 보니 가면을 쓸 여유조차 없었다. 이대로 있다간 그녀의 얼굴이 노출될 우려가 있었다. 엘레나는 급한 대로 천 쪼가리를 이마와 턱 그리고 입에 감았다. 메이도 천을 돌돌 감아 얼굴을 가렸다. 임시방편이긴 했지만 지금으로서는 최선이었다.

"경."

불타는 살롱을 바라보는 엘레나의 눈빛이 간절해졌다. 살롱의 미래는 휴렐바드의 어깨에 달렸다고 해도 과언이 아니다. 외부에서 사람들이 물을 끌어다 부으며 불길을 잡고자 노력 중이지만, 내부의 불길을 잠재우지 않고선 불을 끌 수 없다.

"꼭 무사해야 해요."

엘레나가 간절히 기도했다.

"제발, 살롱을 지켜줘요."

그 시각. 휴렐바드는 물에 적신 손수건으로 입과 코를 막고는 일 층으로 내려갔다. 발화 시발점인 일 층의 불길을 먼저 잡는 게 급선무라고 판단했다.

일 층의 불길은 이 층과 비교가 되지 않을 만큼 거셌다. 불은 온몸을 녹여 버릴 만큼 뜨거웠다. 휴렐바드는 사냥을 나선 맹수처럼 눈을 번뜩이더니 불길이 약한 곳을 향해 움직였다. 나비처럼 사뿐하지만 경쾌한 몸놀림으로 불길을 가로지르며 홀 우측에 위치한 복도 끝 응접실 쪽으로 몸을 던졌다. 그럼에도 불구하고 거센 불길을 다 피할 순 없었는지 옷이 듬성듬성 타고 열기를 이기지 못한 피부가 화상을 입었다.

참기 힘든 고통에 제대로 숨조차 쉴 수 없었지만 휴렐바드는 멈추지 않았다. 불행 중 다행으로 복도 끝 밸브가 있는 곳에는 아직 불길이 번지지 않았다. 휴렐바드는 복도 끝에 멈춰 서서 작은 함을 열었다.

"콜록콜록."

마시지 않으려고 해도 밀고 들어오는 연기에 휴렐바드가 기침을 토해냈다. 잠깐 있었을 뿐인데, 정신이 혼미하고 어지러웠다. 휴렐바드는 함 속의 밸브를 있는 힘껏 돌렸다. 빡빡하던 밸브가 돌아가자 천장에서 꿀렁거리는 소리가 들렸다. 이윽고 천장에서 뚝뚝 떨어지는 물기에 휴렐바드가 고개를 들었다.

쏴아아아아. 한여름의 소나기처럼 천장에서 물이 쏟아졌다. 복도를 시작으로 일 층의 응접실, 중앙 홀에 설치된 소화 장치들이 물을 흩뿌리며 불을 죽였다. 여유가 생긴 휴렐바드는 불길을 뚫고 중앙 홀로 나왔다. 이 층의 밸브도 열어 이 층 복도에 옮겨붙은 불씨를 죽이기 위함이다.

불길을 헤치며 계단을 따라 이 층으로 올라가던 휴렐바드가 멈칫했다. 홀 구석에 쓰러져 있는 한 남자를 발견한 까닭이다.

"손?"

휴렐바드는 한눈에 그를 알아봤다. 동시에 눈빛이 가라앉았다. 그라면 이 영문을 알 수 없는 화재의 시작점에 대해서 알고 있지 않을까. 휴렐바드가 손 쪽으로 몸을 날려 그의 코에 손을 댔다. 미세하지만 숨이 붙어 있다는 걸 확인하고는 어깨에 둘러멨다. 급한 건 이 불을 잡는 일이다. 머뭇거릴 틈이 없었다.

'아가씨께서 걱정하실 거야.'

휴렐바드는 서둘렀다. 엘레나가 이 일로 근심하는 얼굴을 보고 싶지 않았기에.

"아가씨, 저기 보세요. 불길이 사그라들고 있어요!"

"진짜야. 아까보다 덜해!"

메이와 칼리프가 점점 사그라드는 불길을 보며 기뻐했다. 엘레나가 보기에도 거셌던 내부의 불꽃이 눈에 띄게 줄어드는 게 보였다.

'경이 해냈어.'

엘레나는 주먹을 살짝 말아 쥐었다. 살롱 외부의 치장과 전면을 이루는 종탑과 대리석, 청동 조각은 불에 강했다. 그러다 보니 살롱 내부의 불길을 잡는 게 급선무였는데 그걸 해낸 것이다.

'제발, 무사하길.'

엘레나가 양손을 모으고는 간절히 기도할 때였다. 한 남자가 반대편 건물에서 뚝 떨어졌다. 낯선 등장에 메이와 칼리프가 긴장하며 엘레나의 앞을 지켰다. 휴렐바드가 없는 지금 최악의 경우 두 사람이 엘레나를 지켜야 하기 때문이다.

사내가 서서히 고개를 들었다. 어찌나 급히 달려왔는지 거친 숨을 토해내는 그의 얼굴을 본 엘레나가 이름을 중얼거렸다.

"렌?"

그제야 메이와 칼리프도 경계를 풀었다. 누가 뭐래도 렌은 같은 편이었으니까. 렌이 한 번도 지어본 적 없는 심각한 표정으로 걸어왔다. 함부로 할 수 없는 분위기에 메이와 칼리프가 뒤로 한 걸음 물러섰다.

"너."

엎어지면 닿을 듯 가까이에 선 렌이 물끄러미 쳐다봤다. 엘레나의 무사한 모습을 보자 걱정과 우려로 경직되어 있던 마음이 탁 풀려 버렸다. 그 안도감을 이기지 못한 렌이 와락 엘레나를 껴안았다.

"……!"

엘레나의 눈이 보름달만큼 커졌다. 미처 반응조차 할 수 없을 만큼 갑작스런 포옹이었기에 발버둥을 치거나, 밀어내겠단 생각조차 못 했다. 멍하다 못해 영혼이 빠져나간 듯 넋을 놓은 엘레나에게 렌이 속삭였다.

"걱정했어."

"렌."

"지금 내 스스로 감당이 안 되거든? 그러니까 조금만 이대로 있자."

"……."

'이러고 있을 때가 아닌데. 밀어내야 하는데.'

머리로는 온갖 상상이 다 드는데, 엘레나의 심장은 터질 듯이 뛰고 있었다.

'내, 내가 왜 이러지?'

엘레나는 한 번도 느껴보지 못한 생소한 감정이 밀려오자 어안이 벙벙했다. 제 의지와 상관없이 심장박동이 빨라졌다. 진정되지 않아 터져버릴 만큼 빠르고, 세게. 이러한 감정은 렌에게서 한 번도 느껴보지 못한 것이었다.

'이상해. 도대체 왜…… 아! 이럴 때가 아니잖아. 정신 차려, 엘레나.'

렌을 밀어내야 한다고, 머리로는 알겠는데 이상하게 그녀의 몸이 꿈쩍도 하지 않았다. 그렇다고 렌이 그녀를 옴짝달싹하지도 못할 만큼 세게 안은 것도 아니었다. 밀어내자고 한다면 얼마든지 밀칠 수 있었다.

예전 같았으면 렌의 무례함에 질색했을 텐데, 그런 거부감도 들지 않았다. 그렇게 미웠던 사람이었는데 스스로도 놀라울 정도의 변화였다.

"좀 떨어질래요?"

엘레나가 형용하지 못할 감정을 억누르며 차분하게 말했다.

"좀만 더 이러고 있으면 안 될까?"

"렌."

"내가 좀 놀랐거든. 잠깐만 이러고 있자. 부탁할게."

엘레나의 질책 어린 부름마저 렌은 무시했다. 평소의 짓궂은 농담이나 비꼼도 없었다. 렌은 반쯤 정신이 나가 있었다. 엘레나를 잃을지도 모른다는 두려움이 이성과 사고를 마비시켰다. 아주 오래전, 소중한 사람을 잃은 적이 있었다. 그런 렌에게 엘레나의 온기는 진정제였다.

"이제 좀 안정이 되네."

엘레나에게서 떨어진 렌이 히죽 웃었다. 세상을 잃은 듯한 모습은 어느새 사라지고 평소와 같은 모습이었다.

"다행이다. 무사해서."

"……."

엘레나는 그런 렌을 마주하자 좀 전의 포옹이 떠올라 얼굴이 붉게 달아올랐다. 어색하고 부끄러운 마음에 심장이 터질 것처럼 쿵쾅거렸다. 그런 엘레나를 현실로 되돌린 건 살롱 본관을 집어삼키던 불꽃의 변화였다.

"봐, 보라고! 불길이 잡히고 있어!"

칼리프가 잠잠해진 불길을 보며 환호성을 내질렀다. 외부뿐만 아니라, 내부에서 잡힌 불길은 놀라울 정도로 빠르게 그 기세를 잃어가고 있었다. 그제야 엘레나도 놀란 가슴을 쓸어내렸다. 아직 안심하긴 이르지만, 불길이 더 번지지 못하고 눈에 띄게 줄어들었다. 이대로라면 불이 꺼지는 건 시간문제였다.

'이만하길 천만다행이야.'

휴렐바드 덕분에 일찍 불길을 잡은 게 주효했다. 정확한 피해는 확인을 해야겠지만 본관이 다 불타거나, 별관까지 불이 번지는 최악의 사태는 피했다.

"어? 어! 아가씨, 저기 휴렐바드 경이에요!"

"경!"

메이가 본관과 별관을 잇는 통로를 가리켰다. 통로 중간쯤의 창을 연 휴렐바드가 이쪽을 보며 안심하라는 듯 서 있었다. 그제야 모두가 안도의 한숨을 내쉬었다. 불길도 잡고 휴렐바드도 무사한 것을 확인했으니 더 바랄 게 없었다.

"메이, L을 데리고 별관으로 가. 에밀리오 님도 같이 가세요."

"선배는 어쩌게요?"

"나야 얼굴 팔릴 대로 팔렸잖아? 남아서 상황 정리해야지."

칼리프는 어울리지 않게 듬직한 모습을 보였다. 목숨을 내걸고 살롱을 구하기 위해 불길 속으로 달려들던 휴렐바드의 모습에 자극을 받은 것이다.

"알았어요."

엘레나도 순순히 따랐다. 이미 살롱 주변은 늦은 밤임에도 불구하고 불을 끄고자 몰려든 사람들과 불구경을 하는 방관자들로 북적였다. 아직도 대공가는 엘레나의 추적을 포기하지 않은 만큼 자칫 정체가 발각될 위험이 있었다.

엘레나는 고개를 돌려 렌을 쳐다봤다. 아까의 여운이 남아 묘하게 어색했지만 애써 티를 내지 않았다.

"가."

렌이 고개를 저으며 손을 휙휙 저었다.

"같이 안 가요?"

"무사한 거 봤으니 됐어. 넌 너대로, 난 나대로 이 일을 파헤쳐야 하지 않겠어?"

"방화라고 생각하고 있군요."

"너도 마찬가지 아냐?"

엘레나가 동의한다는 듯 고개를 주억거렸다. 아직 마땅한 단서나 정황은 없지만 방화일 가능성이 컸다.

그러고 보면 참 신기했다. 굳이 구구절절 얘기하지 않아도 렌하고는 말이 잘 통했다. 사건을 바라보는 시각이나 관점이 묘하게 비슷하다고나 할까.

"가. 가는 거 보고 갈게."

"걱정해 줘서 고마워요."

오늘 엘레나가 본 렌의 얼굴은 진짜였다. 진심으로 엘레나가 다치지 않았을까 하는 마음이 고스란히 배어 있었다. 그런 마음이 고마워서 렌을 보는 엘레나의 시선이 애틋해졌다. 한결 부드러워진 렌의 미소를 눈에 담으며 엘레나가 돌아섰다.

삐딱하게 짝다리를 짚고 선 렌은 멀어지는 엘레나의 뒷모습을 오래도록 눈에 담았다. 말없이 지켜보는 것으로 그녀를 배웅할 때였다. 일순 오싹오싹한 긴장감이 온몸을 엄습했다. 설명할 수 없는 위화감이 렌을 자극했다.

렌은 체계적인 훈련을 토대로 단련된 검술을 구사하는 기사가 아니다. 본능, 야성. 감각. 오히려 사자나 늑대 같은 맹수에 가까웠다. 구사하는 검술만 하더라도 상대를 물어뜯어 죽이는 맹수의 사냥법과 흡사했다. 후천적인 훈련을 통한 발달보다 맹수처럼 선천적인 본능과 야성, 감각으로 적을 제압하기 때문이다.

그런 이유에서인지 렌은 본능적으로 위협을 감지하는 능력이 탁월했다. 지금만 하더라도 온몸의 솜털이 곤두서고 싸한 느낌이 드는 게 등골이 서늘했다.

'살기!'

렌은 상식으로 설명할 수 없는 이 불분명하고 꺼림칙한 기운의 정체를 알아챘다. 재빨리 주변을 훑어보며 불길한 살기의 근원지를 찾으려 애썼다. 몰려든 사람들, 이 층 건물 안, 옥상, 길거리, 골목…… 눈에 보이는 곳은 빠짐없이 훑어봤다.

'없어?'

렌의 눈이 다급함으로 물들었다.

살기는 노골적이라고 할 만큼 위험했다. 그의 오감이 연신 위험하다는 경고를 보내왔다. 포기하지 않고 주변을 살피던 렌의 눈에 힘이 들어갔다. 여기서 백 보 이상은 떨어진 건너편 시계탑. 은은하게 쏟아지는 달빛을 받으며 팽팽하게 활시위를 당기고 있는 남자의 실루엣이 보였다.

'슈타인!'

어슴푸레 체형밖에 보이지 않았지만 렌은 한눈에 그의 정체를 꿰뚫어 봤다. 백 보가 넘는 먼 거리에서, 달빛이 전부인 이 칠흑 속에서 목표물을 정확히 명중시킬 수 있는 경이로운 궁술을 지닌 자는 제국에 단한 명, 기사 슈타인뿐이다.

'저자가 왜 여기에⋯⋯.'

한시도 프란체 대공의 곁을 떠나지 않는 슈타인이 오늘 휘트 공작가가 주최한 사냥에 모습을 보이지 않았다. 그랬던 그가 기다렸다는 듯이 이곳에 나타났다. 그 이유를 알아채는 데까지는 그리 긴 시간이 필요하지 않았다.

"엘레나!"

렌이 황급하게 소리치며 몸을 날렸다. 슈타인의 살기 가득한 화살촉은 엘레나를 겨누고 있었고 그걸 본 렌이 몸을 반사적으로 튕겼다.

다급함이 묻어나는 렌의 부름에 엘레나가 인상을 쓰며 돌아봤다.

"아무 때나 부르라고 알려준 이름이 아니잖아요."

엘레나는 눈을 흘기며 지적했다. 이름을 허락하긴 했으나 그건 단둘이 있을 때만 부르라고 허락해 준 이름이다. 그러나 촌각을 다투는 렌에게 그런 걸 따질 경황이 없었다.

"피해!"

엘레나가 대체 무슨 소리를 하는 거냐며 눈을 깜빡거렸다. 핑! 슈타인이 시위를 놓았다. 달빛을 머금은 화살촉이 은은한 궤적을 뿌리며 번개처럼 날아갔다.

공기를 찢으며 화살이 엘레나의 심장을 노렸다. 영문도 모른 채 서 있던 엘레나는 달빛을 머금고 번쩍이는 화살을 보았다. 피해야 하는데 그러기엔 너무 늦었단 생각이 본능적으로 들 때였다.

엘레나의 앞에 불쑥 렌이 날아들었다. 그는 부유하다시피 몸을 날려 엘레나를 온몸으로 감쌌다. 정확히 엘레나의 심장에 꽂혀야 할 화살촉이 렌의 등에 꽂혔다.

"윽!"

렌이 짧은 신음을 흘리며 엘레나를 껴안은 채로 지면을 굴렀다.

"렌!"

몸을 일으킨 엘레나가 렌의 등에 꽂혀 있는 화살을 보며 경악했다.

"일어나지 마!"

렌이 소리를 지름과 동시에 엘레나를 꽉 안았다.

귓전에 울린 파공음이 채 가시기도 전 또 하나의 화살이 렌의 등에 꽂혔다. 엘레나의 심장을 꿰뚫지 못한 게 아쉬운 듯 화살이 부르르 떨렸다. 렌의 등에 붉은 핏자국이 선명해졌다.

"아가씨!"

"은인!"

메이와 에밀리오가 그런 엘레나와 렌의 주변을 에워쌌다. 지금 두 사람이 할 수 있는 일이라곤 목숨을 걸고 엘레나를 지키는 게 고작이었다. 쓰러진 렌을 부여잡은 엘레나가 울먹거리며 소리쳤다.

"렌, 정신 차려요! 죽은 거 아니죠? 렌!"

"……."

"누가 구해달랬어요! 정신 차려! 죽으면 가만 안 둘 줄 알아."

렌은 그녀를 위해 몸을 던져 희생했다. 눈앞에서 죽어가는 렌을 보고 있자니 숨이 턱 막혀와 도망쳐야 한단 사실조차 잊었다.

"하아…… 하아."

렌이 거친 숨을 토해낼 때마다 상처 부위의 출혈이 심해졌다. 시체처럼 낯이 하얗게 질려감에도 시선은 시계탑에서 떨어질 줄 몰랐다.

'또 올 거야.'

렌은 긴장했다. 엘레나를 작정하고 죽이기로 한 이상 여기서 물러나진 않을 것이다. 통증에 몸부림치면서도 엘레나를 지키겠다는 일념으로 몸을 일으킬 때였다.

슈타인의 실루엣이 움직였다. 너무 먼 거리라 무슨 일이 벌어지는지 알 수는 없었지만, 누군가로부터 공격을 받은 슈타인이 허겁지겁 받아치는 게 보였다. 렌은 그제야 긴장을 탁 놓았다. 그자가 개입했다면 더 이상의 암습은 없을 테니.

"어떻게 가만 안 둘 건데?"

렌이 고개를 돌려 히죽 웃었다.

"웃어? 지금 웃음이 나와요?"

"그럼 우냐? 쪽팔리게."

렌은 지금 이 상황이 싫지 않았다. 차가운 쇠붙이가 가져다준 통증도, 아득해지는 죽음의 공포마저도 아무렇지 않았다.

엘레나의 품에 안겨 있어서 좋았고. 엘레나의 관심을 한 몸에 받아서 좋았고, 그냥 좋았다.

아쉬운 건 하나, 미쳐 버릴 만큼 좋은 이 순간을 오래도록 누릴 만큼 몸과 정신이 온전치 못했다.

"엘레나."

"말하지 마요! 출혈이 심해지잖아요."

"나 죽어도……."

엘레나의 눈동자가 심하게 흔들렸다. 죽다니. 지옥에서도 살아남을 것 같은 인간이 죽는다는 말을 하니 렌의 죽음이 더 피부로 와닿았다.

"잘 살아라. 지금처럼, 멋있게."

나 좀 멋있으려나? 그 와중에도 렌은 엘레나에게 비칠 자신의 모습을 상상하며 히죽 웃었다.

'뭐, 그래도 지켜줬으니까. 그거면 됐지.'

렌은 멀어지는 의식의 끈을 더는 잡지 못하고 놓고 말았다.

시안이 시계탑에서 활을 겨누고 있는 슈타인을 발견한 건 순전히 운이었다. 황궁을 나와 린든 백작, 자칼린과 접선해 황궁근위대 개혁을 논의하던 시안은 살롱에 치솟는 불길을 발견하고는 정신없이 달려왔다. 매사에 차분하고 이성적인 시안이었지만, 엘레나와 관련된 일에 한해서는 감정적이었다.

'제발, 무사해야 한다.'

시안이 살롱 인근에 도착했을 무렵, 무사히 살롱을 빠져나온 엘레나를 볼 수 있었다.

"무사했구나."

그제야 시안은 숨을 돌렸다. 엘레나가 다치지 않았으니 그것으로 족했다.

시안이 찬찬히 몸을 돌렸다. 여기까지 온 마당에 엘레나의 얼굴을 보고 괜찮은지 묻고 싶었지만 꾹 참았다. 복면을 쓰고 있다지만 보는 눈이 많았다. 자신의 무분별한 행동으로 인해 그녀에게 피해를 줄까 봐 염려되어 나서지 못했다. 그것이 그녀를 위한 배려라고 여기며 돌아서려는데.

"살기?"

시안은 온몸의 털이 곤두서는 살기에 고개를 휙 돌렸다. 저 멀리 시계탑에 서 있는 한 남자의 실루엣이 눈에 들어왔다. 힘껏 활시위를 당긴 그의 화살촉이 살롱에서 막 탈출한 엘레나에게 고정되어 있었다.

"저자가!"

시안이 검을 뽑아 들고 화살의 궤적을 막기 위해 달려들었다. 그러나 이미 시위에 얹혀져 있던 화살보다 빠를 순 없었다. 사냥감을 노리고 하강하는 매의 날갯짓보다 빠르게 화살이 쏘아졌다.

사색이 된 시안의 반응보다 화살이 더 빨랐다. 시안은 머릿속이 깜깜해지는 걸 느꼈다. 엘레나를 잃을지도 모른다는 불안감, 스스로에 대한 무력함. 하늘이 무너지는 기분과 끝없는 낭떠러지에 떨어지는 아득함에 숨이 턱 막혀왔다.

목표에 적중한 화살 소리가 밤의 적막을 흔들었다. 절망하던 시안의 눈빛에 생기가 돌았다. 렌이 가까스로 몸을 날려 엘레나를 대신해 화살을 맞고 쓰러진 것이다.

시안이 고개를 돌려 시계탑 위를 노려보며 낮게 읊조렸다.

"슈타인."

경이로움에 가까운 궁술을 지닌 대공가의 기사. 그가 활에 다음 시위를 얹는 게 보였다.

시안은 이를 악물고 몸을 날렸다. 기민한 동작이었지만 슈타인의 손에 얹혀 있던 두 번째 활시위를 막기엔 거리가 너무 멀었다.

눈으로 좇기 버거울 만큼 빠른 속도로 날아간 화살이 다시금 렌의 등에 박혔다. 렌이 아니었다면 그것은 엘레나의 심장을 관통했을 것이다.

"감히."

이성의 끈이 끊어질 듯 분노한 시안이 움직였다. 황족의 일원이자, 제국의 황태자로서 늘 감정을 죽이고 이성을 중시하던 그의 눈이 차갑게 식었다. 살아생전 한 번도 드러낸 적 없는 살기가 넘실거렸다.

시안이 허리춤의 단검을 뽑았다. 그는 검 손잡이를 고쳐 잡고는 창을 던지듯 시계탑을 향해 있는 힘껏 던졌다. 시안의 손을 떠난 검이 화살보다 더 강맹하고 매섭게 날아갔다.

세 번째 화살의 시위를 당겨 엘레나를 겨냥하던 슈타인은 알 수 없는 위화감을 느꼈다. 하나, 둘, 셋을 세기 직전 전신에 소름이 쫙 끼쳤다. 초원 부족 출신으로 위협을 감지하는 능력이 탁월한 그는 본능이 보내는 경고를 무시하지 않고 몸을 틀었다. 가까스로 피했다고 생각했는데, 검은 그의 예상보다 더 빨리 몸에 닿았다.

"큭!"

슈타인의 입에서 고통에 찬 신음이 흘러나왔다. 어려서부터 극한으로 내몰리며 웬만한 고통엔 꿈쩍도 하지 않는 그였지만 겨드랑이와 어깨 사이에 꽂힌 검상은 생각보다 치명적이었다. 특히 팔과 상체를 이어주는 뼈와 근육을 찢어놓으며 너덜너덜하게 만들었다.

더 이상 활을 쏘지 못하게 만든 시안이 시계탑을 향해 전력으로 질주했다. 슈타인은 지혈하며 굶주린 짐승처럼 거리를 좁혀오는 시안을 발견하고는 경악했다. 저 거리에서 자신을 노렸다고? 슈타인의 팔뚝에 소름이 돋았다. 화살도 아닌 검을 던져 정확하게 자신을 노린 것만 보아도 저자의 강함을 짐작할 수 있었다.

'피해야 해.'

슈타인은 길게 고민하지 않았다. 그의 임무는 엘레나의 저격이었다. 아쉽지만 임무는 실패했다. 실패한 임무에 얽매이는 것만큼 미련한 짓은 없다.

그러나 도주도 여의치 않아 보였다. 몸을 움직일 때마다 어깨와 겨드랑이 사이에 꽂힌 검날이 움직였다. 참기 힘든 통증보다도 날카로운 검날이 상처 부위를 넓혀 폐나 심장에 직격타를 줬다.

슈타인은 결단을 내렸다. 허리춤에 차고 있던 장검을 꺼내더니 자신의 왼팔을 그대로 그어버렸다. 툭. 몸에서 분리된 팔이 시계탑 바닥에 떨어져 움찔거렸다.

"으윽."

지혈과 동시에 옷을 찢어 절단면을 감싼 슈타인은 시계탑 옆 건물로 뛰어내렸다. 무서운 속도로 접근해 오는 시안을 따돌리고 도망치려면 한시도 지체할 수 없었다.

"서라."

부상으로 몸이 둔해진 것인지 슈타인은 금세 따라잡혔다. 한시도 그에게서 눈을 떼지 않던 시안이 시계탑의 창을 통해 빠져나오는 걸 보고 지척까지 따라잡았다. 결국 건물의 지붕 위에서 두 사람이 달빛 아래 마주했다.

'나도 여기까지군.'

슈타인은 냉철하게 자신의 몸 상태를 돌아봤다. 지혈했다지만 격하게 몸을 움직이다 보니 출혈량이 생각보다 많았다. 벌써 현기증이 밀려와 어지러웠다. 이런 상황에서 맞서봐야 눈앞의 복면인을 이길 가능성은 희박했다.

"이런 죽음 예상하지 못했는데. 허망해."

"아니, 그대는 살 것이다."

"……"

"살아서 죽는 게 낫다고 생각하게 만들 것이다."

시안이 목소리를 깔고 낮게 으르렁거렸다. 사적인 이유로 이토록 살의가 치민 건 태어나 처음이었다. 그러나 암살자의 정체가 대공가의 기사인 슈타인인 걸 알아챈 후 초인적인 인내심으로 살의를 억눌렀다.

'귀족 시해 죄는 중죄. 대공이라 하더라도 피해갈 수 없다.'

슈타인을 생포하면 대공가에 큰 타격을 줄 수 있다. 그가 순순히 죄를 인정하고 시인하지 않겠지만 고문을 해서라도 입을 열게 하면 그만이다.

"할 수 있다면."

슈타인이 의미심장한 말을 남기더니 뒷걸음질 쳤다. 지붕 끝에 다다르자 더는 물러날 곳이 없었다.

"도망칠 곳은 없다."

"넌 날 잡지 못해."

슈타인이 히죽 웃더니 뒤로 누워버리듯이 지붕 아래로 몸을 맡겼다. 한쪽밖에 남지 않은 팔과 다리를 대자로 펴 살고자 하는 의지가 없음을 분명히 했다.

쿵! 시안이 뒤늦게 달려갔을 때는 이미 늦었다. 지붕에서 추락한 슈타인은 뒷머리가 터져 즉사했다. 예상하지 못한 슈타인의 선택에 시안이 입술을 세게 물었다. 조금만 더 신중하게, 자살의 여지조차 주지 않았어야 한단 후회가 밀려왔다. 슈타인을 생포했다면 모를까, 죽어버린 뒤라면 대공가를 압박하기 쉽지 않았다. 단서나, 정황만으로 몰아붙이기에 프란체 대공은 만만한 남자가 아니었으니까.

"정신 놓지 말라고요! 내가 가만 안 둔다고 했잖아!"

렌을 부둥켜안은 엘레나가 목이 터져라 울부짖었지만 그는 미동도 없었다. 미세하게나마 숨은 쉬고 있었지만 그게 다였다.

"은인, 일단 몸을 피하셔야 합니다."

"아가씨, 렌 공자님은 저희가 모실 테니 어서 별관으로……."

지금이야 잠잠하다지만 언제 또 화살이 날아와 엘레나를 노릴지도 모르는 상황이다. 렌의 목숨도 중요했지만 메이와 에밀리오는 엘레나가 다치지 않는 게 더 중요했다.

"렌이 먼저예요! 이대로 두면 죽는다고요!"

엘레나는 절박했다. 딴 사람도 아니고 엘레나를 지키기 위해 렌이 희생했다. 시간이 흐를수록 맥박이 약해지고 출혈량이 늘어나는 걸 보면 렌이 죽을지도 모른다는 두려움이 밀려왔다.

"공자님은 제가 모시고 가겠습니다."

낯선 목소리에 엘레나가 긴장하며 고개를 들었다. 인기척도 없이 드러난 사내를 보며 메이와 에밀리오가 경계했다.

"지체할 시간이 없습니다. 지금 당장 치료를 받지 않으시면 위험합니다."

차분한 듯 보이나 입안이 바싹 말라가는 사내의 정체는 멜이었다. 바람처럼 뛰쳐나간 렌을 쫓아왔지만 그가 도착했을 때는 이미 렌의 등에 화살이 박혀 있었다.

엘레나가 렌을 한 번 슥 보고는 멜을 쳐다봤다. 멜은 말없이 마제스티의 소속임을 상징하는 팔뚝의 문신을 보였다.

"아뇨, 허락할 수 없어요."

"L!"

생각지도 못한 거절에 멜이 인상을 팍 썼다. 시간을 허비하는 엘레나에게 분기가 치밀었다.

"당신이나, 나나 같은 생각이겠죠. 렌을 살려야 한다고."

"그러니까 데려가겠다고……."

"제게 맡겨주세요. 최고의 의사에게 치료를 맡길 수 있어요."

멜은 최고의 의사를 데려오겠다는 엘레나의 말에 멈칫했다. 서둘러 렌을 살려야 한단 생각뿐이었지, 어느 의사에게 데려갈지는 미처 생각지 못했다.

그 와중에도 엘레나는 침착하게 누구에게 치료를 맡겨야 할지까지 생각이 뻗어 있었다.

"렌은 저 때문에 이렇게 됐어요. 저요, 렌 죽는 꼴 죽어도 못 봐요."

"……."

"그러니까, 별관에서 치료받게 해주세요. 어서요."

되레 엘레나의 말투가 간절해졌다. 이러는 와중에도 렌은 죽어가고 있었다. 촌각을 다투는 상황에서 지체할 겨를이 없었다.

"알겠습니다."

갈등하던 멜이 끄덕였다. 뛰어난 실력을 가진 의사에게 치료를 받는 편이 낫다고 판단했다.

"지금 바로 렌을 별관으로 옮겨주세요."

"네."

"그리고 메이, 당장 가서 네빌 씨 모셔와. 어서!"

메이가 알겠다며 서둘러 달려갔다. 불행 중 다행이라면 천재 외과의사 네빌은 오늘 있었던 토론회에 참석해 수도에 머물고 있었다.

또한 엘레나가 후원한 인물 중 한 명이었다.

'네빌 씨라면 렌을 살릴 수 있어. 살릴 수 있다고.'

멜이 렌을 별관으로 옮기는 와중에도 엘레나의 시선은 한시도 렌에게서 떨어지지 않았다.

하얗게 질린 안색의 렌을 볼 때면 억장이 무너졌다.

"약속할게요. 어떻게든 살리겠다고. 그러니 좀만 버텨줘요."

엘레나는 애타는 마음을 담아 가이아 여신께 간절히 기도했다.

'제발, 렌이 무사하기를.'

제26장
새벽

살롱 별관 최상층에 위치한 접대용 침실에 렌을 눕힌 엘레나는 노심 초사했다. 엘레나가 할 수 있는 일이라곤 렌의 이마에 맺힌 식은땀을 닦아주는 게 고작이었다. 억지로 화살촉을 뽑으려다 상처가 덧나거나 다른 부위를 건드릴 위험성이 커 함부로 손대지 못했다.

"이 악물고 버텨요."

렌에게 목숨을 빚졌다. 살롱의 화재에 온 신경이 쏠려 있던 터라 저격을 예상하지 못했다. 렌이 아니었다면 지금쯤 그녀는 가이아 여신의 품에 잠들어 있었을지도 모른다.

"그래야 내가 이 빚 갚을 거 아니에요. 진짜 죽으면 가만 안 둘 거야."

엘레나는 정말 렌이 죽으면 어쩌나 하는 불안감에 끊임없이 말을 걸며 타박했다.

"나 따질 거 많아요. 나 괴롭힌 거 제대로 사과도 못 받았고."

렌이 사시나무처럼 몸을 떨었다. 마치 엘레나의 지적에 움찔한 것처럼.

그러나 현실은 등에 박힌 화살촉이 불러온 고통에 몸서리치는 것이었다.

"은인."

렌의 머리맡을 떠나지 못하는 엘레나에게 잠시 자리를 비웠던 에밀리오가 말을 걸었다.

"본관 쪽 불길 진화에 성공했다고 합니다."

"피해는요?"

"생각보다 크진 않은 거 같습니다. 곧 란돌 님이 당도한다고 하니 파악 후에 조치하겠습니다."

엘레나는 렌에게서 시선을 떼지 못한 채 고개를 끄덕이는 걸로 대답을 대신했다. 살롱이 제아무리 소중하다고 한들 수리하면 그만이다. 최악의 경우 다시 지으면 된다. 그러나 사람은 죽으면 다시 살려낼 수 없다. 그것이 렌의 희생에 그녀가 가슴 졸이는 이유였다.

"아가씨, 네빌 님 모셔왔어요!"

"어서 들어오시라고 해!"

엘레나는 침대 옆 협탁에 올려두었던 공작새 가면을 착용했다. 아무리 경황이 없지만 아직 정체가 드러나서는 안 된다며 에밀리오가 가져다 놓은 것이다.

"이분이십니까?"

"네."

작은 키에 동글동글한 체형의 네빌은 렌의 몸을 살폈다. 화살촉이 박힌 등과 체온, 동공 등을 확인하더니 들고 온 의료 가방을 열었다. 안에는 외과 수술에 필요한 도구가 가지런하게 정리되어 있었다.

"화살촉 먼저 제거하겠습니다."

"살 수 있겠죠?"

엘레나가 동요하는 마음을 억누르며 물었다.

"의사는 환자 앞에서 생사를 논하지 않습니다. 그저 살리기 위해 최선을 다할 뿐이죠."

"부탁드릴게요."

엘레나의 간곡한 부탁에 네빌이 고개를 끄덕였다.

"뜨거운 물을 준비해 주세요. 제 곁에서 수발을 들어줄 분도 필요합니다."

"제가 할게요."

"L이 직접 말씀입니까?"

네빌이 의외라는 듯 엘레나를 쳐다봤다.

"저를 지키려다가 사경을 오가고 있어요. 제가 해야 해요."

"살을 째고 화살촉을 뽑을 겁니다. 그래도 괜찮겠습니까?"

"네, 괜찮아요."

가면에 가려져 있었지만 엘레나의 눈빛은 비장했다. 외과 수술은 신체를 열고 집도를 하다 보니 비위가 약한 사람은 제대로 쳐다보지도 못한다.

'이 남자가 대체 누구기에?'

L이 이렇게까지 살리려고 하는 남자가 누군지 궁금했지만 묻지 않았다. 의사에게 환자의 이름이나 신분은 중요하지 않으니까.

"뜨거운 물과 깨끗한 수건을 여러 장 준비해 주십시오. 아, 용기도 필요합니다."

엘레나는 고개를 끄덕이며 직접 욕실로 가 뜨거운 물을 떠 왔다. 메이가 자신이 하겠다며 나섰지만 엘레나가 한사코 거절했다. 딴 일도 아니고 그녀를 지키다 이리된 만큼 손 놓고 있을 수가 없었다.

접대용 침실에 네빌과 엘레나 그리고 멜, 세 사람이 남게 됐다. 네빌의 집도 아래 렌의 화살촉을 뽑는 수술이 진행됐다. 등 부위는 척추와 맞닿아 있는 만큼 한순간도 긴장의 끈을 놓을 수가 없었다.

'렌.'

엘레나는 숨죽인 채 수술 과정에서 눈을 떼지 않았다. 또 네빌이 집도에 집중할 수 있도록 수발을 드는 것도 잊지 않았다. 지금 렌을 위해 그녀가 할 수 있는 유일한 일이었으니까.

한 시간 남짓한 집도를 끝내고 나서야 네빌이 수술칼을 손에서 놓았다. 텅 비어 있던 용기에는 피를 머금은 화살촉이 담겨 있었다.

"어떻게 됐어요?"

"위험한 고비는 넘겼습니다."

"고마워요, 네빌."

네빌은 가방을 챙기더니 침실을 나섰다. 제 역할은 다했다. 남은 건 환자의 의지다. 침대 머리맡에 앉은 엘레나가 렌의 이마에 맺힌 식은땀을 손수건으로 닦았다.

"나 오래 안 기다릴 거예요. 오래 기다리게 하면 확 내쫓을 거니까, 조금만 자고 일어나요."

"공자님은 반드시 깨어나실 겁니다."

말을 보탠 멜의 목소리와 표정에 맹목적인 확신이 서려 있었다. 그가 보아온 렌이라는 인간에 대한 믿음이었다.

"저도 그렇게 믿어요."

지옥에서도 살아 돌아올 것 같은 인간이 렌이다. 그런 인간이 이렇게 죽는다니, 믿을 수 없다.

똑똑. 노크 소리가 들렸다.

"아가씨, 접니다."

휴렐바드였다.

"들어오세요."

허락이 떨어지자 가면을 쓴 휴렐바드가 조용히 문을 열고 들어왔다. 돌아선 엘레나는 렌에게 방해가 되지 않도록 작게 입술을 뗐다.

"경, 다친 데는 없는 거죠?"

"살짝 그을린 게 답니다."

"미안해요. 경을 위험에 내몰아서……."

결과가 좋아 망정이지, 살롱을 지키기 위해 휴렐바드를 사지로 몰아넣었단 죄책감에서 자유로울 수 없었다.

"위험이라니요. 가당치 않습니다."

"경."

"저는 말입니다. 아가씨를 위해 살 수 있음에 감사합니다. 그러니 이런 일로 제게 미안해하지 않으셔도 됩니다."

휴렐바드는 진심으로 엘레나가 그러길 바랐다. 엘레나를 위해서라면 어떠한 위험도 감수할 준비가 되어 있었다. 주종 관계를 떠나서 그의 머릿속엔 첫 번째, 두 번째, 세 번째도 오로지 엘레나로 꽉 차 있어서 비집고 들어갈 작은 틈조차 없었다.

그런 휴렐바드의 시선이 힐끗 렌에게 향했다. 생사를 넘나드는 그를 보고 있자니 마음 한구석이 쓰렸다.

'저 때문입니다. 제가 아가씨의 곁을 지켰어야 했는데…….'

휴렐바드는 자신의 안일함을 질책했다. 살수장치를 가동시킨 후 바로 엘레나에게 왔어야 했다. 어쩔 수 없는 상황이라지만 살수에 노출되도록 잠시라도 방치해선 안 됐다. 만약 렌이 아니었다면 휴렐바드는 주군을 지키지 못한 불충에 평생을 죄책감으로 살아갔을지도 모른다.

"아가씨께 긴히 드릴 말씀이 있습니다."

렌이 안정을 취하도록 최대한 침대에서 멀리 떨어진 소파에 자리를 잡았다. 초면인 멜을 보고 잠시 경계했으나 이내 엘레나에게 시선을 두고 말을 이었다.

"홀에 숀이 쓰러져 있었습니다."

"그 시간에요?"

앨레나가 눈을 가늘게 떴다. 오늘은 야간 파티가 없던 만큼 평소보다 일찍 폐장했다. 아무리 결벽증이 심한 숀이라고 하더라도 그 시간까지 홀로 내부 청소를 하진 않았을 것이다.

"왜 남아 있었는지 물어보셨어요?"

"아직 깨어나지 못해 물어보지 못했습니다. 제가 구했을 때는 이미 연기를 많이 마신 듯했습니다."

"수상하군요."

엘레나는 뭔가 의심쩍단 인상을 받았다. 아직 단정 짓기는 일렀지만 조사해 볼 필요성은 있어 보였다.

"저 역시 아가씨의 의견과 같습니다."

"네빌 님께 치료를 부탁드리세요."

"안 그래도 환자가 더 있냐고 물으시더니 가셨습니다."

그거면 됐다는 듯 엘레나가 고개를 끄덕였다.

'불이 난 건 우연이 아니야.'

화재의 시발점은 살롱 본관 내부였다. 자연적인 발화의 가능성보다는 누군가 내부에서 불을 질렀다는 쪽으로 생각이 기울 수밖에 없었다.

'방화일지도 몰라.'

이건 음모다. 불이 난 살롱에서 엘레나가 빠져나오자마자 기다렸다는 듯이 저격을 노린 것 자체가 그걸 증명했다. 그런 와중에 살롱 본관 홀에서 쓰러진 숀을 발견했다? 그 말은 곧 숀이 화재와 관련이 있거나, 화재와 관련된 단서를 지니고 있을 가능성이 크다는 것이다.

"L."

입을 꾹 다문 채 경청하던 멜이 입을 열자 엘레나가 돌아봤다.

"숀이라는 남자, 제가 조사해 봐도 되겠습니까?"

"숀을요?"

"L께서도 아시겠지만 그쪽은 저희 전문입니다."

그쪽. 뒷조사와 정보 분석 분야에서 마제스티는 제국, 아니, 대륙 최고라고 해도 과언이 아니었다. 렌을 통해 그러한 사실을 전해 들었기에 엘레나도 수긍했다.

"부탁드릴게요."

"그럼 공자님을 부탁드리겠습니다."

"제가 책임지고 보살필게요."

엘레나의 확답에 멜이 고개를 주억거리며 돌아섰다. 걱정이 됐는지 나가는 그 순간까지 렌에게서 눈을 떼지 못했다.

'L을 도와야 해. 공자님께서도 그걸 원하셨을 거야.'

렌은 죽지 않는다. 지옥에서도 살아 돌아올 남자다. 그러한 확고한 믿음이 있기에 멜은 다음을 준비하고자 했다. 홍수를 찾아 갈기갈기 찢어놓는, 되갚아주는 복수를 말이다.

휴렐바드도 내보낸 엘레나는 렌과 단둘이 접대용 침실에 남았다. 의식이 없음에도 불구하고 렌의 표정이 반복해서 일그러지며 고통에 신음했다.

"엘레나."

그때, 인기척도 없이 들려온 목소리에 엘레나가 놀라 고개를 휙 돌렸다. 복면을 벗은 시안이 창틀을 통해 방으로 들어왔다.

"전하."

엘레나가 의자에서 일어나자 앉아 있으라는 듯 시안이 손사래를 쳤다.

"렌은 어떻지?"

"의식이 아직……."

시안이 천천히 걸어오더니 엘레나의 앞에 섰다. 엘레나의 눈가는 촉촉해져 있었다.

"저를 지키려다 렌이……."

"그대의 잘못이 아니다. 그러니 자책하지 마라. 같은 상황이었다면 나 역시 그랬을 테지."

시안은 전말에 대해 다 알고 있다는 듯 렌을 씁쓸하게 바라봤다. 그러며 말을 덧붙였다.

"깨어날 것이다. 의심치 마라."

시안의 위로가 무너질 것 같은 엘레나를 다독였다. 엘레나도 눈물을 꾹 참았다. 그리고 믿었다. 살 거라고. 지금도 살아 있고, 그러니까 울지 말자고. 엘레나가 감정을 갈무리하는 듯하자 시안이 조심스럽게 말을 꺼냈다.

"그대를 노린 궁사는 슈타인이었다."

"설마 프란체 대공의 호위 기사인 슈타인 경을 말하는 거예요?"

"그대도 알고 있군. 그자가 맞다."

잠시 충격에 멍해 있던 엘레나의 표정이 무섭게 변했다. 아직 확실하진 않으나 방화라고 의심되는 불길부터 저격까지. 대공가의 소행임이 거의 확실시되자 엘레나의 눈빛이 폭발 직전의 용암처럼 들끓었다.

"쫓았으나 생포에 실패했다. 자진할 거라곤 생각지 못한 내 부주의다."

"아뇨, 전하께서 제때 그자를 제압해 주셨기에 이 정도에서 그칠 수 있었어요. 감사해요."

엘레나는 늦게라도 와준 시안에게 진심으로 고마움을 표했다. 시안이 제때 막아주지 못했다면 슈타인의 화살에 렌뿐만 아니라 다수가 목숨을 잃었을지도 모른다.

"너무 안일했어요. 상대는 대공가인데, 이런 상황마저 대비했어야 했는데. 제 실책이고 불찰이에요."

"엘레나."

"이제 여지조차 안 주려고요."

엘레나는 생각을 고쳐먹었다.

먼저 치지 않으면 당한다. 그 말이 뼈저리게 피부로 와닿았다.

아침 첫 끼부터 스테이크를 썰며 육식을 즐기던 프란체 대공의 칼질이 멈췄다. 그는 무표정으로 손에 쥐고 있던 나이프와 포크를 내려놓고 냅킨으로 입을 닦았다. 아틸은 고개를 들지 못했다.

"다시 보고해 봐."

쫙 깔린 프란체 대공의 목소리가 여느 때보다 차가웠다. 아틸은 차마 눈을 맞추지 못하고 기어들어 가는 목소리로 보고했다.

"슈타인 경이 팔이 잘린 채로 죽었습니다."

"허!"

프란체 대공이 기가 찬 듯 탄성을 내질렀다. 슈타인이 누군가? 그가 초원 부족과의 전쟁 때 거둔 뒤, 스무 해 가까이 그의 곁을 지키던 고절한 기사다. 대륙 최고의 궁사로 불려도 손색이 없는 그가 죽었다고 하니 믿을 수가 없었다.

"누구의 소행이지?"

"……파악 중입니다."

"와인."

프란체 대공이 툭 내뱉자 식당 맨 끝에서 대기하고 있던 시녀가 레드 와인을 내왔다. 와인 애호가라는 말이 무색할 만큼 프란체 대공은 물처럼 와인을 들이켰다.

"계속해."

"방화도 실패했습니다. 살롱 안에 화재에 대비한 장치가 있었다고 합니다. 천장에서 물이 쏟아졌다고……."

보고하는 내내 아틸은 고개를 들지 못했다. 건물 안에 살수장치가 존재한다는 얘기는 살다 살다 처음 겪었다.

"L의 저격 역시 제삼자의 갑작스러운 개입으로 실패했습니다."

"개입?"

"바스타슈 가문의 렌 영식이 몸을 던져 L 대신 화살에 맞았다고 합니다."

프란체 대공의 눈매가 가늘어졌다. 여기서 렌의 이름이 튀어나온 것도 놀라운데, L을 지키기 위해 몸을 던졌다는 건 더 충격적이었다.

"렌이 L을? 몸까지 던져서 지켜줄 만한 사이였던가?"

"그런 것 같습니다."

최초로 보고받은 아틸도 깜짝 놀랐다. 사교계의 이단아로 취급받는 렌은 어디서도 섞이지 못하는 부류의 인간이다. 그런 렌이 L과 돈독한 사이였다니. 심지어 제 목숨마저 내놓을 정도로 가까운 사이란 점에 프란체 대공은 경악했다.

"렌뿐이 아니야. 황태자도 L에게 작위를 내렸었지?"

"그랬습니다."

"어처구니가 없군. 살롱의 방화도 실패, L의 저격도 실패. 슈타인은 죽고…… 최악이야."

"죄송합니다."

프란체 대공의 냉소적인 반응에 아틸은 고개를 푹 숙였다. 입이 열 개라도 할 말이 없었다.

"L이라는 여자, 알면 알수록 대단해."

"……."

"늑대를 길들이고, 그 얼음을 녹였다 이 말이야. 베로니카를 모욕하고, 슈타인을 제압할 만한 실력자도 데리고 있어. 아! 리아브릭의 실각도 그녀의 작품이라고 봐야 하나?"

프란체 대공이 시녀가 다시 채워놓은 와인 잔을 들고 빙그르르 돌렸다. 늘 권태로움에 젖어 있던 그의 눈빛이 점점 깊어졌다.

맘만 먹으면 언제든 치워 버릴 계집쯤으로 여겼는데 오판이었다. 대공가를 향한 불온한 움직임의 중심에는 그녀가 서 있을 거라 짐작됐다.

"쯧쯧, 제국을 오시하는 대공가에 이렇게 인재가 없다니."

프란체 대공은 면전에서 아틸의 무능력함을 지적했다. 언급하지 않았지만 살롱의 화재를 계획한 아셀라스도 포함되어 있었다.

아틸은 꽉 깨물고 있던 입술에 힘을 빼며 말했다.

"좀 더 시간을 주시면 대책을 세워서……."

"놔둬."

프란체 대공은 남의 일처럼 말을 던지며 목을 적셨다.

"하, 하오나 대공 전하. 곧 노블레스 거리 조기 개장입니다. 이대로 두면 피해가 극심합니다."

"그래서?"

되묻는 프란체 대공의 말투는 냉랭했다.

"이제 와서 뭘 할 수 있는데? 이쪽의 암수까지 들통난 마당에 L이 손 놓고 있을까?"

"하오나."

"바람의 방향이 바뀌었다. 바람이 다시 우리 쪽으로 불 때까지 기다려."

프란체 대공의 말에도 불구하고 아틸은 쉬이 납득하지 못했다. 지금 대공가의 사정은 육안으로 보이는 것 이상으로 좋지 않았다. 노블레스 거리 사업이 실패한다면 누적된 부작용들이 일시에 터져 나올 게 뻔했다.

"이해가 되지 않는단 표정이군. 그럴 거야. 머리 쓰는 놈들은 죄다 그러거든."

"……."

"경고하겠는데, 독자적인 행동은 용서치 않아."

프란체 대공은 손발을 묶어버렸다. 아예 자신의 명령이 있기 전까지 어떠한 조치도 취하지 말라 으름장을 놓은 격이었다.

'모르겠어. 무슨 생각으로 이러시는 건지.'

대공가의 실정을 모르는 건가? 불현듯 그런 생각이 들었지만 그건 아닐 것이다. 업무에 손을 놓고 일임하는 것처럼 보이나 프란체 대공은 모든 사항을 일일이 보고받는다. 자신이 그 역할을 해왔기 때문에 모를 리가 없었다.

"베로니카에게도 전해. 경거망동하지 말라고."

"알겠습니다."

아틸이 마지못해 복종했다.

"그러고 보니 우리 조카님 상처는 어느 정도인지 파악했고?"

"등에 두 대를 맞았다고 합니다. 심복의 말로는 살기 힘들 거라고……."

프란체 대공이 와인을 한 모금 들이켜며 고심하더니 이내 결단을 내린 듯 말했다.

"슈타인의 활을 맞고 살아난 이는 드물지. 스펜서한테 기별해. 내가 봤으면 한다고."

엘레나의 조치는 신속했다. 길드와 접촉하여 휴렐바드가 직접 선출한 믿음직한 용병들을 고용해 살롱과 바실리카 일대에 배치해 교대로 경비케 했다. 곧 노블레스 거리의 조기 개장을 앞둔 대공가에서 어떤 옹졸한 수단으로 방해 공작을 펼칠지 알 수 없기 때문이다.

동시에 화재로 소실된 살롱의 본관 복원 작업에 전력을 쏟았다. 별관이 훨씬 더 크고 웅장하다고 한들 본관이 갖는 상징성도 무시할 수 없다. 고무적인 건 우려했던 것보다 복원 작업이 훨씬 더 빠르게 진척을 보인다는 것이었다. 석재가 주를 이룬 건물의 골자보다 주로 치장이나 단열재에 목재가 많이 쓰였다. 그러다 보니 교체 작업이 수월했다. 물론 그을린 대리석이나 불길에 일그러진 조형물 등 손댈 게 한두 군데가 아니었다. 그걸 만회하고자 란돌은 칼리프의 주선 아래 바실리카를 설계한 디아즈와 협력했다.

건축공법적인 측면에서도 다르고, 추구하는 이상도 달랐지만 란돌과 비교해 건축 속도가 빠른 디아즈의 공법은 소실된 본관의 재건에 적합했다. 그런 두 사람의 노력이 빛을 본 것일까? 본관의 복원에 탄력이 붙었다.

엘레나는 별관 최상층 침실에 서서 아래를 내려다봤다. 본관 쪽에서는 숨 돌릴 틈도 없이 보수 작업이 진행 중이었고, 건너편 바실리카도 개장을 앞두고 마지막 내부 공사가 한창이었다. 그러고 있던 것도 잠시, 엘레나는 몸을 돌려 침대의 머리맡으로 갔다. 물수건을 짜고는 렌의 이마를 닦았다.

"벌써 나흘째예요. 너무 오래 자는 거 아니에요?"

타박하는 것처럼 보이나 엘레나의 눈에는 근심과 걱정이 가득했다. 천재 외과 의사 네빌의 말로는 깨어나는 시기가 늦어질수록 뇌에 손상이 심해진다고 했다. 하루하루 지날수록 엘레나의 수심이 깊어졌다.

엘레나는 여간해서 렌의 곁을 떠나지 않았다. 급하게 처리할 사안이 있을 때만 잠깐씩 자리를 비웠을 뿐 소파에서 잠을 청하며 밤새 렌을 간호했다. 그것이 사경을 헤매는 렌을 위해 그녀가 해줄 수 있는 유일한 노력이었다.

"그거 알아요? 우리 참 오래 알고 지낸 거."

의식이 없는 렌을 보며 엘레나는 끊임없이 말을 걸었다. 이렇게라도 해서 렌이 그녀의 목소리를 듣고 깨어나길 바라는 마음에서다.

"내가 참 미워했어요. 근데 어느 순간 딱한 생각이 들게 하더니, 이젠 절 고맙고 미안하게 만드네요."

엘레나가 쓰게 웃었다. 한 치 앞도 모르는 게 사람의 인연이라더니. 렌과 엘레나가 딱 그렇지 않나 싶었다.

엘레나의 시선이 그윽해졌다. 흐트러진 그의 곱슬머리를 이마 위로 넘겨주는 손길에 애잔함이 묻어났다.

"제발 죽지만 마요."

살아만 주면 된다. 그거면 족하다. 그러나 돌아오는 렌의 반응은 묵묵부답이었다. 들리는 건 새근새근 들려오는 숨소리뿐.

"베로니카한테 초대장을 보냈어요."

엘레나는 노블레스 거리 조기 개장일과 바실리카 개장일을 겹치도록 조종했다. 그것도 모자라 베로니카에게 초대장을 보내 노골적으로 기만했다. 그녀에게 당한 걸 고스란히 되갚아주기 위해서.

"아마 올 거예요. 렌 말대로 미친년이잖아요."

"……."

"보고 싶어 했잖아요. 베로니카의 일그러지는 얼굴. 제가 보여줄게요. 그러니까 그때까지는 꼭 일어나요."

그 뒤로도 엘레나는 쉬지 않고 말을 걸었다. 이렇게라도 렌의 의식에 목소리가 닿기를 기도하면서.

그런 간절함이 하늘에 닿은 것일까? 렌의 손끝이 미미하게 움직였다. 하나, 아쉽게도 엘레나는 그러한 미동을 보지 못했다.

"하."

베로니카는 짜증과 불만으로 폭발 직전이었다. 야심 차게 준비한 살롱의 방화는 실패로 돌아갔다. 일부 소실은 있었지만 충분히 재건이 가능할 수준이었다. 결정적으로 엘레나는 티끌 하나 다치지 않았다. 그녀의 뜻대로 된 게 단 하나도 없었다.

"저도 답답합니다만, 대공 전하의 뜻이다 보니 어쩔 도리가 없습니다."

베로니카가 눈을 치켜뜨고 노려봤다. 당장에라도 아셀라스의 목을 조를 듯 살의가 넘실거렸다.

"똑바로 일 처리를 했으면 이런 일이 없었잖아."

"죄, 죄송합니다……. 살롱에 살수장치라는 게 있을 줄은 꿈에도 몰랐습니다."

아셀라스가 얼른 머리 숙여 사죄했다. 프란체 대공의 명령이 아니었다면 방화의 실패를 빌미로 베로니카가 제 가족에게 무슨 짓을 저질렀을지 모른다.

베로니카는 치미는 짜증에 미쳐 버리기 직전이었다. 태어나 한 번도 원하는 걸 가져보지 못한 적도, 원하는 것이 이뤄지지 않은 적도 없었다. 한데, 최근 들어 그녀의 뜻대로 되지 않는 일이 너무 많았다. 그 와중에 베로니카 앞으로 초대장이 도착했다.

"천한 년 따위가 날 능욕해?"

초대장을 켠 베로니카의 손이 덜덜 떨렸다. 엘레나가 보낸 초대장은 안 그래도 기분이 상해 있던 베로니카의 신경을 박박 긁어놓았다.

노블레스 거리의 개장일인 걸 뻔히 알면서도 초대장을 보낸 것 자체가 베로니카를 비꼬고 모욕하는 행위였다. 초대장을 보낸 속마음에는 어차피 노블레스 거리는 망할 테니, 살롱에 와서 축하나 하라는 노골적인 비아냥거림이 담겨 있기 때문이다.

"무, 무시하십시오. 최후에 웃는 자는 어차피 공녀 전하십니다."

아셀라스가 진땀을 빼며 그녀를 달랬다. 그러나 굴욕감에 일그러진 베로니카의 표정은 꼭 무슨 사고라도 칠 듯 위태로웠다.

'L, 무서운 여자야.'

우연하게도 노블레스 거리와 바실리카 개장일이 겹쳤단 생각은 들지 않았다. 심지어 개장을 기념하며 사흘간 이어질 연회 일정마저도 같았다. 감히 제국의 황실보다 위에 있다는 대공가의 숙원 사업에 찬물을 끼얹는 이런 대범한 짓거리를 벌일 거라곤 생각도 못 했다. 그것도 모자라 대공가로 초대장을 보내 베로니카를 도발했다.

"내가 만만하게 보였나 보네요."

뭔가 결심한 듯한 베로니카의 눈빛에 아셀라스가 마른침을 삼켰다.

"공들여서 초대장까지 보내줬는데 안 갈 이유가 없지 않겠어요?"

"네? 재고해 주십시오. 공녀 전하께서 가시는 것만으로도 손해입니다. 굳이 저들에게 좋은 일을 할 필요가 없습니다."

아셀라스는 필사적으로 말렸다. 베로니카가 그곳으로 간다는 것만으로도 의미하는 바가 컸다. 안 그래도 살롱과 바실리카와 비교해 경쟁력이 떨어지는 노블레스 거리다 보니, 남의 집 잔치만 더 성대하게 돋보여 주는 꼴만 날 것이다.

베로니카가 고개를 돌려 만류하는 아셀라스를 쳐다봤다. 그 지독한 눈빛에 아셀라스가 움찔했다.

"아셀라스."

"네, 공녀 전하."

아셀라스가 기어들어 가는 목소리로 대답했다. 그러자 베로니카가 쥐고 있던 부채로 그의 머리를 툭툭 쳤다.

"머리는 장식이에요? 왜 자꾸 착각을 하죠?"

"……."

"노블레스 거리? 망하라고 해요. 손해 좀 본다고 치죠. 그런다고 대공가가 무너질 거 같아요?"

"그, 그건……."

아셀라스는 선뜻 대답하지 못하고 얼버무렸다. 노블레스 거리가 망하면 그 타격은 대공가에도 치명적이다. 피네치아 재배지 소실로 인해 아편 사업을 접게 되면서 부수적인 수입이 절실한 상황이기 때문이다.

그렇다 한들 이 일로 말미암아 대공가가 무너질 거 같으냐고 묻는다면 대답은 '아니다'였다. 제국의 건국부터 지금까지 무려 천 년을 존속했다. 그 긴 시간 동안 대공가가 이렇게까지 위태로운 적이 없었을까. 있었다. 있었음에도 불구하고 대공가는 건재했다.

베로니카가 부채의 끝을 세우더니 아셀라스의 머리를 꾹 눌렀다.

"그깟 돈? 없어도 그만이에요. 잃은 것보다 더 많은 걸 시간이 채워주니까."

"……."

"그깟 돈보다, 사업 실패보다, 내 자존심이 더 중요해. 그게 내 몸에 흐르는 고귀한 핏줄의 긍지니까. 내 말 알아들어요?"

"하지만 대공 전하께서 경거망동하지 말라고……."

아셀라스는 말려보기 위해 애를 썼지만 베로니카는 요지부동이었다.

"초대에 응하는 건 예고편일 뿐이야. L, 그 씹어 먹어도 시원찮을 년은 쉽게 안 죽여. 뼈마디를 분지르고 살을 발라 죽일 거니까."

아셀라스도 더는 말리지 못하고 속으로 한숨을 삼켰다. 일개 가신에 불과한 그로서도 베로니카의 고집을 꺾는 데는 한계가 있었다.

"마지막 날, L이 가면을 벗는다죠?"

"그렇다고 하더군요."

베로니카가 의미심장하게 웃었다.

"그렇다면 더더욱 가야겠네요. L의 썩은 얼굴을 봐야 이 분이 좀 풀릴 거 같으니까."

무슨 생각을 하는지 도통 그 속내를 꺼내지 않는 베로니카를 보며 아셀라스의 속이 타들어갔다.

'아무 일도 없어야 할 텐데.'

제발, 이 일로 자신에게 아무런 피해가 없길 바라고 또 바랐다.

4권에서 계속…